上尉的女儿

Капитанская дочка

[俄]普希金◎著　佟知音◎译

煤炭工业出版社

·北　　京·

图书在版编目（CIP）数据

上尉的女儿／（俄罗斯）普希金著；佐知音译．--北京：煤炭工业出版社，2016（2022.3 重印）

ISBN 978-7-5020-5498-4

Ⅰ.①上… Ⅱ.①普… ②佐… Ⅲ.①长篇小说—俄罗斯—近代 Ⅳ.①I512.44

中国版本图书馆 CIP 数据核字(2016)第 222478 号

上尉的女儿

著　　者　（俄罗斯）普希金
译　　者　佐知音
责任编辑　马明仁
封面设计　左小文
封面插画　严文胜

出版发行　煤炭工业出版社（北京市朝阳区芍药居 35 号　100029）
电　　话　010-84657898（总编室）
010-64018321（发行部）　010-84657880（读者服务部）
电子信箱　cciph612@126.com
网　　址　www.cciph.com.cn
印　　刷　唐山楠萍印务有限公司
经　　销　全国新华书店

开　　本　710mm×1000mm 1/16　**印张**　17　**字数**　280 千字
版　　次　2017 年 1 月第 1 版　2022 年 3 月第 3 次印刷
社内编号　8361　**定价**　58.00 元

目　录

上尉的女儿

一　近卫军中士

“你要是近卫军，明天就是上尉。”

“那个应该；要到队伍中当兵。”

“对，就让他受点折腾……

不过，他父亲是什么人？”①

——克尼亚什宁

我父亲安德鲁·彼得·格利尼奥夫年轻的时候曾在米尼希伯爵②部下做事，十七年之后以中校军衔光荣退伍。从那以后，他就一直闲居在位于新比尔思科公国的庄园里养老。在那儿，他同附近一个前贵族的女儿奥夫多季雅结婚。之后他们一共生育了九个孩子，但是我是那唯一的幸存者，我的其他的兄弟姐妹都夭折了。

在一个近亲近卫军上校的帮助下，我成为谢苗诺夫团的近卫军中士。在我的教育任务完成以前，我都被理解为是在休假。从 5 岁开始我就被托付给一个老佣人萨维里奇照料，他的稳重使他成为我的私人管家。幸亏有他的照料和教育，12 岁的时候我就能自己读书认字，也能正确地辨别出猎狗的优劣。这时，为了让我继续完成学业，父亲为我聘请了一个法国人，

① 引自克尼亚什宁所著喜剧《吹牛大王》。

② 米尼希伯爵（1683—1767），俄国元帅，曾经被流放到西伯利亚。

鲍普雷先生。他是政府提供给我们的，可以用整整一年，是和从普罗旺斯进口来的酒和油一同从莫斯科来的。可想而知，他的到来令萨维里奇不太高兴。

鲍普雷曾在他的国家做过理发师，后来到普鲁士当过士兵，后来又来到俄国想当教师，虽然他不太明白教师这个词在我们的语言中到底有什么寓意。但是他是个善良的人，虽然非常轻率和漫不经心，而且做事也很不认真。他主要的毛病就是对女性的爱慕有些过分，用他自己的话来说，他从来不是酒瓶的敌人，也就是说他嗜酒如命。但是在我家里，只有在吃饭时才能喝酒，而且用的是小杯子，并且在倒酒时佣人有时竟忘了这位先生，以至于他总是很委屈。

鲍普雷没多久就习惯了喝俄国的白兰地，并且认为它比自己国家的葡萄酒要好喝很多，认为这有益于身体健康。我们相处得很融洽，不久就成为很好的朋友，尽管按照合同他本来应该教我法语、德语和一切的理科科目，可他倒更愿意胡扯几个俄语，然后各干各的事情，所以友谊一直很稳定，而且我也不希望再换别的老师。

但是，命运总是不以人的意志为转移的，我们很快就被分开了，原因就是我接下来要讲的这件事。在一个阳光普照的日子，我们的洗衣妇，一个满脸雀斑的胖女孩，还有那位我们独眼的养牛妇一起在我母亲面前下跪，指控这个可恶的法国人曾经利用她们的无知和没经验调戏她们。

母亲是个很正统的人，在这个问题上绝不允许玩笑，立刻就把这件事告诉了父亲。父亲是个严厉且雷厉风行的人，他命令马上把那个该死的法国人叫到他面前来。当时佣人恭顺地禀告说鲍普雷正在给我讲课。

当父亲推开我的房门时，发现鲍普雷正在他的床上呼呼大睡，而我正沉浸在一件自认为很有趣的事情当中。家人从莫斯科给我买来一幅地图，而地图挂在墙上又毫无用处。地图的大小以及纸张的质量对我来说是个巨大的诱惑，我决定用它做一个风筝。

那天早上，趁着鲍普雷还没起，我开始做风筝。父亲进来的时候我正小心翼翼地把一条尾巴粘到好望角上。看着我的伟大杰作，父亲愤怒地拧住我的耳朵使劲摇晃，然后来到鲍普雷的床边，粗暴地把他叫醒，对着这个可怜的法国人大骂起来。鲍普雷稀里糊涂地挣扎着想爬起来，但失败了，因为这个可怜的教师当时喝得烂醉如泥。父亲愤怒地抓住他的领子把他从床上拎起来，猛地推出门外。当天，他就被父亲解雇了，萨维里奇高兴得合不拢嘴。这样，我的学习生活就结束了。之后我在家里一直过着无所事事的纨绔子弟的闲散生活，因为还没到开始工作的年龄，整天以逗鸽子、在屋顶上打滚和在马厩的院子里同马夫玩跳蛙游戏为乐。就这样，懒散地过了十六年。

秋天里的某一天，母亲正在客厅里做蜜饯，而我望着沸腾的飘着香气的蜜糖水，馋得口水都快流出来了。父亲坐在窗边看他每年收到的《皇家年鉴集》。父亲总是很关注这本书，他每次都带着极大的热情去读它，但是每次都读得大发雷霆大动肝火。母亲深知他的脾气和怪癖，总是尽力把那本可怜的书藏起来，父亲经常几个月都找不到那本书。不过，当他有时候找到那本书时，就会一连看上几个小时，作为对母亲的报复。父亲读《皇家年鉴集》时，会不时地耸耸肩，并且喃喃自语道："'中将'！嗯，他以前只是我手下的一个中士。'俄国勋章获得者'，可不久前我们还一起……"最后，他把《皇家年鉴集》一把扔到沙发上，闭眼思考，这从来都不是个好兆头。

"奥夫多季雅，"他忽然用粗鲁的语气对母亲吼道，"现在彼得多大了？"

"他刚 17 岁，"母亲说，"彼得是在纳斯塔西娅姑姑瞎了一只眼那年出生的，并且当时还……"

"好了，好了，"父亲不耐烦地说，"他已经长大成人了，现在是他该服役的时候了，到了他该放弃他的保姆、跳蛙游戏和训练鸽子的时候了，把他送到军队去接受他所应该接受的生活吧。"

我可怜的母亲听了这些话之后大受打击，手中的汤勺都一下子掉到了锅里，眼泪情不自禁地落了下来。可对于我来说，与母亲的表现截然相反，要想藏住喜悦之情是很困难的。在我的心目中，在军队服役便是自由的天堂，和在圣彼得堡这样一个大城市生活一样有趣。我想象自已成了近卫军军官——我认为，那便是人间最美好的事情了。

父亲从不喜欢改变计划，而且做事雷厉风行，于是我动身的日期很快就被决定了。出发的前一天晚上，父亲说要我将一封信交给我未来的长官。

"安德鲁，别忘了，"母亲说，"替我向公爵问候，就说我拜托他好好照顾我的彼得。”

“胡说八道，”父亲皱了皱眉头说，“为什么要我给公爵写信呢？”

“你刚才说你要写信给彼得未来的长官。”

“是啊，然后呢？”

“公爵才是他的长官，你很清楚彼得在谢苗诺夫团登记过。”

“登记过！那和我有什么关系？无论登没登记过，我都不会让他去圣彼得堡的。他会在那儿学到什么？去学习奢侈和享受吗？不，让他在军队服役，让他去闻闻火药味，让他变成一名真正的士兵而不是近卫军中的一个花花公子，让他体验一下战场上的严酷生活。他的出生洗礼证在哪里？”母亲拿来了证件。她把那个证件和我洗礼时穿的袍子一起精心地保存在一个小盒子里。她用发抖的手把证件递给父亲，父亲看了一下，搁在面前的桌子上，写起信来。

我非常好奇，心里想：如果不是去圣彼得堡，那我将会被分配到哪里呢？目不转睛地盯着父亲那支在纸上慢慢移动的钢笔，想从里面得到一些信息，然而是徒劳的。终于，信写完了。那封信和我的证件被装在同一个信封里，父亲摘下眼镜，把我叫过去说：“这封信是给我的老朋友、老战友安德鲁·卡尔洛维奇的。你将到奥伦堡，在那儿度过你的军事生涯。”我所有美好的梦想一刹那都幻灭了，等待着我的不是圣彼得堡欢乐的生活，而是在祖国一个荒凉的边陲枯燥的服役——军队生活如今对我来说已经不是一种享受，似乎是个噩梦。

第二天清晨，一辆旅行用的带篷马车停在家门口。马车上盛放着我的大衣箱、盛茶叶和茶具的箱子及几袋面包卷和油酥面馅饼——家中娇生惯养生活的最后一次表示。父母还给了我隆重的祝福。父亲告诉我说：“再见，彼得，你一定要恪尽职守，忠于自己的誓言。听长官的话，但是不要向长官阿谀奉承，也不要主动揽差事，但是不要拒绝长官吩咐给你的事。记住，爱惜衣服要从新的时候起，爱惜名誉要从小的时候起！”

我亲爱的母亲含着眼泪，哽咽着叮嘱我要保重身体，又叮嘱萨维里奇要保护她的孩子。我裹着一件短的兔皮袄，外面还披了一件狐皮大衣。我和萨维里奇坐在马车上，挥洒着眼泪，离开了我的亲人和朋友，奔向我的目的地。一路上，我在想念我亲爱的母亲，不知道我走后她会不会牵挂我呢？父亲的要求，母亲的牵挂如重锤一样压在我身上，使我喘不过气来。

更让人担忧的是那个奥伦堡到底是什么样子？我到那里会不会很孤独落寞？我的上帝，你能不能给我点儿启示，让我预知我的未来，引领我迈向成功。

那天晚上，我抵达新比尔思科，我将在那儿停留一天一夜休息一下。这样的话，萨维里奇就有充足的时间去购买父母托付他买的必需用品。一大清早，萨维里奇就去买东西了，而我独自待在客栈里。厌倦了一直看窗外肮脏的小巷，而客栈里也没有可供消遣的东西，我就在客栈里走来走去，最后进了台球房。

在那儿，我看见一个身材高大、40岁左右的绅士正在打球。他留着又浓又黑的小胡子，身着长袍，手里拿着球杆，嘴里还衔着烟斗。他正在和记分员打台球——如果记分员赢了，他就可以喝一杯伏特加；反之，如果记分员输了，他就必须从台球桌下爬过去。但是似乎总是可怜的记分员吃亏，他们进行的次数越多，可怜的记分员爬的次数就越多，直到最后，记分员已经完全站不起来了。而那位绅士说了一些虚伪的、沉痛的话，像在致悼词一样。然后，他邀请我和他玩一局。当我说我不会玩台球时——对他来说，这似乎很是不可思议，他用一种同情的眼神盯着我。

就这样我们聊起天来了。从谈话中我得知他名叫伊万·祖林，是骠骑兵团的大尉，暂时驻扎在新比尔思科招募新兵。他和我同住一个客栈，他还请我一起吃饭，就像军人的作风那样，有什么吃什么。我高兴地答应了他的邀请，一起吃饭。

祖林喝了很多酒，并邀请我一起喝，还告诉我必须习惯军人这样的生活方式。他讲了许多军队生活的有趣故事，我听了之后笑得腰都直不起来了。结束饿鬼饭局以后，我们已经成了很好的朋友。然后，他建议教我打台球。他说："台球对我们这样的军人是必不可少的一项娱乐，举个例子，假设我们行军到了一个镇上，有什么可以消遣的呢？我们总不能老是戏弄犹太人吧！客栈和台球房就是你最后的选择。因此，你必须学会打台球。"这些理由说服了我，我开始专心致志地跟他学起了台球。

祖林高声地鼓励我，他震惊于我的快速进步。在练习了几个回合后，他提议跟我赌钱玩，一局就两个戈比，不是为了赢钱，只是为了让娱乐更有点意思。按照他的说法，空玩是不好的习惯。我同意玩但是赌注很小，祖林点了潘趣酒，让我尝一尝，以便现在开始习惯军人的生活方式。他说："没有潘趣酒，根本就不算军队生活?"我赞同他的看法。我们继续玩台球，酒喝得越多，胆子就越大，脑袋就越不听使唤。球被我打得飞出台球内侧边缘的弹性衬里了，我怪罪是记分员的失误。不知怎么的，我的赌注愈加愈大，并且完全就像一个第一次从母亲的管束中摆脱出来的孩子，享受着难得的自由。时间飞快流逝，最后，祖林瞄了一眼钟，放下球杆轻描淡写地说，我已经输给他一百卢布了。

我完全不知所措了，因为我的钱都放在萨维里奇那里，我身无分文，于是我开始喃喃地解释。这时，祖林打断说："哦，没关系，仁慈的上帝！明天早上再还我也不迟，别为了这事感到痛苦。我们现在去吃晚饭吧！"我能做什么呢？这一天的结束就像这一天的开始一样荒唐。

祖林不断地给我倒酒，希望以此让我逐渐习惯军队的生活。我摇晃着从桌边起身。午夜时分，祖林把我带回了客栈。萨维里奇在门口焦急地等待我们。他对我对军队生活表现出如此强大的热情很是欣慰，但当他看到我喝得醉醺醺的，惊慌地叫了出来。

"您怎么了，少爷?"他痛心地扶着我说，"您在哪儿把自己灌得醉醺醺的？哦，天哪！这样的事以前从没发生过。"

"住嘴，"我语无伦次地说，"肯定是你自己喝醉了。去睡觉，但必须先服侍我睡下。"

我第二天早上醒来的时候，头疼欲裂，依稀能记起一点儿昨晚的事。但是，当萨维里奇拿着一杯茶向我走来时，昨晚的事马上就清晰地浮现在脑海里。

"您现在还不到喝酒的年龄，彼得·格利尼奥夫先生，"老头边无奈地摇头边说，"嗯！您这点像谁呢？您父亲和祖父都不是酒鬼，更别说您母亲了。从出生以来，除了苹果酒，她可是什么都不沾的。那么，谁教会你这个可恶的习惯呢？那个该死的法国人，他教给您三件'好'事。雇那个只知享乐的人做您的老师早晚会教坏你的！"在这老头面前，我觉得羞愧。我就把脸转过去，背对着他厌烦地说："萨维里奇，我不想喝茶，你走开吧！"可是，一旦萨维里奇开始了他的冗长的长篇大论的说教，让他停止说话可不容易。

"彼得，现在你尝到醉酒的滋味了吧！头痛，没胃口。酒鬼是没有什么好处的。来，喝点儿黄瓜和蜂蜜的煎汁，这样或许可以醒酒。您看?"

就在那时，一个陌生的男孩拿着祖林写给我的便条走进房间。我打开便条，读道：

亲爱的彼得，请把你昨天输给我的一百卢布交给我的仆人让他带回来。我现在急需用钱。

你忠心的

祖林

无可奈何，我只能装出一副毫不在意的样子，吩咐萨维里奇给那个男孩一百卢布。

“什么？到底为什么？发生了什么事情？”老头惊诧地问。

“我欠他钱。”我故作平静地回答。

“你欠的？你什么时候欠下这么一大笔钱？”他更加惊讶了，“不，不，那不可能。少爷，无论如何我是不可能付那笔钱的。”

我想，如果在这关键时刻那顽固的老头不肯听从我的命令，那么将来就更不能容易地摆脱他的管束。于是，我傲慢地看着他说：“记着我是你的主人，你只是我的仆人。钱是我自己的，我愿意把它们输掉。我劝你，服从我的命令，要求你做什么你就做什么，不要随便插手管主人的事情。”萨维里奇被我的话震惊了，他吓得拍了一下双手，弓着背，呆站在那里，沉默不语。

“你还一动不动地站在那儿干什么？”我生气地大吼。

萨维里奇老泪纵横。“哦，亲爱的主人彼得，”他用颤抖的声音痛苦地说道，“请不要让我在悲痛中死去，减轻我的罪孽吧。哦，我亲爱的，听我的规劝，写信告诉那个强盗，告诉他您不是玩真的，我们从来就没这么多钱。一百卢布！仁慈的上帝啊！告诉他，您有严厉的父母，不准您赌钱，除非是用核桃做赌注。”

“住嘴，”我严厉地斥责他说，“给他钱，否则我现在就把你撵出这个房间。”

萨维里奇痛苦地看了看我，无奈地离开，取钱给了那个小孩子。我这样对他心里很是内疚，然而，我也想解放自己，想证明我已经长大了，不再是一个小孩子了，可以自己做主。萨维里奇乖乖地把那笔钱付给了祖林，然后，就带我离开了那家该死的客栈。

怀着一股深深的悔恨，良心不安地离开了新比尔思科。我没向我的老师告别，也没想到我们会再次相遇。

二　带路人

异乡啊，异乡，可爱的地方！
不是我自己来到这里，
也不是骏马送我来的，
是少年的胆识与朝气，
是酒店飘香的美酒，
将我带到遥远的异乡！

——古歌

旅途中，满脑子都回想着昨天发生的不太令人愉快的事情。按照当时钱的价值，我输掉的钱的确是一笔不小的数目。我不得不承认，自己在新比尔思科客栈里的行为确实很愚蠢，而且，总觉得昨天对他有点过分，对不起萨维里奇。老头一声不吭地坐在马车前面，无精打采，只是偶尔转过头来，干咳一两声。我打定主意要和他讲和，却又难以启齿。

最后，我开口对他说："好了，好了，萨维里奇，我们和好吧！我知道错了。昨天，我不该无缘无故惹你生气，不过，我保证以后都听你的。过来，不要生气了，握手言和吧！"

"哦！亲爱的彼得，"他长叹一声说，"我是在生我自己的气，应该认错的人是我。我怎么能把您一个人扔在客栈呢？怎样才能避免这样的事情再次发生呢？我真是鬼迷心窍啦！想去看望教堂司事的太太，她是我的教母。就像老话说的那样，'我离开了教堂，却跌进了监狱。'倒霉！真倒霉！我怎么好意思回去见我的主人啊。要是听说，他们的孩子又喝酒又赌钱，他们怎么会放心呢？"

为了安慰可怜的老萨维里奇，我向他保证，以后没有他的允许，我绝对不会乱花一个戈比。至少我比之前心平气和多了，但是这还不能阻止他喃喃自语，并时不时地摇着脑袋说："一百卢布！这是开玩笑吗？"

目的地已经近在眼前了。这时，太阳就要落山了，放眼望去，四周蔓延着一片沙漠，凄凉又荒芜，夹杂分布着连绵起伏的小山丘和沟壑，白茫茫的一片。我的马车沿着一条窄窄的小路，更准确地说，是农民的雪橇滑过留下的辙痕前进。突然，车夫注视着前方，然后，摘下帽子，向我报告说："少爷，我们还是回去吧！"

"怎么了？"

"天气不太好，前面起风了。它把地面上的雪都刮起来了吗？"

"那有什么关系？"

"您难道没看到那边的东西吗？"他用马鞭远远地指向东方。

"除了白茫茫的干草原和那片晴朗的天空，什么也没有啊。"

"那儿，在那儿，那朵小云。"

在天际处，确实有一小朵白云，起初我还以为是远处的一座山。车夫告诉我，说这朵小云是暴风雪将要来临的预兆。这个地方的暴风雪的厉害，我早有所耳闻，也知道有时候暴风雪会将整个车队都吞掉。萨维里奇同意车夫的说法，建议我们退回去。

可我觉得风似乎还不是很厉害。我盼望能及时地赶到下一站，于是就吩咐车夫加速赶车。在狂风来临之前赶到下一站。车夫策马狂奔，却不时地望着东方。风越来越大，使马车的行进变得越来越困难，小云朵不一会儿就变成了一大片浓云，沉甸甸地压在天空上方，渐渐飘散开来，最后覆盖住了整个天空。天气开始变得阴沉起来，不一会儿，雪花开始飘落，顷刻间，雪花变成了鹅毛般的雪片。风呜呜地怒吼着，咆哮着——可怕的暴风雪来了。一瞬间，阴沉沉的天空和被风从地上卷起的雪混成一片，四周的一切都变得模糊不清了，连道路也很快被暴风雪掩盖了。

"真是倒霉了，少爷，"车夫喊道，"我们碰上暴风雪啦！"

我把头探出车外，眼前黑压压的一片，狂风怒号，气势汹汹，好像一个可怕的怪物正在发怒施展它的威力一样。雪花大片大片地从天空中飘落下来，覆盖在我们身上。马只能一步一步地吃力地向前走着，但不久它就停了下来。

"你为什么不接着向前赶啊？"我生气地问车夫。

"往哪里赶啊？"他边回答边从马车上跳下来，"现在只有上帝知道我们在哪里了。我们无路可走，到处都是黑漆漆的一片。”

我开始责骂他，但萨维里奇却为他说话。“您应该听他的劝告的！”他生气地说，“我们本可以回到客栈，您闲地喝点儿热茶，舒舒服服地一觉睡到大天亮。那时候，暴风雪停了，我们也可以接着赶路。为什么非要这么着急呢？好像是赶着去参加您的婚礼一样！”

萨维里奇说得很有道理，可是现在该怎么办呢？雪继续下着，快要把马车淹没掉了。马冷得不停地颤抖。车夫在马旁边来回踱步，不时调整一下马具，好像没其他事情可做似的。

萨维里奇不停地抱怨。我不时地观望四周，希望能发现住户或道路的影子，可是除了旋转的风雪，白茫茫的一片，其余的什么都看不到。突然，我看到了一个黑点。“喂，车夫，”我激动地大叫起来，“那边那个黑乎乎的东西是什么呢？”

车夫侧着身向前探，朝我指的地方仔细地辨认了一会儿。“我也看不清楚，少爷，”他满不在乎地回答，重新坐到他的位置上，“既不是一辆马车，也不是一棵树，并且好像还在移动。那应该不是一头狼就是一个人！”

于是我吩咐他朝那个黑影子的方向赶过去，那东西也朝向我们移动过来。两分钟后，我们就和它碰面了，原来是一个人。

“喂，大哥！”车夫兴奋地喊道，“请问，你认识路吗？”

“这就是路呀，”那人诧异回答，“我们正站在坚硬的地上呢，可你问我这个做什么？”

“听着，好汉，”我说，“我是问你对这一带乡村熟悉吗？我们迷路了，你能带我们去找个晚上能住宿的地方吗？”

“这一带乡村！谢天谢地，无论是步行还是坐车，这条路我都走过无数遍了。但是，在这样的恶劣天气里，人还是会迷路的。最好是现在先停在这儿，等到暴风雪停了。等到那时候，天会放晴，借助星星我们就能找到路。”他的冷静给了我战胜这暴风雪的勇气，我决定在干草原上度过这个可怕的夜晚，听天由命了。这时，过路人突然坐上车夫的位置，对车夫说：“谢天谢地，我知道这附近刚好有一户人家，向右拐，然后一直向前走就可以找到了。”

“为什么我要向右拐？”车夫恼怒地说，“根本就没有路！还有，是不是因为这些马和马具是别人的，你就不需要爱惜，只管赶着它们跑呢？”

我认为车夫说得很有道理。

我问新来的人："为什么你认为住家就在这附近?"

"风从那个方向吹过来，"他回答，"风中夹着烟味，所以住家就在附近。"

他的聪慧以及敏锐的嗅觉让我佩服得五体投地，我吩咐车夫朝他说的方向赶去。马儿在厚厚的积雪中艰难地走着，因为暴风雪很大，所以马车只能在深厚的积雪中缓缓前行，一会儿爬上一个雪堆，一会儿陷到一个雪坑里，摇晃个不停，就像一条在暴风雨的海面上颠簸前行的小船。

萨维里奇抱怨个不停，时不时地因为车身的摇晃撞到我身上。我拉下车篷，裹紧身上的皮大衣，打起盹儿来。马车摇篮般地左右摇晃和暴风雪像催眠曲一样使我昏昏欲睡。

这时，马车突然停了下来，萨维里奇摇摇我的手，说："出来吧，少爷，我们已经到了。"

"到哪里了?"我睡眼惺忪地问。

"到住的地方了。感谢老天爷，我们的车刚好跌撞到这户人家的栅栏上。出来吧，少爷，快点，进去暖和暖和。"

我迅速从马车上跳下来，暴风雪还没停，但势头已经减弱了很多。四周漆黑一片，伸手不见五指。房子的主人提着一个灯笼，热情地在门口迎接我们，他的手缩在长大衣前襟的翻褶下面。他把我们带进一间不大但很整齐干净且很暖和的房间，房里点着暗黄的松明，一支卡宾枪和一顶高高的哥萨克[①]皮帽挂在墙的中央。主人是从雅依克河来的哥萨克人——一个60岁左右的老农民，但依然精力充沛，朝气蓬勃。

萨维里奇把装有茶具的箱子拿了进来。他请主人拿火具来烧水，准备给我泡茶喝。我从来都没有像今天有这么大要喝茶的欲望。"给我们带路的人呢?"我问萨维里奇。

"在这儿呢，老爷。"上面有一个机灵声音回答我。我于是闻声抬眼朝吊铺板床望去，只看见一缕黑胡子和两只闪闪发光的黑眼睛。

"怎么样，伙计，很冷吧!"

"穿着这件到处都是破洞的薄大衣，怎么可能会不冷呢。不瞒您说，

---

① 现在的乌拉尔河。

我原本有件皮大衣的，可昨天喝酒赊账被我押在酒店里了。那时候，天好像似乎并不很冷。”

这时，主人拿着便携式炉子和煮器——俄国的茶饮进来了，我让带路人下来一起喝一杯热茶暖暖肚子，他敏捷地从吊铺板床上爬下来。当他站在松明那耀眼的火光中时，我突然发现他的外表很英俊。

他是一个中等个子，消瘦的，但肩膀很宽的40岁中年男子。大黑胡子，一双机灵的大眼睛炯炯有神，给人的感觉是他很狡猾但是又不令人讨厌。他下身穿着一条鞑靼人肥肥的灯笼裤，上身穿着一件褪了色的旧夹克，头发剪成圆形。

我递给他一杯热茶，他尝了一口，皱了皱眉头。“老爷，请您开开恩，给我叫一杯白兰地吧！我们哥萨克人不习惯喝茶。”

我爽快地答应了他的请求。主人从橱柜的架子上取下一瓶酒和一只玻璃杯，来到他面前，盯着他的脸仔细端详了一会儿说：“嘿！啊！你怎么又来我们这个地区了。上帝是在哪里找见你的？”

带路人意味深长地眨了眨眼，用大家熟悉的谚语答道：“‘麻雀飞到菜园里来吃大麻籽，老奶奶用石子扔它——可没打着。’你呢？你们过得怎么样了？”

“我们的人又能怎么样呢？”主人也不愿意让外人知道他们的秘密，继续用谚语回答，“‘他们本来想打完祷告的钟，不过，牧师出去拜客，所以魔鬼就悄悄地到墓地里来了。’”

“不说了，大叔。”流浪汉说，“只要天下雨就会有蘑菇，有蘑菇就会有人用篮子去盛它们。快把你的短柄小斧放在你的背后，管林人正在外面巡查呢。”

“祝您健康，老爷。”他举起酒杯，画了个十字，一口气喝光了那杯白兰地。然后，他向我鞠了一个躬表示感谢，又爬上他的吊铺板床休息去了。我完全听不懂这种行话，一直到后来，我才知道他们说的是有关雅依克军队的事情，这支军队是1772年起义后被镇压的。萨维里奇听了，疑惑地瞅瞅主人，又瞅瞅带路人，心存疑惑。

我们所住的客栈孤单地坐落于干草原的中心，离大路和任何一个居住点都很远，并且看上去很像一个强盗藏身的地方。不过，今天晚上由于暴风雪继续起程是不现实的了。萨维里奇那不安的神情使我感到很好笑，最后，他决定睡到炕上（俄国农民睡的普通床）。壁炉散发着令人舒心的暖气，没一会儿，老头和睡在地板上的主人都打起鼾来。而我躺在一条长凳上，沉沉地睡过去了。第二天早上，我醒来已经很晚了，发觉暴风雪竟然已经停了。远处绵延的白雪在阳光照射下，就像一匹让人目眩的白色锦缎。马车已经准备好了，正在门口等待出发。我付房钱给主人，但他只要了很少的一部分，以至于平时喜欢和人讨价还价的萨维里奇今天都没有任何异议，好像前一晚的怀疑在他脑子里已经完全消失了。我叫过来带路人，感激他给我们在我们危难之时提供的热情帮助，并让萨维里奇给他半个卢布。萨维里奇听了皱起了眉头。“半个卢布，”他说，“为什么？是因为他把我们带到客栈里来吗？依您吧，少爷，但是，我们连一个多余的卢布也没有了。如果我们见人就给酒钱的话，那么到最终，我们也会很快饿肚子的。”和他争论是没有用的，依照我的承诺，钱应该完全根据他的意思支配使用。但是，如果不能给帮助我脱离险境甚至是死亡的人一点儿表示谢意的东西，那我会很内疚的。

“好吧，”我静静地说，“如果你不愿意给他半个卢布，那就送他一件我的衣服吧，你看他穿得太单薄了，就将我的兔皮袄送给他吧。”

“饶恕我吧，亲爱的彼得，”萨维里奇说，“他要您的皮袄能干什么？他会用它换酒喝，这个浪子，他会在酒店里把你的衣服当掉换酒喝的。”

“那与你有什么关系呢，老人家。”流浪汉说，“老爷愿意送一件自己的衣服给我，那是他对下属的慈爱，而你作为奴才的本职不是去顶撞他，而是去遵从他。”

“无法无天了，你这个强盗，”萨维里奇气恼地说，“你看我们主人还年幼不太懂事，就无耻地利用他的好心肠，抢他的东西。你根本就不配把皮袄穿到你那宽肩膀上。”

“过来，”我对萨维里奇严肃地说，“不要自作聪明，快去将皮袄拿来。”

“哦，少爷！”老头叹息道，“那可是一件兔皮袄呀，而且还是新的，您竟然要把它送给一个邋遢的酒鬼。”

奴仆是无法抵抗得过主人的命令的，皮袄还是拿来了，流浪汉当即使劲地往身上套。那件皮袄对我来说都很紧，他穿上就更紧巴了。尽管如此，他还是把它穿上了，尽管费了好大的劲儿，甚至把衣服接缝处缝的线都撑开了。听到缝线撑开的声音，萨维里奇嘴里不由得心疼得吐出某些他极力想控制住的低吼。流浪汉对我送给他的礼物很满意，他再次把我送到马车旁，深深地鞠了一个躬，感激地说："谢谢，老爷，希望上帝保佑您，我会永远记住您的恩情。"

接着，他赶他自己的路，而我也继续向奥伦堡出发了，没有理会萨维里奇的沉闷。没过多久，我就忘了那场暴风雪和那个带路人，也忘记了那件兔皮袄。到达奥伦堡，我立刻去拜访将军。他是个身材魁梧的男人，由于上了年纪而有点驼背，长长的头发已经花白，穿破的旧制服不由得让人记起安娜女皇时代的军人。他说话的口音总是带着浓浓的德国腔。

我把父亲的信递给他。当他读到我的名字时，很快地扫了我一眼。"天哪，"他惊讶地说，"好像不久前安德鲁·格利尼奥夫还是你这么大的年龄。现在你看，他已经有这么大的儿子了。啊，时间啊，时间!"他拆开信，边看边不由自主地发表着自己的看法。

"'亲爱的，我希望大人……'这是什么？为什么行这种礼节？纪律当然是第一的，但这是给老朋友写信的语气吗？嗯……'已故元帅米尼……小卡皮林卡……兄弟……'啊！他还记得……'现在言归正传，我把小儿送来，请您给他刺猬皮的手套。'"

"这是什么意思?"他疑惑地望着我问道，"肯定是俄语中的一句谚语吧!"

"它的意思是，"我尽量装出一副天真本分的样子，答道回答说，"待人要宽容，给人以自由。"

"嗯!"他边读边说，"还有不要放任他。不，"他继续说，"那句谚语绝对不是自由的意思。好了，我的孩子。"

读完信后，他对我说："所有事情都会替你办好，我会立即帮你处理好。你会成为团的一名军官，而且为了不耽误时间，明天就起程前往白山要塞。在那里，你将在米罗洛夫上尉的部下服役，他是一个勇敢忠厚的人。在那儿，你要认真服役为祖国效忠，严格遵守纪律。在奥伦堡，你会无所事事的，而散漫对年轻人的锻炼来说是没有好处的。今天，我请你一起吃午饭。"

我想，我的状况越来越糟糕了。还在娘胎时，我就是个近卫军中士了，不过这又有什么用呢？我会被折腾到什么地步呢？派到团里，到凯伊萨①草原边境一个被遗弃的要塞上去！我在将军家吃了午饭，同桌的还有他的老副官——纪律严明的德国人的俭朴在餐桌上也是不例外的。我天真地想，他把我打发到偏远的驻防军去，可能与他害怕有一个多余的客人分享那少量的食物有关系吧！

第二天，我就向将军告别，前往白山要塞了。

三　要塞

我们住在碉堡里，
喝的是水，吃的是面包；
假如有凶狠的敌人，
要来吃我们的肉包；
我们就给敌人摆酒宴：
炮弹管吃饱。

——《兵士之歌》

白山要塞位于距离奥伦堡四十俄里的野地里，一条曲折蜿蜒的路沿着雅依克河陡峭的河岸向前延伸着。尽管天气已经很寒冷了，但是河水还没完全冻结，铅灰色的水浪在被白雪覆盖着的河岸之间透着黑色，一望无际的吉尔吉斯草原就静静地躺在我面前。

我的心情有点忧郁，陷入了深深地沉思，因为对于驻防军枯燥无聊的生活我一点儿也不感兴趣。我竭力在脑海里勾画我未来长官米罗洛夫的形象。我把他想象成一个既严厉脾气又坏的糟老头，除了自己的职责什么也不知道，随时会为了一点儿鸡毛蒜皮小事关我禁闭……暮色降临，我们拼命地往前赶。

“这里离要塞到底还有多远？”我问车夫。

“您现在就能看到它。”车夫回答。

---

① 现在的哈萨克斯坦。

我望了望四周，以为看到的是高高的堡垒、城墙和战壕，戒备森严的哨兵。不过，除了一个被木栅栏围着的小村庄以外，我什么都没有看见。路边有一些被雪覆盖着的干草垛，另一边是一座倾斜的风车，风车那厚重的椴树皮做的车翼懒散地悬挂在那儿。

“要塞在哪里呀？”我惊异地问道。

“就在那里呀。”车夫指着我们刚刚进入的村庄说道。在村子的大门旁，我发现一架旧的、生铁铸的大炮。街道不仅狭窄还弯弯曲曲的，到处都是低矮的小屋，而且每间小屋都是用干草覆盖的。

我命令车夫把车赶到要塞司令那儿去。很快我的马车就停在一栋高地上的木屋前，木屋的旁边也是一座用木头盖的教堂。在见到司令之前，我不得不在接待室里待着。一位年迈的残疾军人坐在桌子上，正用一块蓝布缝补绿色制服肘部的破损处。我恳请他为我通报一声。

“进去吧，先生，”他说道，“我们的人都在里面。”

我走进一间干净的、摆设带有传统特色的小屋，打量了一下屋子，屋子的角落里有一个装着银器的橱柜，墙上挂着镶有镜框的军官证书，镜框周围是花花绿绿的版画——《选新娘》《占领基斯特林》[①] 和《老鼠葬猫》[②]，非常引人注目。窗户旁坐着一位披着坎肩、包着头巾的老太太。她当时正在绕一团毛线，一个独眼的、穿得像军官的小老头伸手绷着那团毛线。

“您有什么事吗？先生？”老太太一边抬头问我，一边继续她手头的工作。我告诉她，我是被安排过来服役的，并且按照规定，立刻来拜见上尉先生。说完这些，我就转向那个独眼老头，以为他就是那个要塞司令。但是，女主人打断了我预先准备好的话。

“伊万·米罗洛夫现在不在，他去拜访格拉西姆牧师了。不过，你见我也是一样的，我是他妻子，请不要见外啊！请坐呀，先生。”她命令仆人去把下士叫来。小老头用他那独眼好奇地盯着我。

“我能冒昧问一下，”他说，“您从前在什么团服役？”关于这个问题，我满足了他的好奇心。

---

① 土耳其城堡，1737 年，被俄国占领。

② 18 世纪欧洲流行的一种版画。

“我能再斗胆问一下，为什么您要从近卫军被调到驻防军来呢?”

我告诉他说，那是上级的命令。

“也许是做了和近卫军军官身份不符合的事情了吧?”那个爱刨根问底的老头继续说。

“你能不能停止那愚蠢的盘问?”上尉夫人对他说，“你看，这年轻人长途跋涉已经很累了。除了回答你的问题，他还有其他事情要做呢！把你的手伸直一点儿！亲爱的先生。”她转向我继续说：“不要由于被派遣到我们这个偏远的小镇而感到苦恼。您不是第一个来的，也不会是最后一个。目前为止还有个叫奥列科谢·施瓦布林的，他因为谋杀被调到我们这儿已经四年了，天知道他为什么会做出这种出格的事情。他和一个中尉带着剑跑到城外去决斗，当着两个证人的面，奥列科谢刺死了那个中尉。唉！没有人生来是不犯错的。”

当时，下士走进来了，他是一个非常年轻又十分英俊的哥萨克人。“马克西米奇，”上尉夫人说，“给这位军官安排一个雅致的住处，要干净整洁儿一点的。”

“遵命，瓦里西萨，”哥萨克人答道，“我是否能把他和伊万·波列扎耶夫安排住在一起呢?”

“胡扯，马克西米奇，他那里现在住了很多人，已经够挤了，况且，他是我孩子的教父。再说，他始终没忘记我们是他的长官。对了，先生，我应该怎样称呼您?”

“彼得·格利尼奥夫。”

“那么，领格利尼奥夫先生到谢苗·库佐夫那儿去。那家伙竟然敢把他的马放到我的菜园子里来。一切都还顺利吧，马克西米奇?”

“感谢上帝，一切都平安，除了普罗霍夫下士为了一桶热水和乌斯季尼娅吵了一架之外。”

“伊格纳季奇，”上尉夫人对独眼老头说，“你去仔细调查一下这件事情，看看究竟是谁的原因，或者是两个人都要受到处罚。去吧，马克西米奇，愿上帝与你同在。格利尼奥夫先生，马克西米奇将领您去安顿下来的住处。”我于是告别了上尉夫人。

下士把我领到一栋坐落在高高河岸上的小木屋前，这栋小屋已经处于要塞的尽头。谢苗·库佐夫一家已经占据了半栋屋子，那另一半是分给我的。这栋小木屋原来是一个被隔墙隔成了两部分的大房间。萨维里奇马上着手收拾房间，而我就从那窄窄的窗户向外看，欣赏一下窗外的风景——萧败且贫瘠的干草原在我眼前伸展着，一眼望不到边，近一点儿的地方零星冒出一些零落破败的小屋，其中一栋小屋的门槛前站着一位老太婆，手里拿着一只碗，招呼猪来吃食。除了街上有几只鸡来回走动觅食以外，我眼中再也看不到别的可供欣赏的景物。看着这一切，心里忍不住地辛酸起来，这就是我命中注定要度过美好青春年华的地方！我收回视线，心里被一股绝望的情感控制着，没吃晚饭就上床歇息了，尽管萨维里奇不断地劝我吃点儿东西再去睡觉。他郁闷地大声叫道："哦，你都不吃饭了！哦，上帝！如果你生病了，太太会怎么责怪我呢？"

次日清晨，我刚要起床穿衣服，一位年轻的军官就闯进了我的房间。他个子不高，长得也不是很好看，不过，黝黑的脸上有着很富有感染力的表情。"请原谅我，"他用法语说，"冒昧来访，很是失礼。我昨天得知您的到来，想见陌生朋友的强烈愿望驱使我赶紧过来拜访您，我再也没办法耐心等下去了，所以就冒昧地过来拜访。当您在这里住上一段时间后，您就会知道这种感觉了！"

我一下子猜到，他应该就是那个因为决斗而被开除出近卫军的军官——奥列科谢·施瓦布林。他看起来非常机灵，谈吐轻松又幽默。他兴致勃勃地给我描绘了要塞司令一家、防卫军以及整个地区的情况，听着这些，我发自内心地笑了，心里还算有一丝的安慰。这个时候，伊格纳季奇，那个我在上尉接待室遇到的缝补制服的残废老军人走了进来。他传话说，上尉夫人瓦西利撒·耶格洛弗那请我去吃饭，奥列科谢自告奋勇要陪我一起去。

当我们快到司令家的时候，在广场上集合着二十来位小个子残废老军人，他们一个个都留着长发辫，戴着三角军帽，在军官的带领下在那里操练。这些老人排着上阵的队列，司令则精神焕发地站在他们面前。他是一个精神矍铄、活力四射的老人，有着魁梧的身材，穿着一身长袍，戴着棉帽。看着我们走过来了，就对我讲了几句寒暄的客气话，然后继续他的操练。我们想留下来看训练，但他请我们现在就去他家，并保证说他马上就到。"这里的训练实在是不堪入目。"他说。瓦西利撒十分热心地接待了我们，没用琐碎的礼节，她把我当老熟人一样招待。残废军人和女仆巴莱卡当时正在铺桌子。

“我亲爱的伊万·米罗洛夫今天到底怎么了，操练了这么久还没有回来？”女主人抱怨道，“巴莱卡，你去叫他回来吃饭。我的女儿玛丽在哪里呢？”她刚一说完这个名字，一位年龄16岁上下的年轻女孩就进入了房间。圆圆的脸庞，面色红润，头发用光滑的发带拢在耳后，耳朵由于羞怯而变得通红。初次见面，我对她的印象不是很好。奥列科谢曾告诉过我上尉的女儿是个蠢姑娘，所以我是带着主观倾向看她的。玛丽径直走到一个角落然后坐下来，开始做起针线活。汤端上桌了，瓦西利撒还没有看到丈夫回家，便派女仆再去叫他。

“告诉老爷，他的检阅可以换时间再进行，不然汤要凉了。操练又不会消失，随时都可以进行，空闲时他有足够的时间来练嗓子。”

上尉和他的独眼军官立刻就返回来了。

“发生什么事了？亲爱的，”瓦西利撒说，“饭菜早就为你准备好了，可你就是不回来。”

“你知道的，瓦西利撒，我正忙于指挥军队，操练我的兵士呢。”

“得了，伊万·米罗洛夫，就不要异想天开了。他们都是一把年纪的人了，并不适合训练，再说你自己，对训练也是一窍不通，没有合适的方法。你应该待在家里向上帝祈祷保佑我们这里的安全，那将会更适合你。亲爱的客人，你还是快上座吧。”

于是我们一起坐下来吃饭。瓦西利撒的嘴一刻也停不下来，她有一大堆问题不停地问我：我的父母是谁？他们还健在吗？他们住在哪儿？他们的财产是多少？当她知道了我父亲有三百个奴仆时，她说：“你看，世界上就是存在着一些阔人，但我们，先生，老实说，我们就只有巴莱卡一个女仆。不过，谢天谢地，我们还能凑合着过。我们唯一牵挂的就是，我们的女儿，玛丽，一个到了出嫁年龄的姑娘。可是我们能为她准备什么嫁妆呢？只有每年去洗两次澡的钱。如果她能找到一个好丈夫，那该多好啊。如果不能，她就只能一直待在家里，乖乖地做一位老姑娘了。”

我瞄了玛丽一眼，她的脸涨得通红，眼泪都快涌出来掉到碗里了。我不由得很同情她，就马上改变话题：“我听说巴什基尔人企图向你们的要塞进攻？”

“谁告诉你的？”伊万·米罗洛夫答道。

“我听奥伦堡人说的。”

“纯属瞎说，”伊万说，“我们已经很久没有听到谣言了。巴什基尔人不过是一个胆小的民族，吉尔吉斯人以前也有这样的打算，他们没有胆量也没有那个实力来攻打我们。万一他们想要攻打我们的话，我也会好好教训他们一顿，使他们在十年之间都再也不敢打我们的主意。”

“难道你不怕吗？”我继续说，问瓦西利撒，“待在一个危机四伏的要塞？”

“我习惯了，亲爱的。”她回答说，“二十年前，当我们从团里调到这儿时，你或许会想象不到我有多害怕那些强盗。只要我看到他们的皮帽子，或听到他们的叫喊，相信我，我都会晕倒。不过如今，对这种生活，我早已习以为常了。要是有人告诉我，说土匪正在我们要塞周围转来转去，我会毫无反应，依旧会纹丝不动地待在家里。”

“瓦西利撒他是一位很勇敢的夫人，”奥列科谢神情严肃地说，“这一点伊万·米罗洛夫可以做证。”

“嗯，你们也晓得，”伊万说，“她不是胆小鬼那一种！”

“那玛丽怎么样呢？”我问她母亲，“她像您一样大胆吗？”

“玛丽？”夫人说，“不！玛丽可是个胆小鬼。到目前为止，她只要听到枪声，还是会全身颤抖个不停。两年前，伊万曾经突发奇想，在我生日那天放他的大炮来为我庆祝生日。我可怜的宝贝差点就晕死过去了。从那时起，那架可怜的大炮就再也没被用过。”

吃完饭，我们就离开了餐桌。上尉和他的妻子去睡午觉，我则同奥列科谢一起去他的房间——在那儿，一起度过了那天晚上。

四 决斗

请吧，快摆好架势。
看我宝剑刺透你的身躯。①

——克尼亚日宁

---

① 引自克尼亚日宁所著《怪人》。

几个星期之后，我逐渐适应了要塞的生活，在要塞的生活不是那么令人失望，不仅变得可以忍受，而且开始变得令人愉快了。司令一家都把我当亲人看待，他们夫妻俩都是善良老实的人。伊万·米罗洛夫是团里领养的一名孤儿，他是一步一步混到现在的职位的。他是一个生性简单又没怎么受过教育的人，但是，他很正派、忠诚。他的太太管制着他，那正符合他天生懒惰的性格。

瓦西利撒处理要塞的事务就像做家务一样，就像支配她自己的厨房一样控制着整个要塞。很快，玛丽见到我时就不再像刚来时那么害羞了，在我们较为熟悉之后，我发现她其实是个温情而又聪明的女孩。慢慢地，我深深依恋上了这善良的一家。

我被提升做了一名军官。并没有什么公务来折磨我，在这个得到上帝保佑的要塞，没有事可做，不需要放哨，也不需要巡逻。有时，司令突然心血来潮，就去操练他的士兵。但是，他到现在还没教会我们向右转怎么转，向左转是如何转。

奥列科谢那儿有一些法文书，我闲着没事就用读书来打发时间，这些书激起了我对文学的兴趣。每天清晨，我就读读书，做一些翻译，甚至心血来潮写点儿诗歌。我几乎每天都在司令家吃午饭，然后，在那儿和他们一起消磨我其他的时间。晚间，格拉西姆牧师和他的妻子阿库琳娜会过来——阿库琳娜是这个地方最会嚼舌根的人。

虽然，我和奥列科谢每天都见面，不过渐渐地，他的谈吐很是让人不愉快，我不喜欢和他在一起了。他总是以嘲讽的口气谈论司令一家，最重要的是，他总是对玛丽进行刻薄的评价，我听了之后心里很是不舒服。在要塞，我没有别的什么人可以来往，只和这一家人交往，不过，我也不愿和别人交往。所有谣言都是假的，巴什基尔人并没有叛乱，四周依然是和平，风平浪静的。

我前面已经说过，读书所引发的对文学的兴趣使我忙于文学阅读和写作。一天，我刚好完成了一首我引以为豪的诗歌。大家都知道，作者总是喜欢借着寻求改进的借口，找一位好心的读者阅读，以希望受到别人的夸奖。我把诗歌抄下来，带去给奥列科谢看，他是要塞这儿唯一懂得欣赏诗歌的人。寒暄几句之后，我从口袋里掏出诗稿并读给他听：

驱除心头之爱，
忘掉心爱之人。
亲爱的，再见吧！
我重新回归自己。
可那不能消失的双眸，
又使我久久不能平静。
心烦意乱，坐卧不安！

啊，不幸的人啊！
请饶恕我吧。
这么悲惨的命运，
终究被你俘获！①

"你觉得我写的这首诗怎么样？"我问他，原本希望能得到应有的赞美。但是，非常令人失望，平时对我写的东西挺赞赏的奥列科谢直白地说，我的诗歌写得很无聊。"为什么？"我强装平静地问。他从我手中拿过纸，开始不留情面地批判每一行诗的韵调和每一个词的搭配，甚至用最恶毒的言辞嘲笑我。我实在无法忍受他的讥讽了，从他手中一把抢回纸稿，声称以后再也不会把我写的文章给他看。

"我们等着瞧，"他说，"你是否能坚持你的承诺。诗人是需要听众的，就像伊万·米罗洛夫餐前需要一瓶白兰地一样。不过你表达温柔情意的这个玛丽到底是谁呀？该不会是玛丽·米罗洛夫吧？"

"与你无关，"我皱了皱眉头说，"我既不需要你的意见，也不需要你的猜忌。"

"哦！哦！好一个高傲的诗人，好一个守口如瓶的情人。"奥列科谢接着说，他说的话使我越来越恼怒，"听我实用的忠告——如果你想追到手，那就别只是给她写诗。"

"你这话是什么意思，先生？请您解释一下。"

"因为高兴呀，"他诡秘的一笑说，"我是说，如果你想和玛丽·米罗

---

① 摘自《新编俄国词曲集》。

洛夫想有进一步发展的话，你应该送她一副耳环，而不只是一首无精打采的情诗。”

我的血液快要沸腾起来了。“你怎么可以这样看她呢？”我问道，同时尽力压抑自己的怒气。

“是从我自己的经验总结出来的呀。”他说道。

“你撒谎，你这个浑蛋，”我暴怒地大叫，“你也太无耻了。”

奥列科谢勃然大怒。

“这事不能就这样结束，”他抓着我的手激动地说，“你必须得给我一个满意的交代，我要和你决斗。”

“我随时奉陪。”我愉悦地回答，因为在那一刻我正好想把他撕成碎片。我马上跑去见伊万·伊格纳季奇，他手里正拿着一根针。遵照司令夫人的嘱咐，他正用线把蘑菇串起来，这些蘑菇晒干后能够在冬天食用。

“啊，彼得·格利尼奥夫，欢迎您啊！恕我斗胆，您怎么到这儿来了？”

我用几句简短的话描述了我和奥列科谢的争吵，并请求他，伊格纳季奇，做我们决斗的见证人。伊格纳季奇很专心地听我把事情讲完，惊异得把独眼睁得大大的。

“您是说您要和奥列科谢决斗，并且希望我来做这场决斗的见证人？我斗胆问一下，您是这样想的吗？”

“对极了。”

“哦，那是多么愚蠢的想法啊！您不过就是和奥列科谢争吵了几句，那又怎么样啊？骂一句难听的话又不会伤害你什么。他对您没礼貌，您同时也可以回敬他。要是他打您一巴掌，您就回他一拳。他打您两下，您就可以回他三下。最后，事情总会这么过去的，你们总会和好的。但是，如果你们打架呢——好吧，如果您，嗯，把他给杀了，愿上帝与他同在！虽然我对他也没什么好感，但是，如果他伤害了你，那又怎么办呢？到底谁来对这件事情负责呢？”

这个小心谨慎的军官的说理并没有使我的决心动摇。“随便你怎么做，”伊格纳季奇说，“不过，请我做见证人有什么意义呢？人们之间的决斗，那又不是什么很奇怪的事。我以前经常和瑞士人、土耳其人以及各色人种打仗。”

我尽力向他解释见证人的职责。与其说伊格纳季奇不愿意，还不如说他不能理解我的意思。“按照您自己的方式来做吧，”他说，“要是要求我参与这件事，我一定会按规矩向伊万·米罗诺夫报告，就说有人将在要塞里进行一个有损国家利益的犯罪行动，请司令采取必要的措施。”

我立马吓坏了，恳求伊格纳季奇不要向司令提起此事。直到他向我保证，他会为我们保守秘密，才安心地离开。

跟平常一样，我在司令家消磨了那个晚上，为了不引起怀疑和避免被问东问西，我尽力使自己保持平和和愉悦。我承认，我没有那种人们所吹嘘的在相似情况下应有的理智，我还不能做到那种淡定。我想我可能是最后一次见玛丽·米罗洛夫，而她仿佛比从前更有吸引力了，这个想法使她此时在我眼中更具不可思议的魅力。

奥列科谢走进来了，我把他领到一旁，告诉了他我和伊格纳季奇的谈话。“要见证做什么，”他冷冷地说，“我们可以在没有见证人的情况下决斗。”于是我们决定明天早上六点钟准时在干草堆后决斗。

看到我俩友善地谈话，伊格纳季奇满怀惊奇，以为我们俩和好了，几乎泄露了我们的机密：“你们早该那样做了，因为委曲求和总比痛快吵架好得多呀！”

“什么？你说什么？伊格纳季奇，”上尉夫人问道，此时她正在一个角落里玩单人纸牌游戏，“我不明白你说什么？”看到我皱眉，伊格纳季奇想起了他的承诺，一下子变得不知所措，也不知道该怎么回应。奥列科谢走过去帮他解围，然后说：“伊格纳季奇是表扬我们讲和。”

“你到底和谁发生争吵了？”她问。

“和彼得·格利尼奥夫，不过就吵了几句。”

“因为什么？”

“为了鸡毛蒜皮的小事情，一首诗歌。”

“原来是一首诗歌！这是吵架的好理由啊！告诉我怎么回事啊。”

“我很愿意，是这样的——彼得最近正在创作一些东西，今天早上，他又给我唱了一首他的诗歌。接着，我也按照自己的想法唱自己创造出的歌，

‘上尉的女儿呀，半夜三更可别出去游玩。’

因为我们唱的是不同的调，彼得就发火，他忘记了每个人都有自由吟唱自己所喜欢的东西的权利。”

奥列科谢极度的厚颜无耻使我愤怒到了极点，除了我之外，没人能听得懂他话中还隐藏着别的意思。

谈话总体上从诗歌转到了诗人，但是司令好像不怎么喜欢诗人，因为司令以前说，诗人都是纵情声色的酒鬼。作为一个朋友，他建议我放弃诗歌，因为诗歌可能会和军务相冲突，并且会导致不好的结果。

因为感到奥列科谢的虚伪令人作呕，我于是告辞先一步离开了司令家。在自己的房间里，我比画了一下佩剑，试了试剑锋，然后就上床休息了，睡前吩咐萨维里奇明天早上六点钟把我叫醒。

第二天，我按照约定的时间，准时到了干草堆后，等着我的对手，不久他也出现了。“我们可能会被别人发现，”他说，“行动快点。”我们脱掉制服，放在一边，刚从剑鞘中拔出宝剑。

就在这时，伊格纳季奇突然从一个干草堆后走到面前，后面还跟随着五个残废军人。他让我们穿上衣服然后到司令面前去。我们不得不听从他的命令，士兵们把我俩团团围住。伊格纳季奇则迈着凯旋军人的阔步，但是脸上带着很凝重的神情，领着我们回到了司令家。我们来到了司令的房子，伊格纳季奇把门打开，严肃地汇报道：“他们已经带到了！”

瓦西利撒冲向我们：“你们俩这是干什么呢？难道你要策划一场暗杀？伊万·米罗洛夫，逮捕他们！彼得·格利尼奥夫，奥列科谢，把你们的剑上交，然后放到阁楼去。彼得，我真没想到你也会这样，你难道就不觉得羞耻吗？说到奥列科谢，那倒是另一码事了。他之所以从近卫军调到我们这儿来就是由于他和别人决斗杀了人，他是连我们的上帝都怀疑的人。你也要做这样的人吗？”

他妻子说，伊万·米罗洛夫就随声附和。他说：“你们听我说！瓦西利撒是对的，决斗在军队纲要中是被禁止的。”

与此同时，巴莱卡没收了我们的剑送到阁楼上去了。看到这场景，我忍不住笑了。奥列科谢保持着庄重的表情，他对瓦西利撒说：“虽然我对您很敬重，不过，我必须说，您不是裁决我们之间争斗的主角。把责任给伊万·米罗洛夫吧，这是他该做的。”

“什么！什么！我亲爱的先生，”司令夫人说，“夫妻间不是应该同心同德吗？伊万·米罗洛夫，你难道就无动于衷吗？快立刻关他们禁闭。分别锁在不同的房间里，只允许提供面包和水，直到他们把这个愚蠢的想法抛弃。叫格拉西姆牧师给他们举行一个忏悔仪式，这样，他们才有机会在上帝和人们的面前忏悔。”

伊万·米罗洛夫左右为难，不知道该如何处理，玛丽的脸色也越发苍白。然而，等我们俩冷静下来之后，事情逐渐渐渐平息了，瓦西利撒让我们拥抱对方以示和好，而女仆被她派去取回我们的剑。我们一起离开了司令的房子，表面上装作仍然是朋友，伊格纳季奇将我们领了出去。

“你难道不为自己的行为感到羞耻吗？”我对他说，“你曾向我发誓不会向司令报告我们的事情，结果你还是违背了你自己的誓言。”

“我向天发誓，真的什么也没对伊万·米罗洛夫说，是瓦西利撒从我嘴里套出了这一切。在司令毫不知情时，她采取了这些措施。谢天谢地，这一切总算结束了。”说完他扭头回自己的房间了，我还和奥列科谢在待在一起。

“我们的事情一定不能就这样结束。”我说。

“当然不能，”奥列科谢回答，“你会为你的无礼付出血的代价。不过，毫无疑问，我们现在被监视了，我们必须假装和好，然后到时候再说吧。再见！”

我们分了手，就像什么事情都没有发生。我回到司令家，像平常一样坐在玛丽的旁边。她父亲不在，而她母亲正忙于家务。我们压低音调谈话，玛丽由于担心我和奥列科谢的争执，温柔地嗔怪了我。

“我的心都快跳到嗓子眼了，”她说，“当我听到你俩拿着剑去决斗。我真是搞不懂你们男人！就为了一句话，他们就准备和对方决斗，不仅不惜牺牲自己的生命，甚至不惜牺牲那些关心他们的人的名誉和幸福。我敢断定，不是你挑起这场决斗的，奥列科谢他才是真正的挑起者。”

“怎么会这么想呢？”

“因为他总是爱讥讽、嘲笑别人。我不喜欢他，不过，尽管我非常不喜欢他，要是知道他不喜欢我，我一定会不高兴的。”

“玛丽，那你觉得，他是会喜欢还是会不喜欢你呢？”

玛丽满脸涨通红，说：“他好像是喜欢我的。”

“你怎么知道的?”

“因为他曾经向我求过婚。”

“他向你求过婚？那是什么时候的事情?”

“去年，大约在你来到这儿的两个月之前。”

“你当时有没有接受?”

“当然没有，就像你现在所看到的。奥列科谢是个很聪明的人，有着高贵的家庭背景，并有一定数量的财产。不过，只要一想到婚礼那天我穿着礼服，当着所有人的面和他接吻！不！我做不到！不管为了什么，我都肯定做不到。”

玛丽的话使我恍然大悟，我终于明白奥列科谢为什么总是刻意地诽谤她。他或许已经意识到我俩之间微妙的感情，因此总是竭力地想破坏我们的关系。这样的话，他说的那些引起我们争吵的话使我觉得更加卑鄙，因为它不仅仅是一个粗俗下流的嘲讽，更是有意诽谤。想要惩罚这个无赖撒谎者的愿望变得如此强烈，以至于我再也没有耐心等待恰当的时机了。

我不能静下心来耐心地等待，第二天，当我正绞尽脑汁地写一首哀歌，咬着笔杆苦想一个韵的时候，奥列科谢叩响了我的窗子。我放下笔，拿起剑，走出了房间。

“为什么还要拖延呢?”奥列科谢说，“现在不再有人监视我们了，我们还是去河边吧，那儿比较偏僻，没人会阻碍我们。”

我们一声不吭地出发了，沿着一条陡峭的小路一直往下走，在水边我们停下了脚步，拔出剑交叉放了一下准备开始决斗。奥列科谢的剑术显然比我高超，但是，我比他更强悍、更有胆识。当过兵的鲍普雷教师在教我其他东西的同时，也曾教过我击剑术。奥列科谢根本料不到自己会遇见我这么厉害的对手。几分钟过去了，我俩没有分出胜负来。但是到最后，我注意到奥列科谢体力渐渐不行了，于是我就开始向他发起猛烈地进攻，几乎要把他逼到河里去了。

正在这时，突然听到一个很熟悉的声音在喊我的名字，于是我迅速转过头去，看到萨维里奇正沿着小路向我跑来。可正在我转头之际，我察觉到右肩下方的胸部被狠狠地刺了一剑，一阵阵痛，我当时倒了下去，立马就失去了知觉。

五　爱情

啊，姑娘，美丽的姑娘！
姑娘，年纪轻轻别忙嫁人，
问问父亲母亲和亲戚，
姑娘，你要积累聪明与才智，
积累聪明与才智，还有攒嫁妆。

——民歌①

你要找到更优秀的，就请忘记我；
你要找到不如我的，就请想起我。

——民歌

等我清醒过来之后，既不知道我发生了什么事，也不知道我在什么地方，只是感觉身体很虚弱无力。在一个陌生的房间里，萨维里奇站在我面前，手里端着一支蜡烛，有个人正在解开我胸口和肩膀的绷带。慢慢地，我回想到了之前的决斗，一下子猜到我是在决斗过程中受了伤。这时候，门上的铰链咯吱一声忽然响了。

“嗯，他现在怎么样了？”一个声音轻轻地问，这声音让我吃了一惊。

“还是昏迷不醒，”萨维里奇叹了口气说，“已经是昏迷的第四天了。”

我想转过身去，但是没有力气。“我在哪儿？”我用尽全力问，“谁在这儿？”

玛丽走近我，弯下腰轻轻地问：“你现在觉得怎么样？”

“感谢上帝，我现在很好。你是玛丽吗？告诉我……”我还没说完，萨维里奇就兴奋得大叫起来，他的脸上清晰地流露出惊喜的神情。“他醒了！他醒了！感谢您，全能的上帝！彼得，您把我吓死了！都已经四天了，太不容易了……”

玛丽打断他说：“不要跟他说太多话，萨维里奇。他身体还很虚弱

---

① 选自《俄罗斯民歌集》。

呢!”说完，她就出去了，并且轻轻地把门关上。我应该是住在司令家中，要不然玛丽不可能来看我的。我想起身问问萨维里奇，但是老头摇了摇头，拿手把耳朵捂上。我气恼地闭上了眼睛，不一会儿就睡着了。

当我再次醒来时，我大声地喊萨维里奇，但进来的不是他，出现在我眼前的是玛丽，她轻声地问候我。我抓着她的手，拿它紧贴在我脸上，眼泪禁不住就滴到了她的手上，玛丽没有把手抽回去。突然，她用嘴唇在我脸上印了一个深情的吻，在我看来，这是一种多么美好的感觉啊!一股激动冲遍了我的全身。“亲爱的好玛丽，你做我的妻子吧，这样我就会成为这个世界上最幸福的男人!”

“看在上帝的份儿上，请保持平静,”她边说边抽回她的手，“你的伤口很有可能会因为激动而再次裂开。就算为了我，也要请你一定要保重自己的身体。”她走出房间，让我好好休息。我感觉身体内有一股神奇的力量，使我的身体迅速恢复活力。“她将是我的人!”我不断说着，“她爱我!”在这种爱情的滋润下，我一天天康复起来了。团里的理发师给我缝的伤口，因为要塞里没有医生。感谢上帝，他好歹是没有搞出麻烦。由于年轻，而且体质本来就好，我的伤口很快就痊愈了。

司令全家都悉心地照料我，玛丽几乎没有离开我。不由分说，当我又有了一个适当的时机，就继续我那被打断的表白。这次，玛丽更加有耐心地听着，没有任何忸怩之情。她坦白地承认了她对我的爱慕之情，还说她父母也会为她的幸福感到高兴。“但是,”她接着说，“我们得好好考虑一下这件事，你的父母会同意吗?”

我丝毫不怀疑母亲，她最终一定会遵从我的意见。但是，我清楚地知道父亲的性格，我预料到他是一定不会赞成并认同我的爱情，并且，很可能，他会把它当作我年少无知做出的一件蠢事。我诚实地把这一点告诉了玛丽，尽管如此，我还是打算给父亲写一封信，尽可能写得委婉点，恳求他为我们的婚礼祝福。我将信拿给玛丽看，她也认为写得很有说服力，感人至深。她确信一定能得到父亲的同意的，因此，她也完全因着对青春和爱情的信任，任由自己沉浸在内心的幸福的情感之中。

在我康复的开始几天里，我就和奥列科谢言和了。伊万·米罗洛夫为决斗的事情责怪我，他说：“你看，彼得，我应该关你禁闭，不过，你确实已经受到严厉的惩罚了，所以就不用关你了。按照规矩，奥列科谢已经被关在谷仓里，现在由守卫看着。他的剑也被没收了，得让他好好反省和忏悔一下，钥匙由瓦西利撒保管。”我太幸福了，不想把抱怨怀恨堆积在心，所以我就为奥列科谢求情，善良的司令在他妻子的允许下同意给他自由。

奥列科谢马上来看望我，他对所发生的事情表示歉疚，承认是他的冲动和鲁莽，并恳求我忘掉过去发生的一切。因为我天生不会记仇，就真心实意地原谅了他，原谅了他和我的争执以及他对我造成的伤害。在他的恶语中伤中，我明白他是被挫伤的虚荣心和被鄙夷的爱慕之情而激起的愤怒的结果。我很大度地原谅了我那不幸的情敌。身体一完全康复，我就马上搬回了自己的住所。我很焦虑地等着父亲的回信，虽然不敢有过高的奢望，但还是期望能到父亲的赞许，我竭力压制着所有不祥的预感。我还没有向瓦西利撒和她的丈夫明说我和玛丽的事情，但是我认为，我的求婚应该不会使他们惊讶吧！不管是玛丽还是我，都没有隐藏我们的感情，况且我们事先确定，他们会答应的。

最终，在一个晴朗的日子里，萨维里奇拿着一封信走进我的房间。我颤抖着双手接过信，地址是父亲亲手写下的，这使我意识到不得不准备好面对某些严重的事情，因为每次都是母亲写信给我，父亲向来只是在信尾草草加上几行。我忐忑了很长时间，不敢拆开信封。我一遍又一遍地读着信封上写得一本正经的字：“奥伦堡省，白山要塞，我儿彼得·格利尼奥夫收启”，我尽力想从父亲的笔迹中揣摩他写那封信时的心情。最终，我拆开了信，从最初的几行字里，我就意识到我们的愿望破灭了。信的开头是这样写的：

我儿彼得：

我们是这个月15号收到你的来信的。信中，你请求父母答应你和米罗洛夫上尉的女儿结婚并且祝福你们。我不但没打算给你们我的许可和祝福，而且我将要惩罚你所做出的孩子气的蠢事。尽管你已经获得了军官的职位，但你的行为证明你不配佩带那把剑。那把给你的剑本来是用来保卫你的国家的，而不是用来和一个和你一样愚蠢的人进行决斗的。我将立即回信给安德鲁·卡尼洛维奇，让他将你从白山要塞调到某个更偏僻的地方去，或许这样可以更好地锻炼你自己，使你不再那么莽撞和愚妄。你以后会变成什么样子呢？我祈求上帝能指引你的道路，希望你能知错就改。但是，我不敢奢望你从他那儿得到这么多的仁慈。

你的父亲，安·格

父亲毫不吝啬的严厉措辞深深地伤透了我的心，使我感觉到了绝望。我认为，他对玛丽的不屑一顾既不公平也不尊重。一想到我要被调离白山要塞，我心里就很焦虑。但目前更令我痛心的是，母亲生病的消息。我生萨维里奇的气，不用说，肯定是他告诉父母关于我决斗的事情。

我在我的小屋里来回踱着步，忽然，我停在老头面前说："你害得我受伤，几乎把我送进了坟墓，但这好像似乎还不够，你难道还想置我母亲于死地啊！"

萨维里奇像被闪电击中一样，站在那儿纹丝不动。"饶了我吧，少爷，"他说，"您怎么可以这样说话呢？为什么是我使您受伤？只有天知道我恨不得用我的胸膛来保护您，来替您受奥列科谢那一剑。但该死的，我年纪大，跑不动了。不过，我能对您母亲做了什么呢？"

"你到底做了什么？为什么你写信告诉我的父母我决斗的事情？他们派你来服侍我，就是为了监视我吗？"

"我写信出卖您？"老头回答，完全崩溃了，"哦，天啊！老天啊！来这儿，看看老爷给我写的信，然后你就会明白我是否告发你决斗的事情了。"他一边说说，一边从口袋里取出一封信给我。我读了，在信中这样写道：

真是无耻，你这个老奴仆。尽管我一再地吩咐过你，你还是没有遵照我的吩咐写信告诉我关于我儿子的情况，却让外人写信告诉我他的胡作非为。难道你就是这样履行自己的职责、完成主人给你的命令的吗？我将送你去养猪，因为你向我隐瞒了事实，包庇和放纵少爷。你一收到这封信，马上向我报告他的健康状况。我听说他正在慢慢恢复，确切告诉我他伤在哪里，有没有受到很好地照顾。

很明显，萨维里奇没有做对不起我的事情，我却用怀疑和责骂伤害了他的感情。我恳请他原谅我，但是老头还是因为父亲的回信伤痛欲绝。

"看看我现在落到什么地步了，"他反复道，"想想我服侍了主人这么多年，看看我从他们那儿到底里得到了什么夸赞！我是一条老狗！我是养猪的！还有比那更过分的，我使你受伤。不，不是的，彼得。我没有错，是那个法国人教你舞刀弄枪，还教你又跺又跳，好像这样刺来刺去、跳来跳去就能防止你被坏人伤害。"

那么既然如此，到底是谁这么煞费苦心地向我父亲报告呢？将军，是他安德鲁·卡尔洛维奇？他对我不是很感兴趣，况且，伊万·米罗洛夫也没有必要向他报告我的决斗。我怀疑是奥列科谢。他是唯一一个能从这个告密中得到好处的人，告密的结果是，我或许会被调离白山要塞，不得不和司令一家分开，离开玛丽，这样他就有了机会。我去找玛丽，想告诉她所有的事情，她在台阶上等我。"到底发生了什么？你看上去面色很苍白！"

"一切都结束了。"我回答说，然后将父亲的信递给她看。这下她脸色惨白。读完之后，她将信还给我，然后用颤抖的声音说："这就是我的命运，注定得不到幸福。你父母不希望我们在一起，这可能是上帝的安排！他比我们更明白怎样做才对我们更有利。没有别的办法了，彼得，我只能祝你得到幸福了。"

"这件事不能就这样结束，"我握住她的手说，"只要你还爱我，我准备面对任何命运给我的挑战。我们可以跪在你父母面前恳求，他们都是善良的人，不高傲也不残忍。他们一定会给我们祝福，让我们结婚。我相信，我们迟早会让我父亲回心转意的，母亲也会为我们说情，他会理解我的。"

"不，彼得。如果得不到你父母的允许和祝福，我是不会嫁给你的。如果没有得到他们的祝福，你不会感觉幸福。让我们遵照上帝的旨意吧！如果你遇到另一个姑娘并且你也爱她的话，上帝保佑你！彼得，我会为你们祝福的。"说到这里，她已经泣不成声，转身走了。我本想随着她进屋，但是，我实在无法控制自己了，无奈之下回到了自己的住所。

我陷入了深思，这时，萨维里奇进来的声响打断了我的思绪。"看，少爷，"他说，把一张写满字的纸递到我手中，"看看是不是我去告的密，是不是想尽力破坏你们父子间的感情。"我从他手里拿过纸条，那是他给父亲写好的回信。

安德烈·彼得洛维奇老爷，我的恩主！

您的恩谕我收到了，得知您对我这个不争气的东西生气了。你说我不曾执行您的命令，骂我厚颜无耻。但我可不是老狗，而是您忠诚的奴仆，我听从主人的命令，为您效忠，如今已经满头白发了。我虽没有向您报告彼得的受伤情况，是因为不想让你担惊受怕。得知主母阿芙多吉娅·华西里耶夫娜由于惊吓而病倒，我会为她的健康负责。彼得的伤口在右肩下的胸部肋骨处，深约一俄寸半。他一直躺在司令家里，是我们把他从河岸边抬到那里去的。他是由本地理发师斯捷潘·巴拉蒙诺夫医治的。现在彼得已经完全康复，谢天谢地！提到他除了说好以外，就没有什么其他的可以禀告的了。听说上司对他十分满意，他在华西里莎家里，好像亲生儿子一般。至于他此次发生意外不幸，人有失手，马有失蹄，恳请主人不必过多指责。您信中说，要派我去牧猪，那也是主子的意志。我为您祈祷。

你的忠诚奴仆

阿尔西普

读着老头的信，我禁不住笑了起来。我用不着给父亲写回信了，他的信用来安慰母亲好像已经足够了。

从那天起，玛丽几乎就不再理我了，甚至想方设法地避开我。司令家开始让我觉得索然寡味，以至于都没有兴趣再过去了，渐渐地，我习惯了独自一人待在自己的房间。刚开始，瓦西利撒还埋怨我为什么不去拜访他们，不过，看到我如此坚持，她也就顺其自然了。我只在办公务的时候才和伊万·米罗洛夫见面。我也很少跟奥列科谢碰面，对他的抵触情绪与日俱增，因为我觉得，我在他身上发现了一股令人确信不疑的暗中增长的敌意。

生活变成了一种负担，我已经彻底陷入了因孤独和懒散而产生的忧郁中。爱情在默默地燃烧着，越来越折磨我。对阅读和文学，我也丧失了兴趣，我就这样放纵自己消沉下去。我真担心自己这样下去不是变成疯子就是变成浪荡子。这时，对我一辈子产生重大影响的事情忽然发生了，它强烈地震撼了我的心灵。

六 普伽乔夫暴动

你们一群小崽子仔细听着，
听我们老头子把往事叙说。

——歌谣①

在我即将开始讲述亲眼所见的一系列异事之前，我想我应该先讲几句关于1773年年底奥伦堡省的状况。

富饶而辽阔的奥伦堡省住着很多半开化的宗族，前不久他们归顺到俄国沙皇的统治。但是他们不间断的反叛，对法律和文明社会的鄙夷以及他们的反复无常和残忍，这让政府方面不断地监控他们，用武力镇压迫使他们臣服。在险要之处建立关卡，这里大多数都住着哥萨克人，他们曾定居在雅依克河的两岸。可是，这些本该保护他们居住地和平与安定的哥萨克人，却是导致帝国不安分的危险因素。

1772年，他们居住的一个主要城镇发生了暴乱，这场暴乱是由于特劳本贝格将军采取过分严厉措施迫使军队服从命令而激起士兵们的反抗。结果是，他们残暴地谋杀了特劳本贝格将军，自行撤换了帝国派来的军官，最终，政府不得已采用暴力镇压了这场暴动。这件事发生在我到白山要塞前不久，过后，一切似乎都恢复到过去的样子了。不过，当局太过于轻信叛乱者虚假的悔过，事实上，他们依旧怀恨在心，就等着合适的机会再次发动叛乱。

下面我接着讲我的故事。1773年10月的晚上，我独自在家待着，外面阴风怒嚎，浓密的乌云迅速地从月亮前滑过。这时，从司令那传来命令，叫我立刻去他那里，我即刻前往。在那儿，我看见奥列科谢、伊格纳季奇还有那个哥萨克下士，不过，没看见司令的妻子和女儿。司令向我打了声招呼，就把门关上，叫所有人都坐下，只有下士还站着。接着，他从口袋里掏出一张纸对我们说：

① 选自《俄罗斯民歌集》。

“各位军官，这有条重要消息！请听将军的来信。”他戴上眼镜，认真地读起来：

送达白山要塞司令，米罗洛夫上尉。

密件：我特此通知你，顿河蠢蠢欲动的哥萨克人叶梅利扬·普伽乔夫已经越狱逃跑。他借用已逝的彼得三世[①]的英名，犯下了不可饶恕的罪行之后，又集结一伙强盗，袭击雅依克河沿岸的村庄，还攻占摧毁了几处要塞。所到之处，烧杀抢掠，无恶不作。因此，上尉收到此信之后，你要立刻并采取措施，击退这个强盗和篡权者。如果他带人来攻打你所负责的要塞，一定要彻底消灭他。

“说起来容易，”司令边摘下眼镜，边折着信纸说，“不过，我们必须采取防预措施。这恶棍似乎人多势众，而我们共只有一百三十人，即使加上哥萨克人。并且那些哥萨克人是靠不住的，这不是针对你的，马克西米奇。”哥萨克下士笑了笑。

“各位军官，我们都各尽所职吧！时时刻刻保持警惕，加派岗哨，建立夜间巡逻队。万一有敌人来侵犯，立刻关上大门，召集所有士兵准备战斗。马克西米奇，严密监视你的哥萨克人。另外把大炮检查、清理一下。最重要的是保守秘密，保证在发生战事之前，不要让要塞里的其他人知道这件事。”

命令下完后，伊万·米罗洛夫让我们解散了。我和奥列科谢一起走出去，想着我们刚才听到的消息。“你觉得这件事会发展到什么地步呢？”我问他。

“天才知道，”他回答说，“我们等等看，暂时还没有危险。”接着，他开始哼起一支法国曲子，好像若有所思。

尽管我们采取了严格的保密措施，普伽乔夫即将侵犯的消息还是传遍了要塞。不论伊万·米罗洛夫在生活方面对他的妻子多么言听计从，他无论如何都不会向她泄露军事机密。当他接到将军的来信，他很巧妙地把瓦西利撒支开了。他告诉瓦西利撒，希腊牧师从奥伦堡得到一个出人意料的

① 彼得三世（1728—1762），即位不久被叶卡林娜推翻，不久被暗杀。

消息，这事除了他谁也不知道。所以，瓦西利撒就想去拜访阿库琳娜，牧师的太太。米罗洛夫的提议，玛丽也可以一起跟着她去。在安排好她们出门后，伊万·米罗洛夫把女仆锁在厨房，然后才把我们召集到一起。

瓦西利撒在牧师太太那里没打听到任何消息，失望地回家来了。她知道了在她不在家的时候，伊万·米罗洛夫召开了一次秘密的军事会议，并把巴莱卡关在厨房里以防她偷听。她觉得丈夫欺骗了她，就立即追问他。伊万·米罗洛夫已经准备好了应付妻子追问的答案，沉着地回答了他那好奇心很重的另一半的问题。"你看，亲爱的，在这里，妇女一直用干草生炉子。主要是因为这有可能引起危险和火灾，我就召集军官们，命令他们阻拦这些妇女用干草生炉子，只许用砍下的干树枝。"

"那你为什么把巴莱卡锁在厨房里，一直到我回来?"伊万·米罗洛夫没有想到妻子会问出那个问题，含糊其词地搪塞过去了，而且说得前言不搭后语。精明的瓦西利撒马上看出了丈夫的闪烁其词，但是她明白，当时不可能从丈夫嘴里再问出什么，就不再追问了，于是转而谈起了在阿库琳娜学到的一种更好的腌制黄瓜的方法。当天晚上，瓦西利撒彻夜未眠，想不出到底会有什么事情发生，而这事她丈夫居然不能让她知道。

第二天，做完祷告后回家，她瞧见伊格纳季奇在清理门口那门已经闲置了很久的大炮，把那些男孩子们玩的时候塞进里面的破布、石子、木片以及各种各样的垃圾掏出来。"收拾这些打仗的装备干什么啊?"司令夫人想，"吉尔吉斯人来犯有必要这么担惊害怕吗?米罗洛夫连这么小的事情都瞒着我，有可能吗?"

她把伊格纳季奇叫来，决定从他嘴里弄清楚那个一直困扰着她的好奇心的真相。瓦西利撒一开始和他唠了几句毫不相关的家常，就像警官用一些与案件无关的事来审讯被告一样，目的就是让被告放松警惕，消除戒心。然后，她停了一会儿，摇了摇头长叹一声说："哦，上帝！糟糕啊！糟糕啊！我们该怎么办呢?"

"我亲爱的夫人，"伊格纳季奇说，"上帝是慈爱的，我们有士兵和充足的武力。现在我已经把大炮清理好了，我们一定会打败这个普伽乔夫的进攻。要是上帝与我们同在的话，那头狼在我们这儿一个人也别想吃到。"

"谁是普伽乔夫?"司令夫人问。伊格纳季奇知道他说漏嘴了，紧咬住舌头再也不说下去。但一切都已经太迟了，瓦西利撒逼迫他把一切都透露给她，并向他保证会严格保守秘密，不会告诉任何人的。她遵守了诺言，的确没有告诉任何人，除了阿库琳娜，因为当时阿库琳娜在干草原上放牧，必须得提高警惕，因为牛随时都有可能会被强盗抢走。不久之后，每个人都在谈论普伽乔夫，而且传闻更是五花八门。

司令派下士到周围所有小村庄和要塞收集关于普伽乔夫的情报。两天后，下士回来报告说，在离要塞六十俄里的干草原上看到很多火把，还听巴什基尔人说有一支强大的队伍正向这边挺进。此外，他不能确切地说出还有什么消息了，因为他不敢再冒险前行打探消息了。

听到这个消息后，要塞的哥萨克人都异常骚动和焦躁，小村镇里立刻有一种危险的气息。他们在街上成群结队，低声议论着，当他们注意到重骑兵或者其他俄国士兵过来，就立即四散开来。司令下命令监视他们，一个皈依正教的卡尔梅克人尤莱向司令揭露了一个十分重要的机密。

根据这个卡尔梅克人的说法，哥萨克人提供的情报是假的，因为这个不忠诚的下士曾经对他的伙伴说，他曾经拜访了叛乱者的营地，被引见给叛乱者的首领，吻过他的手，还与他交谈过。司令吩咐逮捕下士，并且让卡尔梅克人代替他的职位。哥萨克人对逮捕下士的行为表示强烈的不满，他们公开议论，伊格纳季奇在执行司令的命令时，亲耳听到他们说：“走着瞧，要塞走狗，咱们走着瞧!”

当天，司令决定提审下士。但是他逃跑了，不用说，是他的哥萨克同类帮助他逃跑的。另一件事更加剧了上尉的惶恐。一个巴什基尔人被抓了，在他身上找到了煽动哥萨克人叛乱的信件。对此，司令决定马上召开紧急会议。为了方便开会，司令想用一些冠冕堂皇的借口把妻子支开。但是，米罗洛夫是世界上最真诚实、最老实的人，除了已经用过的花招外他想不出其他的花样。

“你看，瓦西利撒，”他咳嗽几声说，“听说格拉西姆牧师已经去过城里了……”

“住嘴!”他妻子打断说，“你是不是想召开另一次会议，趁机把我赶走商量一下叶梅利扬·普伽乔夫的事情，这次无论如何我也不会上当的。”

上尉惊讶地瞪大了眼睛。“嗯，好吧，亲爱的，”他说，“既然现在你什么都知道了，那就留下来吧！我们当着你的面讨论也无妨。”

“你不用要花招了，”他妻子说，“现在派人去请军官吧!”

我们又集合了。司令当着他妻子的面读了普伽乔夫写给哥萨克人的信件，是一个受过教育的哥萨克人写的。那个强盗直接宣称向我们要塞进攻的企图，邀请哥萨克人和士兵们投靠他们，并建议军官停止反抗，否则的话，就格杀勿论。这份公告是用粗鄙但很有气魄的话语写的，对那些头脑简单胆小怕事的人肯定会产生巨大的影响。“真是个混账东西！”上尉夫人大声骂道，“看看他说的都是什么混账话啊，让我们出去迎接他，把我们的旗子放在他脚下。啊，狗杂种！他不知道我们都已经在军队服役了四十年，而且，各种各样的军队生活我们都见识过了。你觉得找一个服从强盗命令的胆小司令可能吗？”

“应该不可能，”上尉回答，“不过，我听说那个恶棍已经攻下了好几个要塞。”

“看来他的实力真的很强。”奥列科谢说。

“我们马上就能见识他的真正实力了，”司令接着说，“瓦西利撒，把阁楼的钥匙给我。伊格纳季奇，把巴什基尔人带到这边来，别忘了告诉尤莱把棍子拿来。”

“等一下，亲爱的。”司令夫人离开座位说，“我先把玛丽带出去吧，不然的话，她听到尖叫声会吓坏的。老实说，我对这种审问一点儿也不感兴趣。再见了，军官们。”

使用酷刑在审判中早已成为惯例，甚至是根深蒂固，以至于在善良的女皇凯瑟琳二世颁布废除酷刑令之后很长时间，法令一直都没有生效。

人们一致认为让罪犯亲口认罪才是对他进行定罪最有力的证据。但在现实中，这个想法不仅毫无道理，甚至还违背了法律体系中最简单的常识。因为被告的不认罪不能证明他无罪，那么通过酷刑使他认罪也不能判断他有罪。即便到现在，我还会听到一些老法官对废除这种酷刑表示遗憾。在我们这个故事发生的时代，从来没有人怀疑使用酷刑的必要性。法官如此，被告也是如此。正是因为这个原因，我们中没有人对上尉的命令感到一丝的惊讶和反对。伊格纳季奇去带巴什基尔人，几分钟后，他被带到接待室。司令命令他过来我们所在的会议室。

巴什基尔人似乎很吃力地跨过门槛，因为他的脚上戴着沉重的脚镣。他摘下头上高高的哥萨克皮帽，站在靠门的地方。我抬头看了一眼他，不禁打了个寒战。我永远也不会忘记那个人的样子，他看起来至少有 70 岁了，没有鼻子也没有耳朵。他的头发被剃光，只有长胡子的地方还剩下几根稀疏的灰白色的毛。他个子矮小，又瘦又驼，但他那双鞑靼人的眼睛却闪着奇特的光芒。

“嗯，嗯！”当司令从这些令人恐惧的特征中认出他是一个在1741年受到过惩罚的叛乱者时，说，“我看你是条老狼，你曾经在我们这里受过惩罚。这肯定不是你第一次造反，你看你这剃得光光的头。”

老巴什基尔人一句话不说，呆呆地看着司令，好像听不懂司令说的话。“你为什么不说话？”上尉接着说，“难道你听不懂俄语吗？尤莱，用你们的话问他，是谁派他来我们要塞来的？”

卡尔梅克人用鞑靼语复述了上尉的问题。但巴什基尔人还是露出同样漠然的表情看着尤莱，还是一句话也不说。

“我会让你开口的，”上尉用鞑靼语狠狠地说，“来人，把那傻子身上的条纹长袍脱掉，用棍子死命地抽他的脊梁，使劲点儿！”

两个看管犯人的士兵开始从老头的肩上剥下衣服，这时，那个不幸的人脸上表现出惶恐的神情。他四处张望仿佛在求救，就像一只被孩子抓住的可怜小动物试图摆脱孩子的手。但是，当看管犯人的士兵中的一个抓住他的手，把他的手绕到他的脖子后面，尤莱拿起棍子，抬起手抽打他的光秃秃的脊背时，巴什基尔人发出一声低沉的却有穿透力的声音。他抬起头，张开嘴，在该长舌头的地方却只有一截短短的舌根在蠕动。我们还在商讨着如何处置这个老巴什基尔人时，瓦西利撒急急忙忙地冲进房间，脸色很难看，样子慌慌张张的。“你到底怎么了？”司令惊讶地问。

“不幸啊不幸！”她回答说，“有个要塞在今天早上被攻占了。格拉西姆牧师的男仆刚回来，他亲眼目睹了要塞被攻占的全过程。所有的军官包括司令都被绞死了，而所有的士兵都被关起来了，叛乱者正向这边赶来。”

这个意外的消息使我大吃一惊，因为我认识那个要塞的司令。两个月前，这个年轻人带着他的新婚妻子从奥伦堡出发途经此地，拜访过米罗洛夫上尉。他掌管的要塞离我们的要塞只有二十五俄里，所以我们也随时可能受到普伽乔夫的攻击。我想象着玛丽可能会遭受的厄运，我为她感到担忧。

“听着，米罗洛夫上尉，”我对司令说，“我们的职责是誓死保卫我们的要塞，与我们的要塞共存亡，那是大家都明白的。但是我们必须考虑女人们的安全，我觉得把她们送到一个更远的要塞是十分有必要的。要是道路还畅通的话，就送到奥伦堡去吧。”

米罗洛夫转向他的妻子说：“亲爱的！现在我们打算要把你们送到某个更远更安全的地方，直到我们打败了叛乱者，这的确真是个好主意。”

“废话！”她回答说，“哪里会有炮弹打不到的要塞？我们的要塞怎么不安全了？我们已经在这儿待了二十二个年头。连巴什基尔人和吉尔吉斯人我们都见识过，普伽乔夫难道比他们更恐怖？”

“亲爱的，既然你这么相信我们的要塞，你想留下来就留下吧。可是，我们得替玛丽想想办法！如果我们能抵挡住强盗，或者救兵能及时到达，那就一切都好。不过，如果要塞被攻占……”瓦西利撒吞吞吐吐地说不出话来了，然后就沉默了下来，为了玛丽，她也没有什么话要反驳。

司令意识到他的话对妻子产生了深刻影响，这在他的一生中或许是第一次。“不，瓦西利撒，”他接着说，“让玛丽留在这儿是不理智的。我们把她送到奥伦堡，送到她教母那儿去。那是个兵力充足的要塞，有石头砌的坚固城墙和足够多的大炮。我认为你也该在那里待一段时间，你想想，如果要塞被攻占，你怎么办呢。”

“好吧，那好吧，我们把玛丽送走，我马上去收拾东西。”上尉夫人说，“不过，不要幻想叫我走，我不会那样做的。我绝不会在年老时，让自己和你分开，在一个陌生的地方找一座孤独的坟墓。我们死也要死在一起。”

“你说得对，”司令说，“没时间耽搁了，快去，帮玛丽准备东西。明天一大早，就让她动身。虽然我们现在人手不够，但是必须得有个人护送她去。她现在在哪儿？”

“她现在在阿库琳娜家，”他妻子说，“她一听到说要塞被占领就晕倒了。”

瓦西利撒赶紧为女儿的行程做准备。关于如何保卫要塞的讨论在司令家继续进行着，但是，我已经没有心情再参加讨论了。吃晚餐的时候玛丽出现了，眼睛红红的。我们都默默地吃着饭，比往常更迅速地离开餐桌。和这家人道过晚安后，我们就各自回家了。我特意把剑忘在那里，然后再回去取。我希望能够单独见见玛丽，不出所料，她在门口等着我，一看见我就把剑递给我。

“再见了，彼得，”她哭着说，“他们要把我送到奥伦堡。祝你健康和幸福，也许上帝会让我们再见面的，如果不能……”她失声痛哭起来，我把她紧紧地抱在怀里。

“再见了，我的天使，”我说，“再见了，我心爱的人。不管发生什么，你要相信，我最后的想念、最后的祈祷都是为你准备的，我会永远为你祝福的。”玛丽靠在我怀里，抽噎着。我吻了她一下，便冲了出去。心里虽然不愿意就这样分别，但又能有什么办法吗？普伽乔夫这伙强盗即将攻打要塞，我们这座城堡也不知道能否抵抗得住他们的进攻，前途未知啊。或许，这种分别是对玛丽最负责的方式。我心爱的人啊！你的平安就是我最大的幸福，我祈求上苍给你幸福。

七　进攻

我们的头领，头领，
能征善战的头领，
我的头领戎马一生。
整整三十又三年，
咳，头领没为自己
享受到好处与快乐，
没有得到颂歌，
没有高官和俸禄，
他只得到两根
高高的木桩，
一段打横的木头，
一个丝绳套。

——民歌①

那天晚上，我整夜都没有睡觉，连衣服也没脱。我想明天一大早就去

① 选自《俄罗斯民歌集》中“首领，我的首领”的部分。

要塞大门口送玛丽，跟她作最后的道别。我内心波澜起伏，这种激动比起以前的忧郁，使我的痛苦减轻了很多，毕竟这种分离的悲伤之中夹杂着一丝模糊的、又令人热切的希望。我急不可耐地期盼着危险的到来，满腔热血去维护自己崇高的荣誉。

夜晚在人的睡眠中总是很容易打发的，我正要出门的时候门开了。一个下士进来报告说，昨天夜里我们这里的哥萨克人擅自离开了要塞，并挟持了信基督教的卡尔梅克人尤莱，而且，还在巡行。想到玛丽还没有离开，我吓呆了。我急忙给那个下士下了几道指令，就跑向司令家。

天亮了，我正在街上快速奔跑，正在这时，我听见有人喊我的名字，就停了下来。“冒昧地问一下，您要去什么地方?”伊格纳季奇追上来说，“上尉在防御土墙上，他派我来叫你。普伽乔夫来了。”

“玛丽已经走了吗?”我颤抖着问，“她还没来得及走，和奥伦堡的通信被切断，要塞被包围了，情况非常糟。”

我们向防御土墙走去，那是一个天然的小高坡，周围用木栅栏加固，要塞就躺在它的臂弯里。大炮昨天就被拖到了城墙上，司令在寥寥无几的队伍前来回走动，危险的来临使这个老战士非凡的斗志重新苏醒。在干草原上，离要塞不远的地方，差不多有二十个骑马的人来回游荡，他们看上去像哥萨克人。但是，从他们的皮帽和箭囊上一下子就能辨认出来，他们中有一些是巴什基尔人。

司令从小支队伍面前走过去，把士兵们召集到一起说：“来吧，孩子们，今天，让我们为我们的母亲——女皇陛下而战，向全世界证明，我们是勇敢无畏的，我们永远忠于自己的誓言。”

士兵们高声呼喊着来表达他们效忠的决心。奥列科谢站在我身旁，专注地观察着敌人。毫无疑问，干草原上的人发现我们要塞内的反应了，他们聚拢在一起，在自己人中讨论着如何展开攻击。司令吩咐伊格纳季奇用大炮对准那群队伍，他亲自点燃了火。炮弹从他们头顶上呼啸而过，但是没有打中任何人。骑马人立即分散开去，策马飞奔，消失在干草原上。

这时，瓦西利撒出现在防御土墙上，玛丽跟着她过来了，她不愿意离开她的母亲。“怎么样?”上尉夫人问，“战斗怎么样了? 敌人在什么地方?”

“敌人就在离我们不远的地方，”伊万说，“不过，如果上帝会帮忙，一切都会好起来的。玛丽，你呢，你觉得害怕吗?”

“不，爸爸，”玛丽说，“如果我一个人在家里会更害怕。”她瞄了我一眼，勉强笑了笑。想到一个晚上前我从她手中接过的剑，我紧紧握住它，就像随时要保护心爱的人一样。我知道我的心依然在激烈地燃烧着，我真希望自己是她的骑士，希望向她证明，我是值得信赖的和勇敢的，有能力可以保护她一辈子。我着急地等待着关键时刻的到来，以向我心爱的人证明我的能力。

突然，离要塞八俄里的一座小山后面出现了大队人马，很快，整个干草原上到处都是佩带长矛和弓箭的人。在他们中间，能清晰地辨别出一个骑在白马上的人，他就是普伽乔夫。普伽乔夫穿着猩红色的长袍，手里拿着佩剑，在离防御土墙不远的地方，他停住了，跟随者簇拥着他。接着，很有可能是他下的命令，四个人离开人群向我们的防御土墙策马奔来。我们认出了，他们是我们这边的叛徒。其中的一个人把一张纸举到头顶，另一个人用长矛挑着尤莱的头，并把它从栅栏的一边扔给我们。卡尔梅克人的头滚落到了司令的脚边。

叛徒们向我们喊道：“不要开枪，快出来迎接沙皇，沙皇在这儿。”

“开枪!”上尉大声叫道，这是对敌人的唯一回应。士兵们一起放枪。拿着信的哥萨克人摇晃了一下，便从马上掉了下去，剩下的人都逃跑了。我偷偷地瞄了一眼玛丽，看到尤莱血淋淋的头，她简直吓呆了，加之放枪的声音又把她震得头昏目眩，整个人顿时没了生气。司令命令下士从死去的哥萨克人手中把信拿过来。伊格纳季奇走到防御土墙外去取信，回来时顺便把那个人的马牵了过来。他把信交给伊万，伊万低声读着，读完就撕了。这时，叛乱者显然打算发起进攻。转瞬间，炮弹就在我们的耳边嗞嗞而过，数不清的箭也落在我们周围，箭头深深地扎进土里。

“瓦西利撒，”上尉说，“女人在这儿也起不到什么作用，赶快把玛丽带回去，你看这孩子都已经吓得瘫痪了。”炮弹的响声使瓦西利撒不得不听从司令的安排，她瞥了一眼干草原，那儿有大批的人马，来势汹汹，她说：“伊万，生死由命，为玛丽祈祷吧!过来，孩子，到你父亲那儿去给父亲祝福吧。”

玛丽脸色惨白，全身发抖，走到伊万面前，跪了下去，给父亲叩头。老司令给她画了十字，把她扶起来，吻了吻她，断断续续地说：“哦，亲爱的，玛丽，向上帝祈祷吧，他永远不会抛弃你的。要是有一个忠厚老实的人追求你，愿上帝赐予你们爱情以及幸福，就如我和你母亲一样幸福的在一起生活。再见了，亲爱的，瓦西利撒，快把她带走吧！"

玛丽伸手搂住他的脖子，哭了起来。上尉夫人哽咽着说："我们也拥抱一下吧！再见了，伊万。假如我以前有对不起你的地方，请你现在原谅我。""再见了，亲爱的，"司令吻着他的老伴说，"好了，够了，进屋去吧。如果有时间的话，帮玛丽换上最好的衣服。依照我们的葬礼习俗，让她穿上绣着金丝的萨拉方。"

伊万·米罗洛夫回到我们中间，聚精会神地盯着敌人，眼神里透漏出坚定的抵抗决心。叛乱者聚集在他们的首领周围，突然，队伍开始向前推进。"一定要挺住，孩子们，"司令说，"进攻开始了。"一瞬间，战场上响起野蛮的厮杀声。

叛乱者用他们惯常的速度向要塞逼近。我们的大炮已装好了霰弹，司令等他们靠近要塞时，又一次点了火。霰弹在人群中央炸开，敌人马上向周围散开，只有他们的首领还在继续前进。他挥动着手中的军刀，似乎在召集他们，给他的同伙们鼓气壮胆。过了一会儿，尖叫声比刚才还要来得响亮。"现在，孩子们，"上尉说，"打开大门，敲响军鼓，向前冲啊！孩子们，跟我上，消灭敌人！"

上尉、伊格纳季奇和我立刻冲到矮护墙的下面，那帮被吓破了胆的要塞驻防军却站在广场上一动也不动，已经忘记了自己要做什么了。"你们在干什么，我的孩子们？"上尉大声喊道，"如果我们注定要死，就让我们战死在疆场上吧，这是我们帝国军人的职责！"

正在这时，叛乱者向我们发动了猛烈进攻，他们攻破了通向要塞的大门。鼓声停下来了，要塞驻防军扔下了他们的武器四处逃跑。我被慌了神了士兵们撞倒，我又站起来，跟着人群一起拥挤着进了要塞。我看见司令的头部受了伤，被一小群土匪团团包围，向他要钥匙。我跑过去想帮他，不巧的是，几个身强力壮的哥萨克人抓住了我，他们用长长的腰带绑住我，大声叫道："你这个沙皇的叛徒，最好待在那儿别动，直到我们知道该怎么处置你。"我们被当成俘虏押着走在街上。居民们从家里出来，把面包和盐巴分给土匪表示投降。忽然，传来沙皇已到广场的消息，他此刻正等着接受那些被俘者效忠的誓言。人们都涌向广场，我们也将被带到那里。

普伽乔夫正威武地坐在司令家台阶上的一张扶手椅上。身穿一件体面的镶金边的哥萨克长袍，一顶高高的用金穗装饰的貂皮帽盖过他的眉毛，快要把他那双炯炯有神的眼睛也快盖住了——我好像在哪里见过他，觉得十分眼熟。哥萨克的首领们拥护着他，格拉西姆牧师则站在台阶下，神色苍白，颤抖不已，手中拿着一个十字架，好像是在默默地为那些可怜的受害者求情。

广场上，很快就有人竖起一个绞刑架。当我们靠近时，巴什基尔人轰开人群，从人群中分出一条道，直接把我们带到普伽乔夫面前。钟声停下来了，周围是死一样的沉寂。“谁是司令？”篡权者问。我们的下士畏畏缩缩地从人群中走出来，用手指着米罗洛夫。普伽乔夫很惊骇地看着老人，对他说：“你怎么可以反抗我——你的沙皇呢？”

因为受了伤而气力不支的司令，竭尽全力，用虚弱但依然很坚定的声音说：“你不是我的沙皇，你是个强盗，是个篡权者。”普伽乔夫皱了皱眉头，挥了挥手帕。几个哥萨克人迅速抓住年迈的老上尉，并把他拖到绞刑架边。在绞刑架的横木上，曾经被我们审讯过的那个缺鼻子少耳朵的巴什基尔人跨坐在上面。他手里抓着一根绳，掌管着绞刑架的绳索，很快我就看着可怜巴巴地伊万·米罗洛夫被吊到空中。接下来，伊格纳季奇被带到普伽乔夫面前。

“向沙皇彼得·费奥多维奇宣誓效忠吧！”

“你不是我们的沙皇，”中尉重复着上尉的话说，“你这个强盗，你这个篡权者。”

普伽乔夫又挥动了手帕，善良的伊格纳季奇紧接着就被吊死在他的老长官身旁。这次轮到我了，我大胆地盯着普伽乔夫，打算重复我那些勇敢的同伴们的话。突然，我在叛乱者中看到了奥列科谢，心中有说不出的愤怒。他把头发剃成圆形，制服也换成了哥萨克长袍，完全一副哥萨克人的装扮。他走近普伽乔夫，对着他的耳朵说：“把他绞死。”普伽乔夫甚至连看都没看我一眼。

绳子套到了我的脖子上，我在心里默默地向上帝祈祷，向上帝真诚地忏悔我的罪孽，乞求他能够拯救所有我爱的人。我被带到绞刑架下。准备行刑的时候，突然有一阵叫喊声传来：“住手，住手！”执行死刑的人停住了。我抬起头，就看见年迈的萨维里奇跪倒在普伽乔夫脚边。“哦，老爷，我的主人，”我那可怜的老仆人说，“您想从那个贵族孩子的身上得到什么呢？放了他吧，您会得到一大笔赎金。如果您是为了杀一儆百，就请您下令把我这个糟老头子绞死吧！”

普伽乔夫做了个手势，他们马上就给我解了绳索。“我们的沙皇宽恕了你。”他们说。那时候，我不知道对自己获得赦免是该感到高兴还是伤悲，心里乱糟糟的。他们又把我带到篡权者面前，要求我跪在他脚边向他表达谢意，普伽乔夫把他那肌肉发达的手伸向我。“吻他的手，吻他的手！”我周围的人大声叫喊着。不过，我宁可承受最残暴的折磨，也不愿忍受这样下贱的屈辱。

“亲爱的彼得，”萨维里奇站在我身后小声地说，“不要顽固了，这没有什么的?，吐口唾沫，吻一下土匪的手。”我还是丝毫不动，普伽乔夫就把手收了回去。“你的老爷高兴得头脑有点糊涂了，扶他起来吧！”他说。我被宣布自由了，接下来，我接着看这场无耻的闹剧上演着。

居民们开始一一向沙皇宣誓效忠。他们一个个地上前去亲吻十字架，并向篡权者行礼，接着是要塞的驻防军士兵。连里的裁缝用他那把巨大的钝剪刀，剪掉了他们的头发。他们摇掉了掉落在肩上的头发，走上前亲吻着普伽乔夫的手，普伽乔夫宣布赦免他们，并欢迎他们加入他的队伍。这场闹剧持续了将近三个小时，最后，普伽乔夫从围椅里站起来，走下台阶，哥萨克头目们前呼后拥。一匹盛装的华丽的白马牵到了他的面前，两个哥萨克人扶着他上马。他示意去格拉西姆神父家，与他共进晚餐。这时传来一阵女人撕心裂肺的尖叫声。那女人就是瓦西利撒，披头散发，被拖到台阶上，其中一个强盗穿着她的外衣，另一些强盗则拿着从她家里抢来的一些衣物和家居用品。“哦，好人，”她叫喊着，“让我去吧，带我去见伊万·米罗洛夫吧！”忽然，她看见了绞刑架，看出她的丈夫已经被吊在了绞刑架上了。“我的天啊！可怜的人哪，”她哭喊着，“你都做了什么呀？哦，亲爱的，伊万！勇敢的士兵！普鲁士的炮弹和土耳其的军刀都没有杀了你，可现在你却死在一个该死的卑鄙的逃犯手里！”

“让那疯女人住嘴。”普伽乔夫说。一个年轻的哥萨克人挥动着军刀朝她的头砍去，她立即倒在台阶下死了。普伽乔夫骑马走了，其他人都尾随在他的后面。

八　不速之客

不速之客比鞑靼人更可恶。

——谚语

我站在空荡荡的广场上，思绪混乱，一切仿佛都像做梦似的，被这么一连串恐怖的事情困扰着。

最折磨我的是玛丽现在下落不明。她现在在哪里？她躲起来了吗？安全吗？我忧心忡忡地走到司令家，家里到处都是乱七八糟的，椅子、桌子和大橱柜都被烧毁，餐具也被砸碎。我冲上通向玛丽房间的小楼梯，这是我这辈子第一次进她的房间。神龛前的一盏灯还亮着，神龛里原本装着令所有教徒尊敬的圣物已经被强盗们掠夺一空。大衣橱被抢空，床被砸烂，不过，强盗并没有把挂在门和窗户之间的小镜子拿走。这间简陋的少女房间的女主人去哪里了？发生什么事了呢？我的脑海中闪过一个很可怕的念头——玛丽落到了强盗手中。我的心撕裂般地大声喊道："玛丽，玛丽！"

我听到一阵轻微的衣服摩擦东西的声音，是巴莱卡，她脸色惨白地，从大衣柜后面的藏身处走了出来。

"哦！彼得，"她紧握着双手说，"这是怎样的一天啊！真是太恐怖了！"

"玛丽呢？"我急切地问，"玛丽呢？她在哪里？"

"小姐还好，"女仆说，"躲在阿库琳娜家，希腊牧师的家里。"

"天哪！"我惊恐地大叫起来，"普伽乔夫在那儿呢！"

我跑出房间，冲到街上，朝牧师家狂奔过去，而从那里传来一阵阵粗鲁的歌声、欢呼声和笑声，普伽乔夫正和他的同伴们坐在那里吃饭喝酒。巴莱卡跟在我后面，我让她悄悄地进去把阿库琳娜叫出来。阿库琳娜来到接待室，手里还拿着一个空酒壶。"看在上帝的份儿上，告诉我玛丽哪儿？"我焦急地问。

"小宝贝正安静地躺在隔墙后面我的床上休息呢。哦，彼得，我们刚刚逢凶化吉啊，真是太危险了！恶棍刚在餐桌旁坐下，可怜的小家伙就呻吟起来。我胆都快吓破了，他听到了她的声音。‘谁在你房间里呢，老太婆？’是我的侄女，沙皇陛下。‘让我看一看你的侄女，老太婆。’我对他恭恭敬敬向他行礼说，‘沙皇，我侄女生病了，恐怕没力气走到您面前拜见您。’‘那么，我自己走过去去看她。’您相信吗，他掀开布帘，用鹰一样的眼睛看着我们的小宝贝！幸亏那孩子没认出他。可怜的伊万·米罗洛夫！可怜的瓦西利撒！可是为什么伊格纳季奇被绞死了，而您却被饶恕了呢？奥列科谢怎么变成那个样子了啊？他把头发剪掉了，现在正和他们一块儿坐在那儿大吃大喝呢。当我说到我生病的侄女时，他瞪着我，就好像要杀掉我一样。好在他什么也没说，为此我们还得感谢他呢。”

现在，客人们喝醉的叫喊声以及格拉西姆牧师的声音混杂在一起。强盗们叫唤着要更多的酒，阿库琳娜得去服侍他们了。“你先回家吧，彼得，”她说，“要是你落在他们手中，就糟了，天无绝人之路的！”

我稍微定了定心，就回到了自己的住处。经过广场时，我看见一些巴什基尔人正从吊死的尸体上脱靴子。我努力控制心中的怒气，因为我知道干涉也是于事无补的。强盗在要塞里四处乱窜，司令家已经被抢劫得家徒四壁了

我回到住所，萨维里奇在门口等我。“感谢上帝！”他大叫起来，“天哪，少爷，恶棍把所有的东西都抢走了。但这没关系，好在他们没有拿走你的命。少爷，你不认识他们的领导吗？”

“不，我不认识，他是谁啊？”

“什么，亲爱的孩子？难道你忘了在暴风雪天骗去你那件兔皮袄的那个酒鬼了吗？就是那件兔皮袄还是崭新的，被那个恶棍穿上时把缝线都崩裂了。”我睁大双眼，暴风雪那天的带路人和普伽乔夫的确实长得很像。到现在，我才终于知明白他为什么会赦免我。我带着感激的心情回想起那件给我带来好运气的小事。送给流浪汉一件年轻人穿的皮袄，现在居然救了我的命，而这个曾经在酒店里酗酒，现在攻下要塞的酒鬼，却震动了整个帝国。

“您要吃点儿什么吗？”萨维里奇出于他的本能问，“屋子里什么都没有了。我会尽力儿去找点什么做给您吃。”

独自一个人时，我便思索起我的处境来。留在现在由强盗当家做主的要塞，或是加入他的队伍，都不是一个军官应当做的事情，这都有辱作为

一个军官的身份。职责要求我立即回到可以为国家效劳的地方去。但是，爱情却以同样的力量要求我留在玛丽身旁，做她的护卫者。尽管我预见到事态发展可能会进一步恶化，而且会有难以避免的变化，但只要一想到她的危险处境，我就全身战栗。

一个哥萨克人进来，这打断了我的思路。他是来通知我的，他说“伟大的沙皇”叫我过去拜访他。我听从了他的命令，并问道：“他在哪里？”

“在司令家，”哥萨克人回答，“吃过饭后，沙皇去洗蒸汽浴。不得不承认，他的做法确实有帝王的派头。他能做其他许多人做不到的事情。吃饭时，他吃掉两只烤乳猪。然后，在蒸汽浴室里，他能忍最高温度的蒸汽，侍者都忍受不了，把刷子递给别人，跑出去浇了冷水才算清醒过来。据说，在浴室里，能够清晰看见他胸前那代表真正沙皇的标记——一幅是他自己的脸，另一幅是一只有两个头的老鹰。”

我想没有必要驳斥那个哥萨克人的话，就随同他去了司令家，一路上想象着和普伽乔夫的会面后要说什么样的话及其会有什么样的结果。你们可以想象得到，我一点儿也没有自由的感觉。

当我来到司令家时，天已经完全黑了。吊着被绞死的人的绞刑架还竖立在那里，黑乎乎的，阴森恐怖。瓦西利撒那可怜的尸体还躺在台阶下，旁边有两个哥萨克人在站岗。带我来的那个哥萨克人进去通报了。不一会儿，他走出来，把我带到前一个晚上我和玛丽恋恋不舍告别的那个房间。

我面前呈现一幅不平常的情景：一张铺着桌布的桌子上放满了酒瓶和杯子，好一派热闹的景象。普伽乔夫坐在中央，十来个哥萨克首领分别围坐在他旁边。他们戴着色彩鲜艳的皮帽，穿着五颜六色的衬衫，毋庸置疑，他们的脸因为喝了酒而通红，两眼发亮。在他们中间，我没发现我们的叛徒——奥列科谢和下士。

“天！爵爷，是您啊？”看见是我，他们的首领说，“欢迎，请坐！”客人们挤了挤靠在一起给我腾出点儿空位来，我在桌子的最末端坐了下来。我身边是一个年轻的哥萨克人，他很瘦，面容英俊。他给我倒了一杯白兰地，但我碰也没碰一下，我正忙于考虑该如何应付这种场面。普伽乔夫坐在正中间的位子上，胳膊肘撑在桌上，强劲有力的大手拢着他浓密的黑胡子。他容貌端庄英俊，看上去并不那么凶狠。他总是和一位50岁上下的人说话，有时叫他伯爵，有时叫他大叔。他们之间的关系就像同志一样，不会因为他是首领而表示格外的敬意。他们放声大谈那天早上的进攻，谈到了他们的叛乱还有成功占领要塞，也谈到了他们以后的进军计划。每个人都夸耀自己在战斗中非凡的才能，提出自己独特地看法，并且肆无忌惮地反驳普伽乔夫的建议。就在这场奇特的军事会议上，他们做出了向奥伦堡进军的决定。这是一个大胆而鲁莽的行动，但之前的胜利证明了他们是有这个实力的。他们决定明天就向奥伦堡进攻。

“好了！弟兄们！”普伽乔夫开口说，“在睡觉之前让咱们来唱个歌吧！朱马可夫①，唱吧！“我的邻座便放开高亢的嗓门唱起慷慨激荡的纤夫之歌，大伙儿也随着他合唱：

别喧哗，绿油油的橡树林！
请别打扰我的宁静，我正思考咧！
我是个年轻的好人。
明天，我的年轻的好汉就要去受审，
我就要面对威严的法官、沙皇本人。
沙皇陛下开口向我提问：
告诉我，孩子！你这淳朴的儿子，
你大胆剪径，谁是你的同伙人？
你的党羽究竟有多少？
我回答：正教的沙皇，至圣的仁君！
我告诉你一切，道明真情，
我的党羽嘛，总共有四名。
当头第一名，是月黑杀人夜，
第二名，明晃晃的钢刺一柄，
第三名，快马一匹，生死与共，
第四名，一副绷紧的强弓。
还有一支支利箭，那是探子先行。
至尊的正教沙皇开口道：干得好！
你这至朴的儿子，真行！

---

① 普伽乔夫的炮兵首领。

你斗胆做强盗，也斗胆回答我的审问。
孩子！我要奖赏你胆大妄为的行径，
我赐你，在旷野的高岗之上，
两根高矗的柱子之间的一根打横。

我真难以叙说这些命中注定要上绞架的人所唱的关于绞架的民歌，对我产生了何等的印象。他们一个个神情严肃，歌喉润泽，给本来就很动人的词句再添上慷慨悲歌的感情色彩——这一切合在一起，便具有了惊心动魄的诗的魔力，让我震撼。

大家每人又喝了一杯酒，然后站起来向普伽乔夫道别。当我想跟他们一起离开时，那个强盗却说："等一下，我想跟你谈谈。"

普伽乔夫沉默不语地盯着我看了几秒钟，不时得眨一下左眼，一副狡黠的嘲讽表情。最后，他突然大笑起来，笑得如此豪爽，所以我莫名其妙地看看他，也忍不住笑了。

"好了，爵爷，"他说，"绝望了吧，当我的人把绳子套上你的脖子，你害怕吗？那时的天空对你来说就像只有一张羊皮那么大。要不是你的仆人，你早就被吊在绞刑架的横梁上荡秋千了。然而，在那关键时刻，我发现了那个老家伙。你没有想到吧，在干草原上带你去客栈的人正是伟大的沙皇呢？"说完之后，他一副严肃而神秘的样子。"你罪不可赦啊，"他接着说，"但我赦免了你，因为在我被迫躲避敌人的追杀时，你曾帮助过我。一旦我夺回我的帝国，一定会给你加官晋爵。你愿意为我效劳吗？"

强盗的问题、还有不知天高地厚的话使我忍不住笑了。

"你笑什么？"他皱着眉头问，"坦率地回答我，你不相信我能成为一个伟大的沙皇吗？"

我很苦恼，因为我无论如何都不会把一个流浪者当作沙皇，可如果我当着他的面叫他骗子的话我会因此招来杀身之祸。我本打算那天上午在绞刑架下当着大家的面，在最愤怒的时候做出这样的宣言和牺牲，可是现在这样做好像是逞匹夫之勇。在这样可怕的沉默中，普伽乔夫正等着我的回答。最后，责任感战胜了人类的弱点，我回复了普伽乔夫。"我会告诉你实话，然后让你来决定是否赦免我。要是我承认你是沙皇，不过像你这样聪明的人，肯定知道我在撒谎。"

“那么，在你看来。我究竟是什么样的人呢?”

“天知道，可不管你是谁，我提醒你，你正在玩一个危险的游戏。”

普伽乔夫用锐利的目光快速地扫视了我一眼。“这么说，你不相信我是彼得大帝三世，是吗？我很佩服你说话的勇气。难道在我之前没有勇敢的人成功夺得过王位吗？无论你怎么想，我想要让你为我服务。况且你为谁服务又有什么关系呢？夺取最后的胜利才是最正确的。为我效忠吧，我会封你为大元帅、公爵，你认为怎么样?”

“不，”我断然地拒绝了他，“我是一个贵族，我已经向女皇宣誓毕生为她效忠。请恕我不能为您效忠。如果你替我着想，就把我送回奥伦堡。”

普伽乔夫陷入沉思：“要是我把你送去那儿，你至少要保证不会与我为敌?”

“这我怎么能答应呢？如果上级命令我与你为敌，我就必须执行命令。况且你现在是个首领，你肯定希望你的手下遵从你的旨意。不过，我的命运掌握在你的手中。如果你能够给我自由，我会感恩戴德。如果你把我处死，上帝会审判你的，我所能做的就是这些了。”

他对我的坦率十分满意。“那么就这样吧，”他拍了拍我的肩膀说，“赏归赏，罚归罚。你可以去任何一个你想去的地方，做你想做的事。明天过来和我道别吧，现在回去休息吧，我也要休息了。”

我来到街上，这真是一个寒冷的夜晚，夜深人静，天上没有一丝云朵，月亮和星星反射出来的所有光芒照亮了广场和绞刑架，要塞里其他的地方都静悄悄、黑沉沉的。只有小酒馆里还闪着昏黄的灯光，一些喝酒的人迟迟不肯离去，他们的喝醉酒后地喊叫声打破了夜的寂静。我瞥了一眼阿库琳娜的房子，所有的门和窗户都关上了，看上去那里一切都很平静。

我回到自己的房间，萨维里奇正为我不在而感到焦急。我告诉他说，我获得了自由。“哦，感谢您，上帝!”他在胸口画了个十字说，“明天一早，我们就出发离开这个地方，我一刻也不想在这里停留了。我为您做了点吃的，愿您一觉睡到大天亮，就如同睡在上帝怀中一样安宁。”

借他吉言，吃过晚饭后，就在空空的地板上睡下，身心俱疲，一觉睡到了大天亮。

九 离别

和你相爱，美丽的姑娘，
姑娘啊，你多么让我神往！
与你分别却令我黯然神伤，
黯然神伤，如告别灵魂一样。

——赫拉斯科夫[①]

一大早，我就被鼓声吵醒。我来到广场上，发现普伽乔夫的队伍已经在那里集合了，他们在绞刑架四周排成整齐的横列等候命令，绞刑架上依然挂着昨天绞死的人的尸体。哥萨克人骑在马上，步兵和大炮（其中有我们那唯一的一架大炮）已装备完毕，随时准备出发。居民们也聚集在那里，恭候自封为沙皇的普伽乔夫。司令家的台阶前，有一个哥萨克人牵着一匹华丽的白色骏马。我四处张望搜寻着我们好心肠的瓦西利撒的尸体。她的尸体已被拖到旁边，用一条旧的树皮席子裹着。最后，普伽乔夫走了出来，他站在台阶上挥挥手向人群行礼，大家都脱帽回礼。一位首领递给他一袋铜币，他一把抓起铜币，四散着扔向人群。当他注意到我在人群里，他示意我到他身旁去。"听着，"他说，"你立刻出发去奥伦堡，帮我转告省长和全体将军，我将在一个星期后去那里。告诉他们赶快向我投降，俯首称臣，不然的话，他们将遭受严厉的惩罚。祝你旅途愉快！"普伽乔夫周围都是他贴身的跟随者们，奥列科谢也在其中。篡权者转向人群，指着奥列科谢说："看，这位是你们的新司令，从今以后，你们要在所有事情上都听从他的命令，他会对你们和整个要塞负责。"这些话听得我胆战心惊，奥列克谢当上要塞的司令，那玛丽可怎么办啊？普伽乔夫走下台阶，没让他的哥萨克随从帮忙，便纵身跃上马鞍。

正在那时候，萨维里奇挤过层层人群，来到篡权者身边，递给他一张纸。"这是什么东西？"普伽乔夫指着架子问。"读一下，您就知道了。"我

① 引自赫拉斯科夫所著的《离别》。

那仆人回答说。普伽乔夫盯着那张纸看了一段时间后，说："你写的字太潦草了，我的秘书在哪儿呢？"

一个穿着下士制服的男孩向强盗跑去。"大声念一下。"他说。我十分好奇地想知道老头给普伽乔夫写纸条是什么目的呢。秘书大声读道："两件晨衣、一件细棉布衣、一件条纹绸衣，共值六卢布。"

"你这是什么意思？"普伽乔夫皱着眉头问道。

"让他读下去。"萨维里奇十分平静地回答。

秘书继续读着："一件绿色细呢军服，价值七卢布；一条白呢裤子，价值五卢布；十二件荷兰亚麻布硬袖衬衫，价值十卢布；一只装有茶具的箱子，价值两卢布。"

"这些是什么鬼东西？"普伽乔夫说，"茶具及荷兰硬袖和我有什么关系？"

萨维里奇假装咳了一声，清了清嗓子，解释着："老爷，请您明察，那都是被强盗抢走的我主人东西的清单。"

"什么，强盗？"普伽乔夫的表情很疑惑。

"对不起，"萨维里奇说，"强盗？不，他们不是强盗，是我说错了。你的人翻箱倒柜，拿走了我主人的许多东西，这是不可否认的事实。请您不要生气，人有失手，马有失足的时候。让他读完吧。"

"好的，继续读下去。"普伽乔夫说。

"一条波斯毛毯，一条棉绸被，价值四卢布；一件红色长绒的狐皮大衣，价值四十卢布；一件在干草原上送给你的小兔皮袄，价值十五卢布。"

"什么？"普伽乔夫怒气冲天，大吼道，眼光咄咄逼人地盯着他。

我真为老头子捏了一把汗，他正想做出新的解释，但这时，强盗打断了他。"你竟然敢用这等小事来纠缠我"他说，一把抢过纸，扔到老头脸上，"不就是拿走一点儿东西吗，老东西！很大的损失吗！你应该感谢上帝，你和你的少爷没有和其他叛乱者一起被处死。我会还给你兔皮袄！我要活剥你的皮，拿你的皮做成皮袄，懂了吗？"

"听您的吩咐，"萨维里奇回答说，"但我是主人的奴仆，我有责任保护我少爷的物品。"

普伽乔夫并没有继续和他计较，而是表现他的宽宏大量。

他转过头，一言不发就出发了，奥列科谢和其他首领紧随着他。整支队伍秩序井然地离开了要塞，人们护送他们离去。最后，广场上只剩下我和萨维里奇，他手里拿着清单，很是遗憾地看着它。我不禁笑了起来。“笑，少爷，你尽管笑吧，可是，当我们重新添置家什的时候，你再看看这是不是件好笑的事情。”

我匆匆赶到神父家去询问玛丽·米罗洛夫的情况，阿库琳娜出来迎接我，并告诉我一条不幸的消息——昨天晚上，这个可怜的姑娘发了一夜高烧，阿库琳娜把我带到她的屋子里。病人已神志不清，不认得我了，她形容枯槁的容貌让我大吃一惊。她已经是可怜的孤零零的一个人了，没人保护，我担心这样的处境对她的生活有不好的影响，就像我没能力保护她一样让我感到难过。奥列科谢是最可怕的，身为要塞首领，又拥有篡权者授予他的权力，他会对这个可怜的女孩子为所欲为。我该如何解救她呢？我决定立即出发去奥伦堡，催促他们早些收复白山要塞，我要尽我最大的努力来促成这件事。我告别了格拉西姆牧师和阿库琳娜，同时把我已视为妻子的玛丽委托给了他们。我吻了一下这位年轻姑娘的手，就离开了房间。

“再见了，彼得·格利尼奥夫，”阿库琳娜说，“不要忘记我们，我们期待你的好消息。除了你以外，玛丽已经再没有其他的支持和安慰了。”强烈的感情使我哽咽，已经说不出话来了。

来到广场上，我在绞刑架前静立了一会儿，怀着深深的敬意向这些忠诚的死者脱帽致敬，然后就奔向去往奥伦堡的路上。萨维里奇始终陪伴着我，我知道他是不会离开我的。

我一边往前走，一边沉思。突然，我听见有马从后面赶过来的声音，我转过头，看见一个从要塞出来的哥萨克人。他骑在一匹马上，另一只手中还牵着一匹马，他示意我停下来，我认出那是我们的下士。他追赶上我们后，一跃身从马上跳下来，把另一匹马的缰绳交给我，说：“我们沙皇送给你一匹马和一件他自己的服装。”马鞍上就系着一件羊皮袄。我穿上了它，骑上马，然后让萨维里奇坐在我后座。

“你看，少爷，”我的仆人说，“我对强盗的请求不是没有用的。虽然这匹老马和这件农民的皮袄还抵不上被恶棍抢去的东西的一半，但总算比什么都没有更好。即使从恶棍身上扯下一撮毛也是好的。”

十 围城

占领了草地和高山，
他便对城市虎视眈眈。
下令在营地后面筑起炮楼，
炮手准备就绪，夜战攻城。

——赫拉斯科夫①

当我们靠近奥伦堡时，我们看到一群囚犯，他们被剃光了头，脸上还有一些被公共行刑人用钳子夹过的伤痕。当时，烙铁是用来撕裂罪犯鼻孔的。在残废驻防军人的监控下，他们在那个地方的围墙边修筑工事。一些人用手推车把战壕里的垃圾运走，另一些人在挖土，砖石工人正在检查和修补围墙。哨兵在大门口把我们拦住，并向我们索要通行证。中士听说我们是从白山要塞来的，就马上把我带到将军那里。

将军正在花园里修理苹果树，秋风已经挂落了它的大部分叶子。他仔细地给树干扎用来御寒用的稻草包，旁边还有一个老园丁。他神态安详，兴致高昂，看起来身体很健康。他看到我，似乎很高兴，询问了在白山要塞发生的一系列可怕的事情。老人很认真地听我讲，一边听着一边剪掉枯枝烂叶。

在我报告完情况后，他说："可怜的米罗洛夫！真可怜，他是个勇敢的军官。米罗洛夫夫人是一位善良的女士，也是一个腌制蘑菇的高手。那上尉的女儿玛丽现在怎么样了？"

"她还在要塞，现在暂时住在希腊牧师的家里面。"

"哎呀！"将军说，"那就糟了，太糟糕了，因为我们不能指望强盗安分守己。"

我对将军建议说白山要塞离这儿距离不远，将军大人可以派遣一支军队去解救那些可怜的百姓脱离苦难。

---

① 引自赫拉斯科夫所著的《俄罗斯颂》。

将军有些迟疑地摇了摇头："再等等吧！我们再等等吧！我们从长计议，而且我们有足够的时间来讨论这个问题。来，我请你去喝杯茶。今晚召开军事会议。到时候，你可以为我们提供一些关于这个普伽乔夫和他的军队的准确信息。现在，你去休息吧。"我走进已经为我安排好的房间，看到萨维里奇已经把那个房间布置好了。我焦急地等待着开会的时间，不管你信不信，我是不会错过这场对我一辈子的命运有着重大影响的会议。

在将军的家里我碰到了一个海关官员，我记得他好像是关税署长，一个矮胖的老头，面色红润，身穿一件黑色锦缎长袍。他向我打听了他的好友米罗洛夫上尉的不幸遭遇，不时用一些很精辟的话语打断我。这些精辟的话语，即使不能证明他的用兵韬略，也能显示出他与生俱来的机智和聪明。这期间，其他客人也陆续到了。当所有人都坐好，仆人给每个人送上一杯茶后，将军谨慎地给大家说明了当前的势态。

"现在，各位，"他说，"我们必须决定采取怎样的行动来反击叛乱者。我们是应该采取进攻的方法抑或是防御的方法？这两种方法各有利弊。进攻更有可能速战速决，但防御的方法更安全，危险较小。现在我们依照法定程序来投票决定，即从级别最低的军官开始发言。中尉先生，"他对我说，"你先谈谈你地想法吧。"

我站起来，简单地说明了一下普伽乔夫和他的队伍的情况。我肯定地说篡权者是无法抵抗我们训练有素的军队，那些军官显然对我的看法不以为然。他们认为在这些看法中除了年轻人的轻率和冒失，什么也没看到。大家都在窃窃私语，我清楚地听到有人低声了一句"愚蠢"。将军微笑着转向我说："中尉先生，在军事会议中的最初发言总是会主张采取进攻策略。现在，让我们继续投票。有请六级文官给我们谈谈他的看法。"

一个穿黑锦缎的小老头，也就是六级文官兼海关官员，在喝下第三杯掺和许多郎姆酒的茶后，才匆匆回答说："将军大人，在我看来，我们应该采取一种折中的办法，我们应该既不进攻也不防御。"

"那是什么意思，先生？"将军十分惊讶地问，"军事策略上没有其他的办法。我们只能要么进攻，要么防御。"

"将军大人，我觉得采取收买的办法最好。"

"嗯！嗯！你地想法是明智的。"将军说，"进行收买，也就是说，采取间接的行动。这种行动是可行的，你的建议对我们很有帮助。我们可以用七十甚至一百卢布来悬赏缉拿那个恶棍的脑袋，这笔钱可以从秘密经费中出。”

“到那个时候，”穿锦缎的人打断将军说，“如果那伙强盗不给他们的首领戴上镣铐送来给您，我就不配做一个六级文官，而是一只吉尔吉斯绵羊。”

“我们可以考虑考虑这个办法，”将军说，“但是，不管怎样，从战争的角度来说，我们都要采取一些军事措施。现在，按法定程序继续投票吧。”

所有的意见都和我的相悖。他们一致认为，躲在大炮保护下的坚固的石墙里面，比去空旷的战场上碰运气要好得多。最后，当所有的人都表达了自己的看法之后，将军抖了抖烟斗里的烟灰，发表了自己的看法：

“诸位，我十分赞同中尉先生地看法，因为这才符合军事策略和战争本身的科学性，军事策略一般主张进攻而非防御。”他停了停，给他的烟斗装满烟丝。我得意扬扬地瞄了那些官员一眼，他们的脸上露出不满的神色，开始交头接耳，议论纷纷。

“不过，诸位，”将军叹息一声，喷出一口浓浓的烟，接着说，“没有人敢承担这个重大的责任。我还是同意大多数人的意见，如果有敌人来进攻，威胁我们，我们可以采用大炮的威力击退敌人，如果可能的话，就采用指挥有力的突围反击来击退敌人。”会议解散了。我必须为这位值得尊敬的军人的软弱感到遗憾，他违背了自己曾经如此坚定的信念，听从了那些无知又毫无经验的人们的意见。

这次重要的军事会议结束后没几天，普伽乔夫就开始向他的目标进军，向奥伦堡逼近。我站在城墙顶上侦察叛军队伍的动向。我发现，他们的人数比我在要塞见的人数多出了十倍。他们有更多的大炮，这都是从被普伽乔夫攻下的小要塞抢夺过来的。想到军事会议上所做出的决定，我预见到我们可能会长时间被围困在奥伦堡城里，我懊恼得想大声叫喊。描述围攻奥伦堡的行动不是我的目的，它属于历史，不属于家族回忆录。用不着多说，这次围攻几乎给居民们带来了灾难性的破坏，人们不得不忍受挨饿和各种物资的匮乏。

奥伦堡的生活变得让人不堪忍受，大家灰心丧气地等着命运的裁判。物价飞涨，食物紧缺，而且经常有炮弹落在居民们毫无防御的房屋上，破坏了居民的房子，还不得不忍受露宿街头的痛苦。人们已经对普伽乔夫的进攻不太在乎了，我快要被这种生活折磨死了。我答应阿库琳娜寄信给她，但是，通信被切断了，我的信送不出去，我也收不到白山要塞寄来的信。我唯一可做的就是抓住机会进行军事反击。多亏有普伽乔夫，我才有了一匹不错的马，我和它分享我那少得可怜的食物。每天，我从防御土墙冲出去，跟普伽乔夫的先锋部队进行小规模的战斗。叛乱者有最好的装备，他们有丰富的食物和精力充足马匹。我们那些疲惫不堪的骑兵完全不是他们的对手。虽然有时，我们挨饿的步兵也会主动出击，可是，厚厚的大雪使我们很难成功地反击敌方那风驰电掣般的骑兵。大炮在防御土墙上毫无目标的乱射击，因为我们无法把它拉到城外去，我们瘦弱的马儿根本就拉不动它。这就是我们的唯一作战方式，这就是奥伦堡官员们口中所谓的谨慎而且明智之策。

记得有一天，当我们击退并追赶一大群进攻的敌人的时候，我追上了一个落伍的哥萨克人。当我举起土耳其军刀，正准备向他砍下去时，他扔掉帽子，高声叫起来："你好啊，彼得，近来身体怎么样？"

我认出他是我们的下士。看到他，我非常高兴："你好，马克西米奇。你离开白山要塞有多长时间了？"

"不太长，彼得，我昨天刚从那里过来，我有一封信给你。"

"信在哪里？"我高兴地问道。

"在这儿，"马克西米奇从怀里拿出一封信，回答说，"我答应巴莱卡尽我所能把信送给你。"他递给我一张折好的纸，就策马飞奔而去。我急不可耐地打开信读了下面的话：

由于上帝的旨意，我失去了父母。现在除了你，彼得，我不知道还有谁还可以保护我。奥列科谢代替我那过世的父亲统治着这个地方。他胁迫格拉西姆牧师，还强迫我住进我们原来的房子里，奥列科谢总是威胁我，他逼迫我答应他做他的妻子。他说，他没把我是阿库琳娜的侄女这个把戏戳穿就是为了救我。我是宁死也不会做他的妻子，他给我三天时间来考虑他的要求。否则，我就别指望从他那里可能得到怜悯和帮助。哦，彼得！真希望将军能给我们提供支援，要是可能的话，我希望你能亲自来救我。

玛丽·米罗洛夫

这封信几乎要让我崩溃。我策马奔回城里，也没让那匹可怜的马歇一下脚。成千上万个营救她的计划不断地闪过我的脑海，但是实行起来却是有各种各样的难度。一到城里，我立即赶去将军家，冲进他的房间。

将军正在边踱步边抽着海泡石烟斗。看见我，他停住脚步，对我的突然闯入感到十分惊讶，关切地探问我发生了什么事情。“将军大人，我把您当成自己的亲生父亲来恳求您。请不要拒绝我，这关系到我一生的幸福。”

“发生什么事情了吗？”将军问，“我能帮你什么呢？”

“将军大人，请批准我带一个连的士兵和五十个哥萨克人，我要收回白山要塞。”

“攻占白山要塞？”将军问。

“是的。并且我保证能袭击成功，只要您答应让我去。”

“不，年轻人，”他说，“这么远的距离，敌人轻而易举地就能切断你和总战略据点之间的一切联系。”

我怕他又要向我夸夸其谈他丰富的军事经验和知识，就赶紧打断他：“米罗洛夫上尉的女儿写信给我，请求立刻援助，奥列科谢威胁她做他的妻子！”

“奥列科谢，那个叛徒！要是他被我抓住的话，我会立即审讯他，把他吊在要塞的护墙上被枪决。可是，现在我们还需要忍耐，这不是我们进行反击的最佳时机。”

“忍耐！”我大声叫道，“再过一段时间玛丽就必须嫁给他了。”

“哦，”将军说，“那倒也不错。如果她暂时成为奥列科谢的妻子，她的处境会好一点儿，奥列科谢可以保护她。等我们攻占要塞，把那个叛徒枪决后，她会找到一个更好的丈夫。”

“我宁愿死，”我忍住心中的恼火，“也不愿意把她让给奥列科谢。”

“现在我全明白了，”老头说，“不用说，你自己爱上了玛丽·米罗洛夫。那就是另外一码事了。可怜的孩子！但是，我还是不能给你一个连和五十个哥萨克人。无论如何这件事是不明智的，我不能贸然承担责任。”

我绝望地低下了头。不过，我心中已经酝酿一个计划，如果将军不同意我的请求，我就准备擅自行动去救玛丽。

十一　叛乱的村子

那时狮子已经吃饱了，
尽管它生性残暴。
“你到我的洞穴有何贵干？”
它亲切地问道。

——苏马罗科夫

我离开将军，匆忙地回到自己的住所。萨维里奇像平时一样，用抱怨来迎接我：“少爷，和那些醉鬼强盗打斗有什么好玩的呢？要是他们是土耳其人或是瑞士人，那还说得过去，可是，这些是狗娘养的杂种……”

我打断他说：“我总共有多少钱？”

“你有足够的钱供我们日常开销了，”他满意地说，“我知道如何把钱藏在恶棍找不到的地方。”他从口袋里掏出一个很长的针织钱袋，里面装满银币。“萨维里奇，把里面的一半给我，其余的你自己留着用。我要赶去白山要塞。”

“哦，彼得！”老仆人说，“你不怕上帝吗？道路被切断了，你怎么到达要塞呢。你就替你可怜的父母考虑一下吧。还有，我们的队伍很快就会过来援助，击败那些强盗。到时候，你就可以去世界上任何地方。”

但我注意已经拿定。“来不及了，我一定要去。别难过，萨维里奇。我把那些钱送给你，买些需要的东西。三天后如果我还没回来……”

“亲爱的，”老头说，“我是不会让你一个人去的，我要和你一起去，哪怕是用两条脚走着去。你要是走了，我一个人在石墙里一定会疯掉的。”

我知道，和那老头争论都是没有用的，我要他马上收拾行李准备出发。半个小时后，我骑着我的马，萨维里奇骑着一匹又瘦又瘸的老驽马，它是城里的一个居民的，因为实在没东西喂它而白送给我仆人的。我们来到城门口，岗哨放我们过去。最后，我们离开了奥伦堡。

夜幕开始降临。要到达白山要塞一定要经过普伽乔夫驻扎的总部别尔达村，不幸的是这条路被厚厚的大雪覆盖了。可是，干草原上到处都是奔驰而过的马蹄印，而且显而易见是新踏上去的。

我骑着马狂奔，把萨维里奇落了很大一截。他大声叫喊："不要骑这么快！我的马跟不上你的。"

不久，我们就隐隐约约地看见了别尔达村的灯光。我们渐渐地靠近别尔达村所在的深深的山谷，这些山谷是这个村的天然堡垒。萨维里奇虽然没有落在后面，但是，他没完没了地抱怨。我希望能安全通过敌人的驻扎地，黑暗中我看见五个拿着大木棍的农民，这是普伽乔夫的前哨。

"注意！那儿是谁?"

不知道口令，我打算偷偷地继续前进。但是，突然有一个人抓住我的马试图阻止我通过。我抽出军刀向那个农民的头砍去。他的帽子救了他。他晃了晃，便倒了下去。其他的四个人慌张了，这样我才得以逃身。夜色越来越浓，这本可以掩护我逃脱。

就在这时，我向后看了一看，发现萨维里奇没有跟上来。怎么办呢?骑着一匹瘸马，可怜的老头不可能从恶棍手中逃脱。我等了几分钟，确定他可能被他们发现了，我调转马头去救他。

快到山谷时，我听见一些嘈杂的声音，而且听出是萨维里奇的声音。我快马加鞭的过去，不一会儿就出现在那些农民面前。他们已经把老头从马上拉下来了，正要绑他。一见到我，他们立即冲向我，把我从马上拉了下来。他们的首领要求立即把我带到沙皇面前，我没有丝毫的反抗之意。我们穿过山谷，进入村庄，看见家家户户都点着灯。

街上人群拥挤，非常的热闹。我们被带到十字路口拐角处的一座小木屋前，门边放着一些酒桶和一架大炮。其中一个农民说："这就是皇宫，我们这就去通报。"我瞄了一眼萨维里奇，他正在胸前一边画十字，一边祈祷。我们等了很久，去通报的那个农民终于出来了，他说："沙皇下令把军官带到他面前去。"

皇宫（按照那农民的说法）里点着两支动物油脂蜡烛，墙上糊的是金黄色的壁纸。然而，其他东西，如长凳、桌子、用绳子吊着的脸盆、挂在墙壁钉子上的毛巾、放着陶制的瓶瓶罐罐的架子等和其他农舍里的没什么区别。普伽乔夫仍然穿着他那件猩红色长袍，戴着高高的哥萨克皮帽，一手叉腰，坐在每个俄国家庭都会挂的圣像下面，他的几个主要首领毕恭毕敬地站在他旁边。我看出，抓住一个从奥伦堡来的军官的消息让他们很好奇，他们打算用盛大的场面迎接我。普伽乔夫立刻便认出了我，他那装作威风凛凛的庄严神情消失了。“啊，是爵爷呀！您最近好吗？什么风把您吹到这儿来了？”我说道：“我正赶着去办私事，从这里经过，而你的士兵们却把我给抓住了。”“什么事啊？”他问。我不知道该如何回答。普伽乔夫以为我当着别人的面不方便说，就示意他的同伴们离开。所有人都离开了，就剩下两个人没动。“你就当着他们的面说吧，”他解释道，“我对他们是什么都不隐瞒的。”我瞥一眼篡权者的这两个亲信，有一个是又虚弱又驼背的老头，全身没什么可以值得人注意的地方，除了身上那条挂在灰色粗布长袍上的蓝色绶带。但是，我一辈子也不会忘记他的同伴。他个子魁梧，肩宽体胖，差不多45岁的样子。密密的红胡子，炯炯有神的灰眼睛，没有鼻孔的鼻子，前额和脸上都是被烙铁烙的记号，这些外形使他那张宽大的麻脸看上去很凶狠。他穿着红衬衫、吉尔吉斯长袍和哥萨克灯笼裤。虽然我的心绪全部被自己的情感占据着无暇顾及别的事情，但是，这些人还是给我留下了深刻的印象。普伽乔夫地问话让我很快清醒过来。“什么事情让你离开了奥伦堡？”

一个大胆的计划闯入了我的脑海。对我来说，好像是天意第二次把我带到这个强盗面前，这使得我有机会完成我伟大的计划。我抓住这个机会，还没有下定决心，我就回答说：

“我刚要去白山要塞救一个被压迫的孤女。”

普伽乔夫眼睛亮了一亮：“谁那么大胆敢压迫一个孤女？他有七英尺高吗？哪怕他有三头六臂，也逃不出我的手掌心的。说，这个犯人是谁？”

“奥列科谢，你知道吗？他把你在格拉西姆牧师家瞧见的那个生病的年轻女孩像奴隶一样地关起来了，并且还想强迫她嫁给他。”

“我要教训教训奥列科谢！我要让他知道，欺负我的子民会有什么样的下场。我一定会把他绞死。”

“请允许我说句话，”没有鼻孔的那人说，“你让奥列科谢掌管白山要塞这件事就太鲁莽了。这件事情让哥萨克人很不满意，因为你让一个贵族当他们的领袖。因此，也不要仅仅因为听到一次指控后就绞死一个贵族，这样会让别的贵族很不满。”

“没有必要赦免或可怜他们，”戴着蓝色绶带的那个人说，“绞死奥列科谢和审问这先生都是应该的。他为什么会闯入我们的领地，来拜访我们？要是他不承认您是他的沙皇，他就没有任何权利来找您帮忙。但如果他承认，他又为什么要和您的敌人一起待在奥伦堡？您要不要把他关进审讯室，在那儿施火刑审讯他呢？”

那个老恶棍的逻辑推理甚至在我听来好像也是合情合理。一想到我落入了这样的人手中，我就感到很恐惧。普伽乔夫看出了我的恐慌。

“嗯，爵爷，”他眨着眼说，“看上去我的大元帅说的是对的。您觉得呢？”，首领那开玩笑的语调让我很快恢复了冷静和勇气。我很镇定地回答说：“我已经落在他手中，想如何处置由他去吧。”

“好吧，”普伽乔夫说，“现在能告诉我你们城中的情况吗？”

“感谢上帝，一切都非常好。”

“老百姓都快要饿死了，还说好？”强盗答道。篡权者说的是实话，不过，根据我所宣誓效忠的职责，我要誓死坚持那个虽然是错误的情报，要塞有充足的物资配备。

“你看，他在骗你，”戴着绶带的人打断他说，“所有逃难的人都说奥伦堡正闹饥荒和虫灾。那里的人把死人当作美味佳肴来吃。如果您希望绞死奥列科谢，就把这个年轻人也一起绞死在那个绞刑架上，这样他们就谁也不会羡慕谁了。”

这些话似乎让普伽乔夫动摇了。好在，另一个人对此提出了反对意见。“闭嘴，”那个身强体壮的人说，“除了绞死和勒死，你就不能想想别的办法了吗，现在倒变成你来扮英雄了。看看你自己那样，没人知道你的良心在什么地方。”

“你算什么圣人啊？”老头回答说。

“将军们，”普伽乔夫摆出一副很严肃的样子说，“不要吵了，要是所有从奥伦堡来的病狗都在同一个绞刑架下晃着他们的腿，那的确没什么坏处。不过，如果我们自己的好狗相互撕咬，那就是大不幸了。”

看着越发紧张的气氛，我觉得有必要改变话题，我便转向普伽乔夫，笑着对他说：“啊！不好意思我忘了谢谢您的马和皮袄。没有您的帮助，我不可能回到奥伦堡。在半路上，我就会冻死的。”我的插话起到了效果，普伽乔夫恢复了他的好情绪。

“善有善报啊，”他眨着眼睛说道，“告诉我，你和那个被奥列科谢迫害的年轻姑娘到底什么关系？她是不是喜欢上你了？”

“她是我的未婚妻。”我回答说，说实话我觉得这没什么危险。

“什么？你的未婚妻！你为什么不早一些告诉我呢？我们会为你举办婚礼，为你举办喜筵来庆贺。听着，大元帅，”他说，“我们是老朋友，爵爷和我。我们现在去吃晚饭吧！明天我们再想想如何处置他。夜晚会给人带来智慧，人在晚上比在早晨要聪明得多。”

要是能找到借口可以不去吃饭我就感谢上帝了，但这是不可能的。两个哥萨克姑娘在餐桌上铺了白色的桌布，端来面包、鱼汤和大罐的葡萄酒和啤酒。这是第二次我和普伽乔夫和他那些可怕的同伴一起吃饭。我们一直狂欢到深夜，最后，他们都醉倒了。普伽乔夫在他的座位上睡着了，他的那些同伴示意我离开，于是我和他们一起出去。哨兵把我锁在一个很黑的洞里，在那里我发现了萨维里奇。他对他所目睹的一切感到十分惊讶，以至于一句话也说不出来了。黑暗中，他很快就睡着了。

第二天早晨，普伽乔夫派人来叫我。他的门前停着一辆带篷马车，并排套着三匹马。街上到处都是人，我在普伽乔夫小木屋的过道里碰见他，他穿着远行装，一件皮袄，戴着一顶吉尔吉斯皮帽。昨天晚上的那些客人围着他，一副很恭敬的样子，跟我昨夜看到的情形判若两样。

普伽乔夫欢快地向我问早安，并要求我坐到带篷马车上他的座位旁边。“去白山要塞。”普伽乔夫对站着赶车的身强力壮的那些鞑靼人说。我的心开始狂跳起来，鞑靼人的马冲了出去，铃铛儿便响起来，带篷马车在雪地上飞奔起来。“停一下，停一下！”一个熟悉的声音大叫着，“哦，彼得！不要把我这个老头子抛下，让我和这群强盗待在一起……”

“啊，又是你这个老家伙！”普伽乔夫说，“坐到前面的位置上去吧！”

“谢谢你，沙皇，愿上帝保佑您长寿安康。”

马儿又出发了。篡权者经过的时候，街上的人都停下来鞠躬。普伽乔夫时而向右行礼，时而向左行礼。不一会儿，我们就离开了村子，来到一条平坦的大路上。我沉默不语，脑袋里在想着为什么普伽乔夫会帮助我，普伽乔夫打断了我的遐想。“为什么不说话呢，爵爷？”他对我说。

“我在思考一些事情。”我说，“我是一个军官，贵族，就在昨天我和你还是敌人，可是今天却和你坐在同一辆马车上，现在看来我一生的所有幸福都要靠你。”

“你害怕了吗？”

“你已经给了我生命!”

“你说得很对，你知道我的人是如何看你的吗？即使是今天，他们仍想要把你当作间谍。那个该死的老头想拷问你，然后把你绞死，不过我不会那样做的，因为我记得你给我的那杯酒和那件皮袄的恩德。我并不像你朋友所说的那样是个杀人不眨眼的大魔头。”听到这儿我想到我们要塞被攻占之后，所发生的一系列事情，但是，我没有立即反驳他。

“在奥伦堡，他们是怎么看我的？”

“他们说，你这个人不是很容易就能对付得了的。必须承认，你给了我们一定的压力。”

“对，我是个伟大的战士。你觉得普鲁斯王和我一样强有力吗？”

“你自己认为呢？你觉得你能打败腓特烈大帝吗？”

“腓特烈王？为什么不能呢？你就等着看我向莫斯科进军吧!”

“难道你真的想向莫斯科进军？”

“天知道，”他想了想说，“我的路很狭窄，我的手下人都不服从我的命令，他们全都是盗贼，我必须要留心听，密切注意他们的动向。一旦有一次失利，他们就会用我的脑袋去挽救他们自己的生命。”

“在事情还来得及挽回之前离开他们不是更好吗，”我说，“并请求女皇陛下开恩。”他苦笑了一下，说：“不，时机已经过了。有始有终——谁知道结果会怎样呢？”

普伽乔夫瞄了我一眼，然后我们都不说话了。我们的鞑靼车夫一路上都哼着一支令人很悲伤的曲子。萨维里奇坐着睡着了，身体晃来晃去。车夫驾驶的带篷马车在寒冷光滑的大路上快速地行驶着，不远处，我很熟悉的一座村庄，还有它那耸立在雅依克河陡峭河岸上的尖木栅和教堂塔尖映入了眼帘。一刻钟后，我们就进入了白山要塞。

十二 孤女

好像我们的小苹果树
没有树梢，没有枝芽；
好像我们的公爵小姐，
没有爸爸，没有妈妈；
没人给她梳妆打扮，
没人为她祝福送嫁。

——歌谣

带篷马车停在司令的屋子前面，居民们一眼便认出了篡权者马车的铃声和装备，于是成群地跑出来迎接他。

奥列科谢穿得像个哥萨克人，胡子剃得跟他们一样，走到马车前，殷勤的扶强盗从马车上下来。看到我和普伽乔夫一起从马车上下来，他觉得有点惶恐不安，不过很快就恢复了镇定。他说："你投靠了我们了?"我把头转开，没有理他。当我们走进我十分熟悉的房间时，我看到墙上仍然挂着已故司令的那份军官证书，我感觉它就像一篇墓志铭，勾起了我对往事的回忆，使我的心如绞刑般痛。

普伽乔夫坐到一张沙发上，这张沙发曾是伊万·米罗洛夫无数次听着他妻子唠叨并打盹的地方。奥列科谢亲手端着一瓶白兰地给他的首领。普伽乔夫喝了一杯，然后指着我说："给爵爷也倒上一杯。"听了这句话奥列科谢走近我把托盘递给了我，我再一次把头转过去背对他。普伽乔夫简单地问了他一些关于要塞的情况，然后，他不假思索地问："告诉我，你关着的那个年轻姑娘到底是谁?"

奥列科谢的脸立即变得像纸一样白。"沙皇，"他用颤抖的声音说，"她其实一直待在自己的房间里，她没被锁起来。"

"立刻带我去她的房间。"篡权者站起来说。想要拒绝是不可能的，奥列科谢带路去玛丽的房间，我不情愿地跟在后面。在楼梯上，奥列科谢停了下来，说："沙皇，无论您命令我做什么，我都会照你说的去做，但请您不要让一个陌生人进入我妻子的房间。"

"你结婚了？"我大叫起来，时刻准备把他撕成碎片。

"闭嘴！"强盗打断我说。"这件事交给我来处理，而你，"他转向奥列科谢说道，"不要太滥用权威。我不管她是不是你的妻子，我想领谁去她的房间，那是我的自由。爵爷，跟我来。"

在房门口，奥列科谢又停下来了，说："沙皇，这三天以来，她一直发着高烧，现在还烧得神志不清。"

"打开门。"普伽乔夫说。奥列科谢慌里慌张地在口袋里胡乱地摸索，最后说他忘了拿钥匙，普伽乔夫抬起脚用力踢门。锁松落了，门便被打开了，我们走了进去。

我看了一下房间，几乎快要绝望了。穿着农民那种粗布衣服的玛丽坐在地板上，面色苍白，已经变得瘦骨嶙峋，和几个月前的她完全是两样，而且蓬头垢面，伤心欲绝的呆坐在床上。地板上放着一罐水，罐子上放了一片面包。看到我，她吓了一跳，发出一声撕心裂肺的尖叫。普伽乔夫扫了奥列科谢一眼，冷笑着说："你的医院倒是很不错嘛！"

"告诉我，小宝贝，你的丈夫为什么要这样残忍地惩罚你？"

"我的丈夫！不，他不是我的丈夫。我就是死，也不愿嫁给他。要是没人及时来救我，我就去死。"

普伽乔夫愤怒地瞪了奥列科谢一眼呵斥说："你居然敢欺骗我，你这个骗子！"奥列科谢双膝落地，跪了下来，赶紧向沙皇求饶。强烈的鄙视遏制住了我对他的憎恨和报复心，我讨厌一个贵族跪在一个哥萨克逃亡者的脚下。

"这一次我原谅你，"强盗说，"但是希望你记住，下一次再犯同样的错误，我会老账新账一起算。"他转向玛丽，温柔地说："出来吧，我美丽的姑娘，现在你自由了，我是沙皇！"

玛丽看着他，双手捂住脸，晕倒在地板上。很明显，她意识到他就是杀死她父母的凶手。我冲过去扶住她，这时候，我的老熟人巴莱卡走了进来，赶紧想办法让小姐恢复意识。

普伽乔夫、奥列科谢和我走下楼去了接待室。"爵爷，我们现在已经解救了那个美丽的女孩，下一步该怎么办呢？我们是不是应该派人去请格拉西姆牧师，要他为他的侄女主持婚礼？如果你愿意的话，我可以做你的主婚人，而奥列科谢便做你的伴郎。然后，我们就可以关起大门进行狂欢！”

正如我所预料，奥列科谢听到这段话，完全失去了控制能力。

“沙皇，”他愤怒地说，“是的，我是有罪的，我对你撒了谎。不过，格利尼奥夫也欺骗了你。这个年轻姑娘并不是格拉西姆牧师的侄女，她是要塞前司令，也就是那个被处死的伊万·米罗洛夫的女儿。”

普伽乔夫恶狠狠地盯着我。“这是怎么回事？”他生气地问我。

“没错！奥列科谢说的是事实。”我果断地回答说。

“你可没有告诉我这一点。”篡权者说，脸色顿时阴沉了下来。

“你想想呀，我怎么可以在你的人面前说玛丽是米罗洛夫上尉的女儿？他们当场就会把她撕成碎片，那样就没人能救得了她。”

“你说得很对，”普伽乔夫笑了笑说，“我的那些酒鬼们是绝对不会放过那个孩子的。阿库琳娜在欺瞒他们这点上做得的确非常好。”

“听着，”看到他情绪很好，我说，“我不知道该怎样称呼你，而且实际上，我也不想知道。不过，我向上帝保证，我乐意用我的性命来报答你为我所做的事情，只要它们不违背我的荣耀和责任，对得起我作为一个基督教徒的良心。你是我的恩人，请您帮助我到底吧，请求你让我带着这个女孩子走上帝所指引的道路吧，不论你发生什么事情，也不论你在什么地方，我们都会向上帝忠诚地祈祷，拯救你的灵魂。”

“就照你的意愿做吧，”他说，“该罚就罚，该赏就赏，这是我做事的原则。把你的未婚妻带到任何你想去的地方，只要你想要去，愿上帝赐予你们爱情和幸福。”他转向奥列科谢，吩咐他给我写一张通行证，以便我们能够顺利地通过他掌控下的所有要塞。奥列科谢像吃了败仗的丧家犬一样垂头丧气。普伽乔夫要去检视要塞，奥列科谢跟在他后面，而我便留了下来陪玛丽。

我冲上玛丽的房间，不料门关着，我敲了敲门。“谁啊？”巴莱卡问。

我说了自己的名字，之后便听到玛丽温柔的声音：“彼得，很快我就和你在阿库琳娜家碰面。”

格拉西姆牧师和阿库琳娜出来迎接我，萨利维奇已经提前通知了他们。女主人把家里所有的东西拿出来招待我，她一边招待我，一边讲述着这一段时间所发生的事情。过了一会儿，玛丽进来了，她脸色看上去仍然很苍白。她换下了那件农家姑娘穿的衣服，像往常一样，穿得很简朴，不过干净整洁又有品味。我抓住她的手，激动的半天也说不出来一句话。我们两个人都百感交集，一句话都说不出来了。主人可能看着有碍于我们谈话，就让我们两个人单独待在一起，现在我可以向她谈谈我的计划了。她不能再待在由普伽乔夫管辖和由罪大恶极的奥列科谢掌管的要塞里。

在奥伦堡，她也绝对不可能找到可以藏身的安全地方，反而要忍受各种围攻带来的恐惧。我提议，她应该到我父亲那农村的庄园去待一段时间，这使她有些犹豫。我不得不尽力向她解释，使她相信，我父亲绝对会把接待一个为国捐躯的老兵的女儿当成是一种责任和荣幸。最后，我对她说："亲爱的玛丽，我把你当作我的妻子，这些离奇的遭遇注定要使我们在一起的，现在我们两个人的命运永远连在一起了。"

玛丽很认真地听着，她的感受和我一样，我们已经被命运连在了一起。但是，她一直强调，如果我父母不同意我们在一起，她永远不可能成为我的妻子。对于她的坚持我没办法回答，我只有把她紧紧抱在我的怀里，一起约定我的计划会成为我俩共同的决定。一个小时之后，下士给我送来了有普伽乔夫潦草的亲笔签名的通行证，并告诉我沙皇正等着我。我发现他已经准备上路。老实说，在别人看来，这个男人是一个十恶不赦的恶魔，但是，现在我对他也萌生出了很深的怜悯和感激之情。我想把他从那伙强盗中拯救出来，虽然他是那伙人的领头人。不过，奥列科谢以及围在他身旁的人使我不能向他表达任何一种类似这种的感觉，我们友好地分别了。

当马儿开始前行的时候，他从带篷马车中探出身子对我说："再见了，爵爷，或许我们还能再见面。"我们的确又见面了，可那是在怎样的情况下啊！

我回到格拉西姆牧师家，在那儿，我们出发的准备工作很快就完成了。我们的行李放进司令的旧马车中，马车也已经套好了。出发之前，玛丽又去教堂墓地祭拜了父母的坟墓。不多一会儿，她就回来了，望着父母的遗物默默地流着泪。格拉西姆牧师和阿库琳娜两人站在台阶上依依不舍的送别我们。玛丽、巴莱卡和我坐在马车里面，萨维里奇就坐在前面。“再见了，玛丽，我亲爱的小宝贝！再见了，彼得，我们英俊潇洒的小伙子！”善良诚实的阿库琳娜恋恋不舍地说。

路过司令屋子时，我看到了奥列科谢，他的脸上露出一种憎恨的表情。

十三 被捕

请别责怪，先生，我要尽我的职责，

立即把你送进监狱。

好吧，请把事情说明白。

——克尼亚日宁

过了两个小时，我们来到了邻近的要塞，它也属于普伽乔夫管辖的范围。在那儿，我们需要换乘马匹。由于车夫的饶舌，他们很殷勤地招待了我们，由普伽乔夫任命的司令，一个大胡子哥萨克人对我们额外的热情。我感觉到，他们把我当成是一个很受他们沙皇宠爱的人了。我们再次出发时已经是薄暮时分，我们朝最近的小镇走去准备在那里度过一晚上，按照大胡子司令的说法，那个地方应该有一支力量很强的普伽乔夫的部队。岗哨拦住我们，问道：“车上是谁?”车夫大声回答：“是沙皇的朋友和他的太太。”

我们立刻被俄国政府的一支骠骑兵团团围住，他们破口大骂，脏话真是不堪入耳。“出来，”一个留着浓密胡子的俄国军官说，“我们会让你好好吃点儿苦头！”我请求他们把我带到他们长官面前。看到我是个军官，原先那些士兵们便住嘴了，军官带我去见上校。萨维里奇跟在我后面，用低沉的声音喊着：“刚从火堆里爬出来，却又跌进了火焰中！”

马车慢慢地跟在我们后面。五分钟后，我们来到一座小屋前，屋内灯火通明。军官吩咐士兵看好我，他自己进去通报。他一会儿就出来了，说长官命令把我关进监狱，把我的太太带去见上校。

“他发疯了吗？”我大叫。

“我不晓得，爵爷。”

我跳上台阶，迅速冲进房间，没有哪个哨兵可以拦住我，里面有六个骠骑兵军官正在玩纸牌。上校正在做庄，我一眼就认出上校就是伊万·祖林，因为他是在新比尔思科和我赌钱把我的钱包都掏空了的那个可恶的家伙。“真凑巧！你是伊万·祖林？”

“哎呀！彼得，是什么风把你吹来了？你从哪儿来？你要跟我们玩玩吗？”

“不用了，谢谢，我倒希望你能安排个地方给我住。”

“没必要安排住的地方，你就和我一起住。”

“不行，我不是一个人来的。”

“那你把你的同伴一起带来吧。”

“我不是和一位同伴，我和……一位女士。”

“一位女士？你们是怎么认识的？”他说，用一种嘻嘻哈哈开玩笑的方式吹了一声口哨，弄得其余的人都哄堂大笑起来。“那好吧，”祖林说，“这样，我到镇上给你找间屋子吧。过来，伙计！你怎么把普伽乔夫的朋友带来了？”

“你胡说什么啊？”我说，“她是米罗洛夫上尉的女儿。我刚刚把她救出来，现在正要把她送到我父亲家，把她留在我父亲那里。”

“天哪，你说什么？那意味着你就是普伽乔夫的朋友？”

“慢慢我会告诉你一切的。先去照顾一下这个可怜的女孩，你的士兵都把她吓坏了。”祖林走到街上，亲自向玛丽道歉，跟她解释说这是一场误会，并嘱咐军官把她和她的女仆安置在镇上最好的房子里，我和祖林住在一起。晚饭过后，就只剩下我们俩时，我就把我传奇的历险经过讲给他听。

他摇了摇头，说：“这一切都太神奇了，但是，我很纳闷你为什么要结婚呢？作为一个军官和朋友，我告诉你，结婚是一件非常愚蠢的事情。现在听我说，去新比尔思科的路已经被我们的士兵清通了。所以，你明天就可以把上尉的女儿送去你父母那里，你自己就留在我的部队里。你不用回奥伦堡，你可能会再次被叛军抓住，这样就没有人可以救你了。”

我决心接受祖林的部分建议。萨维里奇过来整理我晚上要睡的房间。我跟他说，叫他准备好明天护送玛丽娅回我父母那里。“那谁来服侍您呢，少爷？”

“老兄，”我说，我尽力好言相劝来打动他，“在这个地方我不需要仆人，玛丽在路上是需要人照顾的，而且，你伺候玛丽就是伺候我，因为只要战争一结束，我就和她结婚。”

“结婚！”他重复了一次，双手一合，一脸很茫然的样子，“小小年纪就想结婚！你父母会怎么说？”

“当他们了解了玛丽的为人，就没有任何异议了，他们会同意的。你也会替我们说情，对不对？”

我这一番解释最终把老头感动了。“哦，彼得！”他说，“你还太小，不适合结婚。可那位年轻姑娘的确是个天使，错过了这次机会还真是造孽。我一定会按照您所希望的那样帮您。”

第二天，我把我的打算告诉了玛丽，玛丽也同意了，因为祖林的部队当天也会离开小镇，所以不能有任何延迟。我将玛丽托付给我亲爱的老萨维里奇，并交给他一封写给我父亲的信。玛丽哭着向我告别，我不敢开口说话，因为我担心周围的人看出我对她的不一般的感情。

这已经到了2月底，给行军作战带来困难的冬天将要结束了，将军们正准备采取一次联合行动。当我们的军队逼近叛乱者占领的村庄，叛乱村庄的村民纷纷缴械投降，就在这时，戈利岑公爵击败了篡权者，解了奥伦堡被困之围，这是对叛乱的致命一击。但是普伽乔夫没有抓到，我们听说普伽乔夫在乌拉尔山脉地区出现了，又重新组织起叛乱队伍，还听说他正在莫斯科进军的路上。然而，不幸的是他被捕了，战争就这样结束了。祖林接到命令，让他返回原来的驻扎地。一想到战争结束，我就可以见到心爱的玛丽，就可以和她结婚，我欣喜若狂。

祖林耸了耸肩，说：“等到你结完婚，你就知道你自己有多愚蠢了！”

我向祖林请了假。过几天，我就可以回到家，和玛丽结婚了。不想有一天，祖林心事重重地走进我的房间，手里还拿着一份文件，并吩咐仆人离开。“发生了什么事啊？”我问。

“一个小小的麻烦，”他回答说，同时把文件递给我，“你看看吧。”

这是份绝密文件，发给所有部队的长官的命令，命令立刻逮捕我，并把我押解到喀山，交给审讯委员会处置。这个审讯委员会是为审讯普伽乔夫和他的同犯而专门设立的。我惊呆了，一不小心文件从我手中滑落。

“别灰心，”祖林说，“马上出发吧！”我心里很坦然，我没有做任何违反国家条例和军人职责的事情，可是，要延迟很长时间才能回家和玛丽团聚。也许要经过好几个月，我才能通过委员会的审查。祖林友好地和我道别，我坐上四轮运货马车，两个骠骑兵手里拿着出鞘的明闪闪军刀坐在我身旁，取道直接抵达喀山。

我确切地相信我被捕是因为没请假就擅自离开奥伦堡要塞，我相信我可以轻易地为自己开脱。因为我们不但从来没被禁止单骑出击，而且相反，他们还鼓励我们对敌人进行种种袭击。可是，我和普伽乔夫之间非同一般的关系却被很多人看作是一种嫌疑。

到达喀山后，我发现整座城镇已经成了一片灰烬，满目苍凉。沿街已经被炸掉屋顶的房屋的墙被火熏得乌黑，屋顶已经被烧成了一堆堆的灰烬，这证明普伽乔夫曾经到过这里。幸运的是，要塞并没有遭受重创，我被带到那里，交给值日的军官。他吩咐铁匠要他给我钉上牢固的脚镣。然后，我被关进了一间又小又暗的地牢里，光从仅有的一个换气孔射进来，换气孔上还装着防止犯人逃跑的铁栏杆。这样的待遇根本没预示任何好兆头，不过，我并没有失去勇气。因为我感受到了由一颗饱受痛苦煎熬的心灵所发出的祈祷。我很安心入睡了，一点儿也不为明天的审讯担忧。第二天上午，我被带到委员会的面前。两个士兵和我一起穿过院子来到司令住的地方。他们在前厅停下来，让我一个人去进去。

我走进一间非常宽敞的房间，两个人坐在一张堆满了文件的桌子旁，一位是年纪比较大的将军，神情严厉，一位是年轻的近卫军军官，面容和蔼，很讨人喜欢。在窗户边的另一张桌子边上，坐着一个秘书，耳朵上夹着一支钢笔，面前摊着一张纸，准备随时记录我的口供。审讯开始了：“名字和职务?”将军问我是不是安德鲁·格利尼奥夫的儿子，我说：“是。”在得到肯定回答后，他说：“太遗憾了，一个这样受人尊敬的人竟会有这样一个参加叛乱的不孝之子！”

我回答说："我希望能有机会让我说出事情的真相，以此来反驳所有加在我身上的冤屈指控。"我的冷静使他非常不高兴。"你是个任意妄为的家伙，"他皱着眉头说，"不过，我们见过很多像你这样狂妄的人。"

青年的军官问我是怀着什么样的目的加入叛军，替他们效忠。

我义正言辞地回答说，作为一名军官和贵族，我绝对不可能背叛我的祖国和职责，加入篡权者的队伍，并且从没有用任何方式在任何地方为他效忠。

"那为什么，"我的审判者接着说，"这位'军官和贵族'是普伽乔夫唯一一位赦免的人，而你的同事全都惨遭杀害呢？为什么这个'军官和贵族'会从叛军首领那里接受像马匹和皮袄这样的礼物？这种亲密友好的关系是建立在什么基础上？如果真的不是在叛国的基础上，那至少也是在不可原谅的胆怯上？"那些话令我很愤怒，我激动地替自己辩解起来，最后，我想起了奥伦堡的将军，因为我知道他能证明奥伦堡被围之时我的一片赤诚爱国之心。那位严厉的老头从桌上拿起一封已经被拆开的信，读了起来：

……"关于格利尼奥夫中尉，我在这儿说明一下，他从 1773 年 10 月到次年 2 月在奥伦堡服役。可是从此以后，他再也没出现过……"读到这里，那位老将军严厉地问："你现在还有什么，要说为你的行为辩解？"

我的审判者饶有兴致甚至是带着仁慈之情听我讲我和篡权者的相识，从暴风雪中的偶然相遇到白山要塞的被占，在白山要塞他因为感激之情而赦免了我。我还想坦诚地提到我和玛丽的关系以及她的获救来为自己辩护。可是我的脑海里突然出现了一种念头，一旦我提到她，委员会就会强迫要她出庭做证，她的名字就会成为台上目击证人之间恶意中伤诽谤的主题。这些想法让我很困扰，我不知所措，开始说得结结巴巴，最后，我无奈地沉默下来。审判者一下便看出我明显的慌乱，便认定我和篡权者一定有着非同一般的关系。青年的近卫军军官说，我觉得我应该和我的主要控告人当面对质。几分钟后，我听见脚镣的叮当声响起，接着奥列科谢走了进来。

他脸色惨白，人也瘦了，之前乌黑的头发也变得花白。他用虚弱但很坚定的口吻重复了对我的指控。

根据他的说法，我确实是普伽乔夫的间谍。我安安静静地听他从头讲到尾，总算有一点让我满意——他没说到玛丽·米罗洛夫。是因为她曾轻视地拒绝过他的求婚而刺痛了他的自尊心？还是因为他心中有着与我同样的感情火花，那种火花也让我在同一点上保持沉默，来维护那最后的爱恋？但是这更坚定了我的决心。当我被问到是否有什么话来驳斥奥列科谢的指控时，我只回答说，我坚持我原来的供词，没有什么可更改的。

将军下令将我们再次押至监狱。我看着奥列科谢，他脸上带有一种恶意的满足向我冷笑，他提起脚镣，快步向前走，赶到我前面。从此，我就再也没有被提审过一次。

下面要告诉读者的事情并非我亲眼所见，可是，我经常听人讲起，导致每个最细微的情节都深深刻在我的记忆里。

我的父母用上一代人所特有的真诚和热情地接待了玛丽。他们都很喜欢她，父亲也不再认为我和玛丽的爱情是一件愚蠢的事情。我被捕的消息对全家人来说是一个非常可怕的打击，但是，玛丽和萨维里奇如实向他们描述了有关我和普伽乔夫两个人之间关系的渊源。所以在他们看来，这件事情并不是十分的严重。父亲决不相信我作为一个贵族会参加有损荣誉和名声的叛乱，因为这场叛乱的目标是要推翻皇权和消灭贵族。因此，他们一直期盼事情能有所好转，几个星期过去了，最终，他们期盼来了我们的亲戚公爵从圣彼得堡写来的一封信。在惯常的几句客套话后，他告诉父亲，我参与策划叛乱的罪名成立，因为证据确凿。虽然本应处以极刑以示惩戒，但女皇陛下考虑到父亲的高龄和多年忠诚服务，决定减轻对他有罪儿子的处罚，将我终身流放到西伯利亚！

这个打击几乎要使父亲崩溃了，他对儿子的坚定信念开始动摇。他平时藏在心里的愤怒和抱怨一下爆发了出来，痛苦地悲叹道："什么！我的儿子和普伽乔夫两人共同策划叛乱！这怎么可能呢。女皇陛下竟然赦免了他！极刑其实并不是世上最恐怖的事情！我的祖父死在断头台，只是为了维护他那坚定不移的信念！但是一个贵族违背自己的誓言，和盗贼、无赖流氓以及叛乱的奴隶勾结在一起！耻辱噢！是我们脸上永远的耻辱啊！"父亲的绝望把母亲吓坏了，她不敢流露出自己的悲伤，还要想办法安慰他，而玛丽却比他们更加孤独，更加悲伤。她相信只要我愿意，我就能为自己辩护，而且她猜到了我保持沉默的原因，并相信我是在为她承受灾难。

有一天晚上，父亲坐在沙发上翻阅着《皇家年鉴集》，不过他的思绪已飘到远处，那本书没像以往那样对他产生效果。母亲则默默地坐在沙发上编织着，眼泪总是不停地落到她编织的东西上。玛丽也在同一个房间里默默做着编织活儿，她没作任何开场白，就直接对我父母说，她必须去一趟圣彼得堡，并希望他们能给她提供盘缠。母亲惊奇地问："难道你也要离开我们吗?"

玛丽说，她以后的命运将取决于这次旅行，她要以一个忠诚爱国、为国捐躯的殉难者女儿的身份，去向那些在宫廷中的达官显贵们寻求帮助和保护，要为我洗清冤屈的罪名。父亲低下头，没说一句话，只要能够使他想起儿子被冠上的叛国罪名，对他来说都似乎是一种尖锐的道德谴责。"走吧，"最后，他叹了一口气说，"我们不会阻碍你去寻找自己的幸福。愿上帝赐给你一个受人敬爱的丈夫，而不是一个遭人唾弃的叛国贼!"

他站起来，走出了房间。玛丽单独和母亲在一起，向母亲叙述了关于她这次旅行的部分目的。母亲含着眼泪感激地吻了吻她，并祈祷上帝保佑这个计划能够取得成功。过了几天，玛丽、巴莱卡和萨维里奇离开了家，去了圣彼得堡。

当玛丽顺利到达索菲亚时，她打听到女皇陛下当时正住在皇村的避暑宫殿。她就决定待在那儿寻求机会去拜访女王，并且在驿站里租用了一个小房间。驿站长的妻子过来和玛丽聊天。她得意扬扬地告诉玛丽说，她是一个与宫廷有密切关系的官员的侄女，她的叔叔很幸运能够在女皇陛下住的地方照看炉火。她还告诉了很多她从来不知道的信息，同时玛丽也知道了女皇的某些习惯，比如她几点起床、几点去喝咖啡、几点去散步。总而言之，和安娜的谈话就像在撰写历史著作，对我们现在这个时代来说是十分宝贵的材料。这两个女人一起去皇家花园玩，在那儿，安娜告诉了玛丽每条小路的故事和每座横跨在人工溪流上的桥的历史。

第二天一早，玛丽独自一人去了皇家花园。那天天气很不错，由于秋霜使菩提树的叶子已经凋萎，太阳光就把菩提树染上了金色的光芒。宽阔的湖面上波光粼粼，泛着灿烂的光辉，一群刚刚睡醒的天鹅悠闲的从河边的灌木丛中游了出来。玛丽正想去一片迷人的绿色草地上，这时，一条英国种的小狗跑过来，冲着她狂吠。玛丽吓住了，这时，一个女人悦耳嗓音传来："它不会咬你，用不着害怕。"她看见一位50岁左右的女士正坐在一条粗木凳上休息。她穿着一件白色的晨衣，戴着软帽，披着一件外套。她那丰满的脸容光焕发，显示出一种既安详又严肃的神情，同时又有着一种高贵的气质。她先开口说话："很明显，你不是本地人吧？"

"对，夫人。我昨天才从乡下来到这儿。"

"是和你父母一起来的吗？"

"不是的，夫人，我一个人来的。"

"你还太小，不应该一个人出来旅行。你到这儿是来办什么重要事情？"

"我的父母已经逝世了，我是来向女皇陛下呈递请愿书的。"

"你这个可怜的孩子．你是要指控别人对你的不公平还是对你的伤害？"

"夫人，我是来请求女皇陛下宽恕，而不是申冤。"

"请容许我问一个问题，你到底是谁？"

"我是米罗洛夫上尉的女儿。"

"什么米罗洛夫上尉？就是那个在奥伦堡省掌管一个要塞的司令？"

"是的，夫人。"

女士似乎很感动。"我是宫廷里的人，你可以向我说明你请愿的目的，也许，我可以帮助你。"玛丽从口袋里拿出一张纸，递给了那位女士，她很专心地读着。玛丽的眼睛盯着她的一举一动，女士脸上刚才既安详又优雅的神情突然变得很严肃，这个神情把玛丽吓住了。

"你是替格利尼奥夫来说情的吗？"女士用冰冷的语气问，"女皇陛下是不可能原谅他的。他跟叛乱者勾结，不是因为他不懂事或者轻率，而是因为他是个自甘堕落、满怀恶意的坏蛋。"

"这是假的！他是冤枉的！"玛丽大声叫道。

"什么！你说什么？冤枉？"女士满脸通红地问道。

"我对天发誓，这不是真的。我知道事情的全部真相，我会把一切都告诉你。他是因为我，他才甘愿承受所有的罪名。他不在审判官面前为自己辩解，那是因为他担心我，他不愿意让我也被牵连进去。”接着，玛丽就激动地把读者所知道的一切东西讲给那位女士听。

“你现在在哪儿住啊?”当这位年轻的姑娘把事情原原本本地给那位女士说了一遍后，女士问道。听到她和驿站长的妻子住在一起，她点点头，微笑着对我说：“嗯！我知道她。再见！千万不要把我们见过面的事情告诉任何人。我希望不久后你就可以知道请愿的结果。”她站起来，走进了一条郁郁葱葱的小路。玛丽回到安娜家里，满心欢喜，心中充满美好的希望。

驿站长的妻子对玛丽那么早就出去散步感到非常惊讶，她说，在秋天，那么早出去散步对于一个年轻姑娘的身体健康是没有好处的。她带来了茶饮，一边饮着茶，一边讲她那永远也说不完的故事，这时，一辆刻有皇家盾形纹章的马车停在了门前。一个身穿皇家服饰的仆人进来报告说：“女皇陛下宣米罗洛夫上尉的女儿去朝见。”

“嗯!”安娜大喊起来，“女皇陛下宣你进宫了！她怎么知道我们俩住在一起?你不能单独一个人去，因为你还不知道在宫里走路的那些麻烦的规矩！我送你一起进去吧。要不要我叫人去医生的太太那里，把她那条带有裙边褶的黄裙子暂时借给你?”仆人说：“女皇命令，只允许玛丽一个人去，而且即刻出发，不需要更衣打扮。”

玛丽不敢违抗女皇陛下的命令，当即坐上马车进宫了。她有预感，决定她命运的关键时刻到了，她的心狂跳不止。几分钟后，马车便来到了宫殿前。穿过一长串宽敞豪华的房间，玛丽来到了女皇陛下的寝宫，站在女皇身边的贵族都自觉恭敬地为这个年轻姑娘让路。

玛丽一眼便认出女皇陛下就是她在花园里碰见的那位女士。她礼貌地说：“我很高兴能帮助你实现你的愿望。我坚信你的未婚夫是无辜的，我现在已经处理好一切了，这里有一封信是写给你未来公公的。”玛丽泪如泉涌，跪倒在女皇脚下，感谢她的帮助。女皇赶忙把她扶起来，吻了吻她的额头说：

“我知道你没有家产，但是，我欠着米罗洛夫上尉——这个勇敢的为国尽忠的人的女儿的一分情，我一定会还的。”女皇慈祥地安慰了玛丽一会儿，就让她离开了皇宫。当天，玛丽就起程回父亲在乡下的庄园，甚至连一眼圣彼得堡都没有看。彼得·格利尼奥夫的回忆录到这里就完了。

根据他家的记载，我们知道他在1774年年底被释放。我们也了解到他参加了普伽乔夫被杀头的现场，普伽乔夫在人群中看见并认出了他，向他点了最后一次头。不一会儿，那个头颅就展示在人们面前，鲜血淋淋，没有一点儿生气。

彼得·格利尼奥夫最终和玛丽·米罗洛夫结婚了，他们的后代到现在仍然快乐地生活在新比尔思科省。在他们世世代代相传的庄园里，女皇凯瑟琳二世的亲笔信仍然在那里陈列着。这是一封写给安德鲁·格利尼奥夫的信，信中写到为他儿子昭雪平反的故事，以及对上尉的女儿美丽而聪慧的赞美。

黑桃皇后

一

在阴雨连绵的日子
他们往往聚集在一起；
下注赌钱
赌注从五十押到
一百不等，
愿上帝宽恕他们！
他们赢了钱便用粉笔
记账。
在这样的阴雨天里，
他们干着这样的勾当。

有一天，人们正在近卫军骑兵军官纳路莫夫温暖的屋子里开牌局。漫长的冬夜悄声无息地就从指缝间溜过，等这伙人停下来吃晚餐时，已经凌晨五点了。那些赢了钱的人兴致勃勃，胃口大开，津津有味地享受着食物；其余的人则索然无味，沮丧地盯着面前空空的盘子发呆。不过，当仆人把香槟酒端上来后，谈话氛围马上就变得轻松活跃起来，所有的人都开始参与讨论着自己感兴趣的话题。

“你怎么样，苏林？”主人问道。

“噢，我没有赢钱，还是那样子。我必须得承认自己运气不佳——我从来不下大的赌注，而且我总是保持头脑冷静沉着，绝不让任何鸡毛蒜皮的小事来打乱我的思绪，然而我还是输钱!”

“难道你就从未想过冒险一下，在同一张牌上押上一笔大的赌注？你这股坚定劲儿真让人惊讶!”

“你们认为格尔曼打牌如何呢?”一个客人指着一个年轻的工程兵军官说，“他到现在为止还从来没有摸过牌，也没有下过注，但是他总是陪我们一直到早上五点，看我们打牌!”

“我对打牌是非常着迷的，”格尔曼说，“但我不会因为奢望意外之财而牺牲我生活所必需的钱。”

“格尔曼是德国人，因此他很懂得精打细算，就是这么回事!”托姆斯基说，“如果除此之外还有什么人我看不明白，那一定就是我的祖母安娜·费多托夫娜伯爵夫人了!”

“为什么会这样?”客人们好奇地问道。

“我也弄不明白，”托姆斯基继续说，“为什么现在祖母金盆洗手，不再进赌场?”

“这么说，你也不明白这其中的原因?”“是的，坦白说，我对此也是一无所知，而且也没有听说过任何关于这方面的解释。但是，我可以给你说说我祖母的故事。你们肯定知道，六十年前，我的祖母去过一趟巴黎，她在那儿可是个名噪一时的人物。人们到处围追堵截，就是为了一睹‘莫斯科维纳斯’的芳容。黎塞留[①]曾与我的祖母关系十分要好，他们之间有着微妙的关系。那时候，太太们都喜欢玩法郎。曾经有一次在宫廷里，祖母输给奥尔良公爵一大笔钱。她一回到家，就不高兴地摘下脸上的美人痣[②]，脱掉箍裙，然后告诉祖父她在牌桌上输了一大笔钱，命令他去把钱还给奥尔良公爵。我那已故的祖父，在我的记忆里，身份好像是我祖母家的管家一类的人物。祖父害怕祖母就像老鼠害怕猫一样，可是，当听说祖母输掉了这么大一笔钱时，他气得几乎要吐血。他大致算了一下祖母输掉的各笔款项，指出她半年之内已经花掉了五十万，而且在巴黎他们没有像莫斯科和萨拉托夫近郊那样丰厚的产业。因此，他直接拒绝了祖母的要

① 黎塞留（1585—1642），法国国王路易十三的宰相。

② 旧时欧洲妇女贴一小黑色的东西作为装饰。

求。祖母一怒之下，给了他一个耳光，而且为了表示自己的不悦，就独自休息了！第二天，祖母吩咐仆人把祖父找来，准备用家庭内部的惩罚对他产生震慑力量，结果发现他仍然不买账。无奈之下，祖母同他进行了平生第一次争论、解释，向他说明债与债是不同的，就如同亲王和车匠有天壤之别——她以为这样就可以说服他。然而一切都是徒劳，祖父仍旧十分坚决，而且事情并没有就此完结，祖母几乎到了绝望的地步。

一直以来，她和一个非常有名望的人关系很要好。你们听说过圣热尔曼伯爵[①]吧，关于他的奇闻趣事也有所耳闻吧！你们应该知道他自诩为永远漂泊的犹太人，而且是长生药和点金石的发明者，如此等等的事情吧。人们经常因为这个讥讽他招摇撞骗，而且卡扎诺瓦[②]在自己的回忆录中，把圣热尔曼称作是间谍。即便圣热尔曼神秘莫测，但他仍然具有自己独特的魅力，在上流人物的社交圈里很受欢迎。直到现在，祖母依然对他留有很深的记忆。只要有人对他不敬，她就会大发脾气。我的祖母知道他手里有很多能够自由支配的资金，决定向他求助，于是写信恳请他马上到她这儿来。这个性情古怪的老人立刻便赶了过来，发现她此时处于极度的痛苦之中。祖母用十分恶毒的词语来形容她丈夫的蛮不讲理，并且表示把全部的希望都寄托在他身上，因为他是一个友善而且和蔼可亲的人。

圣热尔曼思考了一会儿。“我可以替您支付这笔钱，”他说：“可是，我知道，您在还我钱之前是无法心安理得的，而且我不愿意再给您增加新的烦恼。不过我可以用另外一个方法来让您摆脱债务——您可以把钱赢回来。”

“但是，我亲爱的伯爵，”我的祖母说道，“我告诉过您，我现在已经身无分文了！”

“这不需要花钱，”圣热尔曼说，“您听我说。”接下来，他告诉给她一个秘诀，为了得到这个秘诀，相信我们中的每一个人都甘愿付出不管多么昂贵的代价。

年轻的军官们听得更加专注了。托姆斯基点燃了一支烟，慢慢地吸了几口，吐出几口烟圈之后，接着往下讲。

---

① 著名的冒险家，18 世纪访问俄国。

② 卡扎诺瓦（1725—1798），意大利著名冒险家。

“当天晚上，祖母来到凡尔赛宫，约皇后一起打牌。轮到奥尔良公爵坐庄时，祖母编了一个小小的谎言来搪塞说自己没有带足够的欠款。在她若无其事地表达了歉意后，便又同他打起牌来。她选出三张牌，然后一张一张依次出牌，结果三张牌都赢了，就这样，祖母神奇地捞回了所有输掉的钱。”

一个客人说：“巧合罢了！”

“天方夜谭！”格尔曼说。

“我觉得可能是他们在牌上做了手脚！”第三个人说。

“我并不认为是这样。”托姆斯基一本正经地说。

“什么？”纳鲁莫夫说，“你有一个能够一连三次猜中牌的祖母，而你到现在居然都还没有从她那里得到这个诀窍？”

“怎么会有这种好事！”托姆斯基回答说，“她有四个儿子，其中包括我父亲，个个都是赌棍。但是她从来没有向她的任何一个儿子泄露过这个秘诀，即便这样做对他们或对我来说都不是一件坏事。不过这件事，我也是从我的叔父伊万·伊里奇伯爵①那里听说的，他还以人格保证这件事千真万确。已故的恰普利茨基，这个人在挥霍完数百万家财后穷困潦倒而死。在他年轻时，有一次竟然输了三十万卢布——如果我记得没错的话，是输给了佐里奇。他绝望了。祖母历来对待年轻人胡闹放肆的行为都很严厉，然而她却对这个恰普利茨基产生了同情心。祖母告诉了他三张牌，教他一张接一张按照顺序地出，同时坚决要求他郑重发誓，从今以后浪子回头，不再踏进赌场一步。恰普利茨基找到赢家，又开始赌了起来。他在第一张牌上压了五万，赢了；第二张牌，他把下注的数目翻了一倍，又赢了；最后，他采取同样的策略，因此他赢回的钱比他输掉的要多好多倍。”

“但是现在该去睡觉了，差一刻就六点了。”

事实上，天已经完全亮了，年轻人喝完杯中最后一滴酒就各自回家了。留下桌子上一片狼藉，剩着的残羹冷炙铺落开来，花生米凌乱地撒落在桌角以及尽是垃圾的地上。眼前的场景实在不堪入目，桌角还有一杯不太满的酒被从窗口吹进的风吹起一道道“涟漪”，似乎是在嘲笑那肮脏的饭桌。

---

① 伊万·伊里奇伯（1745—1799），叶卡捷琳娜时期的重臣，以爱赌出名。

二

“你看起来对年轻的女人更有兴趣吧。”

“有什么办法呢？她们看起来总是那么娇艳迷人。”

老伯爵夫人端坐在梳妆镜前面，三个侍女伺候在她身旁，帮助她梳妆打扮——一个端着发针匣，一个拿着胭脂盒，剩下一个举着一顶饰有大红缎带的帽子。伯爵夫人虽然已经老态龙钟，却依然保持着风华正茂时的习惯，严格按照七十年前的时尚来打扮，依旧像六十年前一样，花很长的时间梳洗打扮，而且依然那么一丝不苟。窗户旁绣花架边坐着一个年轻的小姐，她是伯爵夫人的养女。

“早安，夫人。”一个年轻的军官走进房间有礼貌地说，“丽莎小姐，您好。夫人，我来是想拜托您一件事。”

“噢，保罗，什么事？”

“请允许我介绍给您认识一个朋友，可以的话我想带他去参加周五的舞会。”

“那你就直接把他带来参加舞会吧，到那儿再介绍给我。你昨天去过那里吗？”

“是的，一切都进行得非常顺利，跳舞一直到五点钟才结束。叶列茨卡娅真美啊！”

“噢，我亲爱的！她哪儿算得上美丽！她长得像她祖母达里娅·彼得罗夫娜王妃吗？哦，对了，这个达里娅·彼得罗夫娜王妃年纪应该很大了吧？”

“你说什么？很老了？”托姆斯基不在意地嚷着，“她七年前就已经去世了。”

丽莎小姐抬起头，对年轻军官使了个眼色。他这才意识到，他们一直对老伯爵夫人隐瞒着她这位同龄女伴的死讯。因此，他便咬住了自己的嘴唇。但是，老伯爵夫人听到这个消息时，看起来似乎无动于衷，没有显露出太大的伤心。

"她死啦!"她说,"我竟然都不知道呢!想当年我们俩是一起被封为宫廷女官的,在我们一块儿觐见女王的时候……"

然后,伯爵夫人又一次向她的孙子讲起自己在宫中的所见所闻和经历,尽管这事她已经讲过上百遍了。

"保罗,过来,"讲完了故事,她说,"把我扶起来。丽莎韦塔,我的鼻烟壶在哪里?"

然后,伯爵夫人和她的三个侍女转到屏风后面继续梳妆打扮。托姆斯基和小姐则独自留了下来。

"您打算给伯爵夫人介绍什么人哪?"丽莎韦塔·伊娃诺夫娜轻声询问道。

"您认识他吗?纳鲁莫夫。"

"不认识。他是军人还是平民?"

"是个军官。"

"是工兵军官吗?"

"不,是骑兵军官。为什么您以为他会是一个工兵军官?"

小姐微微笑了笑,没有回答。

"保罗!"在屏风后面伯爵夫人嚷道,"再给我拿本最近的小说来,我不喜欢目前流行的那种。"

"那您想要怎样的小说,夫人?"

"要一本那种小说,其中既没有主人公忤逆地杀死自己的父母,也没有那种有着被淹死的尸体的故事情节的那种书——我特别害怕那些人。"

"眼下没有那样的小说,您看俄国小说怎么样呢?"

"有那样的小说吗?那给我送一本来吧,亲爱的,请马上给我送一本吧!"

"好的,夫人!我马上给您送来……再见,丽莎韦塔·伊娃诺夫娜!您为什么会以为纳鲁莫夫是工兵军官呢?"

托姆斯基走出了梳妆室。

丽莎韦塔·伊娃诺夫娜自己一个人待在了更衣室。这时,她停下手中的绣活,抬头朝窗外张望着。不多一会儿,一位年轻的军官从对面街上拐角的一间屋子里走了出来。红晕立刻染红了她的双颊,她不得不又开始低头绣花,头差不多低到了绣布上面,掩饰自己的害羞。这时,伯爵夫人已经打扮齐整，走了出来。

“吩咐预备马车，丽莎韦塔，”她说，“我们出去转转，呼吸呼吸新鲜空气！”

丽莎韦塔在绣架后面急忙站起身，开始收拾手中还未完成的活儿。

“你没听见我说话吗？天啊，难道你聋了吗？”伯爵夫人大声嚷道，“快去叫他们套马车！”

“我现在就去！”小姐慌忙回答道，拔腿朝前厅奔去。

这时，一个仆人走了进来，递上保罗·亚历山大罗维奇公爵赠送的几本书。“请你转告他，我非常感激他！”伯爵夫人说道，“丽莎韦塔，你又跑哪里去了？”

“我正在穿衣服呢。”

“时间还很充足，我亲爱的。坐在这儿，翻开第一卷，大声地读给我听吧。”

丽莎韦塔拿起书，低声地念了几行。“再大点声！”伯爵夫人说，“我的孩子，你怎么了？是嗓子哑了吗？等一下……把踏脚凳递给我……再靠近点……好了！”

丽莎韦塔·伊娃诺夫娜又读了两页，伯爵夫人开始犯困。“算了吧！”她说道，“尽是胡说八道！还给保罗公爵吧，顺便替我道声谢……不过，马车准备好了吗？”

“已经套好了马车！”丽莎韦塔看了看外面嘈杂的街道说。

“你为什么还没打扮好？”伯爵夫人说，“每次都要等你！亲爱的，这真使人无法忍受！”

丽莎急忙跑回自己的房间换衣服。过了还不到两分钟，伯爵夫人就拼命摇起铃来。三个侍女和一个男仆分别从两扇门一起跑了进来。“难道没听见我在喊你们吗？”伯爵夫人对他们吼道，“告诉丽莎韦塔·伊娃诺夫娜，我在等她！”

丽莎韦塔戴了一顶礼帽，披着披肩，急急忙忙地跑了过来。

“你总算来了！”伯爵夫人说，“不过你为什么这么精心打扮呢？你想去勾引谁？天气看起来不怎么样？好像在刮风。”

“还好，夫人！天气很宜人！”男仆答道。

“你们总是信口雌黄！把窗户打开！噢，有风，还冷得吓人！解下马具，丽莎韦塔，我们不出门兜风了！你也不用把自己打扮成那个样子了！”

“这就是我的生活！”丽莎韦塔·伊娃诺夫娜心想。

确实，丽莎韦塔·伊娃诺夫娜是一个十分不幸的人。但丁曾说：“吃别人的面包——苦；登别人的台阶——难。”然而，谁又能够体会这位尊贵的夫人苦命的养女所忍受的寄人篱下的酸楚呢？伯爵夫人其实并不是什么坏心肠的人，不过身份的优越，社会的纵容使她性情古怪，反复无常。她同所有那些经历过人生最美好的时光，却又与现代社会格格不入的老年人一样，自私自利，贪得无厌。她参加所有上流社会一切空洞无趣的社交活动。只要是去参加舞会，她就浓妆艳抹，穿着已经过时的服装，坐在墙角看着别人的热闹，就好像舞厅中那丑陋古怪却又不可缺少的装饰品。几乎所有来宾都要走到她的面前，向她深深地鞠躬致敬，如同是在履行一种法定的仪式。但当这种仪式完成以后，就再也不会有人注意她了。她严格遵照社会礼节，热情地在自己的家中接待全城的达官贵妇，虽然她不认识这些人。

她有一大群的仆婢，却从来不管教他们，他们在前厅和佣人房里，为所欲为，顺手牵羊偷走这个垂死老太太的财物。然而丽莎韦塔·伊娃诺夫娜却是这个尊贵家族的牺牲品。在沏茶的时候，她会因为多放了一块糖而遭到责骂；在朗读小说的时候，作者的笔误会全部归咎到她的头上；在陪伴伯爵夫人外出散步时，糟糕的天气和不平的道路也属于她的错误……虽然这个职位是带薪的，可她却几乎从来没有领到过薪水。除此之外，伯爵夫人还要求她像其他人的品位去梳妆打扮，也就是说，要像大多数贵妇人那样穿戴，来彰显自己贵族的身份。

在社交圈里，她扮演着非常可怜的角色。虽然人人都认识她，但谁也不会注意她。在舞会上，只有别人找不到舞伴的时候，她才会被邀请去跳舞。在太太们需要整理服饰的时候，总是拉着她一块儿去更衣室。她很有自尊，对自己的处境也十分敏感，却也很无奈。她总是环顾四周，急切地等待着某位救星的出现来使自己摆脱这种尴尬的处境。不过那些追求名利，爱慕虚荣，精明的年轻人却很少注意她，虽然丽莎韦塔·伊娃诺夫娜比他们正在追求的那些高傲、冷漠的适合结婚的小姐们要美丽一百倍。多少次，她只能独自离开那豪华奢侈却又不属于自己的客厅，回到她那简陋寒酸的房间，偷偷地抹眼泪。她那狭小的屋子只能摆得下一只五斗柜、一架屏风、一面小镜子和一张漆过的床。铜烛台上一支油脂蜡烛正发出摇曳惨淡的光芒。

一天早晨——在这篇小说开头所讲述的那个晚会结束两天之后，也就是我们前面所讲到的那个场景的第一个星期。丽莎韦塔·伊娃诺夫娜坐在窗口的绣花架边上绣花，在休息时无意中向大街上瞄了一眼，正好看见一个年轻的工兵军官纹丝不动地站立在路边，两眼直直地盯着自己所在的窗口。她又害羞地低下头，继续绣花。大概过了五分钟，当她再次抬头张望——那个年轻的军官还在刚才的地方纹丝不动地站着。她不是那种与过路军官卖弄风情的人，于是也不再向街上张望，专心地绣了大约两个小时，始终再也没有抬过一次头。午饭时间到了，她起身开始整理绣架，又下意识地向街上一瞥，发现那个军官还站在那里。这事让她感到非常惊奇。吃过午饭，她怀着一种忐忑不安的心情，走到窗口，可是那位军官已经走了——她因此也就不再想他了。两天之后，当她陪伴伯爵夫人登上马车准备外出的时候，又见到了他。他紧靠在门后站着，竖起毛皮衣领半遮住脸，深色眼睛在帽子底下闪着光芒。丽莎韦塔·伊娃诺夫娜大吃了一惊，她自己也不知道为什么会这样害怕。她战战兢兢地进了马车。

她一回到家，就跑到窗边——发现那军官还待在老地方，双眼还是盯着她看。她躲开了，但好奇心和一种从未感受过的新奇的情感却深深地困扰着她。

从那天起，那个年轻的军官每天总会在同一时间出现在窗下，他和她之间仿佛达成了一种默契。她坐在自己的位置上做女工，当感觉他走近了时，就抬起头，看着他，两个人相互凝视着，而且凝视的时间一天比一天长。她那年轻敏锐的心察觉到——每当他们的眼光相遇时，年轻人那白皙的双颊马上会变得通红。大约过了一个星期，她开始向他微笑……

当她听到托姆斯基恳求他的祖母，就是伯爵夫人，准许他把自己的朋友介绍给她认识的时候，年轻姑娘的心怦然地跳起来。可是后来当她得知纳鲁莫夫并不是工兵军官而是骑兵军官的时候，便后悔当初不该轻率地向托姆斯基提起这个问题，把自己隐私的情感泄露给这位浪荡轻浮的公子哥。

格尔曼是一个俄国化了的德国人，在他父亲那里承袭了一笔数目不大的遗产。格尔曼曾认为有保持自己生活独立的必要，因此他从不动用自己的财产，只依靠薪俸来维持生活，不允许自己有丝毫的放纵行为。他沉默寡言，虚荣心却很强，因此同事们很难抓住机会来讥笑他过于勤俭。他欲望强烈，具有丰富的想象力，但坚强的毅力使他避免了许多青年人常犯的错误。虽然他内心好赌，却从不肯花费自己的钱财去赌博，因为他考虑到，他的财产不允许他（正如他自己以前所说的）——因渴求意外之财而牺牲生活。可是，他却整夜守在牌桌前，狂热地关注着牌局上的各种胜负。

三张牌的传闻深深地激发着他的想象力和好奇心，一整夜困扰着他的头脑。第二天黄昏，他单独在圣彼得堡的街道上闲逛，心里想着："要是老伯爵夫人肯把那三张牌的秘诀告诉我，那该多好啊！就算她只告诉我这三张准赢的牌也行！我何不去试试运气呢？向她毛遂自荐，讨得她的欢心，说不定甚至还能做她的情人……但是，这一切都需要时间，她现在已经87岁了，可能再活一个星期，或许再过两天就去世了！可这个传言可信吗？是真的吗？节制、自律、踏实苦干才是我手中的三张稳操胜券的牌，只有它们会使我的财产增加二倍，甚至七倍，使我过上一种既舒适而又独立的生活！"

他心里这样盘算着，没有意识到自己已经走到圣彼得堡的一条主干道上，来到了一栋古老的建筑物前面。

街上熙熙攘攘到处都是马车，一辆跟着一辆的马车在灯火通明的大门口来来往往。时而马车中一只年轻美女的秀足踏到街道上，时而年轻的骑兵军官踏着厚重的皮靴走了出来，时而丝织的裤袜和外交官的靴子伸了出来，彰显身份的斗篷和皮大衣在威风凛凛地看门人身旁迅速闪过。格尔曼停下来——"这是谁家的公馆？"他向街角的门警问道。

"伯爵夫人家的。"门警回答说。

格尔曼顿时浑身颤抖，那个关于三张牌的神奇传闻又在他的脑海中浮现。他便开始在这座宅子附近转悠，心里思忖着宅子的女主人和她那神奇的秘诀，期望和伯爵夫人有一次意外邂逅。他一直游荡到很晚才回到自己寒酸的小屋，但是兴奋的心情使他迟迟不能入睡。最后他终于进入梦乡，在睡梦中，他见到的只有绿色的牌桌、纸牌、一叠叠的钞票和堆得像山似的金币。他一张接一张地翻开牌，不断地赢钱，最后把所有金币都赚回来了，把全部钞票都放进了自己的衣袋里。第二天早晨直到很晚他才醒，意识到只是个梦时，他叹了一口气，惋惜幻梦中的钱财茫然不知去向。他又到镇上去游荡，不知不觉又转到伯爵夫人家门前，仿佛有着一种无形的力量吸引他来到这里。他停下脚步，看着窗户，仿佛要从窗户里看出秘密——透过一扇窗户，他看到一个披着浓密黑发的脑袋低着头，可能是在看书或者在做绣工。过了一会儿她的头渐渐抬了起来往街上看了一眼，格尔曼看到了一张清秀的脸庞和一双乌黑闪亮的眼睛，他意识到改变他命运的时刻到来了。

三

我的上帝啊，
你写的那四页书简
比我阅读的还快。

——通讯

丽莎韦塔·伊娃诺夫娜才刚脱下披风和外衣，取下帽子准备休息时，伯爵夫人就吩咐人来叫她，又命令她套马车准备出去兜风。马车停靠在门前，她们即将乘车准备出发。正当两个仆人扶着老太太，伺候着让她进马车的时候，丽莎韦塔·伊娃诺夫娜又看见了那个一直站在街上，现在站在马车旁的工兵军官。他上前一把抓住她的一只手，她慌张得还没有回过神来，那个工兵军官已经不见了——一封信在她手里。

她慌忙地把信藏进手套里，一路上她恍恍惚惚，什么也没心思听，什么也没心思看。伯爵夫人有个习惯，乘车出去兜风总喜欢问这问那："刚才碰到我们的那人是谁呀？这座桥名叫什么？那块招牌上写的是什么意思啊？"然而今天，丽莎韦塔·伊娃诺夫娜却是含含糊糊，答非所问，使伯爵夫人异常愤怒。

"我亲爱的，你怎么了？"她大声嚷道，"你头脑发昏，还是怎么啦？我说的话，你是听不见，还是不懂？上帝啊，我的口齿还够清楚，还没有老糊涂呢！"

丽莎韦塔·伊娃诺夫娜没有心思听她在念叨什么。一回到家，她就跑到自己的房间，从手套中取出信来——信没有封口。这是一封表白爱情的信，洋溢着柔情蜜语和恭敬殷勤，一词一句都是从一本德国小说中摘录的。然而，尽管丽莎韦塔·伊娃诺夫娜完全不懂德语，但是她对这封信仍感到称心如意，内心荡漾着幸福和甜蜜。

这封信使她六神无主。生平第一次和年轻男子建立这种秘密而亲近的关系，他的大胆着实让人吃惊。她责怪自己的行为有失检点，不知道如何是好。她是否应该离开那扇窗，或者装出一副冷漠孤寡的样子，从而打消那位年轻工兵军官进一步追求她的想法？她要不要给他写回信，该不该冷漠而坚定地拒绝他？处于困惑中的她此时没有任何人可以帮她出主意，因为她既没有要好的女友，也没有女家庭教师。丽莎韦塔·伊娃诺夫娜最终打算给他回信。

她坐在自己小小的书桌台前，取出纸和笔，开始思考回信的内容。她一连写了好几次开头，但都撕掉了——措辞不是让她感觉口气太恭敬，就是感觉下笔太冷酷、太无情。最后她终于写出了还算令自己满意的几行字：我深信，您是真心的，您不会以任何轻率之举来侮辱我。可是，我想我们不应该用这样一种方式开始，这样似乎很鲁莽和轻率。请饶恕我退还您的来信，希望以后自己不会抱怨自己受到了不应有的尊重。

第二天，丽莎韦塔·伊娃诺夫娜一发现格尔曼来到街上，就从绣花架后站起身来，走进客厅，打开窗户，将信丢到街上。她相信年轻的军官会觉察到，然后把信捡起来。果然，格尔曼快步走上前去捡起信，然后步入了一家糖果点心店。打开信封，他发现了自己原来写的那封信和丽莎韦塔·伊娃诺夫娜的回信，这一点，他早就料想到了。回到家之后，他便认认真真地构思自己伟大的计划。

三天以后，一个有着清澈闪亮的大眼睛，在女帽店里工作的漂亮姑娘为丽莎维韦·伊娃诺夫娜送来一张字条。丽莎韦塔·伊娃诺夫娜十分不安地拆开字条，原以为是催交欠款的账单。打开一看，突然发现是格尔曼的笔迹。

“亲爱的，您弄错了！”她说，“这张字条不是给我的！”

“噢，没错，真的是给您的！”姑娘会心地笑了笑，继续说，“请您读下去！”

丽莎韦塔·伊娃诺夫娜快速地扫了一眼那张字条——格尔曼请求同她

约会。

“不可能!”丽莎韦塔·伊娃诺夫娜说道。格尔曼鲁莽的请求和他的通信方式让她觉得非常惊讶。“这封信肯定不是给我的!”她边说边将信撕成了碎片。

“既然您说这封信弄错了，不是写给您的，您为什么要撕掉它呢?”那姑娘故意问道，“如果是这样，我应该退还给写信的人吧!”丽莎韦塔·伊娃诺夫娜听了她的话，非常尴尬，“以后请您别再送这样的字条给我了。另外，请转告那个让您捎信的人，他应当为此感到羞耻……”

可是格尔曼并没有就此罢休。丽莎韦塔·伊娃诺夫娜每天照样都会收到一封由不同身份的人，以不同方式送来的信。这些信件已不再从德国言情小说里照抄了，而是由格尔曼亲笔所写，信中洋溢着强烈的情感和典型的个人风格。他在信中表明了自己的忠贞不移，倾吐了难以理清、无法压制的感情渴望。到现在，丽莎韦塔·伊娃诺夫娜已经不再想把信退还给他了，她开始对这些信如痴如醉。因此，她也开始给格尔曼回信，而且写得越来越长，越来越充满深情。后来，她从窗口给他扔下去这样一封信:

今天公馆将举行盛大的舞会，伯爵夫人也会去参加。我们将在那儿待到两点钟，这样，您就有时机同我单独见面了。

伯爵夫人一出门，她的仆人很可能也会各行其是去办自己的事情，这样就只剩下那个瑞士守门人，但他也经常会回到自己的小屋去睡觉。您在十一点半左右来，然后直接上楼。如果在前厅遇到仆人的话，您就问伯爵夫人在家吗。他们可能会告诉您她不在家，那样就别无他法了，您就先回去，再另找机会吧。不过，您大概不会遇到什么人，女仆们都睡在一个房间里，不会有人出来的。从前厅一直向左拐向前走，那就是伯爵夫人的卧室。在卧室屏风后面，您会发现有两扇门：右边一扇是通往书房，但伯爵夫人从来不进里面；左边一扇通向走廊，走到尽头会有一座螺旋形的楼梯，直通我的房间。

格尔曼激动得浑身战栗，急切地盼望着约定时刻的到来。才晚上十点钟，他就已经站在伯爵夫人的宅第门口了。天气十分恶劣，狂风呼啸，鹅毛大雪纷纷扬扬。路边的灯光惨淡而微弱，街道上空落落的，没有一个人，只是偶尔有车夫赶着瘦马缓缓经过，寻找晚归需要搭乘的乘客。格尔曼身着一件长礼服，心里的激动使他丝毫没有感觉到风雪的严寒。

伯爵夫人的马车终于要走了。格尔曼看见两个男仆小心翼翼地搀扶着一个紧裹貂皮大衣的蹒跚老太太出来，丽莎韦塔则紧随其后，身上披着一件单薄斗篷，头上却戴着鲜艳的花环。门“砰”的一声关上了，马车在松软的雪地上举步维艰地前行着，逐渐消失在路的尽头。看门人关上大门，窗子里的灯也熄灭了，大概休息去了。

格尔曼在冷冷清清的宅子四周焦急地走来走去，感觉时间就像停止了一样，最后来到路灯下面，看了看表——十一点二十分。他就站在路灯下面，眼睛紧紧地盯着表上的指针，等待着最后几分钟的过去。刚到十一点半，格尔曼便迅速踏上这所房子的楼梯，进入灯火辉煌的门厅。看门人没有发现他，哈尔曼急匆匆地走上了楼梯，推开通向前厅的门，只发现一个仆人斜倚在灯下的一张旧式的扶手椅上打瞌睡。格尔曼迈着轻快而又坚定的步子从他身边经过却也没有被发现。客厅和餐厅里没有灯，一片漆黑，只从前厅里透来一点儿微弱的灯光。

格尔曼走进伯爵夫人的卧室，环顾四周，发现在陈列着古老画像的神龛前面，点着一盏橘色的长明灯，闪烁着金色的光芒。几张已经褪色的花缎椅子和一套放着蓬松靠枕的长沙发成对地摆在糊着中国壁纸的墙边。卧室的另一面挂着列布朗夫人在巴黎两幅画像，其中的一幅画着一个体型魁梧、面色红润四十开外的男子，他身着浅绿色的制服，胸前佩戴着五星徽章。另一幅画则是一个妙龄少女，坚挺的鼻子，鬓角拢起，扑了粉的头发上戴着一朵娇艳玫瑰。卧室的墙角陈列着瓷制的牧童，著名的勒鲁瓦制造的座钟，另外，还有一些小盒子、赌具、扇子以及上个世纪末蒙戈尔菲①的气球、梅斯梅尔②的催眠术，同时还有新近发明的各种各样的女士们喜欢的小摆设。

格尔曼走到屏风后面，看见后面摆着一张小铁床，右边则是一扇通往书房的门，左边有另一扇通向走廊。哈尔曼打开左边这扇门，发现了那窄小的螺旋形楼梯，直通可怜丽莎韦塔的卧室。但是他收回了脚步，没有走

① 1786年，蒙戈尔菲兄弟在凡尔赛宫放出第一枚气球，同年11月，放出第一枚载人气球。

② 梅斯梅尔（1734—1815），德国医生。

向丽莎韦塔的房间，而是转身走进了漆黑的书房。

时间对于他来说是停滞的，周围一切都静悄悄的。客厅里的钟敲了十二下，紧接着，各个房间里的钟也依次地敲响，预告着凌晨的到来。一切又重新安静下来。格尔曼斜靠在冰冷的火炉边。他镇定自若，以至于都能听见心脏有节奏地跳动的声音，如同一个决定去做一件虽然危险但又必须去做的事情的人那样。

凌晨一点的钟声敲响了，紧接着又报了两点，他终于听见远方传来的车轮的嘈杂声，无法克制的兴奋感顿时激荡全身。传来马车渐渐靠近并且停下的声音，他听见脚踏板挨地的声音。屋里马上忙乱起来，仆役们四处奔跑着来迎接主人的回归，夹杂着嘈杂的说话声。屋子里的灯全都亮起来了，来欢迎女主人的回来，三个老女仆走进卧室帮夫人铺床，后面紧随的则是早已累的半死不活的伯爵夫人——她瘫倒在了伏尔泰式扶手椅里。格尔曼透过门缝往外看——丽莎韦塔·伊娃诺夫娜从他身旁一晃而过。格尔曼听见她匆忙跑上窄小的螺旋形楼梯时匆忙的脚步声，心里感到一阵愧疚。然而，这种情感只是在头脑里一闪而过，他立刻又变得像先前那样麻木了。

伯爵夫人站在穿衣镜前开始卸妆。她脱下那饰有玫瑰花的帽子，接着又从她稀少的头发上取下扑了粉的假发。固定头发的别针像雨点似的纷纷散落在她的身旁，用银线编织的黄缎衣裙也被她扔到她浮肿的脚边。格尔曼亲眼目睹了那令人作呕的化妆秘密，明白女人原来是靠这个来伪装自己。他心里想，原来这位庄重严肃的伯爵夫人如此可怜和苍老，如此悲哀啊！她的一切真实面目在卸妆之后完全暴露出来，她竟是一个如此可怜的老太婆。哎啊，真可惜啊！格尔曼的思绪久久不能平静，无法控制。要是这个老太婆知道我看见她的秘密她会有什么样的反应呢？他心里忽然一闪，我想这个有什么用呢，思绪集中到眼前的事情上。伯爵夫人终于换上睡衣，戴上睡帽，这身打扮倒比较适合她的年龄，使她看上去没有那么可怕和丑陋了。

同所有老年人一样，伯爵夫人也患有失眠症，经常睡不着觉。换掉衣服之后，她坐在窗前的伏尔泰式扶手椅上，把侍女们都打发走了。蜡烛也都被拿走了，房间里只亮着一盏灯，发着暗黄色的光芒。伯爵夫人待坐在那儿，脸色蜡黄，松弛的嘴唇一张一合，身子也随着椅子不停地摇晃，混浊的眼睛显得呆滞而空洞。看着她，你肯定会想，这个可怕老太婆的身体之所以左右摇晃并非是她的本意，而是暗中有一种电流在她体内产生了作用。

忽然，这面如死灰的脸上出现了一副莫可名状的神情，嘴唇不再发抖，眼睛也有了一丝生气——因为伯爵夫人面前站着一个陌生的年轻男子。

“请您不必惊慌，看在上帝的面上，不要害怕！”他用温和的嗓音低声说道，“我并不是要伤害您，我仅仅是来求您施恩帮助我的。”老太太安静地看着他，好像没有听见他在说什么。格尔曼以为她耳朵不太好，于是弯下腰，凑到她的耳旁，把刚刚的话又重复了一遍。老太太依旧默不作声。

“只有您能够成就我一生的幸福，”格尔曼继续说道，“这对您来说是轻而易举，不费吹灰之力就可以办到的事。我知道，您可以连续猜中三张纸牌……”

格尔曼停住了，伯爵夫人现在仿佛明白了他的请求，看来，她刚刚好像一直在考虑怎么来应付这个年轻人。“它只是个玩笑，”她终于开口说话了，“它只是个玩笑，我向您发誓！”

“这件事没有什么玩笑可以开！”哈尔曼愤怒地回答道，“您还记得恰普利茨基吧，是您帮助他赢钱的。”

显然伯爵夫人已经感到难堪，她的窘色表明了内心受到极大的震惊，但很快又恢复到原先的不动声色之中。

“您可以给我指点一下那三张准赢的牌吗？”格尔曼继续问道。伯爵夫人没有回答，格尔曼接着说：“您为谁保守这个秘诀呢？为您的孙子吗？他们已经相当富有了，何况他们也不明白金钱的价值！您的三张牌对败家子丝毫不起任何作用！不珍惜自己家产的人，不管他如何努力，最终都会贫困潦倒而死。我不是那种人，我深知金钱的价值，您的三张牌的秘诀对我不会浪费的。请告诉我吧……”

格尔曼终于安静了，浑身战栗，激动地等着她的回答。可伯爵夫人还是默不作声。没想到，格尔曼忽然双膝跪地。

“假如您的心曾经有过热烈的爱的情感，”他说，“要是您还记得爱的炽热，如果您曾经因为听到新生儿那充满着生命力啼哭而开心地微笑，如果有某种人类的纯真的情感曾深深地触动过您的灵魂，那么，现在我以人的生命中最为圣洁的情感，以情人、妻子、母亲所赋予的情感恳请您，不要拒绝我的请求！——告诉我您的秘密吧！您要它有何用处呢？也许有一天，它会变成滔天大罪；也许，它会毁掉您一生的幸福；也许，您将始终摆脱不了魔鬼的纠缠。您好好想一想吧，您已经年老，不久将作古——我愿用我的灵魂来为您赎罪。请告诉我您的秘密吧！您再好好考虑一下，我一生的幸福就掌握在您的手中，不光是我，还有我的儿女们，我的子孙后代们，他们都将牢记并且赞美您的德行，把您奉为圣人……”

伯爵夫人还是一声不吭。

格尔曼直起身来。“老妖婆！”他咬牙切齿地喊道，“我一定会让您告诉我的！”紧接着，他从上衣口袋里拔出手枪。一看到手枪，伯爵夫人惊慌失措，再次表现出强烈的情绪波动。她摇摇头，抬起手，仿佛是要挡住子弹的射击。随后她就朝后倒下去，再也不能动弹。

“起来，少给我来这套儿童的把戏！”格尔曼抓着她的一只手，说，“最后我再问您一次——告诉不告诉我那三张牌？肯还是不肯？”

伯爵夫人依旧没有出声。格尔曼察觉到她可能已经死了。

四

18＊＊年5月7日

一个毫无道德准则和毫无信仰的人！

——往来书简

丽莎韦塔·伊娃诺夫娜安静地坐在自己的卧室里，身上还穿着参加舞会的那套礼服，陷入了深深地思索之中。一回到家，她就急忙把那些睡眼惺忪又很不情愿服侍她的侍女打发开了，然后迅速地跑回自己的房间，期待在那儿能见到格尔曼，同时又忐忑不安地期望不要见到他。

她一眼就看出格尔曼并没有来时，心中又暗暗地感谢命运的精心安排，为他们的约会设置了障碍，来考验他们的感情。她坐了下来，衣服也没脱，就开始回想这短短的时间内所发生的一切。如今，她已经深陷和格尔曼的感情中不能自拔。从第一次在窗口看见那个年轻人距离现在还不满三个星期，她已经开始和他相互通信了，而去他居然说服了她晚上来和他幽会。而她只是从前几封信上的署名才知道他的名字，除此之外，对他没有你也任何的了解——既没有和他说过话，也没有听过他的声音，在今晚以前，她甚至没有听到别人谈论起过关于他的任何事情。不过真是奇怪，今晚的舞会上，年轻的波琳娜公主表现的不同寻常，没有跟托姆斯基眉目传情，这使托姆斯基感到极为气愤。为了报复她，他特意对她表现得十分冷淡，而且还邀请了丽莎韦塔·伊娃诺夫娜和他不停地跳玛祖卡舞。跳舞时，他不断地讥笑她和工兵军官奇怪的情感，还说其实他所知道的事情比她所想象的要多得多。有好几次他的玩笑直接击中要害，以致丽莎韦塔·伊娃诺夫娜开始怀疑他是否已经知道了她的小秘密。

“您是从哪里听说这些事情的?”她笑着问。

“从一个您非常了解的朋友那里，”托姆斯基答道，“一个非常出色的人物那里!”

“这个优秀的人物是谁呢?”

“就是格尔曼。”

丽莎韦塔·伊娃诺夫娜沉默不语，但她的手和脚变得冰冷。“这个格尔曼，”托姆斯基继续说，“的确是一个具有浪漫主义气质的人物。从侧面看，特别像拿破仑，但灵魂却像魔鬼梅菲斯特①，我看他的灵魂至少有三桩罪行。您的脸色为什么这么苍白?”

“我有点头痛。这个格尔曼，无论他是谁，他究竟对您说了些什么?”

“格尔曼非常讨厌他的朋友。他说，要是换了他，肯定不会那么做。我甚至认为格尔曼想打您的主意，至少，他特别在意朋友对您的充满爱慕的称赞和评价。”

“我想知道他在什么地方见过我?”

“或许在教堂，也许在您散步的时候。谁知道在哪儿呢? 说不定可能在您房间里，或许在您休息的时候，因为没有什么他不敢做的……”

三个女士向他们走过来，问：“你们忘却还是惋惜?（舞会用语）”不得已他们之间的谈话中断了，但是这次谈话却勾起了丽莎韦塔·伊娃诺夫娜对格尔曼很强的好奇心。

---

① 诗人歌德所做《浮士德》中的魔鬼。

但是事实上托姆斯基看中的恰好是波琳娜公主本人。在她陪他跳了许多圈，同时他又引着她在椅子前多转了一圈后，两人就冰释前嫌了。当托姆斯基再次返回自己座位上的时候，早就把格尔曼和丽莎韦塔·伊娃诺夫娜的事情全部抛在了脑后。丽莎韦塔·伊娃诺夫娜却急切盼望着恢复刚才的谈话主题，然而，玛祖卡舞跳完后不久，伯爵夫人就带她离开了。

托姆斯基的话只是在跳玛祖卡舞时打发时间罢了，可是这些话却深深地刻在这位有着美好幻想的年轻小姐的心上。托姆斯基所描述的格尔曼的形象正好同她脑海中所想象的形象相吻合。因为受到最近一些流行小说的影响，那令她疯狂崇拜的普通的脸，居然让她感到既恐怖又痴迷。她坐在那儿发呆，两条裸露的双臂交叉着，佩戴着鲜花的头无力地垂在袒露着的胸前……忽然，门被推开了，格尔曼走了进来，她吓得浑身颤抖起来。

“刚才您去哪儿了？”她吃惊地小声问道。

“在老伯爵夫人的卧室里，”格尔曼回答道，“我刚从她那儿过来。她死了。”

“天啊！您在说什么呀？”

“而且我害怕，”格尔曼继续说，“可能是我导致了她的死亡。”

丽莎韦塔·伊娃诺夫娜吃惊地看着他，托姆斯基的话又在她头脑中回荡起来。“这人灵魂上至少有着三桩罪行！”

格尔曼斜靠在她身边的窗台上，向她讲述了刚才发生的一切。

丽莎韦塔·伊娃诺夫娜胆战心惊地听完了他的叙述。原来，这所有的一切——那些热情洋溢的书信，鲁莽的要求，大胆而坚持不懈地追求——都不是因为爱情！金钱——那才是他真正热烈渴望的！能满足他的欲念、给他带来幸福的人，不是她，而是伯爵夫人。可怜的姑娘竟然不知不觉成了杀害她女恩人的凶手和强盗的愚蠢帮凶！她后悔莫及，伤心欲绝。格尔曼静静地看着她，心里也感到有点悲伤。尽管他的内心也遭受着强烈的感情折磨，但是，不管是可怜姑娘的眼泪，还是那楚楚动人的凄惨面容，都无法打动他那颗冷酷无情的心灵对金钱的追求。对于伯爵夫人的死，他丝毫没有感到良心上的谴责。只有一件事让他遗憾不已——他将再也得不到那个关于发财的秘密了。

“您这个魔鬼！”丽莎韦塔·伊娃诺夫娜狠狠地骂道。

“我并不想害死她，”格尔曼说，“我的手枪里并没有子弹。”

两人都沉默不语。

天逐渐亮了，丽莎韦塔·伊娃诺夫娜熄灭了将要燃尽的烛火，惨白的曙光照亮了她的房间。她擦干眼泪，抬眼注视着格尔曼——他双手交叉坐在窗台上，紧皱着眉头，这个姿势酷似拿破仑的肖像，这种相似性使丽莎韦塔·伊娃诺夫娜感到万分惊讶。

“我不知道怎样让您从这里出去?”丽莎韦塔·伊娃诺夫娜终于开口道，“我想领您从秘密楼梯走出去，不过要经过伯爵夫人的房间，我有点害怕。”

“告诉我如何出去，我自己走。”他回答道。

丽莎韦塔·伊娃诺夫娜站起身来，从五斗柜里取出钥匙，交给格尔曼，并且给他做了详细的解说。格尔曼握了握她冰冷的手，吻了吻她低垂的头，然后离开了房间。

他行色匆匆地走下螺旋形的楼梯，又一次来到了伯爵夫人的房间。死去的老伯爵夫人斜靠在椅背上，身子似乎已经僵硬了，神态却非常安详。格尔曼站在她面前，静静地打量了好久，好像是要自己确认这件可怕的事情到底是不是真实的。最后，他进了书房，在绣帷后面摸索到了那扇门，然后顺沿着一道黑乎乎的楼梯走了出去。

此时，他脑海里产生一个新奇的念头。“六十年前，也许就是沿着这道楼梯，”他想，“也许从同样一个房间里，也是这一时刻，有一个年轻的、幸福的孩子，穿着绣花长袍，头梳仙鹤式的发式，一顶三角形的帽子放在胸口，从这里偷偷地逃走了。如今这个年轻情人早已长眠地下，而他那年老情妇的心脏现在才停止跳动。”

格尔曼走下楼梯，看到一扇门。他费力的用钥匙打开门，经过一条曲折通道，最终来到了大街上。

五

这天夜里，伯爵夫人出现
在我面前。她穿身白色的礼服，
对我说："你好，顾问先生。"

——施维登博格

在那个恐怖的晚上之后的三天，上午九点钟，格尔曼去修道院，到那里给已故伯爵夫人举行安魂祈祷仪式。

尽管格尔曼心中丝毫没有愧疚之意，但是，他还是不能抑制住灵魂深处的责备之声——"你就是杀死老夫人的元凶!"虽然他没有什么虔诚的宗教信仰，但却非常迷信，因为他害怕已故的伯爵夫人死去的灵魂会给他的生活带来影响，所以决定去参加她的葬礼，请求她的宽恕。

教堂里挤满了人，格尔曼费了好大劲儿才从人群里挤进去。灵柩停放在奢华的灵台上，上面盖着华贵的天鹅绒棺罩。死去的伯爵夫人安详地躺在灵柩里，交叉着双手放在胸前。她头上戴着一顶镶着花边的小帽，穿着一件泛着银色光芒的白色长袍。灵柩周围站着她的家人——仆人们全都手持蜡烛，穿着黑色长袍，肩上披着绣有纹章的缎带，所有的亲戚和孩子，包括孙子曾孙——都身着重孝来表达对伯爵夫人的哀思。

没有人哭，如果有人流泪，那也是虚情假意。伯爵夫人已经是风烛残年，对她的死谁也不会感到惊讶。她的亲人们早已把她看作不存在的人了。一位有着良好声望的年轻牧师替她的葬礼做悼词。他用简洁而感人的语句赞美这位德行高尚的老夫人的悄然逝去，赞美她长年来一直默默地迎接着一个基督徒式的死亡。"死亡天使找到了她时，"致辞者说道，"她正在全身心虔诚地思索，心平气和地等待着死神的降临。"

祈祷仪式在极为肃穆的气氛中结束。先是亲属们走上前进行遗体告别，接着，许多宾客上前向这位老妇人行最后的礼，向这位多年来始终参与他们无聊宴会的老太太表达最后的敬意。之后便是全体仆人向主人尽最后的忠诚。最后，走上前去的是一位与死者同龄的老妇，由两个年轻的姑娘在旁边扶着她。她已经没有任何气力弯腰行礼，只是流着眼泪，吻了吻伯爵夫人冷却的手。

这时格尔曼下定决心走到灵柩跟前，他在冰冷的地面上跪了好几分钟。最后他起身时脸色跟死者一样苍白。接着他走上灵台的台阶，弯腰行礼……此刻，他似乎看到死者正眯着眼睛，以嘲弄的眼神瞟了他一眼。格尔曼急忙向后闪，不小心踩空了台阶，仰面跌倒在地上。正在这时，丽莎韦塔·伊娃诺夫娜也在教堂的走廊里晕了过去。这个插曲打乱了静穆的仪式，引起人群里一阵骚动，一直延续了好几分钟。人们都在窃窃私语。死者的亲戚，一个身材魁梧的宫廷侍从低身对站在他身旁的英国人小声说道："这个年轻军官正是伯爵夫人的私生子。"英国人听了冷冷地答道："噢!"

一整天，格尔曼都是一种失魂落魄的模样。中午，他在一家僻静的小饭馆吃午餐时，一反常态，喝了很多酒，希望能克制住内心的不安和恐慌。但是，过量的酒反而使他的脑子更加混乱。醉醺醺地回到家中，他衣服也不脱，就直接倒在床上，呼呼大睡了过去。

他一觉醒来，已经是半夜，皎洁的月光洒进了他的房间，照得房间里透亮。他看了一下表——两点三刻。睡意消失了，他坐在床沿上，回忆着老伯爵夫人的葬礼。

这时，街上有个人影朝他的窗口看了一眼，随即又离开了。格尔曼丝毫没有察觉到异常。过了一阵，他听到有人打开房前的门。格尔曼以为是自己的勤务兵，肯定又喝醉了酒，夜游回来了。但是，他听到的是一阵不熟悉的脚步声——有人穿着便鞋在地板上轻声地走着。

门被推开了，一个穿着白色长袍的女人走了进来。格尔曼以为是自己的老奶妈，心里感到好奇道：这么晚了，她来做什么。但是那个白衣女人轻飘飘地穿过房间，来到他的面前，停住了。格尔曼这才发现，原来是伯爵夫人。

"我违背自己的意愿来这里找你，"她用非常坚定的语气说，"但是我是奉命前来满足你的请求的。三点，七点，爱司，是能够让你赢钱的至关重要的三点。不过，你必须答应我一个条件：一天之内，你只许押一张牌，而且，从此之后，今生永远不允许赌钱。我饶恕你对我犯下的罪，但你要娶我的养女丽莎韦塔·伊娃诺夫娜为妻……"

说完，她慢慢地转过身，又迈着沙沙的脚步声向门口走去，然后便消失了。格尔曼听到前厅的门被打开，继而“砰”的一声关上了。他又隐约发现有人朝他的窗口望了一眼。

过了好半天，格尔曼才缓过神来，以为自己出现了幻觉。他站起来到隔壁的房间，发现勤务兵躺在地板上。格尔曼费了好大力气才把他叫醒。勤务兵还是跟往常一样，喝得烂醉如泥，别指望能从他那儿得到什么消息。前厅的门是锁着。格尔曼毫无收获地回到自己的房间，点燃蜡烛，把刚刚所经历的一幕细细地回想了一遍。

六

“等一等再分牌！”

“你竟敢对我说等一等？”

“大人，我说了，等一等再分牌！”

两种独特地想法不可能同时在同一个人的精神世界里存在，就像物质世界里的两个物体不可能同时占据同一个空间。“三点，七点，爱司”很快就将格尔曼脑海里的所有有关已故的伯爵夫人的形象和对她的愧疚赶了出去。“三点，七点，爱司”不停在他的头脑里回现，不停在他的嘴里念叨着。

如果看到年轻的姑娘，他就会说：“她身材多苗条那！……如同一个红心三点。”有人问他：“现在几点了？”他就回答说：“七点差五分。”体形肥胖的人在他的眼中是一个爱司的模型。“三点，七点，爱司”一起伴随着他的睡梦，化成千奇百怪的形状，盘旋在他的脑海里——三点像一朵巨大的石榴花在他面前怒放，七点转变成一座哥特式的大门，爱司则是一只庞大的蜘蛛。现在他的头脑里只剩下一个念头，那就是——如何更为充分地利用这个以巨大代价换来的秘诀。他开始想到辞职，出国旅行，又想到巴黎，在众多的赌场中谋取财富。一个偶然的机会使他摆脱了所有的麻烦。

莫斯科成立了一个专供有钱人赌钱的场馆，主持人是赫赫有名的切卡琳斯基，这个人把他毕生的精力花在赌桌上，收获了大笔钱财。他赢了就收期票，输了立马付现金。长期的作风使他得到众位牌友的信任，同时他那宽敞的住宅，手艺超群的厨师，本人爽快而又可亲的性格更加赢得众人的敬爱。现在他来到了圣彼得堡，首都的青年都蜂拥而至，热爱打牌胜过舞会，因为牌戏的魅惑而放弃了跟女人寻欢作乐的机会。纳鲁莫夫也带着格尔曼到了切卡琳斯基家。

他们经过一排豪华的房间，里面全部是彬彬有礼的仆人在旁边侍候着。客人把牌桌围得水泄不通——几个将军和枢密顾问在玩惠斯特；很多年轻人则懒洋洋地靠在天鹅绒沙发上，吃着冰激凌，抽着烟斗，漫不经心的斗着。客厅里二十来个赌客聚集在一张长桌子旁，主人在正中坐庄，正要发牌。他 60 岁左右，外表高贵可敬，满头银发，气色红润而又精神矍铄，看起来是个心地善良的人。他双眼含笑，炯炯有神。纳鲁莫夫把格尔曼介绍给他，切卡琳斯基友好地与他握手，让他不必拘礼，尽情玩。说完，又接着发牌。

这一局牌进行了很长时间，桌上摊着三十多张牌。每次发完牌之后，切卡琳斯基都要稍微停留一下，留出时间让赌客们理清自己的牌，他自己也借此算清输掉的数额。而且，他很有礼貌地听取别人对他的要求，除此之外，耐心地抹平赌客们因为不小心而损坏的牌角。这一局终于结束了。切卡琳斯基整理完牌，准备再一次发牌。

“能允许让我也押一张牌吗？”格尔曼从一个正赌得尽兴的胖乎乎的绅士背后伸出一只手来，说。

切卡琳斯基微微一笑，点了点头，表示允许。纳鲁莫夫笑着祝贺格尔曼终于开了坚持了很长时间的赌戒，并且期望他能够旗开得胜。

“开始吧！”格尔曼说着，用粉笔在自己牌的后面标注了赌注的数目。

“请问您押了多少？”庄家眯着眼睛，问，“请原谅，我看不太清楚！”

“四万七千卢布。”格尔曼回答道。话音刚停，房间里所有的正在赌博的人全都转向了这里，所有的眼睛都诧异看着格尔曼，都被格尔曼的行为惊呆了。“疯了！”纳鲁莫夫心里默想到。

“请允许我告诉您，”切卡琳斯基始终保持微笑地说道，“您下的赌注很大，到目前为止这里还没有人在一张牌上下注超过二百七十五卢布呢！”

“这样啊，”格尔曼回答道，“没关系，不过您愿不愿意跟我赌？”切卡琳斯基爽快地点了点头，表示同意。

“我还想说明一下，”他说，“我有幸得到诸位朋友的信赖，不过，没有现金我还是不能发牌。对于我本人而言，我完全信任您说话算数。当然，为了赌场的规矩和方便计算，请您把现金放到桌子上。”

格尔曼从口袋里掏出一张支票递给切卡琳斯基。切卡琳斯基大致地看了一下，就把支票放在格尔曼的牌上。

他开始发牌，右边翻开的是九点，左边是三点。

“我赢了！”格尔曼翻开自己的牌激动地说道。

赌客之间响起一片哗然。切卡琳斯基皱了皱眉头，不过脸上很快又恢复了笑容。“您现在就要现金吗?”他问格尔曼。

“麻烦您了。”格尔曼回答。切卡琳斯基立马从口袋里取出一打钞票，当场付给了格尔曼。格尔曼收好钱，就离开了桌子。纳鲁莫夫看得完全惊呆了，根本没有反应过来发生了什么事情。格尔曼要了一杯柠檬水，就回家去了。

第二天晚上，他又到了切卡琳斯基那里，庄家正在发牌。格尔曼来到桌前，赌客们立刻识相地给他让出一个位置。切卡琳斯基很有礼貌地向他点了点头表示欢迎。

格尔曼等待新一局的开牌，摸出一张牌，并将四万七千卢布和昨天晚上赢得的钱全都押在了牌上。

切卡琳斯基开始发牌，右边翻开的是十一点，左边的是七点。格尔曼翻自己手中的牌——七点。

所有的人都惊待了，觉得这一切真是太不可思议了。切卡琳斯基显然慌了，他不得已数了九万四千卢布付给格尔曼。格尔曼漫不经心地接过钱，于是便离开了。

第三天晚上，格尔曼又来到切卡林斯基的赌馆，来到牌桌旁，很明显大家都在等着看他的好戏。那几个将军和枢密顾问也扔下手中玩的惠斯特，都观看这场不同寻常的赌博。年轻的军官们从沙发上跳起来，所有的侍者们也都一窝蜂似的围拢到了客厅里。大家把格尔曼团团围住，其他的赌客也都不押牌下注了，急切地想知道这场赌博的结局。

格尔曼站在牌桌旁，准备独自同这位脸色苍白但始终面带微笑的切卡琳斯基一决胜负。两人各自摊开一副牌，切卡琳斯基洗了牌。格尔曼摸出一张牌，随即把一叠钞票押在上面。这完全就是一场没有枪的决斗，四周鸦雀无声，大家都在静静地关注谁将是最后的赢家。

切卡琳斯基开始发牌，他的手一直紧张地在发抖——右边翻出了一张牌皇后，左边是爱司。

“爱司赢了！”格尔曼说道，翻出了自己的牌。

“您的皇后输了。”切卡琳斯基深深地呼出一口气，平静地说。

格尔曼全身都静止了——确实，前面翻开的不是爱司，而是黑桃皇后！他完全不敢相信自己的眼睛，心里也不明白自己究竟是哪里出现了问题，怎么会出错牌。此刻，他觉得黑桃皇后正眯着眼睛，嘲笑着他，这种不寻常的酷似性吓得他心惊肉跳……

“老伯爵夫人！”他惊惶地叫了起来。切卡琳斯基心里欢喜地收拾了他赢得的钞票，而格尔曼惊呆了，纹丝不动地站在那里。他最后离开的牌桌，人群马上喧闹了起来，各自忙各自的牌局去了。

“赌得真是豪爽！”赌客们说道。切卡琳斯基又重新洗牌，赌局依旧像往常一样进行。

格尔曼疯了，住到了奥布霍夫医院十七号病房。他拒绝回答任何人地问题，只是嘴里不停地使劲念叨着：“三点、七点、爱司！三点、七点、皇后……！”

丽莎韦塔·伊娃诺夫娜后来嫁给了一个非常帅气的年轻人，是一个往日伯爵夫人管家的儿子。他在本国的某处供职，财产非常可观。丽莎韦塔·伊娃诺夫娜还收养了一个穷亲戚家的小姑娘。托姆斯基被提拔为骑兵上尉，也很快成了波琳娜公主的丈夫。

杜布罗夫斯基

第一章

一

几年前，有一个门第古老的俄国贵族吉利拉·彼得罗维奇·特洛耶库洛夫在自己的一处庄园里居住着。他的财富、显赫的家境和良好的社会关系使得他在周边的几个省份里拥有举足轻重的地位。这种优越的环境使他总是随意对人发泄他那易怒性格，每一个哪怕是微小的冲动和他那有限的头脑中所想到的念头都会使他暴怒。邻居们因为他的权势、财富，都尽力去迎合他那十分微小的甚至有些稀奇古怪的想法，连省里的官员们一听到他的名字也吓得浑身发抖。

这些人的阿谀奉承在吉利拉·彼得罗维奇看来可以当作理所当然的贺礼来接受。他的家里永远都是宾客满堂，他们和他一起分享那喧闹的、有时甚至是极其放纵的狂欢，让他在那高贵式的安逸悠闲中娱乐消遣。没有谁敢拒绝他的邀请，也没有谁敢在节日里不到波克洛夫斯柯耶村向他表示崇高的敬意。

吉利拉·彼得罗维奇十分热情好客，虽然他具有超人的体力，然而，每周两次的暴饮暴食让他的身体仍然很受折磨，再加上每晚他都喝得醉醺醺，过度地消耗了自己的身体。他家里的农奴姑娘几乎没人能逃脱这位50岁的好色之辈那色眯眯的眼神。在他家的一间厢房里，住着十六个女佣，她们的工作就是做一些女性们常做的针线活。门房的窗户都钉着木栅栏，房门紧锁着，钥匙由吉利拉·彼得罗维奇本人掌管。这群被囚禁的青年姑娘们在规定的时间内，被两个老太婆监视着到花园里散步。每隔一段时间，吉利拉·彼得罗维奇就从她们中间挑选几个许配给别人，然后再补充新的代替品。他对他的农民和家奴极为严酷蛮横，但他们对他却忠心耿耿——因为一来他们借着主人的名誉和财富来大肆炫耀，并且常常仰仗着他们主人强大的庇护欺辱别的邻居。

特洛耶库洛夫常常在他那辽阔的领地上骑马，四处溜达来消磨时光，夜以继日地大搞宴席或者翻新花样来搞恶作剧。被刁难和捉弄的对象经常是刚刚认识的人，有时候即便是老朋友也难逃其魔掌，只有安德烈·珈夫利落维奇·杜布罗夫斯基是个例外。

这个退伍的近卫军中尉杜布罗夫斯基是特洛耶库洛夫的邻居，拥有七十个家奴。一向桀骜不驯、目空一切的特洛耶库洛夫却十分尊重杜布罗夫斯基，虽然他地位卑微。他们两人以前在同一个团里服役，因此特洛耶库洛夫根据自己和他相处的经验十分清楚杜布罗夫斯基的性情和为人，知道他是个性情急躁、雷厉风行的人。1762 年，他们在一起并留下了深刻的回忆，但在那以后，他们分离了很长一段时间。由于是达西科夫王妃的亲戚，特洛耶库洛夫被提升为军官了，而杜布罗夫斯基却因为家道中落而被迫退伍，在自己仅剩的一个田庄上安居下来。在得知这一情况后，吉利拉·彼得罗维奇主动提出要帮助他，可杜布罗夫斯基婉言谢绝了，依然过着虽然贫苦却独立的生活。几年之后，特洛耶库洛夫获得了上将军衔而光荣退伍，回到了自己久违的庄园，老朋友见面，总是格外高兴。从那以后，他们几乎天天见面，而平日里从来不愿出门拜访任何客人的吉利拉·彼得罗维奇，也经常不拘礼节地到老朋友简陋的家中做客。

他俩是同龄人，又是同一个社会阶层出身，受过同等的教育，爱好和性格也有相似之处，甚至两人的遭遇在某些方面也极为相似，这无意中拉近了两个人的距离——两人都是因为爱情而结婚，却都是早年丧妻，都留有一个孩子。杜布罗夫斯基的儿子在彼得堡接受教育，吉利拉·彼得罗维奇的女儿在父亲监护下长大成人。特洛耶库洛夫经常对他的朋友说：“安德烈·珈夫利落维奇老兄，听我说，如果你家沃洛吉卡将来有出息，我就把玛莎嫁给他，哪怕他一贫如洗。”安德烈·珈夫利落维奇总是摇摇头拒绝他，说：“不，吉利拉·彼得罗维奇，我家沃洛吉卡高攀不上玛丽亚·

吉利洛夫娜。像他这样的穷贵族，最好也娶一个贫穷的贵族姑娘，他做一家之主，总比给一个娇生惯养的小姐做管家要好得多。”

所有的人都羡慕傲慢的特洛耶库洛夫和他的穷邻居的这种友好和谐的关系，而且对后者的勇气更为惊讶，因为他竟然可以在吉利拉·彼得罗维奇的饭桌上直言不讳，丝毫不理会自己的意见是否同主人的意见相一致。有人曾试图仿效他的做法，来改变他们谦卑的地位，结果吉利拉·彼得罗维奇严厉地教训了他们，让他们永远打消这种念头。唯有杜布罗夫斯基一人可以不受这种礼仪的约束，享受这种特殊的待遇，可一件偶然事件扰乱并改变了这一切。

初秋的一天，吉利拉·彼得罗维奇打算去郊外打猎。他吩咐犬夫们和猎人们在第二天凌晨五点钟之前把一切工具都准备好。炊具和帐篷要提前送到吉利拉·彼得罗维奇要用餐的地方。他同他的客人们去巡视犬舍，犬舍里养着五百多只猎犬，他们过着衣食无忧的日子，它们用只有同类才能理解的语言高歌吉利拉·彼得罗维奇的大方慷慨。甚至那儿还有一所专门设立的给狗治病的医院，由军医吉莫什卡主管，还专门特设了一所为母狗产崽和养育小狗的居所。吉利拉·彼得罗维奇因自己拥有如此完善而高级的犬舍而得意不凡，绝不放过每一个在客人面前大肆炫耀的机会，尽管每一位客人到他的犬舍参观至少不下二十次。吉利拉·彼得罗维奇在客人的簇拥和军医吉莫什卡还有几个主要猎人的陪同下巡视了犬舍。有时候他在狗窝前停下，问问狗的健康情况，或是提出一些严厉而又公平的批评，或者把他喜爱的狗唤到跟前，跟它们亲密交谈。

参观的客人们把称赞吉利拉·彼得罗维奇的犬舍的高贵和豪华看成是他们的职责，唯有杜布罗夫斯基紧皱眉头，一声不吭。他本是个极其热衷于打猎的人，但是，他的家境只允许他养两只猎狗和几只波尔瑞狗，现在看到这么华丽的犬舍，心中不免生出些嫉妒。“老兄，你干吗总是皱着眉头？”吉利拉·彼得罗维奇得意地问他，“难道你不喜欢我的犬舍吗？”

“是的！”他低沉地回答道，“说实话犬舍很漂亮，但是恐怕您家的仆人还没您的狗过得舒适。”有一个猎人对他的话表示强烈的抗议，他说：“感谢上帝和老爷，我们对自己的命运没有一丝抱怨。不过，老实说，如果有些绅士愿意用自己的庄园来交换这里任何一个狗窝，那倒也是不错。在这里他将会比在他的庄园过得更温暖，还会得到更好的喂养。”

听到自己的仆人这番挖苦的话，吉利拉·彼得罗维奇忍不住哈哈大笑，客人们也跟着起哄起来，尽管他们觉得猎人的玩笑也许是嘲讽他们的。但杜布罗夫斯基听了之后，顿时脸色变得煞白，一声不吭。这时，有人把刚生下的一筐小狗崽递给吉利拉·彼得罗维奇问他如何处理，他把全部的心思全花在了摆弄小狗上。他精心地挑选了两只小狗之后，下令将剩下的狗通通淹死。

这时，安德烈·珈夫利落维奇不见了，可是没有人注意到。

吉利拉·彼得罗维奇和客人们兴致勃勃地一起从犬舍回到家，直到吃完饭，才发觉安德烈·珈夫利落维奇·杜布罗夫斯基已经没有人影了。仆人们告诉他说安德烈·珈夫利落维奇已经回家去了。

特洛耶库洛夫吩咐他们赶紧去追，务必要把他带回来。因为只要他外出打猎，通常都带着杜布罗夫斯基——在辨别猎犬的优劣方面，杜布罗夫斯基是个经验丰富的专家，而且他绝对称得上是一个善于解决各种猎事纠纷的公正的仲裁者。派去追赶的仆人返回家的时候，客人们还在吃晚宴，仆人禀告说安德烈·珈夫利落维奇不愿意回来。跟往常一样，被自家酿制的白兰地灌得性情暴躁的吉利拉·彼得罗维奇顿时勃然大怒。他第二次派遣那个仆人去转告安德烈·珈夫利落维奇，如果他还是拒绝回来，而且不到波克洛夫斯柯耶村住宿的话，那么他——特洛耶库洛夫——就跟他永远绝交。仆人骑马飞奔前往传达转告，吉利拉·彼得罗维奇歪歪扭扭的从桌子旁站了起来，招呼客人离席之后，就睡觉去了。

第二天一大早，他询问的第一件事就是安德烈·珈夫利落维奇有没有来。仆人递了一封折成三角形的书信给他。吉利拉·彼得罗维奇吩咐他的文书大声念给他听，信是这样的：

我最敬爱的先生：

如果您不让您的猎人卡拉莫什前来向我为他那些无理的话认罪，我无论如何也不会去波克洛夫斯柯耶村——至于惩罚还是饶恕他，由我本人来决定。我无法忍受您仆人的嘲笑，而且您的嘲笑我也同样没办法忍受，因为我不是供人取笑的小丑，而是一个世代贵族。

您顺从的仆人

安德烈·杜布罗夫斯基

按照当时的礼节，这封信写得是非常失礼的。然而，令吉利拉·彼得罗维奇暴跳如雷的并不是信中怪异的措辞和态度，而仅仅是因为他说的内容。“什么！”特洛耶库洛夫光着脚跳下床，大声吼着，“让我的仆人去向他认罪，听凭他的饶恕或惩罚！他不知道他在做什么吗？难道他不知道是在跟谁打交道吗？看来我得给他点颜色儿瞧瞧！叫他吃点苦头才知道我的厉害！我要好好教训教训他，让他知道同特洛耶库洛夫作对会是什么下场！”

吉利拉·彼得罗维奇穿戴完毕后，还是和往常一样大张旗鼓地骑着马去打猎了。可是，这次打猎却一无所获——整整一天只碰到过一只兔子，还让它逃了。野外帐篷里的晚餐也不美味，至少不合吉利拉·彼得罗维奇的胃口，可怜的厨师被他狠狠地揍了一顿。回家的路上，他带领出猎的人马专门踏过杜布罗夫斯基的田地。

几天过去了，但是这两位邻居的敌意依然没有缓和，安德烈·珈夫利落维奇也不再到波克洛夫斯柯耶村去。没有杜布罗夫斯基，吉利拉·彼得罗维奇感到生活无聊至极，便说了很多不堪入耳的话来发泄他的愤恨。

当地贵族十分热衷于摆弄是非，散布流言蜚语，当这些话传到杜布罗夫斯基的耳朵里时，早就面目全非了。接下来一个新状况的出现使两家最后一丝和解的希望也破灭了。

有一天，杜布罗夫斯基骑着马巡视他那小小的领地。当他靠近桦树林的时候，突然听到斧头砍伐树木的声音，接着，又听见树干倒下去的断裂声。他骑马快速地冲进了树林，看见几个波克洛夫斯柯耶村的农民正在肆无忌惮地偷砍他领地的树木，一看到他，撒腿就逃。杜布罗夫斯基和车夫抓住了其中两个人，连同对方的三匹马，一块儿作为战利品缴获。杜布罗夫斯基心中十分气愤。在这之前，特洛耶库洛夫的仆人们——这群声名狼藉的强盗，知道他和他们老爷关系很亲密，从不敢在他的领地里肆意妄为。杜布罗夫斯基明白，他们之所以敢如此胡作非为正是利用了两家现在的这种不和谐关系。所以，他决定违反一切战争的条款，用这几个俘虏在树林里砍下的桦树条狠狠地抽打了他们一顿，并且没收了他们的马匹，领回自己的家里充当役畜。

这件事当天就被吉利拉·彼得罗维奇知道了。他气急败坏，冲动之下想带领全部家奴去攻击吉斯杰捏夫卡（这是他邻居的村名），要把它夷为平地，再把地主抓来关在他的庄园里沦为他的奴隶。但这样的丰功伟绩对他说来屡见不鲜，因此很快他的思路便转向别处。

他拖着沉重的步子在大厅里徘徊，想着该如何教训这个不识抬举的杜布罗夫斯基，无意中向窗外一瞥，刚好看到门外停着一辆三套马车——一个戴着皮帽，穿着羊毛上衣的小矮个子从马车里走出来，朝管家的屋子走去。特洛耶库洛夫认出他是地方法院的陪审官沙坝什金，于是吩咐人把他叫来，准备向他讨教一些方法。不久，沙坝什金便站在了吉利拉·彼得罗维奇的跟前，频频鞠躬，恭恭敬敬地等候他的吩咐。

“你好……让我想想，你叫什么名字？”特洛耶库洛夫问他，“你来有何贵干？”

“我要进城办公事，大人！”沙坝什金恭敬地答道，“顺路到伊凡·杰米扬洛夫这儿问问，看大人有什么吩咐。”

“你来得刚刚好……我一时想不起来你叫什么名字。但是我正好有件事要托你办。先来喝杯伏特加，我们边喝边说。”

如此厚爱使这位陪审官受宠若惊。然而他谢绝了伏特加，全神贯注地倾听吉利拉·彼得罗维奇的吩咐。“我有一个邻居，”特洛耶库洛夫说，“他是一个傲慢又不懂礼貌的小地主。我想把他的产业转到我的名下，你看这件事有什么办法？”

“大人，只要有什么契约或者其他什么东西……”

“废话，老弟，但是哪有什么契约？官府下一道命令不就可以了吗！我的意思就是不依靠任何法律就把他的产业夺过来，让他变得一无所有。不过，等一下！这份产业从前的确是归我们所有的，是从一个叫斯皮岑的人手里买来的，后来又转卖给了杜布罗夫斯基的父亲。能否在这上面想想对策？”

“这恐怕很麻烦，大人，因为这项交易是按合法手续办理的。”

“仔细想一想，老弟，想想有什么办法可以做到。”

“大人，假如，如果您能够想方设法从您这位邻居手中得到他占有领地的地契什么的，那样，就自然……”

“是的，我知道，问题就在于——他全部文件都被大火烧光了。”

“什么，大人？他的文件都被烧光了！这样真是太好了！这样一来，您就可以按法律行事，毫无疑问，大人您请放心，我一定会令大人满意，为大人您办事是我的荣幸。”

“你确定吗？好，就全靠你的了。一定要尽你最大的努力，在报酬上你完全可以放心，我会重重酬谢你的。”

沙坝什金鞠个躬简直要弯到了地上。当天，他就立即着手调查这件事。因为这个人办事灵活，而且有效率，只过了两个星期，杜布罗夫斯基就收到城里来的公文，声明杜布罗夫斯基需要对吉斯杰捏夫卡村的所有权做出说明，希望他作出合理的解释。

这突如其来的调查令安德烈·珈夫利落维奇感到很意外，不明白自己为什么会遭遇这样的事情。当天他就用极为粗鲁的口吻写了一封回信，在信中他说明了吉斯杰捏夫卡村是从他死去的父亲手中继承的，依照法律对这块领地他是享有财产继承权的，是完全合理的，所以与特洛耶库洛夫没有任何关系，任何外人企图侵占他的财产均属欺诈和勒索。陪审官沙坝什金收到这封信，很是高兴。因为从这封信中他看到：第一，杜布罗夫斯基对于打官司之类的事情并不太了解；第二，让这样一个轻率莽撞而又性情火爆的人吃亏并非难事。

当安德烈·珈夫利落维奇冷静地思考了他所面临的问题之后，他认为有必要做更进一步的详细解释。因此他写了一份非常条理的供述，然而，还是缺乏说服力。因为杜布罗夫斯基没有诉讼经验，他大都按照常人的思维办事，这种指导很难说是准确的，并且几乎没有有力的证据。

诉讼在不声不响地进行着，认为自己有着充分理由的安德烈·珈夫利落维奇并没有操心事情的结果和进展。他既不可能也不想把大把的钱财用于打理关系上，尽管他经常嘲笑那些辩护律师唯利是图，然而他从未想到自己某一天会成为法律骗局的牺牲品。同时特洛耶库洛夫在这事上也从来没有担心阴谋的结果。

沙坝什金替他处理好了一切，以特洛耶库洛夫的名义来恐吓和收买法官，千方百计地曲解各种法令条文。最后的结果便是，18XX 年 2 月 9 日，杜布罗夫斯基收到一张法庭的传票，叫他前往地方法院，听取对他——杜布罗夫斯基中尉和特洛耶库洛夫两人之间关于田产所有权诉讼的判决，而且需要签字表示是否服从判决。

当天杜布罗夫斯基就立刻动身进城。在路上，碰见了特洛耶库洛夫，双方彼此傲慢地互相瞧了一眼，杜布罗夫斯基看到仇人脸上显出了险恶的笑容，便明白了所有的事情。

二

安德烈·珈夫利落维奇来到城里，寄宿在一个熟识的商人家里，在他家住了一夜，第二天一大早就赶到了地方法院，但谁也没有问候他。接着吉利拉·彼得罗维奇也赶来了。然而书记员们全都将羽毛笔夹在耳朵后面，毕恭毕敬地站起来了。法庭的官员们都极力奉承他，还给他搬来一张扶手椅，请他坐下，以表示对他的地位、年龄和肥胖魁梧的身躯的尊敬。他坐了下来，而安德烈·珈夫利落维奇则只能靠墙站立在门口。法庭上鸦雀无声，书记员开始高声朗读法庭的判决书。

我们现在将全文朗读给大家，相信任何人都愿意看到，在俄国到底是什么方法可以让一个人丧失他无可辩驳拥有的财产。

18XX 年 10 月 7 日法院审理摘录：中尉安德烈·珈夫利落维奇·杜布罗夫斯基非法占有本该属于吉利拉·彼得罗维奇·特洛耶库洛夫上将的一份产业，经法院核实该产业位于 XX 省吉斯杰捏夫卡村，共同拥有农奴名，草场和其他农业用地 XX 亩。立案原因如下：原告特洛耶库洛夫上将在去年即 18XX 年 6 月 9 日递交本院一份诉状，声明其先父八品文官、勋章获得者彼得·叶菲莫维奇·特洛耶库洛夫于 17XX 年 8 月 14 日在任总督府秘书期间，从贵族出身的文职人员符吉伊·叶戈罗维奇·斯皮岑那里购得一份产业，在 XX 区吉斯杰捏夫卡村（据当时人口调查来看，原本的村名叫作吉斯杰捏夫卡移民新村）。根据第 4 次人口调查，该村一共有农奴 XX 名，包括庄园、土地、荒原、树林、牧场，吉斯杰捏夫卡河上的渔场……总之，全部农业或非农业用地包括一间小木屋——凡从符吉伊·叶戈罗维奇·斯皮岑父亲——出身贵族的警官叶赫尔·特连耶罗维奇·斯皮岑那继承的财产都包括在内。与此同时，所有的农奴和田地全部出售，没有任何保留，共计 2500 卢布，并于当日在 XX 县备案，书写地契，叶赫尔·特连耶罗维奇·斯皮岑于同年 8 月 26 日报上 XX 县法院办理一切手续。

彼得·叶菲莫维奇·特洛耶库洛夫于 17XX 年 9 月 6 日去世，彼得·叶菲莫维奇·特洛耶库洛夫之子也就是特洛耶库洛夫上将自 17XX 年孩提之时就保家卫国，常年征战国外，因此对其父即彼得·叶菲莫维奇·特洛耶库洛夫去世及所遗留的产业一概不知。现在特洛耶库洛夫上将衣锦还乡，对于其父彼得·叶菲莫维奇·特洛耶库洛夫所遗留并分布于XX省XX县以及XX县共有3000名农奴进行统计与调查，发现有XX名农奴（据此次人口核查，该村确有农奴XX名），连同土地以及各种类型的用地都被近卫军中尉杜布罗夫斯基通过非法手段占有，而且杜布罗夫斯基无法出示任何文件来说明其所有权。

综合上述原因，原告吉利拉·彼得罗维奇·特洛耶库洛夫上将特将卖主斯皮岑出具给其父彼得·叶菲莫维奇·特洛耶库洛夫的地契正本和诉状上呈本院，要求将被告不合法霸占的田庄以及其他财产的所有权判归原告，以彰国法，以示公平……对于被告杜布罗夫斯基在非法占有期间获得的各项收益，也应如实偿还原告。

依据XX县法院核查审理：该诉讼中现有地产的非法占有人也就是近卫军中尉杜布罗夫斯基将辩诉状递交给贵族陪审员。杜布罗夫斯基在辩诉中声明，被告所占有的田庄和其他产业，位于吉斯杰捏夫卡村，连同农奴XX名，确实为继承其父亲炮兵少尉加弗里拉·叶夫格诺夫维奇·杜布罗夫斯基的遗留财产，此项遗产又为其父在原告之父——当时为府文职人员，后晋升品文官的特洛耶库洛夫手中买得的。成交之日，为17XX年8月30日，原告之父即品文官特洛耶库洛夫曾将一份委托书交给品文官戈里盖利·华里希耶维奇·罗勃列夫，这份委托书曾交于XX县法院备案，被告之父从罗勃列夫手中拿到地契。在委托书中，特洛耶库洛夫本人的父亲从文职人员斯皮岑处购得的一处田庄，共有农奴XX名，还有全部地产都已为杜布罗夫斯基所有，商定共为3200卢布均已全部付清，特请委托代理人索勃耶夫立下相关契约。被告之父按委托书付清钱款时，即合法占有所购田庄时，便可以成为财产的合法所有者，从此，该地产与特洛耶库洛夫无任何关系。不过，相关契约在何时由何人查实后经索勃耶夫签署并交给被告之父，对此安德烈·杜布罗夫斯基全然不知情。

由于当时安德烈·杜布罗夫斯基年龄尚小，其父逝世后，这份地契也没有找到。当事人曾设想，17XX年屋内失火，该地契及相关文件可能已经全部被烧毁，此次失火事件，该村人尽皆知。所以，该地产从特洛耶库洛夫出售之日或者从索勃耶夫受权取得委托书时算起，从17XX年开始，直至被告之父去世之日，即至17XX年止，确实是为杜布罗夫斯基父子所拥有。附近居民均可证明，证人共52名。据居民证实，杜布罗夫斯基父子拥有该田产已70年，向来没有任何争执。至于业主依据哪份契约或法令行使此地产的所有权，则毫不知情。之前的所有者八品文官彼得·特洛耶库洛夫是否合法拥有该处田产，现在已无从证实。三十年前，杜布罗夫斯基的住宅的确在夜间失火，证据确凿。此外，估计该田庄的相关收益，从当年开始算起，平均每年至少不低于2000卢布。

为据理反驳以上陈述，陆军上将吉利拉·彼得洛维奇·特洛耶库洛夫在今年1月3日向本院呈上了辩诉状——尽管被告近卫军中尉安德烈·杜布罗夫斯基提出其父曾委托九品文官索勃耶夫购买地产的委托书，但由于其并不能出示地契和委托书，甚至不能根据民法条以及1752年1月29日法令提供这份地契签署的确切日期或者其他任何强有力的证据。与此同时，依据1818年5月X日法令规定，委托人既已过世，委托书则随之失效。因此，根据法律：此地产所有权的归属——以有地契者所拥有的地契为准，无地契者必须立刻寻找旁证。

现在原告吉利拉·特洛耶库洛夫早已出示地契，证实此地产确实是其父所有，据法律规定，剥夺被告杜布罗夫斯基的非法所有权，将地产判归原告。至于被告在此期间所获得的非法利益，亦应如数偿还原告……

据法律有关条款，法院对此案判决如下陈述：

据可靠的案件调查：吉利拉·彼得罗维奇·特洛耶库洛夫上将所称的当前依然被近卫军中尉安德烈·珈夫利落维奇·杜布罗夫斯基所占有的地产，在吉斯杰捏夫卡村，据最近第7次人口调查共有农奴XX名，其中包括各项农业用地，为吉利拉·彼得罗维奇·特洛耶库洛夫上将的所有财产。吉利拉·彼得罗维奇·特洛耶库洛夫上将还呈递了地契原本，可以证实此地产确实为其父——原为总督府秘书后擢升为八品文官于17XX年从出身贵族的文职人员符吉伊·叶戈罗维奇·斯皮岑手中购买。此地契明文记录，买主特洛耶库洛夫同年于XX地方法院已将此地产转移并获得所有权。

尽管，被告安德烈·杜布罗夫斯基拿出了原告之父给品文官索勃耶夫的委托书，委托后者与被告的父亲订立地契。但是，委托书不能作为地产契约，按XX法令，暂时占有已属违法，另外委托人已经死亡，委托书全部失效。与此同时，被告杜布罗夫斯基自本案起诉之日，也就是从18XX年X月X日始，如果不能提供任何有力证据以证明何时何地依据委托书签订了地契，因此就可以认定此地产连同XX名农奴、农业用地及各项用地应划归特洛耶库洛夫上将所拥有。

判决如下：剥夺近卫军中尉杜布罗夫斯基对地产的所有权，准许特洛耶库洛夫大人根据继承法确认其所有权，并在XX地方法院备案。至于近卫军中尉杜布罗夫斯基非法占有地产的所得利益该如何补偿一事，据居民证实，此地产确为杜布罗夫斯基父子多年占有，但特洛耶库洛夫大人在此之前从未提出诉讼，我院现根据法律规定：凡在他人土地上耕种或修建者，一经起诉，待查明真相，则无条件地将所有财产全部归还原主。

综上陈述，原告特洛耶库洛夫上将向杜布罗夫斯基追偿之事予以驳回，因为被告除地产外并无任何遗留财产，假如发现确有财产隐瞒，而且原告特洛耶库洛夫能够出具合法和确凿的相关证据，则可以另外起诉。本判决遵循诉讼程序，特向原告与被告提前宣读，经警察局传达后，于本院当面听取裁决并签字，以示是否服从。出席本院宣判的人员请签字画押……

书记员宣布完毕，沙坝什金立即站了起来，朝特洛耶库洛夫深深鞠了一躬，毕恭毕敬地呈上判决书请他签署。胜诉的特洛耶库洛夫从他手中拿过笔，在法院的判词下方签字，表示完全服从判决。

这时轮到杜布罗夫斯基签字了，书记员同样把判决书递给他，但是，杜布罗夫斯基低着头纹丝不动地站在那里。书记员再次请他签字服从判决，并对他说，如果确有正当理由，也能明确表示不服，并在法律规定的时间内提出上诉。

杜布罗夫斯基默不作声。忽然，他抬起头，两眼发出冷峻的眼光，跺了跺脚，猛然将书记员一推，书记员猝不及防地摔倒在地，他又抓起墨水瓶向沙坝什金扔过去……在场所有的人都被这突然一击吓呆了。杜布罗夫斯基狂吼道："混账！不尊重上帝的教堂！全都给我滚出去，你们这些哈姆的后裔！"

随后，他转过身子，对着吉利拉·彼得罗维奇接着狂吼道："从来没有听说过，大人，猎人居然也可以把狗也带进上帝的教堂！让狗在教堂里到处乱跑扰乱正义，为你对上帝的不敬我一定要狠狠地教训你一顿……”

卫兵们听到喧闹声跑了进来，好不容易才将他制伏，把他扶上了雪橇。特洛耶库洛夫在全体法庭官员的陪同下走了出来。杜布罗夫斯基突然对他的不敬，破坏了他那胜诉后得意扬扬的心情。他完全没有心情向那些一心想讨好他的律师说一句感谢的话，就径直回波克诺夫斯柯耶村去了。此时他被隐隐的悔恨所烦恼，丝毫没有因为胜诉而感到心满意足。

与此同时，杜布罗夫斯基却病倒在床上了，县里的医生（幸亏他还不是一个十足的庸医）用水蛭和斑蝥给他放了血，到了晚上，他才稍微有所好转。第二天，他就被送回吉斯杰捏夫卡，从今以后这个村子不再属于他了。

三

过去几个月了，不幸的杜布罗夫斯基的病情却还是不见好转——疯癫确实已经不再发作，但是，体力却明显日渐衰弱。他早已放弃了从前需要处理的事务，从此很少走出自己的房间，有时候接连几天魂不守舍地坐在那里发呆。曾经哺育过他儿子的那位善良老妇人耶格洛弗那如今已经成了他的保姆。她像照顾孩子那样照料他，时常提醒他吃饭睡觉，喂他吃饭，睡觉。

安德烈·珈夫利落维奇无可奈何，默默地服从她的安排，除了她，他不跟其他人往来，也不出去和人聊天，从不主动去拜访别人。他已经丧失了考虑自己的事务和管理家产的能力了，所以耶格洛弗那认为有必要告诉小杜布罗夫斯基最近发生的所有情况——当时他住在彼得堡，是近卫军步兵团的一名军官。她从账本上撕下一张纸，对吉斯杰捏夫卡村唯一略懂文墨的厨师哈里顿进行口述，让他帮忙写了一封信，当天就叫人去县城里的邮局寄信。

现在是时候向读者介绍一下小说真正的主人公了。

弗拉基米尔·杜布罗夫斯基在军事学校接受教育，毕业后参加近卫军，担任骑兵少尉。他的父亲为了让儿子过上舒适体面的生活，非常慷慨大方，所以这个年轻人从家中收到的接济远远超过了他所期望的数量。但是他行为鲁莽却又爱慕虚荣，肆意挥霍，赌牌欠债，从来不为将来做任何打算，有时还会异想天开地想自己迟早会娶到一个有钱的太太。

一天晚上，几个同事百无聊赖，坐在他房间的沙发上，用他的琥珀烟斗抽烟。这个时候，他的勤务兵格里莎递给他一封信，一看信封上的字体和邮戳，他顿时吃了一惊。他急忙拆开信，读到如下的内容：

我们亲爱的主人弗拉基米尔·安德烈耶维奇：我是你的老保姆，不得不写这封信向你报告你父亲的健康状况。他已经病入膏肓，头脑完全不清晰，常常胡说八道，成天像个傻孩子一样坐着，生死全凭上帝的旨意了。你快回来吧，我亲爱的小宝贝儿，我们会派马车到彼索奇诺耶去接你。还有一件事，地方法院将到我们这里来，收回我们对这片土地的所有权，要把我们交给吉利拉·彼得罗维奇·特洛耶库洛夫，他们说我们的土地、财产以及所得收益都是他的，可我们从来就是听凭您差遣的——而且从来就没听说过这回事。你住在彼得堡，应该向沙皇报告这件事，他肯定会维护正义的。

你忠诚的奴仆和保姆

奥莉娜·耶格洛弗那·布节列娃

我们这里已经连续下了一个多星期的雨，牧人罗吉亚在尼古拉圣徒纪念节后不久去世了。代我给格里莎加送母亲的祝福，他对你照顾得周到吗？对你忠心吗？

弗拉基米尔·杜布罗夫斯基怀着非常激动的心情一遍接一遍地读着这封条理紊乱的信。他从小就失去了母亲，8 岁的时候就被送到彼得堡，所以几乎已经忘记了父亲的模样。可是，他却总是怀着一种浪漫的情感思念着父亲，想象着父亲的模样，而享受平静的家庭的欢乐越少，对家庭生活的渴望和热爱就越深。

一想到父亲的健康状况，他心痛不已。他从保姆的信中想到可怜的正在生病的父亲，心里就非常害怕。他一想到父亲被抛弃在穷乡僻壤，孤苦伶仃，无依无靠，守护在旁边的只有笨拙的老太婆和仆人，而且还遭受着某种灾难的威胁，在饱受肉体和精神的痛苦折磨之中渐渐死去。他就自责不已，认为是由于自己的疏忽而导致父亲这样悲惨的境地，简直是罪不可赦。他已经接连好几个月没有收到父亲的来信了，也没有想过写信去问候他，自以为他出门旅行或是忙于处理家务事而耽搁了。他决定立刻回到父亲的身边，如果父亲的病情严重到需要他留在家里的话，他就决定退伍。

他的同事们见他心神不宁，便都离开了。当只剩下弗拉基米尔一个人的时候，他写了一份请假申请书，然后叼着烟，陷入沉思之中。当天他就递交了申请书，两天后在忠实的格里莎的陪同下坐着驿车动身回家。

弗拉基米尔·安德烈耶维奇很快就靠近一个驿站，从这里转弯就可以到达吉斯杰捏夫卡村。他心里忽然充满了一种不祥的预感，很是担心无法见到父亲最后一面。他脑海里想象的全部都是，村里等待着他的令人忧郁压抑的生活，凄凉的村庄，孤独，贫穷，还有他完全不知道如何处理农庄的事务。到了驿站，他进去找驿站长，问他是否有马匹可以出租。驿站长问清他的去向后，告诉他说，从吉斯杰捏夫卡村派来的马匹已经候他四天了。

过了一会儿，曾经悉心照料过他的小马驹的老马车夫安东出现在他的面前，记得小时候就是他带弗拉基米尔去马厩玩呢。一见到多年没见的弗拉基米尔·安德烈耶维奇，老安东不禁老泪纵横，深深地向小主人鞠了一躬，告诉他老爷还在世，接着就跑去牵马准备立即出发。弗拉基米尔还没来得及吃早饭，就匆匆忙忙地赶着上路了。安东赶着车走在乡间小路上，两个人在路上闲聊了起来。

“安东，请你告诉我，我父亲和特洛耶库洛夫两人之间的这场官司到底是怎么回事?”

“天知道他们俩之间究竟发生了什么事，弗拉基米尔·安德烈耶维奇少爷……据说，老爷跟吉利拉·彼得罗维奇闹了点别扭，那人就去法庭上告状——他其实自己就是法官。主人的事，我们当仆人的本不该过问，不过，老实说，我不明白我们老爷为什么要同吉利拉·彼得罗维奇作对，正如俗话所说的‘鸡蛋碰不过石头’。”

“这样说来，这个吉利拉·彼得罗维奇可以为所欲为了?”

“当然了，少爷。省长跟他关系不一般，陪审官在他眼里根本不值一提，警察局长也由他差遣，绅士们都去讨好他……确实，俗话说得好——修起猪槽，猪崽都会挤过来。”

“他要争夺我们的田产，这是真的?”

“我们也听说了，少爷，真是糟糕。就在前几天，波克洛夫斯柯耶村一个教堂司事在我们村长家里吃饭的时候说，‘你们的快活日子快结束了，吉利拉·彼得罗维奇就快要来统治你们啦！’铁匠米基塔对他说，‘够了，萨维里奇，别惹我们的东家伤心了，也别让客人难受了。吉利拉·彼得罗维奇有他的声誉地位，同样安德烈·珈夫利落维奇也有他自己的声誉地位，可我们全是上帝和沙皇的臣民。不过你不能堵住别人的嘴巴不让别人说吧。”

“这么说，你们不愿意让特洛耶库洛夫来接管你们吗?”

“吉利拉·彼得罗维奇？上帝保佑，快来拯救我们吧！就连他自己手下人的日子都过得够呛，更何况落到他手里的是外人。他不仅会剥光他们的皮，而且还吃肉不吐骨头呢。不，求上帝保佑安德烈·珈夫利落维奇健康长寿。如果上帝非要带走他，那么，除了您，我们敬爱的主人，我们谁也不会服侍。请不要抛弃我们，我们愿永远跟随您。”说到这里，安东甩了甩鞭子，抖了抖缰绳，他的马便狂奔而去。

老车夫的忠诚深深地打动了杜布罗夫斯基，他没说话，又陷入了沉思。过了一个多小时，格里莎突然叫了起来：“波克洛夫斯柯耶村到了!”这使杜布罗夫斯基突然清醒过来。他们的马车正沿着一个宽广的湖的岸边行驶，一条小河从湖边经过，河水在矮矮的小山间蜿蜒盘旋，流向远方。山坡上，隐隐约约看见郁郁葱葱的树林之间高耸着的碧绿屋顶和一幢高大的砖砌望楼，而在另一座山岗上矗立着一座有五个圆顶的教堂和一座古老的钟楼，在另一座树木葱绿茂盛的小山上依稀看见许多农民小屋、菜园和水井，零散地坐落在周围。杜布罗夫斯基认出了这地方——就在这小山岗上，他曾经和小玛莎·特罗耶库洛娃一起玩耍，度过了他们快乐的童年，他比她大两岁，当时就可以看出来，她长大以后一定是个美人坯子。他很想向安东打听一下她的情况，但本性的羞怯心理使他难以启齿。

当他们经过主人府邸的时候，他看见一件白色的衣裙飘闪到花园的树丛中。这时，出于乡下车夫或城里车夫都有的好胜心，安东扣起马鞭猛抽着马匹，马车迅速地驶过小桥，穿过花园。马车穿过村庄后，爬上一座小山，弗拉基米尔看到了一片浓密的桦树林，树林左边的空地上是一座灰色屋顶的小屋。他的心情澎湃不已，因为在眼前呈现的就是吉斯杰捏夫卡村和他父亲那座破旧的房屋。

十分钟后，他们驶进了院子。他怀着异常激动心情环顾四周，掐指一算，离别故乡已有十二年了。

当年他在篱笆旁栽种的那几棵小桦树，现在已经长成枝繁叶茂的参天大树了。院子里曾经砌着三块整齐匀称的花圃，中间是一条打扫得一尘不染的宽阔通道，而现在已经变成了长满绿草的草地，一匹马被拴在那儿吃草。那几条狗看见了陌生人就汪汪地叫了起来，认出是安东之后，它们就乖乖地溜回自己的窝中，摇摇毛茸茸的尾巴向主人打招呼。仆人们听到声响，都从屋子里跑出来，围绕着久久不见的年轻主人，激动地表达着他们的欢乐之情。好不容易才挤过拥挤的人群，他踏上破败的台阶。门廊里耶格洛弗那正站在门口迎接他，拥着他的脖子哭了起来。“你好，你好，奶妈。”他一遍接一遍地安慰着，还把老太太紧紧地拥抱着，“我父亲怎么样了？他现在在哪里？”这时，一个面容憔悴、身体瘦弱的高个子老头，穿着睡衣，戴着睡帽，颤颤巍巍地走进客厅。“沃洛吉卡在哪儿？”他用极其虚弱的声音说道。弗拉基米尔跑上前激动地拥抱着父亲。过度的欢喜使病人受到过于强烈的刺激，他浑身无力，两腿瘫软，如果不是儿子扶住他，早就跌倒了。

“你怎么起来了？”耶格洛弗那生气地对他说，“连站都站不稳，还跟着别人乱走。”

老人被搀进了卧室。他使出浑身的力气想同儿子说话，但头脑乱得像一团浆糊，思绪紊乱，表达不清楚想表达的意思。一会儿，他就不说话了，然后慢慢睡着了。父亲的病情使弗拉米基尔感到非常震惊，他让仆人把自己的东西放在父亲的房间里，就独自留在这儿陪伴他。仆人们把东西安顿好之后，然后就把注意力转向格里莎。他们把他带进仆人的大厅，用丰富的家宴盛情款待他，一直问长问短，致意祝福，弄得他疲惫不堪。

四

桌子上本应摆上佳肴，如今却停放着灵柩。

年轻的杜布罗夫斯基回家后稍微熟悉了一下家庭环境，想多了解一下产业状况，开始打理农庄的事务，但是，他的父亲无法给他作出明确的说明，而且安德烈·珈夫利落维奇又没有聘请代理人。整理文件的时候，弗拉基米尔只发现了律师的第一封信和回答这封信的草稿。可是，这两封信还是不能把这场官司的情况解释得很详细，他认为这场官司中自己是处于优势地位的，因此决定按兵不动，等待事态的发展。

这时，安德烈·珈夫利落维奇的病情仍在恶化中，弗拉基米尔想到父亲不久将离开人世心里就痛苦万分，于是时刻守候着年迈体弱的父亲，陪伴父亲度过人生最后的时光。

这时法律规定的上诉日期已过，杜布罗夫斯基仍未采取任何证明的行动，吉斯杰捏夫卡村明显已经是特洛耶库洛夫的了。卑鄙的沙坝什金亲自登门拜访，向他鞠躬致敬，祝贺他，并且请示大人什么时候接管新的产业，是大人亲手去接管还是委托别人办理……吉利拉·彼得罗维奇内心焦躁不安并没有获得胜利的喜悦——他并不是天性贪婪，只是报复心驱使他做得过分了，因此良心的谴责使他不安。他清楚他的敌人——他青年时代的老友——现在处于什么样的悲惨处境，所以胜诉并没有带给他胜利者的喜悦，反而更多的是一种挫败感。他凶狠地瞪了沙坝什金一眼，想找个借口臭骂他一顿，可一时又找不到合适的理由，于是气愤地说："滚出去！没工夫听你胡说八道！"沙坝什金见他情绪不好，对他鞠了一躬，就慌慌张张地离开了。剩下他一个人的时候，吉利拉·彼得罗维奇在自己的房间里踱来踱去，吹着《胜利的雷声轰鸣吧！》，这口哨声正是他心烦意乱的通常表现。最终他吩咐仆人套上轻便马车，穿上厚厚的衣服（这时已经是9月底了），没带车夫，独自驾着马车出了门。

没多大一会儿，他就看见了安德烈·珈夫利落维奇的小屋，内心两种互相矛盾的情感在斗争，报复心和权力欲目前在某种程度上还处于上风，胜过较为高尚的情感。最后，还是后者终于打败了前者。他决定跟自己的老友讲和，弥补争吵的裂痕，归还他的产业。这个想法使吉利拉·彼得罗维奇心里顿时轻松了许多，他快马加鞭的朝邻居的房屋赶去，马车一直开进院子。

这时，病人正坐倚靠在卧室的窗边，看着窗外。他认出吉利拉·彼得罗维奇，脸上即刻显出恐惧不安的神情，紧接着是愤怒，平日苍白的脸涨得通红，两眼泛着凶狠的目光，嘴里发出含混不清的声音。他的儿子正坐在屋里翻看账本，抬头一看，父亲的神情使他大吃一惊。病人带着恐惧而愤怒的神情，用颤抖的手指着院子。这时，耶格洛弗那踏着沉重的步子走了进来，大声喊道："主人，主人！吉利拉·彼得罗维奇来了！吉利拉·

彼得罗维奇要见您!”突然她又喊道:“天呢!这是怎么回事?他来这儿干什么?”只见病人撩起睡衣的下摆,试图从扶手椅上站起来,刚动了动身体,便突然一头从椅子上栽倒下去了。儿子急忙跑过去扶住父亲,而老人已经没有知觉了,就快要停止呼吸,他中风了。

“赶快!快去城里请医生!快!”弗拉基米尔吼道。“吉利拉·彼得罗维奇想要见您。”一个仆人走进来禀报。弗拉基米尔瞥了他一眼,投去令人胆战心惊的目光。

“请你转告吉利拉·彼得罗维奇,叫他快滚,否则我叫人把他轰出去……快去!”

仆人开心地跑去传达主人的命令,耶格洛弗那绝望地握着双手。“亲爱的!”她尖声叫道,“你不要命啦!吉利拉·彼得罗维奇会致我们于绝境的”。“别说了,奶妈,”弗拉基米尔愤怒地说,“马上派安东到城里去找大夫。”

耶格洛弗那无奈地出去了。大厅里一个人也没有,所有的仆人都跑到院子里去看吉利拉·彼得罗维奇。耶格洛弗那来到门外的台阶上,她听见格里莎传达少主人的命令。吉利拉·彼得罗维奇在马车上听完传话,脸色变得非常阴冷。他轻视地一笑,鄙夷地瞪了仆人一眼,驾着马车缓缓地向院子外边驶去。他朝窗口望了望,发现刚才安德烈·珈夫利落维奇还坐在那里,现在却不见了。保姆侍立在台阶上,忘了少主人的嘱咐,仆人们吵吵闹闹地议论刚刚发生的事。

突然,弗拉基米尔来到人群中,厉声地说:“不用请医生了——父亲已经死了。”接着院子里便陷入一片混乱,仆人们冲进老主人的房间。他躺在扶手椅里,是弗拉基米尔把他抱上去的。右手垂到地上,脑袋无力地耷拉到胸前,躯体已没有一丝生命的痕迹,虽然还没有变得冰冷,但是,死亡已经破坏了他身体的原有形状。耶格洛弗那放声恸哭,仆人们围成一圈给主人进行最后的装扮,给他洗干净身子,穿上1797年就已经缝制好的制服,然后将他抬放到餐桌上——这么多年以来他们就是一直在这张餐桌旁边服侍着自己的主人。

五

葬礼在三天后举行,可怜的老人的遗体放在餐桌上,上面铺着寿衣,四周点着蜡烛。餐厅里挤满了忙碌的仆人，准备出殡。弗拉基米尔和另外几个人抬着灵柩，神父在前面带路，教堂执事随后，唱起着葬礼祷告词。这位吉斯杰捏夫卡村的主人最后一次踏过自己家的门槛。

抬着灵柩的队伍安静地从树林里抬过，穿过树林来到了教堂。天气虽然晴朗却夹杂着浓重的寒冷，黄叶阵阵飘落，像是一起哀悼自己可怜的主人。透过树林的间隙，他们看到了木制的教堂和茂密的老菩提树荫蔽下的墓地。那里安葬着弗拉基米尔的母亲，在她的坟墓旁边，昨天新挖了一个墓穴用来安葬杜布罗夫斯基先生。吉斯杰捏夫卡村送葬的农民挤满了整个教堂，他们都是赶来向自己的主人致以最后的敬意。小杜布罗夫斯基站在唱诗班的边上，他表情呆滞，既没有哭泣也没有做祈祷，可是脸色阴沉得十分难看。哀悼仪式结束了，弗拉基米尔第一个走上前来跟遗体道别，随后道别的是全体仆人。女人们放声哀号，男人们则不时地用拳头擦眼睛。随后，弗拉基米尔和先前的那三个仆人把灵柩抬到墓地，后面跟随着全村送葬的人。灵柩被放入墓穴后，在场的每个人都向墓穴里撒上一把沙土。墓穴填平后，每个人又鞠躬一次，接着就回家去了。弗拉基米尔匆匆忙忙地走了，赶在所有人的前头，然后在吉斯杰捏夫卡树林里消失了。

耶格洛弗那以少爷的名义来邀请神父和教堂里的所有神职人员前来参加丧礼宴会，并声明少主人因为有事不打算出席宴会，请大家见谅。因此，神父、神父的妻子和教堂执事便步行向主人家走去，一路上和叶戈洛夫娜讨论过世的主人的乐善好施，讨论主人的继承人未来可能遭遇的种种困境。（特洛耶库洛夫的来访以及给予他的待遇已经传遍了邻近的人们，当地的政治家预言将会有严重的后果。）

“该来的一定会来的，”神父的妻子说，“如果弗拉基米尔不能做我们的主人，那就太可惜啦！真是个好小伙子，没有任何可挑剔的地方。”

“除他之外，还有谁可以做我们的主人呢？”叶戈洛夫娜打断她的话，“吉利拉·彼得罗维奇就是大发脾气也是白费劲，他的对手也不好对付——我的小鹰已经能够自己保护自己了。再说，他也有贵族朋友。吉利拉·彼得罗维奇也太自不量力了，让他碰碰钉子，这是他罪有应得。我的格里莎就敢对他吆喝，你这老狗，滚！滚吧！”

“哎呀，叶戈洛夫娜！”教堂执事说，“格里莎怎么可能有胆量说出这样的话？我宁可对着大主教骂上几声，也不敢斜眼向吉利拉·彼得罗维奇瞟一眼。一看见他，我就胆战心惊，两腿直哆嗦！心里想着我还没弄清楚我在什么地方，脊梁骨可能早就断成两节。”

“人生如梦呀！”神父开口了，“总有一天，人们也会给吉利拉·彼得罗维奇歌颂安魂曲，正像今天人们给安得烈·珈夫利落维奇唱挽歌一样，不过是送葬的场面更加宏大一些，客人也请得多一些，可对上帝来说，都是一样嘛！”

“唉，神父老爷，我们也想把邻居们都请来参加丧礼的，然而，弗拉基米尔·安德烈耶维奇不愿意招惹更多的事情。我们这儿是应有尽有，请客吃饭不用愁，可是，又有什么办法呢？既然今天客人不多，那我们就要把你们照顾好，尊贵的客人们。”这样一番亲切的承诺和对可口美味的点心的期望不禁使谈话者的脚步加快了，他们顺利地来到主人家里，那里已经摆好了盛宴，还有伏特加酒。

就在这个时候，弗拉基米尔独自一个人来到树林深处，他就是要把自己弄得精疲力竭，以此来控制内心的悲痛和愤恨。他拼命地往前走，不管有没有路和荆棘，树枝不断地挂住他的衣服和皮肉，将他划伤，他的脚不时陷进泥潭，可他一点儿也不在乎。

最后，他来到一个四周长满茂密树木的峡谷，一条小溪安静地从树林中间曲折流过，秋风扫过后只剩下几片在风中飘零的秋叶，使树木显得光秃秃的。弗拉基米尔停了下来，坐在冰冷的草地上，思绪一起涌上心头使心情愈发压抑。他强烈地感受到自己是多么孤立和无助，他的未来正被一团恐怖的乌云笼罩着——与特洛耶库洛夫为敌必将招来新的灾难。他那微薄的财产就要被抢夺而落入别人之手，这样，他将会变得一无所有。他纹丝不动地坐了好久，出神地凝望着缓缓奔流的小溪带走几片枯叶，在他看来，也许这就是对生活真实而又生动的写照——一种平凡生活的真实写照。他发现天色渐晚，便马上站起来寻找回家的路。他由于对这片树林不是很熟悉，在回家的途中他在这片陌生树林里迷路了，折腾了好长时间，终于看到了那条一直通向他家大门的小路。

神父和教堂的其他神职人员迎面向他这个方向走了过来。他脑子里闪过一种不祥的征兆，使他下意识地退到一边，在一棵树的背后躲起来。他们没有注意他，走过他身边时还在热烈地交谈着。“远离灾祸，多做好事。”神父对他的妻子说，“我们不必留在这儿，无论结果怎样，都与我们无关。”弗拉基米尔没有听清神父的妻子是如何回答的。

快到家的时候，他看见许多农民和仆人都集中在主人的院子里。老远就听到一阵异常的吵闹声和嘈杂声。

粮仓旁边停着两辆三驾马车，台阶上站着几个穿制服的傲慢的陌生人，蛮横地好像在解释什么事情。“这是怎么回事?”他气冲冲地质问迎面跑来的安东，“这些是什么人？他们要干么?”

“哎呀，弗拉基米尔·安德烈耶维奇少爷!”老人上气不接下气地答道，“是警察，他们要从您手里抢走我们，交给特洛耶库洛夫!”

弗拉基米尔低下头，他的仆人们围住了自己倒霉的主人。“您是我们的父亲，”他们吻着他的手，大声喊道，“我们只有你一个主人。少爷，下令吧，我们不能忍受他们这样的侮辱。我们宁死也要对您忠诚。”

弗拉基米尔神情忧郁地望着他们，心里涌起一阵阵的感动。“大家安静，”他对他们说，“我去跟警官说说。”

“去和他们说说吧，少爷，”人群中有人叫道，“跟这帮家伙讲讲理。”弗拉基米尔来到官吏们面前。沙坝什金头戴帽子，双手叉腰立在那里，不可一世地看着四周。警察局长长得又高又胖，大约50岁，脸膛通红，留着八字胡，瞧见杜布罗夫斯基走过来，就清了清嗓音，声音沙哑地说：“好了，我把说过的话再向你们重复一遍——据地方法院的判决，从今天起，你们就归吉利拉·彼得罗维奇·特洛耶库洛夫所有，他的委托人沙坝什金先生就在这儿。不管他命令你们干什么，你们都要绝对服从。尤其是女人们，要爱他，尊敬他，因为他是十分喜欢女人的。”

警察局长因为自己开了一个自认为有趣的玩笑而哈哈大笑，沙坝什金和别的随从的官吏也跟着他笑了起来。弗拉基米尔满腔怒火，然而他故作镇静，问那眉开眼笑的局长：“请问这是到底怎么回事?”

“噢，是这样的，”狡猾奸诈的警察局长回答，“我们是替吉利拉·彼得罗维奇·特洛耶库洛夫前来接收田产的，请那些与此事不相干的人赶快离开。”

“可是，在我看来，在你告诉我的仆人之前，好像应该先来通知我，向领主声明剥夺他的所有权……”

“原来的领主安德烈·珈夫利落维奇·杜布罗夫斯基，按照上帝的意旨已经去世了。你是谁?”沙坝什金高傲地盯着他说，“我们不认识你，也没有兴趣认识你。”

“大人，他是弗拉基米尔·安德烈耶维奇，我们的少主人。”人群中传出一个声音。

“谁胆敢插嘴?”警察局长严肃地说，“什么主人？什么弗拉基米尔·安德烈耶维奇？现在吉利拉·彼得罗维奇·特洛耶库洛夫是你们的主人……听到了吗，你们这些笨蛋?”

“我们不承认。”还是刚刚那个声音说。

“嘿，简直要造反！”局长大声吼道，“喂，过来，村长！”村长走上前来。

“马上去给我调查清楚，看看究竟是谁敢跟我作对，替我好好教训他一顿。”

村长转过身去，问是谁在人群中说话，大家都沉默不语。这时，站在最远处的人发出一阵喃喃的抱怨声，而且声音越来越大，其余的农奴们也跟着附和起来，一会儿就变成了一片惊心动魄的喊叫声。警察局长提高声音，想阻止他们。

“不要管他！”几个农民吼叫起来，“弟兄们，给我狠狠地揍他们！”人群冲了上去，沙坝什金和别的官吏急忙冲进门廊，把门锁上。

“冲上去，弟兄们！”仍然是那个声音号召着大家，人群蜂拥而至，开始撞门。“停下！”杜布罗夫斯基大叫一声，“傻瓜！你们这是干什么？这样做不仅仅给你们带来麻烦，而且会毁了我。赶快回家，让我安静一下。不要担心，沙皇是仁慈公正的。我会向他提出上诉，他一定会秉公处理，会给我们一个公平的交代的，因为我们都是他善良的子民。如果你们像强盗一样胡作非为，那他怎么能够帮助你们呢?”

年轻的杜布罗夫斯基的一番话，那响亮的嗓音和威严的仪表起到了预期的效果。人群安静了下来，分散离开了，院子也空荡荡的，然而官吏们还乖乖地留在门廊里。弗拉基米尔心情沉重地登上台阶。沙坝什金畏首畏尾地打开门，卑躬屈膝地向杜布罗夫斯基鞠躬，感谢他善心的庇护。弗拉基米尔听他说完，但一句话也没有回答。“我们决定在这里借住一宿，”沙坝什金接着说，“请您答应我们在这里住宿，因为天黑了，您的农民可能会在路上攻击我们。劳驾您嘱咐仆人在客厅里为我们铺些干草，只要天一亮，我们就动身返回。”

“随便你们，”杜布罗夫斯基冷冷地答道，“因为我已经不是这儿的主人了。”说完这些，他就回到父亲的房间，并随手把门关上了。

六

“完了，一切都完了。”杜布罗夫斯基自言自语道，“今天早上我还有一个安身立命的场所，我还有一口面包可以果腹。可到了明天，我就要永远离开这栋老屋，离开这个我出生和父亲安眠的地方，把它交给那个害死我父亲、迫使我沦落为乞丐的那个可恶的强盗了！”弗拉基米尔咬紧牙关，深深地凝视着墙上母亲的肖像。画像中的母亲身穿一件白色晨衣，头上插着一朵娇艳的玫瑰，倚栏而立。“连这幅肖像也将沦落仇人的手里。”弗拉基米尔想，“它将和那些破椅子等杂物一起被丢进储藏室，或者被挂在大厅，任凭猎人们嘲弄、奚落、评论。而她的卧室，我父亲去世的房间，也将会住进仇人的管家或者情人……不！不！他休想把我从这里赶走，别想得到这栋伤心的房子。”弗拉基米尔咬紧牙关，一个可怕的念头在脑海里闪过。他听到官吏的指东画西的声音，他们俨然已经成了这里的主人，不断地吆五喝六地指使仆人们干这干那的，令人厌烦地侵扰他那忧伤的思维。最后，一切终于都安静了下来。

打开柜子和抽屉，弗拉基米尔开始整理他父亲的文件和一些重要的东西，其中多数是账簿和事务往来的信件。然而弗拉基米尔看也没看就把他们撕掉了。他在里面发现一个包裹严实的小纸包，上面写着“吾妻来信”。弗拉基米尔内心激荡不已的读起这些信来——信件写于土耳其战争时期，是由吉斯杰捏夫卡村寄往军队。她向自己的丈夫倾诉自己孤独冷清的生活和忙碌琐碎的日常家务，温情脉脉地抱怨离别的痛苦和孤独，希望他早日回家，投入到妻子的怀抱。在这封信中，她对小弗拉基米尔的健康表示担心，在另一封信中她为他描绘了一个幸福而光明的未来。弗拉基米尔读着读着，似乎完全遗忘了人世间纷繁复杂的一切，仿佛被带进了一个家庭幸福的世界里，甚至都没有感觉到时间的流逝。

不知不觉，墙上的时钟敲响了十一下，弗拉基米尔将信件放进口袋里，点燃了蜡烛，走出书房。官吏们在客厅的地板上呼呼大睡，桌上放着喝光酒的杯子，整个房间充斥着令人作呕的酒味。弗拉基米尔感到一阵恶心，想要迅速地离开这里，来到了走廊。那里一片漆黑伸手不见五指，突然有一个人看见了烛光，急忙躲进角落里。弗拉基米尔拿蜡烛照了照，辨认出铁匠埃尔希普。

“你在这儿躲着干什么？”弗拉基米尔惊奇地问他。

“我想……我来瞧瞧他们是否都在家里。”埃尔希普支支吾吾地小声回答道。

“还有，你握把斧头干嘛？”

“没什么？如今出门不能不带着斧头？这些委托人，没有一个是好东西，说不定什么时候……”

“我想你喝醉了，快放下斧头，回去睡觉吧。”

“我喝醉了？弗拉基米尔·安德烈耶维奇少爷，上帝可以做证，我可是一滴酒没沾……这种时候，谁还有心思喝酒。真是荒谬，从没听说竟然会有这种事，委托人要来接管我们，居然还要把我们的主人从自己的家里赶出去……他们还敢在那里睡觉，这帮畜生！把他们通通杀掉，眼不见为净。”

杜布罗夫斯基眉目紧皱着。“听我说，埃尔希普，你千万不能干这种蠢事。”他沉默了片刻，接着说道，“这不是委托人的错。你点上灯笼，跟我来。”

埃尔希普从主人手里拿过蜡烛，在炉子后面找到灯笼，把它点燃，接着两人悄悄地走下了台阶，沿着院子走了出去。这时更夫敲响了铁板，狗听到响声大叫了起来。

“谁在守夜？”杜布罗夫斯基问。

“少爷，是我们，”一个尖细的声音回答道，“西华丽莎和路凯莉亚。”

“你们回家休息去吧，”杜布罗夫斯基说，“这里暂时用不着你们了。”

“你们真的已经尽全力了。”埃尔希普说。

“谢谢少爷。”两个女人回答，接着马上回家去了。

杜布罗夫斯基继续向前走。这时有两个人朝他走来，叫住了他。杜布罗夫斯基辨别出是安东和格里莎。

“你们为什么还没休息？”杜布罗夫斯基问他们。

“这种时候谁能睡得着啊？”安东回答，“没有想到，我们竟然沦落到这种地步……”

“别说了！”杜布罗夫斯基插话道，“耶格洛弗那在哪儿？”

“在屋里，她在楼上自己的房间里。”格里莎回答。

“去，把她带到这儿来，此外，除了那些律师之外，把所有的人全都从家里带出来，一个人也别落下。你，安东，马上去准备一辆车子。”

格里莎走了，不久便带着自己的母亲一起出来了。老妇人没有换衣服，原来这一夜除了那些可恨的官吏们，家里没有一个人睡得着。

“大家都到齐了吗?”杜布罗夫斯基问，“家里没人留下吧?”

“除了代理人，谁也没有留下。”格里莎回答。

“马上收拾一些干草或麦秸带到这里来。”杜布罗夫斯基说。

人们立刻从马厩里抱来一捆捆干草。

“把它们放在台阶下面。把火给我，兄弟们!”

埃尔希普打开了灯笼，然后杜布罗夫斯基点燃了一块木片。

“等一下，”他对埃尔希普说，“我刚才慌忙中好像把走廊的门给关上了，赶紧打开。”

埃尔希普跑进走廊，发现门是开着的。埃尔希普锁上了门，小声咕哝着：“把门打开，当然，没那么容易!”就又回到杜布罗夫斯基那儿。

杜布罗夫斯基将点燃的木片扔进干草堆，干草遇见火立刻烧着了，飞腾的火苗把整个院子照亮了。

“哎呀，”耶格洛弗那同情地叫了起来，“弗拉基米尔·安德烈耶维奇!你为什么这么做!”

“别说了!”杜布罗夫斯基说，“好吧，兄弟们，再见！我要走了，我要服从上帝的指示，到他引导我的地方去。祝你们和新的主人生活幸福快乐。”

“尊敬的主人，我们的父亲，”人们大声说道，“我们宁可死也不远离你，我们要永远追随你!”

等到马车套好了之后，杜布罗夫斯基和格里莎便登上马车，安东挥打马匹，驶出了院子。

一会儿火焰便吞没了整栋房子。门噼里啪啦倒塌了，燃烧着的屋梁也倾倒下来，赤色的烟雾在屋顶上空缭绕，整个村庄被大火照的通亮。与此同时，屋子里传来一声声凄凉的号叫和哀求声：“救命啊！救命啊!”

“没那么容易!”埃尔希普看着大火，幸灾乐祸地嘲笑着说。

“我亲爱的埃尔希普！救救这帮畜生吧，”耶格洛弗那对他说，“上帝会感谢你的。”

“我不去！”铁匠说。此时，官吏们趴在窗口，拼命地想拆断双层窗框。然而，房顶轰然倒下来，哀号声也立即停止了。

不久，全部家奴都向院子里奔来。女人们惊慌失措，急着去抢出她们的财物，孩子们蹦蹦跳跳地观赏着大火。火星乱窜，仿佛暴虐的旋风，连同附近的小屋也被烧着了。

“干得太好了！”埃尔希普说，“大火烧得人心情真不错，是吧？现在从波克洛夫斯柯耶村观看的话一定会很壮观的。”

这时，突然出现了一个新的情况，吸引了他的注意。一只猫正在着火的屋顶上跑来跑去，火焰紧紧包围着它，也许不知道该往哪儿跳。这可怜的动物喵喵地叫着，似乎在向人们求助。孩子们看着这只处于绝境中的小猫，差点笑破了肚皮。

“很好笑吗？你们这些小鬼。”铁匠气呼呼地教训道，“你们就不害怕上帝？上帝创造的生灵将要被毁灭了，但是你们却在这里乐着，你们这些傻东西！”说完，他将一张梯子架在燃烧的屋顶上，爬上去救小猫。那只猫似乎明白了他的用心，眼神里明显带着感激，立即就抓紧了他的袖子。身上几乎快要被烧焦的铁匠带着获救的小猫爬下了梯子。

“好了，伙计们，再见了！”他对惊慌不已的仆人说，“我在这儿已经没有任何事情做了。祝你们好运，失礼的地方，请多多海涵。”铁匠走了。

大火又继续迅猛地燃烧了好长时间，最终熄灭了。成堆炽热的余烬依旧在黑夜中燃烧，发出明亮的火光。然而被大火烧得一无所有的吉斯杰捏夫卡村的居民，仍旧在那里徘徊着，思索着自己将何去何从。

七

第二天，火灾的消息就传遍了附近的地区。大家众说纷纭，做着种种的猜测。有人说，是因为杜布罗夫斯基的仆人在丧宴上喝醉了，一不小心失火点着了房子；另一些人则是责骂那些刚刚收取了人家财产就在里边酗酒作乐的官吏们；也有些人猜到了事情的真相，断言这次可怕事件的罪魁祸首正是被气愤和绝望所驱使地孤注一掷的杜布罗夫斯基本人——但有更多的人愿意相信他和他的仆人也全都被烧死了。第二天，特洛耶库洛夫到达了火灾现场，亲自参与调查此事。

调查结果发现，警察局长、地方法院的陪审官、两个文书，以及弗拉基米尔·杜布罗夫斯基、他的保姆耶格洛弗那、他的仆人格里莎、马车夫安东和铁匠埃尔希普好像全都不知所踪，一夜之间消失了。全体仆人都一致证实，官吏们是在房屋倒塌下来时被烧死的，而且他们烧焦的骨骸已被找到。西华丽莎和鲁凯里娅他俩说，失火前几分钟她们见到过杜布罗夫斯基和铁匠埃尔希普。依据见证者一致的供词，认定铁匠还活着，而且即使他不是火灾唯一的肇事者，也会是一名主要的纵火犯。杜布罗夫斯基也被认定为有重大的纵火嫌疑。吉利拉·彼得罗维奇把事情的详细经过报告了省长，并且要求通过法律手段来解决。

不久，新的消息激起了人们的好奇心，为人们的饭后茶余的闲谈增加了新的内容。

一伙精明能干的强盗出现在了某地，他们令周围一带的人闻风丧胆。地方当局所采取的打击政策丝毫不起作用，抢劫事件还是接连不断，并且一次比一次猖狂和致命，无论是在路上还是在村子里，那些人为非作歹、专门欺压农民。光天化日之下，这伙强盗乘着三驾马车，在全省到处飞奔，拦截行人和邮车，或者侵入村庄，抢劫地主的庄园，然后一把火烧掉房屋。他们的领导因机智勇敢、慷慨大方而远近闻名，关于他的传说也是流传甚广。

人人都在讨论杜布罗夫斯基的名字和那些与他相关的故事——大家深信他就是这帮胆大妄为的强盗的首领。只有一件事让大家感到不可思议——特洛耶库洛夫的庄园居然没有遭受到任何的威胁——强盗们没有抢劫过他的一间仓库，甚至都没有拦劫过他的一辆大车。向来傲慢自大的特洛耶库洛夫把这种幸运归功于他在全省的威望，以及他在村子里组织的一支优秀负责的保安队。开始的时候，邻居们都嘲笑特洛耶库洛夫过于自负，于是每天都期待着不速之客突然光顾这个有利可图的波克洛夫斯柯耶村。但是过了一段时间以后，仍然没有丝毫的动静，他们不得不赞同特洛耶库洛夫的看法，认为强盗对他怀有一种难以理解的尊敬。特洛耶库洛夫得意扬扬地向人炫耀，每当听到杜布罗夫斯基又在某个地方进行抢劫的消息，他就尽力嘲讽省长、县警察局长和连长们，说他们是如此的无能，老是让杜布罗夫斯基从眼皮底下安然无恙地逃掉。

11 月 1 日到了，这是特洛耶库洛夫的教堂庆贺宗教节日的日子。不过，在开始描述即将发生的事情之前，我们必须首先向读者介绍几个新的人物，或者说是在小说开头我们稍带提到的那几个人物。

八

想必聪明的读者已经猜到了，我们到现在为止也还只是偶尔提过的吉利拉·彼得罗维奇的女儿是我们这部小说的女主人公。

在我们所描述的那个年代，她才17岁，正好是花样年华，如同一朵刚盛开的鲜花。她的父亲对她百般宠爱，但却以自己一贯随心所欲的态度来安排她的生活——有时尽自己最大的努力满足她，即使是十分微小的异想天开的想法，有时则用十分严厉甚至残酷的态度吓唬她。他一直坚信女儿是尊敬他，信任他的，可事实却相反，他从来就没有获得过她的一点信任。在他跟前，她已经习惯了隐藏自己的思想和感情，因为她确信她父亲一辈子也无法真实知道、理解她的想法，也不知道他会对她的这些感情会有什么样的反应。她没有结交任何朋友，总是孤身一人。由于父亲的影响力，邻家的妻女也很少到吉利拉·彼得罗维奇家里来，因为他只邀男人来家里娱乐和聊天，所以，我们这位年轻的美女很少在吉利拉·彼得罗维奇宴请的那些宾客中抛头露面。家里有间宽阔的图书馆，收藏的大部分都是18世纪法国作家的作品，她可以随意翻看它们。除了一本《技艺超群的厨师》，她父亲对别的书都没有兴趣，自然不能指导她对书籍的选择和阅读，因此玛莎在大致浏览了各类作品后，自然而然就爱上了小说中那些浪漫的故事情节。她是在咪咪小姐的引导下完成了自己的教育。吉利拉·彼得罗维奇十分信赖这位小姐，对她十分友善，只是后来这种友好关系发展的太过于明显，才偷偷地把她送到另一个田庄。

咪咪小姐给大家留下了非常美好的印象——她是个心地善良的姑娘，从未滥用自己对吉利拉·彼得罗维奇具有的影响力胡作非为，在这一点上，她和那些被不时更换的别的女人截然不同。吉利拉·彼得罗维奇似乎对她宠爱有加，一个大概9岁的黑眼睛小淘气鬼萨莎，也被当成他的儿子来抚养，在他家中长大成人。他的相貌让人想起咪咪小姐南方人典型的特征，但是，有许多赤脚在他窗前来回奔跑的小男孩，简直跟吉利拉·彼得罗维奇一个模子里刻出来的，却被他看作家奴。吉利拉·彼得罗维奇替自己的小萨莎请来一位来自莫斯科的法国教师，这位教师正是在我们所描述的事件发生之时来到波克洛夫斯柯耶村的。

吉利拉·彼得罗维奇十分喜欢这位长相英俊、朴实自然的教师。他向吉利拉·彼得罗维奇递交了自己的服务证明和特洛耶库洛夫的一位亲戚写的介绍信，信中说明了他在这个亲戚家中做了四年家庭教师。吉利拉·彼得罗维奇一一查看了这些证件，让他唯一不满意的是这位法国教师太年轻——这并不是由于他认为这个缺点和教师这一称号所必需具备的耐心和经验不相符，而是另有所顾忌。他觉得应该立即向教师当面讲明，为此，他派人叫来玛莎（吉利拉·彼得罗维奇不会说法语，让女儿给他担当翻译）。

“过来，玛莎，你告诉这位先生，事情就这么决定了，我聘请他。不过必须答应我一个条件，即不准他打我的女仆的主意，否则，我就叫他知道知道我的厉害……快翻给他听，玛莎！”

玛莎羞得满脸通红，她转身用法语对年轻的教师说，父亲希望他可以为人谦逊，行为检点。法国人向她鞠了一躬，回答道，即使他不能讨得大家的欢心，至少也希望赢得大家的尊重。玛莎逐字逐句翻译了他的话。

“很好！很好！”吉利拉·彼得罗维奇说道，“他不用讨取任何尊重和欢心。他的职责就是照管萨莎，只要教他掌握好文法和地理，翻给他听就行。”

玛莎尽自己的努力把父亲粗鲁的话翻译得委婉些。于是，吉利拉·彼得罗维奇安顿那个法国人住进了一间厢房，并将内部的一个房间给他。

玛莎根本不屑一顾这位年轻的法国人，由于她是在贵族偏见的熏陶下长大的。在她看来，教师只不过是仆人或者手艺人之类的下等人物，而这一类人在她眼里根本不算是真正的男子汉，她不曾留心自己给德福什先生留下了什么样的印象——他的慌乱、他的激动和他声音的起伏。后来接连几天，她常常会遇见他，但都是不屑一顾，但一件意外的事情让她对他有了一个全新的认识。

在吉利拉·彼得罗维奇的院子里养着几头小熊，它们是他的主要娱乐对象。在小熊还非常小的时候，每天都被带到客厅里，供吉利拉·彼得罗维奇逗乐，常常一连就是好几个小时，有时候还让它们和小猫小狗一起斗架。等到它们长大以后，就用锁链拴住，训练他们真正的撕斗能力。有时，熊被牵到院子里，然后仆人们把一只钉满钉子的空酒桶滚给它。贪婪的熊嗅到酒的香味，就去碰酒桶，结果轻轻一碰，钉子刺痛了它的爪子。熊被惹怒了，就使劲去推酒桶，但疼得更加厉害。熊简直快要气疯了，大声吼叫着向酒桶扑上去，直到人们把那伤害它的可恶的东西拿走为止。偶尔他们把一对熊套在大车上当马来使用，不管客人们是否愿意享受这种吓人的娱乐，硬是把他们推上车，然后让熊拉着他们盲目地跑，跑到哪儿是哪儿。然而，吉利拉·彼得罗维奇最喜欢的还是这种恶作剧——他们通常将一只饥肠辘辘的熊关进一间空房子里，用一根绳子将它牢牢地拴在墙上的铁环上。绳子的长度几乎与房子的宽度一样，所以只有躲在对面的一个角落才能避免这凶猛的野兽的袭击。通常一个毫不知情的客人被领进这间房子，然后被猛地一下推了进去，接着把门锁上，这个不幸的牺牲者便要独自同那个毛茸茸而且又饿的穷形尽相的家伙待在一起。可怜客人的衣服下摆被熊扯得粉碎，手臂也会被抓得伤痕累累，不过很快一般人都找到了那个安全的角落。但他不得不紧贴墙角站上整整三个小时，眼睁睁地看着离他只有两步之遥的凶猛野兽竖起它的两条后腿，蹦跳着，咆哮着，然后竭力向他猛扑过去，努力地想把他变成口中之物……这就是一个俄国乡绅的高尚娱乐！

那位教师来到这儿以后没几天，特洛耶库洛夫就想挑衅他，准备给他个下马威，让他尝尝熊室的滋味。一天清晨，特洛耶库洛夫把他叫来，带领他穿过阴暗的走廊。忽然，一扇边门打开了，两个仆人猛地把毫无防备的法国人推了进去，然后就把门锁上了。教师在看见墙上那只被拴着的熊之后，就立刻明白了——那畜生呼哧呼哧地喷着气，从远处就开始伸出鼻子嗅嗅客人的气味，突然，它突然后脚直立，向法国人奔过来……他没有惊慌，也没有逃跑，而是静静地等待着它的袭击。熊走近了，德福什从口袋里快速地掏出小手枪，打中了这只贪婪的熊的耳朵。熊倒下了，大家都闻声跑过来看发生了什么事情。吉利拉·彼得罗维奇走进来以后，对眼前的一切感到极为吃惊。

吉利拉·彼得罗维奇表示一定要将这件事弄个水落石出：是谁事预先将这个把戏告知给德福什的，为什么他的口袋里会装有实弹手枪。他派人去找玛莎，要她把父亲提出的问题翻译给法国人。

"没有人告诉过我关于熊的事情，"德福什回答，"但我随时都携带一把手枪。我的身份地位不允许我有资格提出决斗，不过，我不能容忍任何人的侮辱。”玛莎惊奇地望着他，一种敬佩之情油然而生，并将他的话翻译给吉利拉·彼得罗维奇。吉利拉·彼得罗维奇没说什么，只是下令把熊拖出去，将熊皮剥下来。然后，他转过头跟仆人们说：“真是条好汉！他不怕，他真的不怕！”从那以后，他开始喜欢起德福什了，决定不再考验他。

不过，这件事情却对玛丽亚·吉利洛夫娜留下了十分深刻的印象。她被德福什的胆量和勇气震撼了，头脑里总是出现那头被击毙的熊和镇定地站在死熊旁边、从容自如地和她讲话的德福什。她看到，勇敢和高贵的自尊心不是一个贵族阶级所特有的品格。从那以后，她开始尊敬这位年轻的教师了，而且她的这种尊敬与日俱增，越来越明显。这件事之后，他们之间开始有了更为密切的往来——玛莎天生有一副好嗓子，加之她极具音乐天赋，于是德福什自发地给她授课，指导她的音乐。不难猜想，玛莎爱上了他，但是她自己都还没有意识到这一点。

第二章

九

节日前夕，宾客们频频赶来向主人来祝贺，有的人住在主人的府邸和厢房里，剩下的则被安置在管家、神父和富裕的农户家里。马厩里则拴满了客人的马匹，马车房和仓库里也排列着各种各样的马车。九点钟，做弥撒的钟声敲响了，大家都朝崭新的石砌教堂的方向走去。

这座教堂是吉利拉·彼得罗维奇出资捐建的，他每年都要花钱装饰一番。有很多的上等人士到教堂来做弥撒，使得普通老百姓连立足之地都没有，他们只能站在门口的台阶上或外面参加。弥撒还没有开始，因为神父正在等候吉利拉·彼得罗维奇的到来。

吉利拉·彼得罗维奇驾着六套马车来了，并在玛丽亚·吉利洛夫娜的陪同下，庄重地走到自己的位置上。他们刚一出现在教堂门口，所有女人的目光都聚焦在玛丽亚·吉利洛夫娜身上——男人们惊于她的美貌，女人们则认真欣赏着她的装扮。弥撒终于开始了，家庭唱诗班唱起了赞美诗，吉利拉·彼得罗维奇也跟着唱了起来，专心地祈祷，当助祭高声称颂此神殿的创建者时，他傲慢而又略显谦恭地向大家深深鞠了一躬。

弥撒结束的时候，吉利拉·彼得罗维奇第一个上前去吻十字架，众人就尾随他去吻十字架，接着邻居们向前给他行礼致敬。吉利拉·彼得罗维奇离开教堂的时候，邀请大家去他家吃饭，就坐上马车回去了，客人们都跟在他后面去参加他举办的宴会。

所有的房间里都挤满了客人，而且还不停地有新的客人到来，他们要费很大功夫才能挤到主人跟前。女士们规规矩矩地围坐成半圆形，个个都打扮得珠光宝气，穿着自认为很时髦的华装丽服。男人们则集中在摆满伏特加和鱼子酱的桌子旁，高谈阔论。

餐厅里放着两张可供八十人用餐的餐桌，仆人们忙得不可开交，一部分人忙着摆上酒瓶和酒杯，一部分则整理着桌布准备上酒。最终，司膳总管宣布午餐全部备好了——于是，吉利拉·彼得罗维奇首先走到餐桌旁就坐；然后，已婚的女士们按照长幼尊卑的顺序跟着他严肃地入席；小姐们像一群羞怯的羔羊，互相依偎着，一个挨着一个地坐下；男士们则坐在对面；在桌子的尽头，教师挨着小萨莎坐下。

仆人们按照客人的地位高低来给他们上菜，当他们无法确定身份时，就依照拉法托[①]的原则去眼观，几乎没有出过差错。杯盘的铿锵声与匙子的叮当声还有宾客们说话声汇成一片嘈杂的吵闹声。吉利拉·彼得罗维奇得意洋洋的环视宴席，完全自我陶醉在他所充当的好客主人这一角色的欢乐中。这时，一辆六套马车驶进了院子。“谁来了？”主人向他问道。“安东·帕甫怒季奇。”有几个人不约而同地说。门打开了，安东·帕甫怒季奇·斯皮岑走进了餐厅。这个50岁左右的大胖子，圆圆的大麻脸和因为过度肥胖而出现的三重下巴。他来到餐厅，满脸堆笑，为自己的迟到鞠躬致歉。

“再给我准备一份餐具！”吉利拉·彼得罗维奇大声对仆人说，“欢迎你，安东·帕甫怒季奇！快请坐，告诉我们发生什么事情了。——没有来参加我的弥撒，而且连午餐你也迟到了。这可不像你平日的作风，你原本是个敬畏神明而且又十分喜好吃喝的人嘛！”

---

① 拉法托，瑞士作家，迷信看面相。

“真的很抱歉！”安东·帕甫怒季奇不好意思地回答说，一边把餐巾系到他那豌豆色大衣的扣眼里，“实在是抱歉，吉利拉·彼得罗维奇老爷。我一大早就动身了，但是没想到走了还不到七英里，马车前轮的轮箍忽然断成了两半——我一下子没有了主意？幸好走得离村子不远，我们费尽艰难把车拖到那里，好不容易找了个铁匠，总算马马虎虎地把它修好了，但是三个小时已经过去了——真的是无奈呀！抄近路吧，要经过吉斯杰捏夫卡森林，我不敢冒那个险，就只能绕道走了。”

“啊哈！”吉利拉·彼得罗维奇打断他的话说，“你呀，虽然不算什么英雄好汉，这我是知道的。但你害怕什么呢？”

“我害怕什么，吉利拉·彼得罗维奇？那当然是怕杜布罗夫斯基呀，我想总有一天我会倒霉地落到他的魔掌里的。这个混小子，机灵得很，谁也不会放过。尤其是我，我要是被抓到他不剥掉我两层皮才怪呢。”

“老兄，他怎么对你会特别关照呢？”

“怎么不会呢，老爷？当然是由于他的父亲——安德烈·珈夫利落维奇的事情了。我就是为了让您满意——即凭着良心和公道——证明了杜布罗夫斯基一家没有任何法律依据来占有吉斯杰捏夫卡村，他们拥有这块领地，完全是承蒙您仁慈的恩惠。那个死人，愿上帝让他的灵魂安息吧，他曾经发誓要同我算账，他的儿子肯定会实现他父亲的誓言。直到现在，多蒙上帝保佑，他们总共不过抢了我的一个仓库，可是，我担心他们迟早有一天会来抢劫我的财产和烧掉我的房子。”

“在那房子里，他们一定会心满意足的。”吉利拉·彼得罗维奇说，“我认为，你那个红钱匣子，早就塞得满满的了。”

“哪儿的话，吉利拉·彼得罗维奇老爷！以前它确实是满满的，不过如今全空了。”

“干吗撒谎呢，安东·帕甫怒季奇！我还不了解你的底细啊，你根本就没有花钱的地方，你从来吝啬请客吃饭，农奴被你榨得一干二净，你还是一门心思只知道攒钱，别的什么都不会考虑。”

“您真会开玩笑，吉利拉·彼得罗维奇！”安东·帕甫怒季奇面露尴尬，然后咕咕哝哝地说道，“但是我已经破产了，真的。”说着，他赶紧拿着一块油腻的馅饼连同主人那绅士十足的玩笑一起吞到肚子里去了。

吉利拉·彼得罗维奇不屑于再搭理他，转向了新上任的警察局长。这是这位局长第一次来他家做客，在餐桌的另一端，正好是在教师的旁边。

“那么，警察局长先生，您逮捕杜布罗夫斯基还需要多长时间呢?”

警察局长不禁慌张地鞠了一躬，笑了笑，然后结结巴巴地说：“我们一定尽力而为，大人!”

“哼！尽力而为？我看你们老早就尽力而为了，但都是应付差事，总也不见有什么结果，说实在的，干吗要抓住他呢？依我看，杜布罗夫斯基的抢劫对于警察局长来说倒算是一桩难得的可以趁机揩油的美差事——你们借这个借口四处巡行和侦查，就要有旅费，这样钱就装在你们的口袋里，你们怎么可以把自己的大恩人除掉呢？是不是，局长先生?”

“对极了，先生!”警察局长狼狈不堪地回答道。客人们都哈哈大笑起来。

“我就喜欢这个年轻人的真诚坦白!”吉利拉·彼得罗维奇说道，“看来我得亲自处理一下这件事了，不能再任之发展，只靠警察局的帮助只会使事情越搞越严重。可惜，我们的老警察局长塔拉斯·奥列科谢耶维奇去世了。要是他们没把他烧死，现在一定会安宁很多的。听说过杜布罗夫斯基的一些消息吗？近来谁见过他?”

“我见过，吉利拉·彼得罗维奇。”一个低低的女性声音答道，“上个礼拜二他同我一块儿吃过午餐。”

所有的目光立刻集中到了安娜·萨维那·格洛波娃的身上。她只是个头脑简单的寡妇，一个十分朴实的人，人人都喜欢她那既善良又快乐的性情。现在，大家都很有兴致地准备听她讲所发生的事情。

“三个礼拜以前，我曾派管家到邮局去给我的万纽沙寄封信和一些钱。我并不是溺爱儿子，即使我有那份心思，也没那份能力。不过，儿子作为一名近卫军军官，总要保持体面，需要一些钱，所以我尽可能把自己的收入攒下来多寄给万纽沙一些，于是我打算给他寄去两千卢布。

“虽然我脑子里不止一次地想到杜布罗夫斯基可能会抢走我的钱，但我转念又想，离县城总共只有五英里路，上帝保佑，或许我们会平安无事的。就这样，到了晚上，管家徒步回来了。他面色苍白，衣服也被撕得稀巴烂。我当时简直喘不过气来：‘发生什么事了？你这到底怎么啦?’他战战兢兢地告诉我说：‘亲爱的安娜·萨维那，我在路上被强盗抢劫了，差点被他们杀死。杜布罗夫斯基本人就在那儿，他想吊死我，但后来看我可怜就发了善心，把我给放了。但是他抢光了我所有的东西，甚至连马带车全都抢走了。’我当时简直要气晕过去。老天啊，我的万纽沙怎么办呀！我没办法，只好又给他写了一封信，把这件不幸的事情的经过原原本本地告诉了他。我已经一点儿钱都没有了，只能捎去我对他的祝福。

“一两个礼拜过去了，忽然一辆马车驶进我家。一位陌生的将军说要见我，对于他的到来，我表示热烈欢迎。一个35岁左右、皮肤黝黑、长着黑头发、留着胡须、长相酷似库里涅夫[①]的人走了进来。他自报家门说，是我先夫的朋友和同事，还声称他当时正好路过此地，知道我住在这儿，顺便过来看望看望他同伴的遗孀。为了招待他，我拿出家里所有的食物来款待他，然后跟他随便聊聊，最后谈到了杜布罗夫斯基。

“我跟他讲了我那件不幸的事，将军皱了皱眉头。‘那就奇怪了，’他说，‘我听说，杜布罗夫斯基是一个很仗义的人，并不是人人都抢，专门抢劫那些有名的大富豪。就算是对他们也会手下留情，也不会洗劫一空，总要给他们留下一半的钱财，而且目前还没有人控告他杀过人。我认为这其中有诈，请您把管家叫来。’于是他们去叫管家，管家一见到将军，便吃惊得说不出话来。‘告诉我，老兄，杜布罗夫斯基是怎么抢劫你的东西，又是怎么想吊死你的。’我的管家立刻吓得浑身发抖，两腿瘫软，一下子跪倒在将军脚下，‘我鬼迷心窍，罪该万死，老爷，都是我的错，是我撒了谎。’‘原来是这样，’将军回答说，‘那么你就快把事情的经过原原本本地讲给太太听，我也听听。’管家努力想使自己平静下来，但是都是徒劳的。‘那么，’将军接着说，‘告诉她，你是在哪儿见过杜布罗夫斯基的？’‘就在树林里的两棵松树旁边，老爷。’‘他对你说了什么？’‘他问我，你是什么人，你要到哪里去，去做什么。’‘说！然后呢？’‘然后他要我交出信和钱，我就都交给了他。’‘然后呢？’‘然后他……老爷，我真是罪该万死。’‘说下去，他做什么了？”他把钱和信又交给了我，还对我说，好好拿着吧！快点到邮局办事去吧。”那你呢？’‘老爷，我罪该万死。’‘我想我必须跟你算账，我的朋友。’将军厉声说道，‘太太，请您派人快去搜查这骗子的箱子，还有，请您把他交给我，我必须好好惩罚他一下，让他吸取教训。让我告诉你一些情况吧，杜布罗夫斯基本人也是一位近卫军军

---

① 库里涅夫，俄国将军，1808年带兵攻打瑞典获得胜利。

官，他肯定不会欺负他的同事。’事情到了这种地步，我已经猜到这位大人是谁了，我什么也不用跟他争论了。车夫把管家绑在他的车厢里。然后找到了我要寄给我儿子的钱，将军和我一块儿吃了顿午饭，然后就带着管家离开了。第二天，我的仆人们在林子里找到了我的管家，他被绑在一棵橡树上，衣服都不见了，全身一丝不挂。”大家静静地听着安娜·萨维那的故事，特别是那些年轻的女士们。她们当中有许多人心里对杜布罗夫斯基渐渐地产生了好感，认为他是一个传奇仗义的英雄，特别是玛丽亚·吉利洛夫娜——这位整日陷入狂热幻想的幻想家，这个整日在拉德克利芙[①]神秘惊险小说的熏陶之下长大的少女不禁生出一些关于他的幻想。

“那么，安娜·萨维那，你觉得去见你的那个人是杜布罗夫斯基本人吗?”吉利拉·彼得罗维奇问道，“那就大错特错了。我不知道你的那位客人到底是谁，但我敢肯定他一定不是杜布罗夫斯基。”

“为什么不是杜布罗夫斯基，老爷? 还有谁会在半路上拦住行人，然后对行人进行搜查?”

“我不知道，不过我确信这个人不是杜布罗夫斯基。我还记得他年幼时的相貌——那时他长着一头浅黄色的头发，我不清楚现在他的头发是不是变黑了。但是，有一点我记得很清楚，杜布罗夫斯基比我的玛莎大五岁，如今他不是 35 岁，而是只有 23 岁。”

“确实是这样，大人。”警察局长肯定地说，“我的口袋里装有一张弗拉基米尔·杜布罗夫斯基的相貌说明书，上面写得明明白白，他确实是 23 岁。”

“哦!”吉利拉·彼得罗维奇说，“快念给我们听一听，好让大家知道他长得什么样子倒是一件好事。要是谁碰到他，他将难逃法网。”

警察局长从口袋里找出一张脏兮兮的纸，郑重地将纸打开，用唱腔念道:“据弗拉基米尔·杜布罗夫斯基以前家奴的证词，他的相貌特征如下: 23 岁，中等身材，皮肤很白，没有留胡须，褐色眼睛，棕色头发，鼻子挺直，无其他任何特殊特征。”

“只有这些?”吉利拉·彼得罗维奇说道。

“只有这些。”警察局长一边答道，一边重新将纸条折叠好。

---

① 拉德克利芙（1764—1823），英国女作家。

“我祝贺你，先生！真是一张文采斐然的文书啊！照这样的相貌特征看，保管你们不费吹灰之力就能将杜布罗夫斯基抓到。我倒要问问，对大多数人来说，哪个人不是中等身材，哪个人不是棕色头发，笔直的鼻子褐色的眼睛？我敢打赌，你就是跟杜布罗夫斯基本人面对面谈上三个小时，你也猜不出就是他本人。我不得不说，你们这帮当官的头脑还真是聪明啊！”

警察局长老老实实地将文书放进口袋里，然后默默地夹起了鹅肉和白菜。此时，仆人们都已经向客人的酒杯中添了好几次酒了。在一阵清脆的拔瓶塞响声中，几瓶高加索酒和克里米亚酒都被打开且喝得精光，不知道的还以为是香槟酒呢。此刻，宾客们都已经显出几分醉意，脸也开始泛红，谈话声也变得更加洪亮，更加活泼，更加语无伦次。

“看不到了，”吉利拉·彼得罗维奇接着说，“再也看不到像塔拉斯·奥列科谢耶维奇那样能干的警察局长了！这人不会胡思乱想，而且还非常精明。只不过太可怜了，他丧生于大火中了，要不然的话，这伙匪徒都别想逃脱他的手心。他们统统都得落网，连杜布罗夫斯基本人也别想逃脱。塔拉斯·奥列科谢耶维奇或许会收下他的贿赂，不过，他依然不会放走他——这就是他的风格。现在没有别的办法了，看来我得亲自出马，用我自己的护卫队把那伙强盗捉拿归案。首先我将要派一二十个人去把强盗的那片森林砍个干干净净。我的这帮手下可不是胆小鬼，个个勇敢的都能擒住一头熊，见了强盗更不在话下。”

“您的那头熊现在还好吗，吉利拉·彼得罗维奇？”安东·帕甫怒季奇问道。一听到这话，他就想起自己那毛茸茸的老朋友，想起以前的种种恶作剧所带来的快乐。

“米沙已经死了。”吉利拉·彼得罗维奇遗憾地回答说。“它在敌人的手里壮烈牺牲了，那个人就是它的战胜者。”吉利拉，彼得罗维奇指着德福什说，“你再给我们这位伟大的法国守护神建造一个雕像吧，他为你报了仇，为了你那……请恕我直言……你现在还记得吗？”

“怎么会不记得！”安东·帕甫怒季奇搔着脑袋说，“记得一清二楚！那照这么说，米沙已经死了？”

“我听了伤心，真的很伤心！太可惜了，它是多么令人怜爱的小东西！多么聪明伶俐！再也找不出像它那样的熊了。不过，先生，为什么它会被打死呢?”

吉利拉·彼得罗维奇开始兴致勃勃地讲述法国人的壮举，他天生就具有一种善于炫耀自己周围一切事物（在某种程度上，这些事物是属于他的）的令人惊讶的口才。客人们全神贯注地听着熊被打死的故事，同时怀着敬佩的心情望着德福什，但德福什并没有意识到他的英勇之举正成为大家谈论的话题，他正安静地坐在自己的位置上，正在给他那十分活泼淘气的学生上思想道德课。

漫长的午宴终于结束了；主人把餐巾放到桌子上，大家都站起来向客厅走去，那里有咖啡、纸牌，以及在饭厅里已经有一个酒会在等待着他们。

十

晚上七点多钟，有些客人想走了，但被朋友灌得醉醺醺的主人命令锁上大门，宣布说天亮前谁都不能走。这时，音乐响起，通向大厅的门敞开了，人们酒足饭饱后又开始去跳舞来消耗自己多余的体力。特洛耶库洛夫和他的亲信安静地坐在角落里，一杯一杯地喝着酒，欣赏着青年人的娱乐活动，而老太太们则在一旁玩着纸牌。附近没有驻扎骑兵的地方都有这样的特色——男人总是太少，因此，只要能够跳舞的男人都会被拉上场。教师在他们当中可以说是出类拔萃，他收到的邀请总是最多，因为每一位小姐都乐意选他作为舞伴，一致认为和他跳华尔兹舞非常轻松自如。他和玛丽亚·吉利洛夫娜跳了很多场，惹得其他小姐们都以嫉妒的眼神看着他们。最终，时间太晚了，特洛耶库洛夫也感到疲倦了，舞会宣布中止，晚宴才刚刚开始，而他自己则回去睡觉了。吉利拉·彼得罗维奇不在场，客人们感到更加轻松自在，因而也就更加活跃起来。

绅士们也斗胆坐在女士们身边向她们献着殷勤，小姐们则总是一脸欢笑地和邻座窃窃私语着，太太们隔着桌子大声谈笑，男人们开怀畅饮、高谈阔论。总而言之，晚宴的氛围非常愉快，给每个人留下许许多多欢乐的回忆。

房间里只有一个人没有参加这样共同的娱乐。安东·帕甫怒季奇一直闷闷不乐，沉默不语，心不在焉地吃着东西，心事重重的样子，有关强盗的谈论把他的脑袋搅得一塌糊涂。我们很快就能知道，他害怕这些强盗是有足够理由的。

安东·帕甫怒季奇祈求上帝替他做证，证明他的红钱匣子确实是空的，他没有说谎——红钱匣子确实空了，不过，钱却被转移到他的衬衣下面系在脖子上的一个贴身的皮包里。他自认为只有采取这种防患于未然的措施之后，他那种惯有的恐惧猜忌的心情才总算稍微地踏实了点。可今天晚上被迫要在一个陌生的房子里过夜，他很担心被安置到一个偏僻的房间里单独睡觉，那样的话，小偷就有可能轻而易举地钻进去偷走他的钱。他环顾四周，想找个可以信任的同伴，最终他选中了德福什。他那强健的体格，特别是他与熊搏斗时所表现出来的勇气和胆量给安东·帕甫怒季奇足够的理由相信他可以保护自己。可怜的安东·帕甫怒季奇一想起那只熊便毛骨悚然。当他们从餐桌旁起身离开的时候，安东·帕甫怒季奇走向法国青年，清了清嗓子，就跟他交谈起来，来表达自己的意图。

“嘿，嘿，我今晚能在您的房间里住一夜吗，先生！您知道……”

“您有什么事吗，先生？”德福什很恭敬地向他鞠了一躬。

“哎呀，真糟糕，你怎么还没有学会俄国话呢。我想今晚和您住一个房间，您明白了吗？”

“先生，我很荣幸。”德福什回答，“您尽管吩咐吧。”

安东·帕甫怒季奇对自己的法语水平很满意，立即做了必要的安排。

宾客们互道晚安后，回到指定的房间，安东·帕甫怒季奇跟着教师走进厢房。屋子里一片漆黑，德福什提着灯笼在前面照路，安东·帕甫怒季奇很信任地跟在后面，不时用手摸一摸藏在胸膛的皮包，证实一下钱还在里面。

走进厢房以后，教师点燃了蜡烛，两人便着手准备休息。这时，安东·帕甫怒季奇在房间里四处走动，想检查一下门锁和窗户是否关严实了，发现实在是不能令人满意，他无奈地摇了摇头。门没有锁，只有一根门闩，窗户也不是双层窗框，这些都不是很安全的。他本想向德福什发几句牢骚，可他的法语实在有限，难以向教师做出如此复杂的解释。所以安东·帕甫怒季奇只得把满腹的怨言咽到肚子里。他们的床铺是相对，两人躺下以后，教师负责吹灭了蜡烛。

“你为什么吹灭蜡烛？为什么？”安东·帕甫怒季奇喊了起来，他竭力想按照法语严格的词位变换来套用燃灭这个俄语动词，“没有灯光我是无法入睡的。”

德福什听不明白他为什么大叫大嚷，还礼貌地向他道了声晚安。“可恶的异教徒!”斯皮岑一边咕哝着，一边裹紧毛毯。“居然把蜡烛吹灭了!没有亮光我根本难以入睡。先生！先生!”他又叫了起来，“我有话跟你说。”

可是，法国人没有应声，不一会儿就打起呼噜来了。

“还打起呼噜来了，这个畜生。”安东·帕甫怒季奇暗自思忖，“可是怎么办，我现在一点儿睡意也没有，说不定小偷什么时候就从打开的门走进来，或者从窗户溜进来了，恐怕用大炮也休想把那畜生叫醒。先生！先生！见鬼去吧。”

安东·帕甫怒季奇慢慢也不说话了，疲倦和酒力已经战胜了恐惧，他也开始打盹，不多久便入睡了。

突然他听见一种奇怪的声音，以为自己在做梦，迷迷糊糊又觉得有人在轻微地扯他衬衣领子。安东·帕甫怒季奇睁开惺惺忪忪的眼睛，在秋日惨淡的晨光中，他看清楚了站在面前的德福什——这个法国人一手紧握住手枪，另外一只手在解他那藏在衣服里的贴身皮包。

安东·帕甫怒季奇吓得一身冷汗，“您这是干什么，先生，这是什么意思?”他颤抖地问道。

“老实点！别出声!”教师用地道的俄语答道，“别出声！不然，你就死定了。我是杜布罗夫斯基。”

十一

如今，请读者允许我解释一下在刚才我们的故事中提到的那些事情，在这之前发生的一些情形，我们还没来得及说明白。

在我们之前提到过的那个驿站站长的屋子里，屋子的一个角落里安静地坐着一位游客，从他那温和且极具耐心的神情看，他应该是一个出身卑贱的人或者是一个外国人——总之就是一个不论是在驿站上还是在社会上都没有权利的人。他的马车停放在院子里等着给车轱辘上点儿润滑油，马车上也仅有一只小小的手提箱，这足以证明他的生活是非常穷困潦倒的。这位旅客既没有要茶，也没有要咖啡，只是不停地向窗外张望，吹着谁也听不懂的口哨，这一切使坐在隔板后面站长的妻子十分厌烦。“真是糟糕，那个吹口哨的家伙！”她小声说道，“他总是那样吹，吹得人心烦意乱！该死的异教徒。”

“别那么说！”驿站长说，“有什么关系呢？你就让他吹好了！”

“有什么关系？”他的妻子气愤地反驳说，“难道你没听过那句俗语吗，听见人吹口哨是个不好的兆头吗？”

“哪句俗语？吹吹口哨就能把咱们的钱给吹跑了？真是荒谬，帕霍莫夫娜！吹口哨跟我们能不能发财一点儿关系也没有，反正咱们这辈子都不会有钱的。”

“你赶紧把他打发走吧，西多雷奇！为什么把他留在这儿？把马赶快给他，让他见鬼去吧。”

“他必须再缓一缓，帕霍莫夫娜，咱们现在只有三辆三套马车，第四辆还在休息。我们得应付随时都会到来的尊贵的旅客，我可不想因为一个法国佬而连累我自己的运气。听！我猜得对吧！真的有人驾着马车奔来了！嘿！跑得真快！该不是来了个将军吧？”

一辆马车飞驰到了前面的台阶。从车厢上跳下来一个仆人，毕恭毕敬地打开车门。一个身穿军大衣、头戴帽子的年轻人跳下车来，来到驿站的房子门口，那个仆人跟在他后面，手里提着一个小箱子把它放到窗台上。

“给我弄几辆车，驿站长先生！”军官叫道。

“是，先生，”站长答道，“我能看一看您的驿马使用证吗？”

“我没有驿马使用证，我也不走大路……难道你不知道我是谁吗？”

驿站长顿时有些恐慌，急忙冲进房间去催车夫备马车。年轻人在房间里踱来踱去，看见房间内坐着的那个法国人，于是来到隔板后面，悄悄地问站长的妻子那个坐着的旅客是个什么样的人。

“鬼才晓得！”站长的妻子回答道，“一个法国人。他一直都在这等车，还吹着口哨，现在都快有五个钟头了。真叫人厌烦，该死的异教徒！”

年轻人走过去用法语同那位旅客聊了起来。

“您要到哪儿去？”他问法国人。

“到附近的一个城市，”法国人回答，“去当地的一个贵族家里，他想聘请我做他的家庭教师。我本来以为今天就可以到达那里，可现在看来，站长先生似乎另有安排。现在弄不到马车，所以我必须得耽搁一会儿了，在这个国家要想弄到马匹可真是不容易啊，军官先生！”

“不知道是当地的哪位地主聘请了你？”军官好奇地问道。

“特洛耶库洛夫先生。”法国人回答说。

“特洛耶库洛夫？这个人是什么样的人啊？”

“老实说，我从来没有听过别人对他有好的评价。人家都说他是一个蛮横无理顽固不化的老爷，对待手下人也很残酷，总是一副盛气凌人的样子，谁都和他格格不入，以至于大家听到他的名字就颤抖。他对家庭教师也毫不留情面，以前有两个家庭教师被他整得十分可怜。”

“那怎么了得！那您居然还敢到这样一个恶魔家里去？”

“但是，我还有什么办法呢，军官先生。他承诺给我丰厚的薪水，一年三千卢布，还提供免费食宿，也许，我会比前两位先生幸运一些呢。我还有一个年迈的老母亲，我必须得把一半的工资寄给她来帮助她维持生活，其余的积攒起来，这样五年就能积攒一笔小小的资本，足够我今后独立生活了。到了那时，我就回巴黎去做生意。”

“特洛耶库洛夫家里有人认识您吗？”军官问道。

“没有，”教师答道，“他是由莫斯科的一个朋友知道我的，他那朋友的厨师是我的同乡，我就是通过他介绍才到那个贵族家里做家庭教师。实话跟您说，我本来是学做面包的，并不是做教师的，可是，我听别人说在你们国家当教师可以赚到更多的钱……”军官沉思片刻。“请听我说，”他打断法国人的话说，“如果有人现在给您一万块钱，让您放弃这个职务，马上回巴黎，你觉得怎么样？”法国人惊讶地望着军官，笑着摇了摇头。

“马车都准备好了。”驿站长进来说，仆人也点了点头。

“我马上就来，”军官说，“你们先出去一会儿。”驿站长和仆人相继出去走了。

“我不是跟您开玩笑的，”他继续用法语说，“我现在就可以给您一万卢布，只要您立刻离开，把证件留下。”说着，他打开了箱子，拿出一沓钞票。法国人惊讶地瞪大眼睛，不知怎么办才好。

“马上离开……我的证件……”他吃惊地重复着，“它们都在这儿，不过，我想您一定是在和我开玩笑吧？您要我的证件干嘛呢？”

“这个您就不必知道了。我只想问您，您到底愿意不愿意啊？”法国人依然不敢相信自己的耳朵，他带着疑惑小心翼翼地把自己的证件递给了年轻的军官，那军官用很快的速度检查了一遍。

“您的护照……好；介绍信……让我看看；您的出生证……太好了。行了，这是我给您的钱，您回去吧！再见！”

法国人一动不动地站在那里，那军官又转身向他走来。

“我差点把最重要的一点给忘了——请您用名誉保证，你必须保证这件事永远只有你我二人知道……请您务必用名誉担保。”

“是的，一定，”法国人回答，“但是，我的证件怎么办呢？没有它们我是没有办法回家的。”

“您到了第一个城市就向警察局报案，就说您在路上被杜布罗夫斯基抢劫了。他们一定会相信您的，还会给您开具相关的证明。再见！祝愿您早日回到巴黎，也祝愿您的母亲身体健康。”

杜布罗夫斯基迅速离开房间，坐上马车，飞驰而去。

驿站长望着窗外，直到马车离开以后，他才转身对自己的妻子说：“帕霍莫夫娜！你听说了吗？他就是杜布罗夫斯基。”

他的妻子飞奔向窗口，但是太晚了，杜布罗夫斯基已经走远了。她开始责怪丈夫：“你不怕上帝的惩罚呀，西多雷奇！你要是早点儿告诉我，我也可以看看杜布罗夫斯基到底长什么样，谁知道他下次什么时候才再经过我们这里啊！你这个没心眼的！”

法国人像生了根一样站在那儿一动不动。这些钞票以及与军官达成的协议——这突如其来的一切简直是一场梦。可是，一沓沓的钞票还在那里，仍旧在他自己的口袋里，事实胜于雄辩，证明了这次离奇的事件真真切切地发生过。他决定马上雇车进城。马夫慢慢地赶着车，当他们抵达城里的时候，就已经是深夜了。还没有到达城门口，法国人就叫车夫停下马车。

城门口没有戒备森严的哨兵，只有一座坍塌的岗亭。他下了马车之后，用手势告诉马车夫，马车和手提箱全都送给他就当酒钱，说完马上徒步离开了。车夫见法国人这样慷慨大方，感到非常惊讶，就如法国人自己接受杜布罗夫斯基建议时的情形一样。但是，车夫却认为这位外国绅士神经错乱了，他深深地向他鞠了一躬，表示谢意。他想到现在不是很方便进城，便驾着马车去了一家他经常光临的娱乐场所，那儿的老板是他的朋友，他在那里消磨了整个晚上。第二天早晨，他驾着三匹马回家了，脸略微有些浮肿，两只眼睛通红，马车和手提箱也不知道被他放哪儿了。

杜布罗夫斯基获得法国人的证件以后，就如我们所看到的那样，勇敢地去找特洛耶库洛夫，并且在他家里安顿下来做了小萨沙的家庭教师。不管杜布罗夫斯基抱有怎样的秘密企图（这一点我们终将会了解的），可是他的行为却毫无可疑之处。

实际上，他很少为小萨沙的教育费心思，而是让这孩子在闲暇时去做自己喜欢做的事情，也不是特别的严格要求他，仅仅是形式上给小萨沙布置一些作业。但是，他却特别关注玛丽亚·吉利洛夫娜在音乐方面的进展，常常一连几个小时和她坐在钢琴前帮她指导钢琴功课。大家都很喜欢这位年轻的教师——吉利拉·彼得罗维奇很喜欢他在猎场里展现出来的聪明机智和勇敢的身手；玛丽亚·吉利洛夫娜喜欢他身上所拥有的无穷无尽的热情和无微不至的关怀；小萨沙欣赏他的宽容大度；仆人们喜欢他的善良和表面上与他的地位毫不符合的慷慨；他本人好像也非常依恋这个家庭，一直把自己看作这个家庭中的重要一员。

从他担任家庭教师一直到那个值得纪念的节日，大概已经过去一个月了，没有谁曾怀疑过这位文质彬彬的法国年轻人就是那个让周围地主闻风丧胆的可恶强盗。在这段时间里，杜布罗夫斯基从未离开过波克罗夫斯柯耶村，但是，由于村民们丰富的想象力，有关他实施抢劫的传闻还继续在流传。当然，也有可能是他的同伙在他们的首领不在场的时候，仍然在继续实施抢劫活动。

当他知道和自己在一个房间里度过一晚上的人就是造成他沉重灾难的罪魁祸首——杜布罗夫斯基。他无法控制复仇的欲望。他知道那个珍贵的钱包藏在哪儿，就决定把它夺过来。正如我们看到，他忽然从教师变成强盗，这令可怜的安东·帕甫怒季奇感到多么的惊奇。

早上九点钟，在波克洛夫斯柯耶村留宿的宾客们先后会聚到了客厅里，那里茶炊早已沸腾了。玛丽亚·吉利洛夫娜身穿一身晨衣坐在茶炊前面，然而吉利拉·彼得罗维奇穿着呢绒大衣，脚着便鞋，正在用一个像漱口缸似的大杯子品茶。安东·帕甫怒季奇是最后一个进客厅来的，他脸色苍白，神情恍惚，那失魂落魄的样子让所有在场的人都大吃一惊，连吉利拉·彼得罗维奇也关心地询问起他的健康来。斯皮岑回答得吞吞吐吐，还神色极其恐惧地看了看那个教师——他正若无其事地和众人坐在桌边闲聊。过了一阵，仆人走进来向安东·帕甫怒季奇禀告说马车已经备好了。

安东·帕甫怒季奇不顾主人的挽留，急急忙忙地从房间离去，立即坐马车走了。特洛耶库洛夫和宾客们都弄不清楚他到底发生了什么事情，吉利拉·彼得罗维奇断定他可能是身体不舒服。喝过早茶，吃过告别早餐之后，其他的客人也都渐渐离开。不久，波克洛夫斯柯耶村便又重新恢复了安静了，一切又恢复了正常。

十二

过去了几天，没有发生什么奇异的事情，波克洛夫斯柯耶村的生活依然如初。吉利拉·彼得罗维奇仍然每天去打猎，玛丽亚·吉利洛夫娜则把全部的心思投入到读书、散步和音乐课上，尤其是音乐课上她更加投入。她开始渐渐明白了自己的感情，苦恼地承认，她对这个年轻法国人的优良品质并不是无动于衷。然而在教师那里，他似乎从没有越过严格的礼节界限，这使她那高傲的自尊心得到安慰，也减轻了她的疑虑和心理负担。她对他越来越信任，任自己沉浸在那种令人神往的习惯中。只要一会儿看不见他，她就感到烦闷无聊，有他在身边，每时每刻她都想跟他聊天。对于一切事情她都想征求他的意见，并且对他的观点从来不反驳。或许，她还没有坠入情网，但是，一旦遇到命运所造成的障碍或者不幸的时候，热情的火焰必定会在她心中突然喷薄而出。

有一天，当玛丽亚·吉利洛夫娜走进大厅时，教师早已在那里等候她了，她惊奇地发现教师苍白的脸上露出张皇之色。随后在她打开钢琴刚练习了几个音符后，杜布罗夫斯基就推托自己身体不舒服，请求她原谅，改天再上课。合上乐谱后，他偷偷地塞给了她一张纸条。玛丽亚·吉利洛夫娜还没来得及思考，就一把接了过来，可是，她立刻后悔了——但是此时杜布罗夫斯基已经离开了房间。玛丽亚·吉利洛夫娜回到她自己的房间，打开纸条，看到下面的内容：

“今晚七点希望您到溪边的凉亭里来，我必须与您谈谈。”

她的心激动地怦怦直跳，那强烈的好奇心全被激起来了。她老早就期望着他的表白，对这样的现实她既渴望又害怕。看到心中的猜想变成了现实，这自然令她感到很兴奋，可是，她又认为，从一个就其社会地位方面来说没有希望成为她丈夫的人口中听到这样的表白，可能不是她这个身份的人所能接受的。她仍然打算去赴约，但是，令她感到犹豫的是应该怎样接受这位教师的表白——是向他表示贵族式的生气呢，还是进行友好的规劝；是快快乐乐地开个玩笑呢，还是默默地表示同情。在这段等待的时间里，她不停地抬头看钟。天慢慢地变黑了，所有的屋里都点上了蜡烛，吉利拉·彼得罗维奇坐在客厅和几个拜访的客人玩起波士顿牌。餐厅里的时钟敲响了六点三刻，玛丽亚·吉利洛夫娜一个人走上台阶，向四周看了一下，便向花园飞奔过去。

天空中彤云密布，两步之外什么也看不见。但是，玛丽亚·吉利洛夫娜在黑暗中沿着熟悉的小路向前走过去，一会儿就到了凉亭边。她停下脚步、喘喘气，想使自己安静下来，想要用镇静而冷漠的神情同德福什谈话，可是，她发现德福什已经在那儿等候她了。

"谢谢您没有拒绝我的邀请。"他对她说，声音嘶哑而忧伤，"如果您不来的话，我会感到很失望的。"

玛丽亚·吉利洛夫娜用了一句她在心里早就酝酿很久的话说："我想您不会让我为这感到后悔。"

他没有接话，仿佛是在积蓄勇气。"情势所逼，我现在…必须要离开您了，"他终于开口说了，"可能很快您就会听到……可是，告别之前，我必须亲口对您说清楚一件事"

玛丽亚·吉利洛夫娜没有说话，她认为这几句话正合她的心意，是她所期盼的表白的开场白。"恐怕要让您失望了，我并不是您所想象的那种人，"他低下头，接着说，"我也不是法国人，况且我的名字也不叫德福什，我的名字是杜布罗夫斯基。"玛丽亚·吉利洛夫娜尖叫一声。

"看在上帝的面上，请您不要害怕！您不应当害怕我的名字。事实上，我就是那个被您的爸爸所毁灭的不幸的人，是您的爸爸使我走投无路，将我从父母所居住的房子里赶出来，占有了我们家的家产，逼迫我去拦路抢劫。但是，您不必害怕——无论是为了您自己还是为了您的家人。一切都已经过去了，我宽恕了他。请听我解释，是您救了他。我本来决定，要报复他，让他为所做下的事情付出代价。我在他房子的四周打探过，已经确定了在哪儿放火，从哪儿冲进他的卧房，如何切断他所有的出逃口的。就是在那个时候，您仙女般的身影从我身边走过——我的心连同仇恨都被彻底征服了。我认为您所居住的房子是神圣的，任何一个和您有血缘关系的人都不应遭受到我的伤害。为了您，我放弃了我的报复性的计划，把报复看作是一种愚蠢的行为而放弃了。几天以来，我始终在波克洛夫斯柯耶的花园四周徘徊犹豫，只是希望能够看一看您那圣洁的衣裙。在您漫不经心散步的时候，我总是跟随着您，使您免受伤害，我偷偷地从一棵灌木躲藏到另一棵灌木的后面看着您。每当想到您有了我秘密的保驾，就不会有人伤害您，我就会感到发自内心的幸福。终于有一个偶然的机会，我进入了您的家里。这三个礼拜大概是我生平最为幸福快乐和值得回忆的时光，而对这些日子的回忆将使我悲惨的人生得到些许快乐和安慰……今天早晨我得到了消息，我无法继续再在这儿待下去了。我必须立刻离开您，就今天晚上。不过，在与您分别之前，我必须向您倾吐我心中的一切感情，希望您不要仇恨我，也不要蔑视我。请您有时间也想一想杜布罗夫斯基吧。请相信我，我生来就负有另外一种使命，我的灵魂也明白应该怎样去爱您保护您，可是我永远……”

这时，响起一声口哨，杜布罗夫斯基不说话了。他紧紧握住她的手，将手紧紧地贴在他那火热的嘴唇上。口哨声又一次响了。“我必须得走了，”杜布罗夫斯基说，“他们在提醒我，耽误一分钟可能我就无法逃脱了……”

他走了，玛丽亚·吉利洛夫娜还站在那儿纹丝不动。杜布罗夫斯基于是又返回来，再次握住她的手。“万一，”他用他那温柔而动人的声音对她说，“万一有什么不幸运的事降临到您的头上，并且没有人能帮助您，保护您的时候，请您一定通知我来帮助您，让我尽我最大的努力来解救您，好吗？您愿意答应接受我的忠心吗？”

玛丽亚·吉利洛夫娜小声地啜泣着，口哨第三次响了起来。“您会毁掉我的！”杜布罗夫斯基高声嚷了起来，“在您回答之前，我是绝对不会离开您的，您答应不答应？”

“我答应。”那可怜的美女轻声回道。

和杜布罗夫斯基短暂的会面令玛丽亚·吉利洛夫娜内心异常激动，她从花园里走了回来之后，发现院子里有许多人——前面的台阶上停着一辆三驾马车，仆人们都在到处乱跑似乎都在找人，整个屋子里乱糟糟的，到处都站着人。她从很远的地方就听到吉利拉·彼得罗维奇喊叫的声音，于是赶快回到屋子里，生怕她的短暂缺席会引起人们的注意和怀疑。吉利拉·彼得罗维奇正好在客厅里遇见了她，客人们当时正围着警察局长，七嘴八舌地向他提出各种问题。警察局长身穿旅行服装，从头到脚都全副武装，带着神秘而慌乱的表情回答人们提出地问题。

“你去哪里，玛莎?”吉利拉·彼得罗维奇问她道，“你见过德福什先生没有?”玛莎愣了一下，好久才说没有看见。

“你相信教师是杜布罗夫斯基吗?”吉利拉·彼得罗维奇接着说，“警察局长过来抓他，还向我保证说他一定是那个杜布罗夫斯基。”

“相貌特征都符合，大人。”警察局长恭恭敬敬地回答说。

“让你的相貌特征见鬼去吧，老弟！在我还没有亲自把事情调查清楚之前，我是不会把我的法国人交给你的。怎么能够信安东·帕甫怒季奇编的鬼话？他是个骗子，懦夫，大白天说梦话，说教师抢他的钱。那天早上他怎么会一个字也不跟我提起，向我说明情况呢?”

“法国人恐吓他，大人，”警察局长答道，“逼迫他发誓别说出去。”

“一派胡言!”吉利拉·彼得罗维奇坚决地说。“我要赶紧把事情查个水落石出。好了，教师在哪儿，把教师叫过来吧?”他问走过来的奴仆。

“什么地方都找不到他，老爷!”仆人回答说。

“继续找!”特洛耶库洛夫大声嚷了起来，开始有点怀疑教师的身份了。“快把你那张大肆鼓吹的相貌特征说明书给我看看。”他对警察局长说道。警察局长立马把说明书递过去给他。“哼！哼！23……这一条倒还算符合，不过还是什么也证明不了啊——教师在哪里?”

“没找到，老爷。”他还是像刚才那样的回答。

吉利拉·彼得罗维奇感到不安起来，玛丽亚·吉利洛夫娜当时神情立马变得恐慌不安

“你的脸色怎么如此苍白呀，玛莎，”父亲对她说，“这事一定把你吓得够呛吧?”

“没有，父亲，”玛莎回答说，“我头疼。”

“快回到自己的房间去吧，玛莎，不要害怕。”

玛莎吻了吻他的手，马上回到自己的房间，在那儿，她扑倒在她自己的床上，歇斯底里地痛哭起来。女仆们跑了进来都不知情，帮助她换了衣服，用冷水和各种各样的嗅盐才最终让她平静了下来，安置她躺下，她这

才开始昏昏入睡。这个时候，法国人早已不见了踪影，吉利拉·彼得罗维奇在房间里来回踱着步，气冲冲地用口哨吹起了歌曲《胜利的雷声轰鸣吧!》。客人们在底下窃窃私语，杜布罗夫斯基现在不见人影，显然警察局被人愚弄了——法国人没有找到，他也许事先得到通知逃跑了。但是，是谁告诉他的？又是如何告诉他的？这仍然是一个未解之谜。

时钟敲了十一下，但是，谁也没有心思去休息，都在等待水落石出。最终，吉利拉·彼得罗维奇气冲冲地对警察局长说：“你总不能在我家等到天亮吧，我的家又不是旅馆。老弟，你还是回家去吧，假如他真的是杜布罗夫斯基的话，像你这样笨手笨脚的，是永远也不会抓住他的。回家去吧，往后做事可要机灵一点儿。现在你们也应该回家了。”然后他又转身对客人们说，“吩咐套车吧，我要睡觉了。”

特洛耶库洛夫就这样丝毫不客气地把客人都打发走了。

十三

过了一阵子，并没有发生什么值得关注的事情。可是，次年夏初，吉利拉·彼得罗维奇的家庭生活却产生了许多重要变化。

离他家二十英里的那个地方，有一座富有的田庄，那是威烈依斯基亲王的领地。但亲王长期住在国外很少回来，因此他的田庄是交给一个已经退职的少校掌管的，因此波克洛夫斯柯耶和阿尔巴托沃这两个村落之间一直没有任何往来。

不过，今年5月底亲王从国外回来了，回到了这个他从未见过的田庄。过惯了放荡不羁、整天被人追捧的生活，他无法忍受那种孤寂无聊、痛苦而且被人遗忘的日子。于是回来后的第三天，他就来到了与他是邻居而且已经交往多年的特洛耶库洛夫家里拜访。

亲王50岁上下的年纪，不过，看起来却老态龙钟。各种各样的放纵使他的健康状况每况愈下，在他身上留下了难以磨灭的苍老的痕迹。但是他总是感觉到无聊，对寻欢作乐的要求没有止境，并不因为身体的衰老而有任何的收敛。尽管如此，他的外貌依然令人愉快而且颇具魅力。常常出入各种社交场所，使他有着和蔼友善的态度，特别是对女人有着一种独特的吸引力。吉利拉·彼得罗维奇对于他的拜访感到十分得意，认为这是一个见多识广的人对他表示尊重和欣赏。

按照以往向别人炫耀的习惯，他把田庄上各种各样的东西拿给他展示，并且邀请他参观了自己一直引以为荣的犬舍。但是，亲王被猎狗的臭味熏得无法忍受，赶忙用一条洒过香水的手帕紧紧捂住鼻子，迅速走出去。古老的花园中种着修剪得整整齐齐的菩提树，还有方方正正的水池和笔直端正的林荫道——所有的一切都不符合他的审美。他喜欢英国式的花园和所谓的自然美，但是，鉴于尊重他仍然赞不绝口，而且表现出一副乐不可支的模样。仆人前来报告说宴席已经准备好了，他们便返回到家中。早已疲劳不堪的亲王一瘸一拐地走着，这时心理已经开始对这次拜访感到后悔了。

玛丽亚·吉利洛夫娜在餐厅里欢迎他们，风流成性的公爵被她的美貌吸引了。特洛耶库洛夫让她过来招呼客人。由于她的出席，亲王显得非常兴奋，讲了许多在国外生活时发生的有趣故事，已经有几次引起了玛丽亚·吉利洛夫娜的注意。用餐过后，吉利拉·彼得罗维奇邀请他一起去郊外骑马，但是亲王拒绝了，他指着自己的天鹅绒靴子，并且对自己的痛风症打趣了一番。他心里打着别的算盘，因此提议乘车出去外面兜风，因为这样他就可以同身边这位美丽迷人的姑娘坐在一起了。马车套好后，两位老人和这个美丽的姑娘一同乘上马车出发了。一路上他们笑口常开，玛丽亚·吉利洛夫娜高兴地听这位见多识广的老人愉快而恭维的谈话。

当他们走到一处荒废的田地前，威烈依斯基转身问吉利拉·彼得罗维奇——这片烧毁的废墟是怎么一回事，这不是属于他的领地吗？吉利拉·彼得罗维奇皱起了眉头，因为被烧毁的房屋所勾起的回忆使他心里十分内疚。他回答说，这片土地现在是属于他所有的，但是以前是杜布罗夫斯基的。

“属于杜布罗夫斯基?”威烈依斯基惊讶地重复了一句，“不会吧，怎么会属于那个有名的强盗?”

“是属于他父亲的，”特洛耶库洛夫回答道，“他父亲以前也是个地地道道的强盗。”

“我们这位李纳尔多[①]现在怎么样了？有没有抓起来？他还活着吗?”

“他还活着，而且活得比以前更加逍遥自在了，只要小偷、流氓继续

① 德国作家乌里皮斯笔下的一个大侠。

做警察局长，那么，他就总是逍遥法外。顺便问问，亲王，杜布罗夫斯基光顾过您的阿尔巴托沃村庄吗?”

“是的，去年他还放火烧过我的一些东西，并且还抢光了我的一处庄园。你想想，玛丽亚·吉利洛夫娜，如果能够和这位传奇式的英雄结交一下，我觉得一定很有趣，难道不是吗?”

“确实很有趣!”特洛耶库洛夫说，“她已经和他认识了。他教过她三个星期的音乐，不过还是谢天谢地，他没有得到任何报酬。”

然后，吉利拉·彼得罗维奇就开始讲述那位被人传得沸沸扬扬，而且都信以为真的法国教师的传奇事迹，玛丽亚·吉利洛夫娜在那儿却如坐针毡。威烈依斯基认真地听着，他觉得这一切很不可思议，然后就转换了话题。刚一回到波克洛夫斯柯耶村，他就命令预备马车准备返回他的庄园，尽管吉利拉·彼得罗维奇三番五次地恳请他留下过夜，可他喝过茶之后还是马上动身回去了。但临走之前，他请吉利拉·彼得罗维奇有空带着玛丽亚·吉利洛夫娜到他的田庄做客。向来傲慢从不主动拜访别人的特洛耶库洛夫答应了，因为他对亲王的爵位很尊敬，两枚勋章和三千世袭农奴——在一定程度上他觉得威烈依斯基亲王和自己的地位相当。

就在威烈依斯基亲王拜访的两天之后，吉利拉·彼得罗维奇便带着自己的女儿去伯爵家做客去了。当他们靠近阿尔巴托沃村时，他禁不住欣赏起那些清洁而悦目的农舍和具有英国公寓风格的石砌地主邸宅。房屋前有一片浓绿的椭圆形草坪，几头瑞士母牛在那儿吃草，颈上悬着的铃铛叮当作响，一个宽敞的大花园围绕在房屋四周。

威烈依斯基在台阶上欢迎客人，但是他只把手臂伸给年轻的美女。他们走进一个豪华的餐厅，桌子上早已摆好了三副餐具。亲王把客人带到窗前，一幅如画的风景进入眼帘——伏尔加河在房前静静流淌，满载货物的船张着满帆在河上忙来忙去，那些被形象地称作“夺命鬼”的小渔舟来回荡着，河对岸的丘陵和草地一望无际，向远处延伸，几个村落把四周点缀得生机勃勃。然后他们又去参观了亲王收藏的名贵画作，这些都是亲王刚刚从国外买回来的。

亲王向玛丽亚·吉利洛夫娜讲述每一幅画所隐含的含义，讲述画家的生平，并且还给她评论每幅作品的优缺点。他没有运用学究式的那套术语，而是用充沛的感情和丰富的想象力来评论画作。玛丽亚·吉利洛夫娜兴致勃勃地听着，仿佛回到了那画中的时代。而后，他们开始用餐。特洛耶库洛夫对主人的美酒和厨师的手艺表示了充分的赞赏，而玛丽亚·吉利洛夫娜和一个生平只见过两次面的人愉快地聊天，丝毫没有感到紧张或者拘束。饭后，亲王请他的客人到花园里透透风散散步。他们在湖边的一个凉亭里歇下来边品尝咖啡边欣赏远处怡人的风景，宽阔的湖面上散漫地点缀着许多小岛，如同一颗颗点缀在星空中的星星。突然，响起了音乐，一条六桨小船划到了凉亭边。于是他们划船向湖中荡去，去欣赏湖中小岛别样的风景，还登上当中的几个小岛游玩。在一个小岛上他们见到了大理石雕像，在另一个上面有云水洞天，在第三个小岛上看见一座刻着神秘碑文的纪念碑，这一切都引起了玛丽亚·吉利洛夫娜那独特的好奇心，但是亲王彬彬有礼、闪烁其词的解释不能满足她的好奇心。时间不知不觉地溜过去了，黄昏慢慢降临。由于夜晚天气变凉，开始降露，亲王便要求匆匆地往家赶——茶炊在等着他们。

亲王希望玛丽亚·吉利洛夫娜在自己的家里代理行使主妇之职。她一边倒茶，一边认真倾听这位健谈而又和蔼的主人滔滔不绝地讲着发生在国外的各种趣闻轶事。瞬间，一声炮响，一道烟花照亮了整个天空，亲王殷勤地拿给玛丽亚·吉利洛夫娜一条披肩，邀请她和特洛耶库洛夫一起到阳台上去观看专门为他们准备的烟花晚会。黑暗中绚丽的火光在房前骤然爆发，一束束冲向云霄，然后又一条条倾斜而下，熄灭了，然后又迅速燃起。玛丽亚·吉利洛夫娜像孩子一样欢呼雀跃，威烈依斯基看着她兴奋的表情，看着自己的精心准备起到了预料中的效果，心里美滋滋的，特洛耶库洛夫对亲王也非常满意，因为他把亲王所有的花费以及安排都认为是尊重他和讨好他的表现。

丰盛的晚餐丝毫不逊于午餐，然后，客人们回到专门为他们准备的房间休息去了。第二天早晨他们向热情友善的主人道再见，还相互约定不久以后会再来拜访的。

十四

在一扇打开的窗户里，玛丽亚·吉利洛夫娜坐在房中一个绣花架旁安静地绣花。她像康拉德的情人那样由于深陷于爱情中而心不在焉，结果拿错了丝线，用绿线去绣玫瑰花。她行针走线，虽然绣布所绣出的图样是按照原图做出的，可是效果却相去甚远，此时她的心思并没有放在手工上，而是飘到遥远的杜布罗夫斯基身边。她的思绪飞向遥远的地方，飞向了那个传奇的杜布罗夫斯基。他还好吗？他现在在哪里？他能感受到我对他深深的牵挂和爱意吗？玛丽亚·基里洛夫娜陷入深深的思念中。此刻，她脑海中充斥的全是杜布罗夫斯基的影子，他的一言一行，一举一动依旧历历在目。

忽然，一只手从窗口慢慢地伸进来，把一封信放到了绣架上。玛丽亚·吉利洛夫娜惊讶得还没有缓过神来，那人已经不见了。这个时候，一个仆人走过来告诉她到吉利拉·彼得罗维奇那儿去。她胆战心惊地立刻把那封信藏进三角头巾里，然后匆忙地向父亲的书房走去。

吉利拉·彼得罗维奇并不是单独在那儿，而是和威烈依斯基亲王在一起。看到玛丽亚·吉利洛夫娜，亲王站了起来，用异常惊慌的神情默默地向她鞠了一躬。

“过这里来，玛莎。”吉利拉·彼得罗维奇说，“告诉你一个好消息，我觉得你听了一定会满意的，他就是你的未婚夫——亲王来向你求婚了。”

玛莎惊讶得心都快跳出来了，脸色霎时变得死一般苍白。她惊呆了，不知道该如何应付这突如其来的消息。亲王走上前来握住她的手，用极为深情的语气问她，是否愿意嫁给他，让他成为一个幸福的人。玛莎面对这种情况。除了沉默，似乎没有合适的答案。

“她一定默认啦！”吉利拉·彼得罗维奇说，“不过您应该知道，亲王，这种话她一个姑娘家怎么好意思说出口来。好了，孩子们，互相亲吻吧，我祝福你们。”

玛莎像木头一样地站在那儿一动不动，老亲王吻了吻她的手。忽然，她的眼泪就夺眶而出，顺着她那苍白的脸颊流下来。亲王轻微地皱了皱眉头。

“孩子，你去吧！”吉利拉·彼得罗维奇说，“快擦干眼泪，再快快乐乐地回到我们这儿来。女孩子嘛，在讨论她们订婚的事情的时候总是哭哭啼啼的。”他转过身去，接着对威烈依斯基亲王说道：“这是姑娘们的专利，你知道。现在，亲王，让我们回到正题吧——我们接着讨论关于嫁妆的事。”

玛丽亚·吉利洛夫娜听到允许她离开，就急忙跑出去了。一回到自己的房间，她就紧锁上了房门，一想到自己即将成为亲王的妻子就感到绝望，不禁痛哭起来。她突然觉得那个又老又丑的亲王不但可恶，而且可恨，嫁给他就等于走进刽子手的斧头和坟墓似的，让她感到毛骨悚然。“不！不！”她绝望地再三呼喊道，“我宁愿去死，宁愿进修道院，宁愿嫁给杜布罗夫斯基……”这时，她突然想起了窗台上的那封信，预感到那一定是杜布罗夫斯基写的，就匆忙急切地拿了出来。事实上，信的确是他写的，信上只有几个字：

“今晚十时，老地方见。”

十五

月光皎洁，给一切事物都蒙上了一层银白色的神秘的色彩，乡间的夜静悄悄地，轻风时而吹过，一阵轻轻的沙沙声在花园里响起。年轻的美人像一个飘飞的影子走进幽会的地点，可那儿没有一个人影。突然，杜布罗夫斯基从凉亭后面过来，像幽灵一样出现在她的面前。

“我全都知道了，”他忧伤地轻声说，“还记得您的承诺吧。”

“您要保护我吗？”玛莎问道，“但是，您别不高兴，您的话还是使我担忧。您如何才能帮助我呢？”

“我能够把您从您所痛恨的人手里解救出来。”

“看在上帝的面子上，请您不要碰他。如果您真的爱我，您就别伤害他！我不想您因为我而导致任何可怕的事情……”

“我不会伤害他的，您的意志对我来说就是命令，他能保全性命我应当归功于您。我永远不会以您的名义去干这种暴力事情。即便在我的罪行里，您也应该是清白的。可是，我如何才能从一个冷酷无情的爹爹手里将您拯救出来呢？”

“还有希望，我可以用我的眼泪和绝望来使他改变主意。虽然他很固执，可他还是疼爱我的。”

“请不要抱什么幻想了。他只会把您的眼泪只看成是一种年轻姑娘对生活的恐惧和厌恶，会以为这不是因为爱情，而是出于理智，是出嫁的姑娘常有的现象。如果他执意这样，擅自安排您幸福的时候，那又该怎么办呢？如果您被强迫参加婚礼，被强迫交到那个老头子手里时，那该怎么办？”

“这样……这样就没有任何办法了……那您来接我吧……我到时就做您的妻子。”

杜布罗夫斯基浑身颤抖，苍白的脸色迅速涨得通红，但是，立刻又变得比以前更加苍白。他低下了头，沉默了很久。“鼓足您全部的勇气，诚挚恳求您的父亲，跪下来恳求您的父亲，告诉他您的未来并不是有了金钱就可以幸福的，您的青春时光若是在一个年老而放荡的老头子身边凋谢，那是一件多么可怕的事情。您要跟他讲清楚，财富不能给您带来一分钟的幸福，奢侈只是穷人们奢望的事情。但是，只要他们不习惯，就算是这点安慰也会变成过眼云烟，也不会拥有长久的幸福的。您要不停地恳求他，只要有一线希望我们都要抓住，不要害怕他的愤怒和恐吓。看在上帝的面子上，继续哀求他吧！万一真的没有别的办法，走投无路，您就狠下心来，跟他讲清——您警告他说，如果他仍旧不让步执意要这么做的话，您……您就非要寻找一个保护人不可了……”

说到这儿，杜布罗夫斯基用手捧住面孔，仿佛透不过气的样子，玛莎也大哭起来……“天啊！我怎么有这么凄惨的、不幸的命运啊！”他痛苦地叹了口气说，“为了您的幸福，我宁可牺牲自己的生命来换取。能够远远地看着您，摸摸您的手，那都将是我无上的荣幸。而此刻，当我真的有机会把您拥在怀中，让您紧紧地贴近我那跳动的胸口，并且您说，‘我的宝贝，让我们一起去死吧！’的时候，我这个可怜的人，却不能给你任何的付出和帮助，却不得不远离这种幸福！我没有勇气扑倒在您的脚下，感谢上苍赐给我这种难以捉摸而又不能拥有的幸福。噢，我应该痛恨……不过，此时，我觉得心中已经不能容忍丝毫的仇恨了。”

他用手臂抱住她那纤细的腰，又轻柔地把她拉向胸口。她极其信任地把头靠在这位年轻强盗的肩上，此时两人都沉默无语……时间就这样一分一秒地过去了。“我得离开了。”玛莎终于说道。杜布罗夫斯基好像大梦初醒，他抓起她的手，将一只戒指套在她纤细的手指上。

“如果您需要我帮助的时候，”他说，“就把这枚戒指放进那棵橡树的树洞里，我就知道你需要帮助了。”杜布罗夫斯基又吻了吻她的手，然后便消失在黑暗的森林里。

十六

威烈依斯基亲王的求婚对于邻居来说已经不再是什么秘密了，吉利拉·彼得罗维奇大肆地接受人们的祝贺，婚礼也在准备之中。玛莎因为心中的恐惧，而不断拖延向父亲表明自己想法，并且她对那位年老求婚者的态度冷淡而拘谨。但是亲王并没有为此而担忧——他并不渴求得到她的爱，对于她的默许他已经感到很满足了。

但是时间一天天过去了，离那个可怕的日子越来越近了。玛莎最终决定要采取行动——她亲自给威烈依斯基亲王写了真诚的一封信。她想极力唤起他心中那宽厚仁慈的感情，她坦白承认她对亲王没有丝毫的爱情，恳请他毁了婚约，并且希望他能保护她来面对父亲威严的压力。她暗中把这封信放到亲王手里，亲王在读了这封信后，压根就没有被未婚妻的坦白真诚所感动。相反，他觉得有必要提前举行婚礼，因此他觉得必须将此信交给将来的岳父大人过目。

吉利拉·彼得罗维奇在看了信后非常生气，亲王好不容易才说服他息怒，而且不要让玛莎猜出他把这封信交给了他。吉利拉·彼得罗维奇答应不向她提起此事，但是同时决定不再拖延时间，于是选定第三天举行婚礼。亲王认为这样做非常恰当，他又来到玛莎那里，告诉她——她的信让他无法接受，不过希望日后能够慢慢赢得她的爱情，一想到可能会失去她，他就感到非常痛苦，所以无法同意对他残忍的拒绝。说完，他毕恭毕敬地吻了吻她的手就离开了，关于吉利拉·彼得罗维奇的决定他一个字也没有提。

亲王刚离开她的房间，她的父亲就到了女儿那里，直截了当地告诉她后天将举行婚礼。刚才听完威烈依斯基亲王的一番解释，早已是心乱如麻的玛丽亚·吉利洛夫娜一听到这话，眼泪就禁不住夺眶而出。她一头跪倒在父亲跟前，“爸爸！”她用悲切的声音请求道，“爸爸！不要逼我！我不想做他的妻子！”

“这是哪里的话？”吉利拉·彼得罗维奇严肃地说，“你一直沉默，已经表示同意这门亲事了。在这一切都确定下来了，你又突然要反悔了！你就别犯傻了，不管怎样都是无法动摇我的决心的。”

“不要逼我！”可怜的玛莎又一次说道，“为什么您要让我离开您呢，要我嫁给一个我所不喜欢的人？难道您不喜欢我了吗？我愿意像以前那样服侍您陪您一辈子。爸爸，如果没有我在您身边，您会孤单难过的，当您知道我过得不幸福时，会更加痛苦的。不要再逼我了，爸爸，我不想结婚！”

吉利拉·彼得罗维奇被她的一番话感动了，可是，他又极力掩饰住内心的惊慌，一把将她推开，严厉地说：“你简直是胡说八道。听到没有？你应该拥有什么样的幸福，我比你要明白得多。眼泪是不会打动我的，后天就给你举办结婚典礼。”

“后天！”玛莎叫起来，“天啊！不，不，绝对不可能，不能这样做！爸爸，您听我解释，如果您下定决心把我嫁给亲王的话，我要去寻找一个保护人，这人您根本就预想不到，您将会大吃一惊的，那将是您逼我的结果。”

“什么？你说什么？”特洛耶库洛夫说，“你这是威胁我吗？你居然敢威胁我？你这放肆的丫头！我会用一切手段来使你就范的，你永远也不会想到是什么办法。你居然用保护人来威胁我，我倒要瞧瞧你这位保护人到底是什么人！”

“弗拉基米尔·杜布罗夫斯基。”玛莎傲慢地回答道。吉利拉·彼得罗维奇以为她神经错乱说胡话，吃惊地看着她。“好吧！”他停了一会儿，然后对她说道，“随便你让谁来拯救你，不过你必须待在这个房间里，在举行婚礼之前，半步也不准离开。”说完之后，吉利拉·彼得罗维奇就走了出去，随之把门锁上了。

可怜的姑娘伤心了很长时间，但是一切都没有丝毫的改变。但是，经过刚才那场暴风雨般的辩解，她心里反而轻松了很多，她可以比过去更加冷静地考虑自己的命运和现在该如何想办法拯救自己的命运。她目前最重要的事情就是逃脱这可恶的婚姻，在她眼中，同现在已经为她安排好的命运相比，做强盗的妻子几乎就是天堂。她想起了杜布罗夫斯基当时留给她的那个戒指，以及给他说的那些话，她热切地希望在决定性的时刻到来以前，单独和他见上一面，和他好好协商一下如何帮助自己脱离苦海。

她有一种预感，晚上在花园凉亭附近她一定能够找到杜布罗夫斯基，她打算天一黑就到那里等他。天黑了，玛莎打算出去，却发现房门被紧紧锁上了。她试图要求女仆打开门时，女仆在门外对她说，吉利拉·彼得罗维奇下令不允许让她出去，她已经被囚禁了。她感到深深的绝望和恐惧，和衣坐在窗边直到深夜，没有丝毫的睡意，纹丝不动地望着黑沉沉的夜空，仿佛在那黑乎乎的夜空中会找到答案。快到黎明时，她才打起了瞌睡，但是，朦胧的睡眠夹杂着凄凉的梦境，早晨旭日的光芒刺醒了她的眼睛。她奋力地睁开朦朦胧胧的双眼，一束阳光从窗缝中斜射而来，照得她双眼无法睁开。望着东方的曙光，她想今天是个阳光灿烂的日子，更像一个新的开始。迷糊中的她似乎渐渐从睡意中清醒，准备迎接这新的一天。

十七

她醒来了，又开始想象她那极其恐怖的处境。她摇响了铃，一个侍女走了进来，回答她地问话说，吉利拉·彼得罗维奇昨晚到去了，很晚才回来的。他严格吩咐过不允许让她离开这房间，而且命令监视她，不许任何人同她聊天说话。不过婚礼看起来不需要什么特别的准备，他只是吩咐神父不准以任何借口离开这个村子。告诉了她这些以后，侍女就离开了玛丽亚·吉利洛夫娜，并且把门锁上了。

听了侍女的一番话之后，这个被监禁的年轻姑娘横下心来要找杜布罗夫斯基帮忙。她思绪极其复杂，热血沸腾，她打算把这一切如实告诉杜布罗夫斯基，因此她开始想办法如何将戒指放入橡树的树洞里。这个时候，一颗小石头敲打在了她的窗户上，玻璃“当”地响了一声。她向院子里一望过去，看到了正在向她做手势的小萨沙。她明白小萨沙很喜欢她，玛莎灵机一动，就向小萨沙打了个招呼。“你好，萨沙，你现在叫我做什么?”

“我来问问您，要不要我帮忙拿什么东西。爸爸生气了，不让大家帮你做事。但是您可以吩咐我去做，无论您吩咐什么，我都一定给你做好。”

“谢谢你，我亲爱的小弟弟！你听着，你见过凉亭旁边那棵有洞的老橡树吗?”

“是的，我清楚。”

“那好，如果你真的喜欢我，那就快点跑到那儿去，把这只戒指放进那个树洞里，不过你要小心，别让任何人看见你。”说完这些，她把戒指递给他，然后将窗户关上了。

小男孩拾起戒指，拼命往橡树跑去，三分钟就来到那里。他停在那儿，气喘吁吁地向周围张望了一下，发现没有人时，然后就迅速地把戒指放进了树洞里。事情办妥之后，他想马上向玛丽亚·吉利洛夫娜报告。可这时，突然从凉亭后面跳出一个衣衫褴褛的红头发小男孩，他很快冲到橡树那里，把手伸进那树洞里拿走了戒指。萨沙比松鼠还快的一下子飞奔过去，双手一下子将他揪住。“你在这里做什么？”萨沙气呼呼地质问他道。

“不关你的事。”那小男孩回答说，用力想从他手中挣脱出来。

“把戒指还给我，你这小红狐狸，”萨沙嚷道，“否则，我就用鞭子揍你。”小男孩没有回答，对准他的脸就给了一拳。可是，萨沙依旧死死的揪住他不放，并且还拼命地喊道：“小偷，小偷！来人啊！救命啊！”

那小男孩竭力想从萨沙手里挣脱出来。看样子他比萨沙还要大两岁，所以力气比他大得多，可是，萨沙却比他灵活。他们互相撕扯了好几分钟，最终红头发的小男孩占据上风，他把萨沙摔倒在地上，并且一把掐住了他的喉咙。

这时，一只强有力的手揪住他那又粗又硬的红头发，原来是园丁斯杰潘，他把红发小男孩从地上提起来，提到离地有一英尺高的地方。

“好哇，你这红头发的小畜生，”园丁说，“你竟敢动手打小少爷？”

萨沙这才来得及跳了起来，渐渐恢复了体力。“你把我夹在胳膊下面，”他说，“要不然你永远也别想把我打倒。马上把戒指交还给我，然后滚蛋吧！”

“没那么容易。”红头发的小男孩回答说。他突然一转身想迅速溜掉，他的头发很快从斯杰潘的手中挣脱出来。他拔腿就跑，但是，萨沙追上他，往他背上用力一使劲，小男孩一头就栽倒在地上。园丁又一把抓住他，用皮带将他的手臂都捆了起来。

“快把戒指还给我！”萨沙用力喊道。

“等一等，少爷，别急！”斯杰潘说，“我们把他交给管家好了，好好教训他一顿。”

园丁把红发小男孩带进院子里，萨沙在后头跟着，忐忑不安地看了看他那被撕破的、又被染了草绿色的短裤。三人忽然迎面碰到了将要去查看马厩的吉利拉·彼得罗维奇。“这到底是怎么一回事？”他问斯杰潘。

斯杰潘把事情的经过简要地讲述了一遍，吉利拉·彼得罗维奇认真细致地听着。

“喂，你这调皮鬼，”他转过头对萨沙说，‘你为什么要跟他打架？”

“因为他从树洞里偷了戒指，爸爸，快叫他把戒指给我。”

“什么戒指？从哪里的树洞里？”

“喔，姐姐叫我……那只戒指……”

萨沙顿时感到慌乱起来，不知道该怎么说好。吉利拉·彼得罗维奇紧锁眉头，摇了摇头说：

“这事肯定跟玛丽亚·吉利洛夫娜有关系，您赶紧坦白的给我说出来。否则的话，我用桦树条子狠狠地抽你一顿，然后给你点颜色瞧瞧!”

“真的，爸爸，我……爸爸……姐姐没有叫我帮助做什么，爸爸。”

“斯杰潘，去帮我砍一根结实的桦树条过来。”

“等一等，爸爸，我把知道的都告诉您。我当时在院子里玩耍，这个时候玛丽亚·吉利洛夫娜打开窗子，于是我就跑了过去。正好她不小心把戒指给掉了下来，于是我就把它捡起来想把它藏在树洞里，而……而……这个红头发的小孩想偷走这个戒指。”

“一定不是无意掉下来的，你一定是想把它藏起来……斯杰潘！快去砍桦树条子。”

“爸爸，等一下，我告诉您实话。玛丽亚·吉利洛夫娜让我跑到橡树那儿，然后把戒指放到树洞里，于是我刚放下戒指，但是，这个可恶的小孩……”

吉利拉·彼得罗维奇转过身来，严肃地问那可恶的小男孩：“你到底是谁家的孩子?”

“我只不过是杜布罗夫斯基老爷的一个家奴。”小男孩回答说，吉利拉·彼得罗维奇的脸渐渐阴沉了下来。

“你好像不认识我是主人，很好，不过你在我的花园里做什么?”

“我是来偷覆盆子的。”他漫不经心地答道。

“啊哈！有其主必有其奴仆，难道覆盆子竟会长在我的橡树上面吗?你听说过有这样的事吗?”小男孩没有作声。

“爸爸，叫他还我戒指。”萨沙说道。

“给我住嘴，萨沙!”吉利拉·彼得罗维奇回答说，“我一会儿再跟你算账，先回你自己的房间去。我看你倒是个很聪明的小家伙，你这斜眼小鬼。如果你把一切给我如实招来，我就不惩罚你了，而且奖赏你五个戈比克。把戒指交出来，然后回家去吧。”小男孩松开拳头让他瞧瞧，表示手里什么也没有。“否则的话，我一定好好教训教训你，我用的方法你连想都想不到。你看怎么样?”小男孩没有说一句话，低着头站在那儿，像是一个十足的傻瓜。

“不错，”吉利拉·彼得罗维奇说，“你们把他锁起来，好好看着他，别让这小兔崽子跑了，要不然，我要剥掉你们的皮。”

斯杰潘把小男孩带到鸽子棚，把他囚禁在里面，另外派养鸟的老女仆阿加菲亚监视着他。

“现在已经毫无疑问，她跟那个该死的杜布罗夫斯基一定还保持着密切的联系。难道她真会叫他过来帮助她吗?”吉利拉·彼得罗维奇心里揣思着，一边在屋里走来走去，一边用口哨愤怒地吹起了歌曲《胜利的雷声轰鸣吧!》，“如果这一次，我搞清楚他的踪迹，我一定不会再次让他逃脱的。我们一定要抓住这次难得机会……听！铃响了！谢天谢地，是警察局长来了。快把抓住的小男孩给我带过来!”

这时，一辆马车停在院子里，我们已经认识的那位警察局长，风尘仆仆地走了进来。

“好消息!”吉利拉·彼得罗维奇宣称道，“我现在已经抓住杜布罗夫斯基了。”

“谢天谢地，大人，”警察局长高兴地说，“他现在哪儿?”

“不过我抓的不是杜布罗夫斯基本人，而是他的一个奴仆，马上就把他带进来，他肯定能帮助我们抓住他们的上司。他马上就会被带过来了。”

警察局长原以为他会见到一个面目凶悍的强盗，但是映入眼帘的却是一个瘦弱的 13 岁小男孩，这令他十分意外。他一脸疑惑地望着吉利拉·彼得罗维奇，等着他解释这究竟是怎么一回事。吉利拉·彼得罗维奇向他讲述了今天早上发生的事情，不过没有跟他提起玛丽亚·吉利洛夫娜。

警察局长全神贯注地听着，不时看看那个小强盗，而那个小强盗居然装出似乎一副毫不知情的白痴模样，仿佛对周围发生的一切都漠不关心。“请允许我单独和您谈一下，大人!”警察局长开口说道。

吉利拉·彼得罗维奇把他带到隔壁的一个房间里，随手将门关上了。半个小时之后，他们出来了，那小囚徒正若无其事地等待着对自己命运的处决。

“这位老爷想把你先送到监狱去，用鞭子狠狠抽你一顿，然后再流放出去，”警察局长对他说，“不过我替你求情，劝他宽恕你。——来人！把绳子给他解开！”小男孩终于被松了绑。

“谢谢你的救命恩人。”警察局长说。

小男孩来到吉利拉·彼得罗维奇面前，亲吻了他的手。

“赶快回家吧，”吉利拉·彼得罗维奇说，“以后再也不允许你到橡树上偷什么覆盆子了。”

小男孩走出去后，高高兴兴地从前面的台阶上跳下去，然后头也不回地撒腿就跑，穿过田野，往直向吉斯杰捏夫卡村奔去。他在村头一家快要倒塌的小屋旁停下了脚步，敲了敲窗子。窗户被推开了，一个老太婆向外张望着。

“奶奶，我回来了！我要面包！”小男孩说道，“我都快一天没吃东西了，都快要饿死了。”

“噢，原来是你呀，米提亚！你都跑哪儿去了，你这个小淘气鬼？”

“以后再跟您说，奶奶。看在上帝的份儿上，先给我点儿面包吧。”

“可你必须进屋来啊。”

“没时间了，奶奶，我必须得先到别的地方去。您看在基督的份上，先给我点面包！”

“你这个淘气的小家伙，”老太婆嘟嘟囔囔地说，“好吧，给你这块面包。”于是她把一块黑面包递出了窗口。

小男孩贪婪地啃着面包，大口地嚼着，同时急不可耐地向前赶去。这时，天渐渐黑了下来，米提亚穿过谷仓和菜园之间向吉斯杰捏夫卡茂密的树林跑过去。当他来到像哨兵一样笔挺的两棵松树前，他停下了，警觉地望了望周围，吹了一声短促而尖利的口哨后，就站在那儿仔细地侧耳倾听着。有一阵轻微的、悠长的口哨声回应了他，接着，从森林里跑出一个人影向他走来。

十八

吉利拉·彼得罗维奇在大厅里踱来踱去，口中又吹起了那首他非常喜爱的曲子，哨声比平时更加响亮。全家人都是忙乱的——男仆们跑来跑去，女仆们也没能消停，马车也已经被准备好了，院子里围着一大群人凑热闹……在玛丽亚·吉利洛夫娜的房子里，一个被女仆们围着的太太此时正在打扮那位脸色苍白、无精打采的新娘，她的头不知道是被钻石压的还是由于什么的别的原因无力地低垂着。当一根针不小心刺痛她的时候，她只是轻轻地战栗了一下，仍旧默不作声，用茫然而空洞的双眸凝视着镜子。

“好了吗?”门边响起了吉利拉·彼得罗维奇急切的询问声。

“马上就好，”那位太太回答道，“玛丽亚·吉利洛夫娜，请您站起身来看看，一切您都满意吗?”

玛丽亚·吉利洛夫娜机械地站起身来，不过，还是没有说任何话。门开了，“新娘准备好了，”太太告诉吉利拉·彼得罗维奇说，“请让他们上车吧。”

“上帝保佑你。”吉利拉·彼得罗维奇答道，“到我这边来，玛莎，”他拿起桌上的圣像，深情地对她说，“我祝福你……”

可怜的姑娘立马扑倒在他的脚下，痛苦地大声哭泣着。“爸爸……爸爸……”她双眼噙着泪水，用微弱的声音说道。

吉利拉·彼得罗维奇匆忙地为她祝福。她很快被人们从地上扶起来，差不多是被抬上了马车。跟她一道上车的有个伴娘，和她的侍女，她们赶紧驾着马车赶向教堂——新郎现在正在那里等候他们。到了教堂后，亲王走出来迎接新娘，见她脸色苍白，神情怪异，不由吓了一跳。他们并肩走进那冷清而空荡的教堂，大门在他们身后被上锁了。神父向他们走来，将为他们举行仪式。

玛丽亚·吉利洛夫娜的心思一直想着杜布罗夫斯基，什么也没看见，什么也没听见。从清晨到现在，她就只有一个念头：她在等待杜布罗夫斯基的到来，来拯救她脱离这种可怕的境况，一刻也未曾放弃希望。当神父向她提出通常要回答的问题时，她一阵哆嗦，因为恐惧而全身发冷，闭口不言，她是想拖延这最后的时刻，等待着杜布罗夫斯基。因为等待她的答复也是徒劳，于是神父没有等她回答便果断地宣布了那无可挽回的誓言。

仪式结束了，她接受了她所不爱的丈夫那勉强的一吻，听着那些前来参加婚礼的人们那谄媚的祝贺，但是她仍然无法接受她的一生就这样被禁锢在一个她对他没有丝毫感情的人身上，不知道杜布罗夫斯基为什么没来救她。亲王跟她说了很多亲切的话，但她一句也没听进去。他们离开了教堂，从波克罗夫斯柯耶村来的农民集中在台阶上凑热闹，观看这美丽年轻的女主人。她的目光飞快地瞥了一眼周围的人群，然后又恢复了原先那种冷漠的神情。

新郎新娘同坐一辆马车，向驶去。为了在那儿迎接他们，吉利拉·彼得罗维奇提前离开了。亲王单独和年轻的妻子待在一起，丝毫没有因为她的冷漠而感到窘迫不安和拘谨。他也没有用厌烦的话语和可笑的狂喜来提起她的兴致，他既不说甜言蜜语，也不虚情假意，一切都和平常没有什么两样。他们就这样走了大概七英里，马车在小路上飞奔——装有英国弹簧的马车很少颠簸。

突然，远处传来了一阵追赶的叫喊声，马车被迫停住了，一群全副武装的人将他们团团围住。一个戴着面具的人为年轻的王妃打开所坐的那边的车门，对她温柔地说："您自由了，请出来吧。"

"这是怎么回事?"亲王惊叫，"你到底是什么人?"

"他是杜布罗夫斯基。"王妃说道。亲王没有丝毫的慌张，他迅速地从侧面的口袋里拔出旅行手枪，然后对准戴面具的强盗就是一枪。王妃尖叫了一声，惊恐地用双手捂住了自己的脸。杜布罗夫斯基并没有倒下，只是肩膀受了伤，鲜血顺着衣服流了出来。亲王趁此机会又赶紧拔出了另外一支手枪。不过他没有来得及开枪，车门就打开了，几只强有力的手粗暴地把他从车里拖了出来，夺走了他的手枪，几把短刀架在他的脖子上，泛着闪闪的寒光。

"不要杀他!"杜布罗夫斯基喊道，于是他那几个脸色阴沉的同伙乖乖地退后了，"您自由了。"他转过身来，继续对可怜又惊恐的王妃说道。

"不!"她回答说，"太晚了！我已经结婚了，我已经是威烈依斯基亲王的妻子了。"

"您刚才说什么?"杜布罗夫斯基绝望地喊道，"不！您并不是他的妻子，您是被逼的，您永远也不可能同意……"

"我同意了，我在教堂上宣过誓，"她坚决地回答，"亲王现在是我的丈夫。请吩咐您的仆人放了他。我没有撒谎，我一直等到最后那一刻……不过，现在，我告诉您，一切都已经来不及了，请放了我们吧。"

不过，杜布罗夫斯基已经听不见她说的任何话了，伤口的疼痛和剧烈的情感波动让他无法忍受。他挣扎着晕倒在车轮旁，强盗们则无暇顾及亲王都围在他身边查看他的伤势。他已经奄奄一息，用微弱的声音地跟他们说了几句话，就被抬上了马鞍。两个人扶着他，另一个人牵着缰绳，沿着侧路离开了。他们把马车留在大路中间，但马和车都被卸了，仆人全都被捆绑起来，不过他们都没有为受伤的首领报仇。

十九

在茂密的森林中一片狭窄的空地上，隐藏着一座由土墙和壕沟筑成的小小的堡垒，堡垒里面有几间简陋的茅舍和小屋。一群没有戴帽子衣衫不整的人围坐在一口热气腾腾的大锅前吃饭。从他们的穿着立马就能够认出他们是一群强盗。一个哨兵盘腿坐在土墙上的小炮边上，正在为自己的衣服打补丁。从他飞针走线的娴熟技巧，可以断定出他是一个有经验的裁缝，并且他还不时警觉地向四周张望。

虽然酒杯已经从一个人手里传到另一个人手里传了好几圈，人群还是异常沉默，没有人有心情说话。强盗们刚刚吃完了午饭，就接二连三地站了起来，默默地为首领的伤势做祈祷。他们当中有的走进了小屋，有的或是到森林里闲逛，或是按照俄国人的习惯，躺下小睡一会儿。哨兵打完补丁之后，抖了抖他补好的衣服，欣赏起自己完美的手艺来。接着他把针插在衣袖上，坐在小炮上，放开喉咙，悠闲地唱起了那首古老而忧伤的歌曲：

请不要吵闹，绿叶沙沙作响的原野母亲，
请不要惊扰那勇敢的少年，他此刻在回想自己的心事……

这时，忽然一间小屋的门打开了，一个穿着整齐、头戴白帽，古板的老妇人在门口出现了。“别吵了，斯交普卡！”她生气地斥责道，“主人正在休息，而你竟然这样大嚎大叫！你们这群人真没良心，也不懂心疼人。”

“对不起，耶格洛弗那。”斯交普卡愧疚地回答说，“好啦，我不唱了，让我们的主人好好休息，祝愿他早日恢复健康。”老妇人又关上门，斯交普卡开始在土墙上来回徘徊巡视着周围的情况。

在那间老妇人经常出入的小屋里有一层隔板将房间隔成两个小屋子，受伤的杜布罗夫斯基则躺在隔板后面的一张宽大的行军床上。他的手枪安静地放在面前的桌子上，剑就挂在他的床头。地上铺着贵重的毯子，墙上也挂满了大幅的贵重的地毯，墙角摆放着一张女用银制化妆台和一面大镜子。杜布罗夫斯基手里拿着一本打开的书，但是眼睛却紧紧地闭着。老妇人不时从隔板后面瞧瞧他，不知道他是睡着了还是在思考问题。

突然，堡垒里一片混乱，杜布罗夫斯基被惊动了，斯交普卡从窗户那儿探进头来。“弗拉基米尔·安德烈耶维奇少爷!”他惊慌地大声喊道，“我们的人刚刚发来了信号，我们被跟踪了，好像有大队的人马往这个方向走过来。”

杜布罗夫斯基从床上立马跳下来，抓起剑和手枪，大步走了出去。强盗们很快聚集在院子里商量对策，他一出来，马上鸦雀无声。“人都到齐了吗?”杜布罗夫斯基问道。

“除了哨兵，都齐了。”他们异口同声地回答。

“各就各位!”杜布罗夫斯基喊道。于是强盗们迅速地各自回到指定的地方。

这时，三个哨兵急急忙忙地跑了过来，杜布罗夫斯基也迎了上去。

“你们怎么回事?”他问。

“警察们进了树林，”他们回答说，“我们都被包围了。”

杜布罗夫斯基命令他们关紧大门，然后亲自去检查那门小炮。树林里的官兵们地说话声越来越近，官兵越来越靠近他们藏身的小茅屋，强盗们屏息等待着进行攻击。突然，三四个官兵从树林里窜出来，立即又退了回去，只是放了几声信号枪。

“准备战斗!”杜布罗夫斯基说。人群中随即响起一阵沙沙的枪上膛的声音，接着一切又恢复了平静。他们慢慢等待着敌人的靠近，听到了慢慢走近的敌人的声音，闪闪发光的武器在树林里晃动，约有一百五十名左右士兵从树林里涌了出来，叫喊着向土墙冲刺。杜布罗夫斯看准时机点燃了导火线，这一炮打得非常成功，炮弹在人群中炸开了，一个士兵被炸掉了脑袋，另有两个人受了伤。军队里顿时陷入了混乱，但是，军官们仍然不顾一切地向前冲，士兵们紧随其后，跳进壕沟来掩护自己。强盗们用火枪和手枪疯狂地向他们射击。然而那些激怒的士兵扔下壕沟里的二十多个受伤的同伴，尽力想爬上土墙的时候，强盗们拿起了斧头等候着他们——白刃战开始了。

士兵们爬上了土墙，强盗们不得不向后撤退，正在这时，杜布罗夫斯基向一个军官冲过去，用手枪对准他的胸口，开了一枪。接着那军官仰面朝天倒在地上，几个士兵架起他，匆匆把他抬进了树林。失去了首领，没有人指挥战斗，军队变得一片混乱，其余的人也都停止战争。强盗们士气大振，趁着敌人一时混乱，很快他们重新退回到壕沟。士兵们落荒而逃了，强盗们呐喊着追击他们，胜利已成定局。确信敌人完全被他们打退之后，杜布罗夫斯基下令停止追击，命令把伤员抬回去，禁止任何人擅自离开岗位，而把自己关在堡垒里。

这件事引起了政府对杜布罗夫斯基胆大妄为抢劫的关注。他们调查了他的踪迹，派出一连官兵去追捕他，并下命令无论是死是活都一定得抓住他。但是只是抓住了他们的几个同伙，强盗对他们说杜布罗夫斯基已经离开他们了。

那次战争之后过了几天，他曾经召集全体同党，跟他们说，他将永远离开这儿，并且劝他们也要改变这种生活方式，不要再靠这种方式来生活。“你们已经积攒了一些钱财了。而且你们每人都有一张护照，希望你们拿着它到任何一个边远的省份去，从事正当的劳动，富富足足地度过余生。不过，你们大多数都偷窃成性，可能不会愿意抛弃你们这个行当的。”说完这些话，他就一个人离开了，谁都不知道他后来怎么样了。

刚开始，这些口供的真实性让人怀疑，但是由于强盗对他们首领的忠诚是众所周知的，大家都以为他们是在竭力保护他。不过后来的事情证实了他们所说的话——一切可怕的袭击、纵火、抢劫都终止了，大路重新变得宽敞通达和安全。还有消息称，杜布罗夫斯基好像已经离开了俄国。

射击手

我们开枪了。

——巴拉敦斯基

我有权按照决斗规则打死你。

在他射击以后我还能够放一枪。

——摘自《野营之夜》

一

我们驻扎在某小镇上，大家都明白军官的生活是怎么样的：早晨出操、训练骑术，午饭在团长家或者一家犹太人开的餐馆吃，晚上喝酒打牌……每天的生活都是如此的乏味和无聊，在那里没有家庭宴会，也没有可爱的单身姑娘。我们只能相互聚集到一起打发日子，在寓所里，除了军装，什么都看不到。

只有一个当地居民不是军人，不属于我们的圈子。他35岁左右，所以我们都尊他为长者。他人生经历丰富，在很多方面我们这帮嫩小伙子都望尘莫及。此外，他平日沉默寡言，脾气耿直，言辞尖刻，给我们留下了深刻的印象，但是我们依然很是尊重他。他全身都笼罩着神秘的色彩，面貌长得像俄罗斯人，却起了个特别令人不可思议的外国名字。听说他曾当过骠骑兵，而且很受赏识，谁也不明白他为什么要退伍，还选择了住在这个破落偏僻的小镇。

在这儿，他日子过得十分穷苦，奇怪的是，他花钱却又挥霍无度。他出门总是以步当车，身着一件旧的黑外套，而且他总是邀请我们团里的军官到他家去吃饭。只有一个退伍士兵给他准备饭菜，小菜通常只有两三个，可香槟却如源头活水般饮之不尽。没人清楚他的经济状况和收入来源，也没人敢问。

他有各种各样的藏书，大多数是兵书，当然还有一些小说。他很乐意把书借给我们阅读，而且从不向我们索要返还，但是我们也从不主动归还。他的主要消遣就是练习手枪射击，因此房间的四壁像蜂窝一样，密密麻麻的都是弹孔。他喜好收藏各式各样的手枪，这大概就是陋室里唯一的奢侈品了。这个人枪法之高超，简直令人不敢相信——如果他提出把苹果放在谁的帽子上，然后一枪把苹果击落，我们团里谁都会毫不犹豫地伸出脑袋为他效劳。

我们经常谈论决斗的事，奇怪的是西尔威奥（我这么称呼他）却从不参与这类讨论。我们问他是否参加过决斗，他只冷冷地回答参加过，然后就不再提一个字，看来他不喜欢谈论这个问题。我们猜想，可能是某个倒霉蛋曾丧生于他那令人可怕的枪法之下的往事让他内疚了吧。但是我们从来没有怀疑过他的勇气，因为有些人一眼看去就可以排除上述怀疑。然而，一次偶然的意外使我们全都大吃一惊，对他刮目相看。

一天，大概有十来个军官到西尔威奥家吃饭。我们照往常那样喝酒，都喝得酩酊大醉。吃饭后我们要求主人做庄玩菲罗牌。他推辞了很长时间，因为他平时从不赌博，但最后还是答应了。他在桌上放了五十个达卡金币，然后坐下发牌。我们围绕着他坐下，赌局开始。西尔威奥玩牌时有个习惯，就是总是沉默不语。他从不争论，也不作任何解释。如果赌家有时算错了，他立即补足余款或者记下差额。我们对此习以为常，也从不去妨碍他保持这个习惯。

但是那天偏偏有位刚刚调来的军官也在玩。玩牌的时候，这位军官心不在焉，算错了一分。像往常一样，西尔威奥按照自己的习惯，拿起粉笔记下正确的数字。这位军官认为是西尔威奥算错了，就开始解释。但是西尔威奥像往常一样一言不发。军官实在忍不住了，一把抓起刷子把他认为错了的数字抹掉。而西尔威奥又拿起粉笔更正数额。军官喝得醉醺醺的，加上同事的哄笑更让他感觉受到了极大的羞辱，恼怒之下他拿起桌上的铜烛台就向西尔威奥掷去，西尔威奥矫捷的一闪，躲过这一击。我们都惊慌失措，西尔威奥气得面色发白，两眼冒火，他站起来说道："亲爱的先生，请您出去！今天这事儿幸亏发生在我家里，算你走运！"

结局用不着怀疑，我们认为这位同事将面临着灾祸。他声称，愿意因冒犯庄家而作出任何形式的谢罪，而后就离开了。大家又打了一会儿牌，但是明显地感到主人已经心不在焉，便知趣地陆陆续续离开，一路上大家谈论着不久某个职位又要补缺了。

第二天，在骑术学校里，就在我们相互询问那位不幸的中尉是否还活着时，他却来到我们中间。我们问他怎么回事儿，他告诉我们说还没有收到西尔威奥的任何关于决斗消息。大家都很纳闷，就约定一块儿去找西尔威奥问个明白，发现他正在院子里朝大门上粘着的一张爱司牌一发一发地射击。他像平时一样热情地招待了我们，但是只字不提昨天晚上发生的事。三天过去了，中尉仍然没有收到任何关于决斗的通知，大家终于按捺不住了，互相询问："是不是西尔威奥不准备决斗啦?"最后西尔威奥还是没有决斗。他做了个牵强的解释，便同冒犯者结束了过结。

这件事情严重损害了他在这些青年人心目中勇敢的形象，胆怯比一切其他行为更难得到青年们的谅解。因为年轻人惯常把勇敢当成人类品德的至高点，其他的缺点都可不必计较。不过，不久这一切渐渐被人们淡忘，西尔威奥也逐渐地恢复了从前的威望。

可唯独我一个人无法再跟他亲近了，因为我天生就有一种浪漫的幻想，一旦被破坏了，就无法弥补。之前，我比任何人都更敬仰他，他的生活是个谜，而他本人在我看来则是这部神秘戏剧的唯一主角。他也很欣赏我，至少，他从没对我说过一句尖酸刻薄的言辞。他喜欢跟我谈论各种话题，给我的印象总是很平易近人的。但是，从那个不幸的夜晚以后，我始终认为，他的名誉和威信有了污点，而这污点的制造者就是他自己，而且他自己也没有努力去抹掉这个污点。我没办法再像从前那样尊敬他，甚至羞于正视他的眼睛。西尔威奥十分聪明，阅历又很丰富，不可能没有察觉我对他态度的变化，也不可能猜不出其中原因。现在看来，这件事伤了他的心，我发现他好几次都想跟我解释，可我总是回避他，他也就放弃了。从那以后我只有跟同事们在一起的时候才和他见面，我们之间以往的那种坦诚、亲密的交谈也随之结束了。

住在城里的人忙工作，忙消遣，他们根本想象不出乡下和小镇居民的众多乐趣，譬如，等着收邮件的日子。每个周二和周五我们团部办公室就挤满了军官——有些人盼着家里人给寄来的钱，有些人盼着远方的亲人寄来的信，还有些人在等报纸。我们大多是当场打开包裹，新鲜的事情当即便传播开来，办公室热闹的像一个农贸市场。由于西尔威奥把邮件地址挂在我们团里，他常到我们团来拿信。

一天，他收到了一封信，瞥了一眼邮戳地址，就急不可耐地撕开信封。读信的时候，他两眼放光，而此时其他军官都全神贯注的集中在自己的信件上，没有人发现西尔威奥的反常表情。“先生们，”西尔威奥说，“我可能得立即离开，今晚就出发。我希望跟你们吃最后一顿晚饭，请不要拒绝我的邀请。我希望你也能来。”他转向我，又补充了一句，“一定要来啊！”说完他就匆匆忙忙地离开了。我们约好在西尔威奥家里见面后，就回到各自岗位上去了。

我按约定的时间来到西尔威奥家里，发现团里所有的军官都到齐了。西尔威奥把一切都收拾妥当，只剩下四面百孔千疮的空墙。大家坐成一圈，主人幽默风趣的欢乐很快感染了其他人，房间里充满着欢笑的氛围。我们打开一瓶瓶美酒，杯中泡沫四溢、嗞嗞作响。大家衷心祝愿这位即将离开的朋友能够一路顺风、万事如意。我们起身离座时已是深夜，西尔威奥与大家一一道别。就在我正要离开的时候，他一把抓住了我的手。

“我想跟你谈谈。”他低声对我说道。

直觉告诉我应该留下来。客人都走了，房间里只剩下我俩。我和他面对面坐着，默默地点上烟斗，两个人都默不作声。西尔威奥好像有些心神不宁，刚才那种神经质的快活早已无影无踪。他的脸色煞白，眼光闪闪发光望着别处，口吐浓雾，那神色就像是个地道的魔鬼。又过了几分钟，西尔威奥首先打破了沉默。

“可能咱俩以后再也见不上面了，”他说，“在离开之前，我想跟你解释一下。可能你已经注意到，我其实很少在乎别人对我的看法。但是对你我就不一样了，我欣赏你，我觉得，要是就这样留给你一个不好的印象，我这一生都会有所遗憾的。”他停顿了一下，抖掉烟杆上的烟灰。而我盯着地面，默不作声。“你们觉得很不可思议，是吧？”他接着说，“我没向那个蛮不讲理的酒鬼提出决斗。可你们必须知道，我可以选择决斗，他的命就在我的掌握之中，而我几乎不会有什么危险。不过我控制住我的情绪，在你面前我本可以装作一副宽宏大度的样子，但是我不想撒谎。如果我能够惩罚那家伙，同时又用不着拿我的生命去冒险，那么我一定不会放过他。”

这时候我惊讶地望着西尔威奥——他如此坦诚，倒把我弄得不知所措了。西尔威奥接着说："真正的原因是我无权去冒死亡的危险。六年前，我被人扇了一记耳光，令人可恼的是我的对手仍然活在世上。"

这一下子引发了我的好奇心。"您没有跟他决斗吗？是不是因为某种原因后来你们分开了？"

"我与他决斗了……这就是我们决斗留下来的纪念。"这时候西尔威奥站起来，从一个纸盒子里取出一顶镶金边、带金流苏的红色帽子。在他戴上帽子时，我发现，在额头上方约一英寸处有一个子弹孔。

"你知道，"他接着说，"我曾经在骠骑兵团生活过很长一段时间。你们都知道我的脾气，习惯于出人头地，年轻时就喜欢争强好胜。在我们那个时候，飞扬跋扈算是一种风气，我便是军队里第一条好汉。我们喝酒常以海量自夸，有一次我赢了酒量最大的布尔卓夫——杰尼科·达维多夫曾经写诗称赞过他。决斗在我们团里是家常便饭——一切决斗的场合我都喜欢参与，不管是作为公证人还是作为当事者。同事们都很敬重我，然而团里的上司则把我当成挥之不去的祸害。

"当我正在心安理得地享受这一切带给我的荣誉时，团里来了一位年轻人，他很富有，并且家世显赫（我不想说出他的姓氏）。我从出生就从没见过这般得天独厚的幸运儿！你想想吧——年轻，聪明，漂亮，整天无忧无虑，逞英豪勇不回头，出身豪门，钱就像流水一样，好像永远都花不完……就凭这些，他在我们中间掀起了多大的风浪啊！我的优越地位动摇了。可能感叹于我的虚名，他想跟我交朋友，可我对他很冷淡。他倒也不在乎，只是与我疏远了。

"我讨厌他，他在团里以及女人堆中的左右逢源使我绝望。我开始向他挑衅，讽刺他，他就以牙还牙，这样我们就开始斗争。他总是妙语连珠，既入木三分又幽默十足——他只不过是为了寻开心，而我却是怀恨在心，耿耿于怀。终于，有一天，在一个波兰地主的舞会上，眼看他成了全场女士注目的焦点，特别是那个跟我交情不错的女主人也对他另眼看待，我就对着他的耳朵说出一句粗鄙的话。他非常愤怒，扬手当众抽了我一记耳光。我和他都奔过去抽出刀。女士们吓得晕了过去，其他人把我俩分开，当晚就去决斗了。

"天刚蒙蒙亮时，我带着三个公证人站在约定的地方。我怀着难以名状的心情，焦急地等候对手到来。春天的太阳刚刚升起来，气温也渐渐回升。我注视着他从远处慢悠悠地走来，是步行来的，只带了一个公证人。我们迎上前去，他也走过来，手里抓着一个装满黑樱桃的帽子。公证人为我们量好十二步远的距离。本来应该由我先开枪，可是我担心：由于兴奋，可能会射不准。为了争取时间让自己冷静下来，我提出让他先开枪。对手不同意，于是我们决定抓阄。不得不承认他真是命运的宠儿，抓阄的结果是他先开枪。他瞄准以后，一枪打穿了我的帽子。轮到我开枪时我想，他逃不出我的手掌心的。我死死盯住他，一心想从他身上找出惶恐的迹象，哪怕只是一丝影子……

“但是，他站在我的枪口面前，从帽子里选出熟透了的樱桃吃起来了，果核都快要吐到我脚上了，没有显出丝毫的畏惧。看到他那副无所谓的态度，我心里更加火冒三丈。我想，‘在他毫不珍视生命价值的时刻夺走他的生命又有什么意义呢?’一个狠毒的计谋浮过我的脑子。我放下了手枪。

‘眼前您好像并不想死，’我对他说，‘看来您是想吃早饭，希望我没有妨碍您。’

‘您没有阻碍我，’他答道，‘请开枪吧，或者，把这一枪记在账上，我随时听候阁下的吩咐。’

“然后，我转过身向公证人宣布，当天我不准备开枪，今天的决斗到此结束。然后，我决定退伍，躲到这个小镇上来。自那以后我天天都想着报仇。现在我想，是时候了。”

西尔威奥掏出那天早上收到的信递给我看。有人从莫斯科来信说，某人将要和一位年轻貌美的小姐结婚。“你应该猜到了吧，”西尔威奥对我说，“这里的某人就是他！我这就打算去莫斯科。我倒要看看，他在新婚前夕面对死亡，是不是还会像上次吃樱桃一样对死亡抱以无所谓的态度。”说这话的时候，西尔威奥站起来，把帽子扔到地上，在房间里踱来踱去，活像一只笼中发怒的老虎。我一直静静地听他讲，心底像打翻了的五味瓶。

过了不多久，仆人进来报告说马匹已经准备好。西尔威奥紧紧握住我的手，我们拥抱着告别。他坐上车，车上装着两个箱子，一个装枪支，另一个装生活用品。我们再次道别后，就看到马车奔驰远去……

二

几年之后，由于家境败落，我不得不迁居到一个破落的小村庄。由于整天打理农务，我也没空怀念昔日那种热闹而无虑的生活。然而最难熬的事莫过于在春冬季节一个人独自打发晚上的时光。晚饭前我还能找村长聊聊，驾车到田间看看，或者四处闲逛，瞧瞧一些新建的房子。

可到天一暗，我就不知道该做些什么了。柜子和储藏室里能找见的几本书，我早已能倒背如流。管家基里洛芙娜所说的那些故事，听得耳朵都起茧子了。农妇们的曲子更让我平添惆怅。我尝试着借酒打发时光，但是喝了脑袋又受不了。而且，我害怕自己变成一个借酒消愁的酒鬼——这是最可悲的酒徒，这类人我在乡里司空见惯。除了两三个酒鬼，我没有别的邻居，他们一开口就是打嗝儿或者唉声叹气地抱怨命运。若要我跟他们为伍，倒不如与孤独做伴。最终，我计划以后晚点儿时间吃晚饭，早些上床睡觉，这样一来就可以缩短晚上的时间，延长白天的时间——这确实是个两全其美的好办法。

距离我住所四俄里处有一座富裕的村庄，那是伯爵夫人的产业。平常只有管家在那里把守，而伯爵夫人仅在结婚头一年来过一趟，住了不到一个月就又离开了。可是，在我搬来的第二年春天，听说伯爵夫人和她的丈夫夏天要回农庄度假。果然，6 月初他们就回来了。

对乡下人来说，有钱的邻居回家，这可是件非同小可的大事。一直从邻居回家前的两个月到他们离开后的第三年，地主和家奴们都要就这件事谈论很久。对我而言，坦白说，这位年轻貌美的邻居归来，确实让我激动不已。我盼望一睹她的芳容，所以在她到达的第一个星期天，我吃过饭后就到村子去拜访他们，作为最近的邻居和最谦卑的仆人向他们致敬。

一位男仆把我领进伯爵的书房，接着去向主人通报。房间宽敞明亮，摆设十分奢华。沿墙排放着几个书柜，每个书柜上都立有一个青铜半身像，大理石壁炉的上方镶着一面大镜子，地板上铺着一层绿呢子，还再盖上一层地毯。

我自己那破旧的一隅与奢华绝缘，况且久已不见别人的奢华，因而，在等伯爵的过程中我竟然有点恐惧和紧张，心里就像从外省赶来的对部长请愿的老百姓一样惶惶不安。过了一会儿，门打开了，伯爵走进书房。他

32 岁的光景，英俊帅气，神色坦率而且友好。我尽量控制住激动的心情，正要做自我介绍时，他却先做了开场白。接着，我们坐下交谈，他的亲切随和，使我很快就消除了拘谨。就在我刚刚开始恢复常态时，伯爵夫人走了进来，我一下子变得更加紧张了——她的确漂亮！伯爵立即给我们作了一下简单的介绍。我尽可能表现得自然随意，可事实往往是越想从容自如，就越显得不自在。大概是为了让我有时间调整情绪和适应新的环境，他们便把我当作熟识已久的邻居，不跟我拘礼，两人自顾自地聊起来。他们在一旁谈话，我就在房间里走来走去，不时地抬头看看周围的摆设，书房里的书汗牛充栋，琳琅满目，中外书籍，包罗万象，内容丰富。从这众多的书籍中，我们可以窥见这书房的主人是多么爱好看书啊！不时还从书橱里拿出一本书，匆匆浏览一番，嘴里不住地叫好，这似乎不仅是对书的内容的赞扬，更是对书房主人的褒奖。论绘画我不是行家，但是有一幅画吸引了我的注意力。画上画的是瑞士某处的景色，吸引我的不是画中的风景，而是画纸上的两个弹孔，奇怪的是这两个弹孔一上一下紧挨着。

“好枪法！”我回头向伯爵说。

“对！高明极了。”他又问我，“你的枪法怎么样？”

“马马虎虎。”我答道，却在心里暗暗地高兴，谈话终于转到我拿手的主题上来了，“隔三十步开枪打纸牌，绝不会脱靶，当然了，条件是要用我熟悉的手枪。”

“真的吗？”伯爵夫人听了以后似乎很感兴趣，她转向伯爵问道，“亲爱的，隔三十步您能够打中纸牌吗？”

“找个时候我们来试试吧！”伯爵答道，“前几年我的枪法还算可以，不过算来，已经有四年没有摸过枪了。”

“哦！”我说，“那样的话，我敢打赌，即使隔着二十步您也肯定不会射中纸牌的。打靶靠的是每天都坚持练习，这一点我有经验。在我们团里，打靶我可是最优秀的一个呢。有一次我把手枪送去修理，整整有一个月没有摸枪。后来您猜怎么着？虽然只隔了二十步，连着四发都没有打中瓶子！可是我们的上校是个爱开人玩笑的捣蛋鬼，当时他正好在场，对我说，‘老弟，你的手拿不起枪来啦！’阁下，您不应该忽视练习，要不然很快会荒废的。我遇到过一名神枪手，以前每天晚饭前他至少要练习三次，这成了他的嗜好，就跟天天要喝白兰地一样。”

见我打开了话匣子，伯爵和伯爵夫人好像都很高兴。伯爵问我："那他的枪法如何呢?""噢，是这样的，先生。如果他看到墙上叮着一只苍蝇——夫人，让您见笑了，但是我发誓，这绝对是真的——要是看到墙上有只苍蝇，他就会冲着库孜卡大喊一声，'库孜卡，拿我的枪过来!'库孜卡拿来一支已经上好膛的枪。他立马接过来，'砰'的一声就将苍蝇打到墙里去了。"

"太神了!"伯爵大声问，"他叫什么名字?"

"叫西尔威奥，伯爵大人。"

"噢，西尔威奥!"伯爵不禁脱口而出，他立即站起身，好像有点不安，'你认识西尔威奥吗?"

"怎么能不认识！大人，我们是很要好的朋友，我们团里的人都把他当成兄弟和同事一样看待。但是这五年来，不知道为什么他杳无音讯。大人您也认识他吗?"

"是的，我们还熟得很哪！他没有跟你提起过一桩关于他的离奇的事吗?"

"大人，您指的是有个浑蛋在舞会上扇了他一记耳光的那桩事儿吧?"

"他告诉你那个浑蛋的名字了吗?"

"没有，大人，他没有提过他的姓氏——啊！先生！我好像猜出了点儿什么，请原谅……我不知道……莫非真的是您吗?"

"是的，就是我。"伯爵答道，不难看出，他十分激动，"看！那张被子弹打穿的画，就是我们最后见面的纪念。"

"哎呀！亲爱的，"伯爵夫人在一旁哀求道，"看在上帝的份儿上，不要再说了，我害怕再提起那件事!"

"不，我要把所有的真相告诉他。他既然已经知道当初我是怎样侮辱了他的朋友，也有权知道西尔威奥是如何向我报复的。"伯爵挪了张座椅给我，接下来，我怀着极大的好奇心听他说完了下面的故事——

五年前我结婚了。婚后的第一个月，也就是我的蜜月，就是在这儿，这个村庄里度过的。这间屋子记载着我人生中最幸福的时光，但与此同时也给我留下了最不堪回首的回忆。

一天日落时分，我们一起骑马去郊游。突然我妻子的马有些失控，她吓得就把缰绳给我，自个儿走回家。我骑马先回到了家，我看到院子里停放着一辆旅行马车。这时仆人告诉我有个客人坐在书房里等我很久了，但是他不肯说出自己的姓名，只是说有重要事要找我。我进了书房，昏暗中发现一个人，风尘仆仆，多少看上去有些疲惫，胡子拉碴，应该有些天没有刮了。他就站在那儿，挨着火炉。我走上前去，努力辨认他的相貌。

“你不认识我了吗，伯爵？”他问道，声音颤抖着。

“西尔威奥！”我惊叫一声。我坦白地说，当时我惊恐万分。

“不错，”他接着说，“你还欠我一枪，我今天来就是讨回这一枪的。不知道你准备好了吗？”

他的裤兜鼓鼓囊囊的，一看就知道装着手枪。我量好十二步，站在那个角落，恳求他在我妻子回家前快点儿结束这个决斗。他犹豫了一下，要求我点上蜡烛。蜡烛拿来以后，我关上门，并且吩咐不允许任何人进来，然后请求他开枪。

他举起枪，瞄准……我默数着一秒、两秒、三秒……我想到了她……可怕的一分钟过去了！西尔威奥却放下了手枪。

“真遗憾，”他说，“枪里头装的不是樱桃核儿……子弹太沉了。我认为这不是决斗，倒像谋杀。我不喜欢向手无寸铁的人开枪。我们从头再来决斗，抓阄，看谁先来。”

我脑袋里一团乱麻……只记得当时我并不赞成这么做……不过最终我们还是给另一支枪上了膛，并且卷了两张纸条抓阄。他将纸条放进他的帽子里，就是我之前打穿的那顶。碰巧的是我又抽中了一号。

“见鬼了，你还真幸运，伯爵。”他冷笑道，那表情我一辈子也无法忘记。“真搞不懂当时我是怎么了，也搞不清他用什么办法逼我的——反正我开枪了，打中了那幅画儿。”说着伯爵指着那被打穿的画，满脸通红，而伯爵夫人脸色比她的手绢还要白……我忍不住大叫一声。“我开了一枪，”伯爵继续说，“谢天谢地！没有打中他。当时西尔威奥的样子的确很吓人，他举起手枪瞄准我时。忽然，门开了，玛莎冲了进来。她尖叫一声，扑上来搂住我的脖子。看到她，我一下子又恢复了勇气。

“亲爱的，”我对她说，“你看不出我们是开玩笑吗？看把你吓的！去，喝杯水再过来。我要给你介绍一位我的老朋友、老同事。”

玛莎还是不相信。“请您坦白地告诉我，我丈夫说的是实话吗？”她转过身去问西尔威奥，“你们当真只是开玩笑吗？”

“他总爱开玩笑，”西尔威奥答道，“有一次开玩笑他扇了我一耳光，还有一次他还开枪把我的帽子打了一个洞，不过刚才他朝我开枪没打中。如今，该我开玩笑了。”于是他举起手枪瞄准我，就当着玛莎的面！玛莎突然跪倒在他脚下。

“起来，玛莎！你就不觉得羞耻吗？”我发怒了，“先生！请你别再玩弄这个可怜的女人了，你到底要不要开枪？”

“不开枪了，”西尔威奥说，“我高兴了。我看到你恐慌了，这就够了。我逼着你对我开枪，这就已经心满意足了。你永远不会忘记我的，我要让你的良心去评判你自己。”

说完他转身就走，可走到门口他又停下来回头看了一眼我刚才打穿的画儿，几乎没刻意去瞄准，扬手就是一枪，然后扬长而去。玛莎已经晕了过去，仆人们谁也不敢拦他——看他一眼就吓得够呛了。他走下台阶，然后叫上车夫，还没等我反应过来，他们就驾车走了。”

伯爵不作声了。就这样，我知道了这个故事的后续，这故事从一开始就深深吸引着我。事后，我以后再也没有见到过故事的主人公。听说，在亚历山大伊卜西朗吉起义时，西尔威奥曾率领过一支希腊独立运动战士的队伍，不幸的是他在斯库良诺战役中牺牲了。

棺材店老板

我们不是每天都能看到棺材，

这正是在不断衰老的世界的白发吗？

——杰尔查文

棺材店老板阿得里扬·普罗霍罗夫家把最后一批家什装上殡葬车，两匹瘦马第四次拉着车从巴斯曼街向尼基塔街走去，棺材店老板就是把家往那儿搬。他关了店门，在大门上贴了一张要出卖房屋或者出租的启事，便喜滋滋的往新居走去。棺材店老板越来越靠近他的新居，他早已想得着了魔，最后在晚年终于花了一笔数目可观的钱买下那座黄色小房时，他心里有一种奇怪的感觉，他心里并不很高兴。一跨进新居的门槛，看到自己的新房子乱七八糟，就开始怀念起他那虽破旧却温馨的小屋，他在那里面住了十八年，把一切都布置得井井有条。看到这里狼藉满地，于是他对两个女儿和女仆发怒，骂她们太磨蹭，没办法只能亲自动手帮忙。没多大一会儿，房间便被收拾得稍微有了点头绪。供神像的神龛、装餐具的橱柜、吃饭用的桌子、沙发和床都摆到后房特定的位置；在厨房里和客厅里摆的是老板的作品：各种颜色和不同尺寸的棺材，一个个装了丧帽、丧服和火炬的柜子。大门上方悬挂着一块招牌，上面画着很富态的爱神，手里倒拿着火炬。招牌上写着：“此处出售、包钉上等白坯和上漆棺木，并出租和修理旧棺木。”收拾完之后，姑娘们到自己房里休息去了。阿得里扬把家里巡视一番，便在窗前坐下来，吩咐女仆去烧茶。

学识渊博的读者都知道，莎士比亚和瓦尔特·司各特都把掘墓人描写成快乐而风趣的人物，用这种强烈对比的写法为的是更能激发我们的思想。然而，我们要尊重事实，不能步他们后尘，不得不承认，这位棺材店老板的性情和他所从事的工作完全合拍。阿得里扬·普罗霍罗夫平时总是阴沉着脸，心事重重的样子。只有在他看到自己的女儿不专心干活却在窗口观看过往行人，想数落她们，或者是那些遇到不幸的人需要他的产品，而他女儿还故意抬高价格时，他才开口说话。此刻，阿得里扬坐在窗前，喝着第七杯茶，像往常一样愁思苦想。他脑袋里想的是一个礼拜前，安葬退伍旅长时在城门口遇到的那场突如其来的倾盆大雨。那场雨使很多丧服缩了水，丧帽变了形。他在想，他必须得出一笔花费，他老早储存的殡仪物品已所剩无几。他希望能从年迈的女商人特留欣娜身上捞回点儿损失，那个女商人重病已有一年了。可是特留欣娜一直卧病在拉兹古里。阿得里扬担心她的继承人不会履行她的诺言，懒得派人跑这么远的路来找他，与附近的承包人洽谈这笔生意。

他的思绪突然被三下叩门声所打断。“谁呀？”棺材店老板问道。门开了，一个人急匆匆地走了进来，满面春风地走到棺材店老板跟前。一眼就可以看出，这是一个日耳曼手艺人。“请见谅，亲爱的邻居，”来人用俄语说，这样的俄语直到如今我们听了也让人忍俊不禁，“请原谅，我打搅您了……我是想早点儿跟您认识。我是鞋匠，我叫戈特里普·舒尔茨，住在街对面，就是对着您家窗户的那座房子。明天是我的银婚纪念日，我想请您和您的女儿们赏光到我家里吃饭。”

棺材店老板愉快地接受他的邀请。棺材店老板就留下鞋匠坐下喝茶，由于戈特里普·舒尔茨性格直爽，不一会儿，他们就谈得很投机。“您的生意怎么样？”阿得里扬问道。“哎嘿嘿，”舒尔茨回答说，“马马虎虎，还算可以。不过，我的生意当然不如您的红火了，活人可以不穿鞋子，死人可不能不要棺材。”

“这倒是实话，”阿得里扬说，“不过嘛，要是活人没有钱买鞋子，请别生气，那他也可以光着脚走路；可是穷人死了，却得自己花钱买一口棺材。”他们就这样轻松地谈了一阵子；终于，鞋匠起身向棺材店老板告辞，强调他一定不能忘了他的邀请。

第二天中午十二点整，棺材店老板领着他的两个女儿从新居的侧门，朝鞋匠邻居家走去。在此种场合下，我不想按照当今小说家平常的思路，来描写阿得里扬·普罗霍罗夫的俄罗斯式长袍以及阿库里娜和达莉亚的欧洲式打扮。不过我认为不妨提一下，两位姑娘戴的黄色女帽，穿的红色皮鞋，这都是她们只有在隆重场合才穿戴的。鞋匠狭小的房子里挤满了熙熙攘攘的客人，大都是德国手艺人，还有他们的妻子和学徒。只有一个俄国官场人员，是一个岗警，他就是芬兰人尤尔科，尽管他地位卑微，主人对他却十分尊重。他就像波戈列尔斯基笔下那个邮差一样，兢兢业业地在这个岗位上坚守了二十五年。1812 年的大火烧毁古都，也把他的黄色岗亭烧成灰烬。不过刚刚把敌人赶走，在原来的地方又建造了一座带陶立克式白色圆柱的浅灰色新岗亭，于是尤尔科又手持武器，身穿粗呢制服在周围巡逻履行自己的职责。住在尼基塔城门附近的德国人大都认识尤尔科，其中有的人时不时还在他那儿借住，从礼拜天住到礼拜一。阿得里扬是非常乐于和这种人在热闹中结识的，因为早晚有一天总会用得着这个人的。等客人们一入席，他们就坐着聊天。舒尔茨夫妇和 17 岁的女儿洛蒂欣忙得不可开交，既要陪客人吃饭，又要招待客人，又帮厨子上菜。啤酒源源不断地供应着。尤尔科胃口很好，吃起来一个顶四个。阿得里扬也不甘示弱；他的两个女儿却显得很拘谨。大家用德语交流，聊得越来越热火。突然主人要大家暂停一下，一面拔开用树脂封住的瓶塞，一面大声用俄语说："为我的贤良的路易莎的健康干杯！"啤酒的泡沫瞬时从瓶口中冒了出来。主人亲热地吻了吻 40 岁妻子那红润的脸颊，客人们也闹哄哄地为贤良的路易莎的健康干了一杯。"为尊贵的客人们的健康干杯！"主人一面开着另一瓶酒，一面高声说。客人们都端起酒杯向他道谢，又干了一杯。接着开始一遍又一遍地祝酒：为每一个客人的健康干杯，为莫斯科和德国小城干杯，为所有的行业干杯，为师傅们和学徒们的健康干杯。阿得里扬很起劲儿地喝着，喝得兴致上来了，也举杯祝酒，开起大家伙的玩笑来。突然，客人中一个发福的面包师举起酒杯，高声说："为我们所效劳的人，为我们的主人的健康干杯！"这一提议也像其他的提议一样，得到大家的一致认可。客人们开始相互敬酒，裁缝向鞋匠敬酒，鞋匠向裁缝敬酒，面包师向他们两个人敬酒，大家都向面包师敬酒，就这样敬来敬去来表达自己的祝福。正在大家相互敬酒助兴的时候，尤尔科转身对坐在旁边的棺材店老板大声叫道："怎么样？老兄，为你的顾客的健康干一杯！"大家哈哈大笑起来，棺材店老板却认为自己受了侮辱，皱起了眉头。但是谁也没有在意这一点，客人们继续喝酒。大家一直喝到很晚才离去，离席的时候，晚祷的钟声已经响起了。

客人们很晚才散去，大部分人都已经醉意熏熏。发福的面包师和脸已经红得像红山羊皮封面的装订工搀扶着尤尔科，护送他送回岗亭去，因为他们在这种情况下还没有忘记那句俄罗斯谚语：好心会有好报。

棺材店老板回到家里，醉醺醺，气嘟嘟的。

“真是岂有此理，”他想着想着无意中说出声来，“我这一行当难道比别人低一等吗？难道棺材匠是刽子手的兄弟？那些异教徒有什么好笑的？难道棺材匠是洗礼节上的小丑？我本来打算把他们请到我的新家来，好好儿吃一顿饭呢，哼，休想！我还不如请请我的顾客，请请那些信正教的安乐者呢！”

“我的主人呀，你怎么啦？”这时正帮他脱鞋的女仆说，“你这是瞎说什么呀？快画十字吧！要请安乐者到新房子里来呢！这多可怕呀！”

“上帝保佑，我一定要请他们来，”阿得里扬说着，“明天就请。请赏光吧，我的恩人们，明天晚上我家举办宴会；我要倾尽我的所有所有招待你们。”棺材店老板说完这话就往床上一倒，呼呼的就打起鼾来。

天还没有亮，阿得里扬就被紧急的敲门声叫醒了。女商人特留欣娜就在这天夜里去世了。她的管家派人骑马来给阿得里扬报信，要求送一些丧事需要的东西。棺材店老板为此赏给报信人十戈比银币喝酒钱。他匆匆穿好衣服，雇了一辆马车就到拉兹古里去了。死者大门口已经站着几名警察，还有几个商人在走来走去，就像乌鸦闻到了尸体的味道，准备在这里发一笔小财。死者安详地躺在灵床上，脸黄得像蜡一样，但尸体保存得很好，尚未腐烂变形。一些亲戚、乡邻和仆人拥挤在死者身旁凑着热闹。所有的窗户都被打开了，点着不少蜡烛来寄托对死者的哀思。神父正严肃地念祈祷文。阿得里扬走到特留欣娜的侄儿那儿，一个穿着整齐的新式礼服的年轻商人跟前，对他说，举办丧事所需的棺材、蜡烛、棺罩和其他丧葬用品已经全部备齐，即刻送到。这位继承人漫不经心地谢过他之后，傲慢地说不想还价，一切希望他凭良心来办。棺材店老板立刻像往常一样赌咒发誓，说一分钱也不会多要；心照不宣地和管家交换了一下眼色，就回去张罗了。一整天他驾着马车在拉兹古里和尼基塔城门之间来来回回地跑着，直到傍晚才把一切都安排妥当，把马车打发走了，准备步行回家。皎洁的月光把路照得通亮。棺材店老板一路畅通地走到尼基塔城门边。我们已经熟悉的尤尔科在耶稣升天的教堂旁边把他喊住，认出是棺材店老板，就向他道了声晚安。这时已是深夜了。棺材店老板在快到家的时候，模模糊糊地看到，有一个人走到他家门口，推开门就进去了。

“这是怎么回事儿?”阿得里扬想道，“又是谁有事找我？难道是小偷到我家里来偷窃财物？要么是我两个傻丫头的秘密情人？肯定不是什么好事!”棺材店老板刚想到向自己的朋友尤尔科求助时，又有一个人来到门口，正要进去，可是一看到拔腿要跑的主人，便停住脚，摘下戴在头上的三角帽。阿得里扬觉得此人有些面熟，但匆忙间来不及仔细辨认。他气喘吁吁地说：“欢迎您光临，请进。”那人用低沉的声音回答说：“不必客气，大哥。请你在前面，给客人们带路!”阿得里扬也没有工夫谦让，便走了进去。门是敞开着的，他慢腾腾地登上楼梯，那人便跟在后面。阿得里扬下意识地觉得，他的几个房间里都有人在走动。“真是邪门了!”他想道，于是急忙走进去……他刚一迈进门，两条腿就软得再也站不起来了。满房间都是已经逝去的人的灵魂。月光从窗户里射进来，照亮了他们那蜡黄和发青的脸、瘪进去的嘴巴、无神而半闭的眼睛和高耸的鼻子……阿得里扬胆战心惊地认出他们都是由他操办下葬的人，突然认出跟他一起进来的客人就是那天下大雨时下葬的那位旅长。他们这些男男女女把棺材店老板团团围住，向他行礼和问候，只有一个穿着破烂的穷汉子，是不久前免费安葬的，惭愧地躲到墙角，可能是因为穿得破烂觉得不好意思，没有走过来，老老实实站在角落里。其余的人都穿着非常体面。女的都戴着包发帽，还有缎带；做官的都穿着呢子制服，但是没有刮胡子；商人都穿着很讲究的长袍。“你瞧，普罗霍罗夫，”旅长代表这些应邀前来的人说，“我们都应您的邀请来参加宴会来到了；不过那些完全腐烂，只剩了骨头架子的人，实在力不从心，只能待在家里，不过也有一个人实在忍不住想来看看你，因为他实在太想到你家来做客了……”这时有一副小小的骷髅，面目狰狞的从人群中挤过来，走到阿得里扬跟前。他的头骨对棺材店老板狡邪地笑着。他身上有的地方挂着一块块淡绿、大红呢子和破烂麻布片，就像挂在电线杆子上似的，他那细瘦的腿骨在肥大的靴筒中撞来撞去，就像石杵在石臼中捣来捣去。“你不认得我啦，普罗霍罗夫，”骷髅说，“你还记得那个退伍的近卫军中士彼得·彼得罗维奇·库里尔金吗？你是在1799年把您的第一口棺材卖给我的，并且是拿松木的冒充橡木的来欺骗我。”死人说着，就张开两条臂骨来紧紧地抱住他，但是他使足劲儿大叫起来，一把把他推开。彼得·彼得罗维奇摇晃了一下，倒在地上，就完全散了架。这些人响起一阵愤怒的抗议声，为了维护同伴的尊严，抓住阿得里扬又要骂又要动武；可怜的主人被他们吵得耳朵都快震破了，而且差点被挤散架，他再也支持不住了，一下子跌倒在退伍近卫军中士的骨头堆上，失去了知觉。

太阳早早地就晒到棺材店老板睡觉的床铺上。他终于睁开惺忪的眼睛，看到女仆在跟前忙活着烧茶炊。阿得里扬想起昨夜的事还心有余悸。特留欣娜、旅长和库里尔金中士的影子还隐隐浮现在他的脑际。他默默地等着女仆开口跟他说话，向他报告昨夜种种奇怪事的后果。

“你睡得好沉呀，老爷子，”阿克西尼娅说着，把要换的衣递给他，“有一个做裁缝的邻居来找过你，还有一个岗警也跑来找你，说今天是他的命名日，可是你睡得很香，我们就没有吵醒您。”

“故世的特留欣娜家里有人来找过我吗？”

“故世的特留欣娜？难道她已经去世了吗？”

“你忘性可真大！昨天我操办她的丧事，你还做的帮手的呢？”

“你怎么啦，老爷子？你是糊涂啦，还是昨天喝醉酒没有醒？昨天哪里办过什么丧事？你在裁缝家里喝了一整天酒，回到家醉醺醺的，就往床上一倒，一直睡到今天这时候，午祷钟这就要响了。”

“真的吗？”棺材店老板高兴地说。

“千真万确。”女仆回答说。

“哦，既然这样，就快点把茶端给我，再把我女儿叫来。”

驿站长

芝麻小官，驿站首领。

——维亚泽姆斯基亲王

谁没有咒骂过驿站长，没有和他们发生过激烈争吵？谁不曾在盛怒的时候向他们索要过那本记录功过的簿子，把自己由于遭到欺侮凌辱、粗暴对待和怠慢，而生发的牢骚全部记上去来表达自己的控诉？谁不把他们看作穷凶极恶之徒，就像邪恶的刀笔吏，或者，至少也酷似漠罗母森林里的强盗？然而，如果我们尽量设身处地地为他们想一想，或许，我们在责备他们的时候，就会包容他们的错误了。

驿站长到底扮演着什么样的角色呢？一个十足的受难者。他那卑微的官衔只能保他免受皮肉之苦，况且这也未必一直都有效。这个曾经被维亚泽姆斯基公爵戏称为独裁者的人，他的生活过得怎么样呢？确实是整天受人奴役吗？他们的生活不过确实是日夜不能安宁，得时时接待那些过路需要帮助的旅客。

旅客把枯燥、单调的旅行中所积累的所有怨气全都发泄到了驿站长身上。天气恶劣、道路崎岖、车夫顽固、马匹无力，全都是驿站长的错！旅客住进他那简陋的住所，像对待敌人似的瞪着他，仿佛这一切都是他的罪过。假如能够迅速送走这位不速之客，倒算他是幸运的，但是——碰巧赶上没有马匹呢？

天哪！他都不知道自己将会遭受多么难听的辱骂和恐怖的威胁！遇上糟糕的雨天或风雨交加的天气，他也必须踏着泥泞的道路，走家串户地到处去奔波。在暴风雨或者受洗节前后寒冷的日子里，为了躲开愤怒旅客的无端的吼骂和推撞，他只能藏在门厅里，才能得到片刻喘息的机会。这时来了一位将军，驿站长战战兢兢地将最后三套马车全拨给他，其中一辆是给信使专用的特快马车。将军骄傲地扬长而去，连声谢谢都没说。五分钟之后——又响起一阵铃声！信使来了，将驿马使用证往桌上一扔……我们把所有这一切都仔细回想一遍吧，这样的话我们就不会对驿站长的懈怠表示愤怒了，心中反而会油然而生一份真挚的同情。我再附加几句——二十多年来，我几乎走遍了俄罗斯的每一个角落，所有的驿道都留下了我的足迹，几代车夫我都认识，我没有跟驿站长他们打过交道。我希望在不久的将来能够将旅途印象和感受整理后出版。

现在，我只是想澄清一点——人们对驿站长这类人的认识是非常有偏见的。这些受到无情指责的站长，一般来讲都比较性情平和，天性乐于助人、平易近人、淡泊名利。从他们的言谈中（不过过路的老爷们却偏偏鄙视这些话），可以获得许多有趣的东西，让人获益匪浅。就我本人来说，我必须坦白承认，我宁可听他们讲一些趣闻逸事，也不愿听某一位因公外出高官的狂妄的高谈阔论。

不难猜到，在可敬的驿站长这群人中间有些人是我的朋友。并且，其中一个人给我留下了难以磨灭、弥足珍贵的记忆。上天曾经让我有机会和他认识，现在我就想对亲爱的读者们讲讲他的故事。

1816 年 5 月，我从一条现已废弃的驿道路过某省。因为官职太卑微，我只能乘坐经过一站就需要换一次马车的驿车，而且只能租两匹马。因此站长们对我很不礼貌，我经常需要与他们据理抗争，才能获得我应有的待遇。

那时候的我年轻气盛，当看到驿站长把为我准备的三匹马套到某位官老爷的马车上，顿时火冒三丈，我强烈地鄙视他们的卑鄙和懦弱。同样的情况，在某省长的宴会上，趋炎附势的奴仆们上菜时，对我置若罔闻，视而不见，绕过我先给尊贵的老爷送菜，也会使我长久耿耿于怀。然而，现在看来，这些事都是司空见惯的。设想一下，如果取消了“长官优先”这一条通用的准则，而采用另一条准规——贤者优先，我们的社会将会变成什么样子呢？这将会产生怎样的冲突？仆人将先给谁上菜？回到刚才的话题，还是听我讲故事吧！

那天，天气十分闷热，在离某站还有三英里距离的时候，雨点便噼噼啪啪下了起来。过了一会儿，大雨倾盆而下，我全身上下都湿透了。到达驿站时，我要做的第一件事便是换衣服，然后，再为自己要杯热茶。

"嗨！杜尼娅！"站长大声叫道，"沏壶好茶，再去拿点鲜奶油来。"

话音刚落，从隔板后面出来一个年龄差不多14岁的姑娘，蹦蹦跳跳地跑进门厅里来。她的美貌令我惊呆了。我问驿站长："这是您的女儿吗？"

"是的，先生。"他很骄傲地回答道，"她是个聪慧的好女孩，跟她去世的母亲完全是一个模子里面刻出来的。"

接着，他就开始登记我的驿马使用证。我利用这个间隔打量起这个驿站，墙上贴着几幅用来装饰他那简陋而又洁净的住房的图画，上面讲的是"浪子回头"的故事。

第一幅画了一个头戴便帽、身穿便袍的年迈的老人正在和一个神情不安的青年道别，那青年神色慌忙地接受了老人的祝福和钱袋。第二幅画生动地勾勒出年轻人的放纵行为——他坐在桌边，身边聚集着一群虚情假意的朋友和一些厚颜无耻的女人。下面一幅画的是一个年轻人，身穿破衣服，头戴着破烂的三角帽，在山坡上放猪，还和猪抢食吃，脸上露出愁苦和忏悔的表情。最后一幅，画的是儿子回到父亲身旁，满脸慈祥的老人仍旧戴着那顶帽子，穿着那件便袍，高兴地跑出来欢迎儿子，浪子跪在地上乞求父亲的原谅。稍微远处的一幅画画的是一个厨师正在宰杀一头肥牛犊，哥哥正在向仆人询问家中喜庆的原因。每幅画后面，我都读到了一首与图文内容相匹配的德文诗。至今我还对所有这一切记忆犹新，包括那几盆凤仙花，拉着花幔布的床铺，还有房间里摆放整齐的其他物品。现在主人的音容笑貌依旧清晰可见——他五十来岁，精力充沛，总是保持着一种活力，身着一件绿色的长礼服，陈旧的缎带上绣着三枚奖章。

还没等到我给老车夫付钱，杜尼娅便端着茶饮过来了。这个小天使瞅我第二眼就发觉了她给我留下的好印象，扑闪着那双蓝蓝的大眼睛。我趁机跟她聊天，她一点儿都不扭捏，显然是个见过世面的姑娘。我请她父亲喝潘趣酒，同时给杜尼娅倒了一杯茶。我们三人就拉开了话题，仿佛一直以来我们就很熟悉。马匹早就预备好了，但我还是不舍得同站长和他的女儿告别。最后，我不得不跟他们道别了。她父亲祝愿我旅途顺利，女儿依依不舍地送我上车。快走到门厅，我停下脚步，问她是否允许我亲吻她一下，她答应了。

踏上旅途，我开始回味，我认真的记得我接过多少回吻，但还没有一次在我心中留下了如此悠长、如此美妙的记忆。

多年以后，我又有幸地走上同一条驿道，旧地重游。我想起了老站长漂亮的女儿，想到又能遇到她，心里很高兴。但是转而又想，或许有人已经接替了老站长的位置，杜尼娅也许已经嫁人了。我的脑海里甚至还出现过他俩或许有一人已经过世的念头，怀着一种不祥的预感开往驿站。

马车在驿站前的小屋旁停住了。走进房间，我马上认出那几幅画着“浪子回头”故事的图画。桌子和床铺依旧是原来的样子，但是窗台上的花不见了，四周的一切也都显得破旧而零乱。

驿站长正在睡觉，身上搭着一件羊皮袄。我的到来打扰了他的休息，他坐起身来——正是萨姆松·维林，不过苍老了很多！他开始准备检查我的驿马证件，我看着他那花白的头发，那胡子拉碴的脸上密密的皱纹，那佝偻的背脊——我感到十分惊讶，短短的三四年时间竟把一个精力充沛的汉子变成一个苍老的老头！

“你还记得我吗？”我问他，“我们是老朋友了。”

“可能吧，”他神色冷漠地回答道，“这是条大路，来往的旅客很多，我不可能记住所有的旅客。”

“你的杜尼娅还好吗？”我接着问道。

老人皱了皱眉头。“谁知道呢！”他回答。

“照这么说，她已经嫁人了？”我问。他装作没有听见我的问题，继续登记我的驿马使用证，我也没有再问下去，吩咐准备一杯热茶。好奇心使我感到坐立不安，希望一杯潘趣酒能够让我的老朋友开口告诉我一些信息。

果然正如我所料，老人没有拒绝我给他的酒。一杯甜酒使他阴沉的脸色开朗多了。等到第二杯的时候，他的态度明显热情起来。他说他记起我来了，也许是装作想起了我。于是我就从他口中听到了一个让我既非常感兴趣又深为感动的故事。

“这么说，您认识我的杜尼娅？”他开口问道，“事实上，谁又会不认识她呢？唉！杜尼娅，杜尼娅！多漂亮的一个姑娘啊！以前，无论谁路过这儿，都会夸她，没有一个人会不喜欢她的。太太们有的送她一条漂亮的头巾，有的送她一副耳环。过路的老爷们经常时不时停下来吃顿午饭或者晚饭，只是为了拖延时间想多看她几眼。不论老爷当时有多生气，只要看见她，怒气就全消了，托她的福，和我谈话也变得温和多了。先生，您相不相信，那些官差和信使经常和她一聊就是半个钟头！这个家全靠她来打理，收拾屋子啦，做饭啦，每件事都安排得妥妥帖帖。而我呢，却是个老糊涂，只知道一味地疼爱她。我是多么爱我的杜尼娅，多么疼爱她呀，没有哪个女孩子比她过得还快乐！但是，祸从天降，无法避免啊!”

于是，他详细地向我讲述了令他一直痛苦的事情——

三年前，一个寒冬的夜晚，站长正在灯下为一本新的账簿上画线，他的女儿在隔板后给他缝衣服。这时，一辆三套马车来到驿站，一个穿着披肩，头戴契尔克斯皮帽，穿着军大衣的旅客进来要马匹。当时，所有的马匹全都派出去了。一听到这个消息，那个旅客便提高嗓门，扬起了马鞭。不过这时，见惯了这种场面的杜尼娅从隔板后面出来，殷勤地询问那位旅客要不要弄点儿什么吃的休息一下。杜尼娅的出现像以前那样起到了安抚人的效果——旅客的怒火烟消云散，同意坐下来等待马匹，还要了一份晚餐。当他摘掉湿漉漉的长毛皮帽，解下披肩，脱去外衣，原来是一个体型匀称、留着两撇黑胡须的年轻骠骑兵。他坐在老人身旁，跟他们父女俩开心地聊起家常来。

晚饭端上来时，正好马匹也回来了，驿站长命令，不用喂马了，直接给这位旅客套马以免耽误更多的时间。但是他一回来便发现年轻人躺在长凳上，几乎是不省人事——他说他突然很不舒服，头痛欲裂，今天恐怕走不了……这该怎么办？站长不得不把自己的床让他休息，并且决定，假如明天一早，还不能恢复健康，就派人到 S 城去请医生。

第二天，没想到骠骑兵病得更加严重了，他的仆人骑马进城去为他请医生。杜尼娅取了一块浸了醋的手帕敷在他的头上以减轻他的痛苦，然后就坐在床边做针线活照看他。当驿站长在房内时，病人不断痛苦地叫喊，几乎不说一句话，不过他还是喝了两杯咖啡，哼哼唧唧地吃了午饭。杜尼娅一动不动地守在他身边，细心地照料他。他不断嚷着口渴要水喝，杜尼娅就端给他一杯亲手调制的柠檬汁。病人润了润干裂的嘴唇，当递还杯子的时候，都要用自己虚弱无力的手拉一拉杜尼娅的手来表示感谢。午饭前，医生赶了过来。他给病人做了简单的检查，用德语同他谈了一阵子，最后用俄语公开说，病人只要好好卧床休息，再过一两天身体就恢复健康，就可以赶路了。骠骑兵付给他二十五个卢布的诊断费，并邀请他共进午餐。两人吃得非常开心，还喝了一瓶酒，才高高兴兴地互相分手。

又过了一天，骠骑兵身体完全好转了。他非常高兴，不时地同杜尼娅或驿站长说笑，用口哨吹小曲，和过往的旅客闲聊，帮助他们在登记簿上记下他们的驿马使用证，赢得了心地善良的驿站长的欢心。第三天清晨，当驿站长同他的可爱旅客告别时，竟感到有点恋恋不舍。

那是一个礼拜天上午，杜尼娅正打算去教堂做祷告，同时，骠骑兵的马车也已经准备好了。他跟驿站长道别，极为慷慨地付了食宿费，接着，又同杜尼娅道别，主动说顺路送她到村边的教堂去。杜尼娅犹豫不定。

“你怕什么？”父亲说，“大人又不是狼，你不会被吃掉的，就顺路坐他的车去教堂吧！”杜尼娅上了马车之后，紧靠着坐在骠骑兵旁边，仆人跳上车厢，伴随着车夫一声呼啸，马车就向前疾驰而去。

可怜的驿站长不知道，他为什么鬼使神差地会怂恿他的杜尼娅和骠骑兵一块儿乘车离去呢？他怎么会这样愚蠢，怎么这么糊涂呢？过了不到半个小时，他感到心神不宁，烦躁不安，预感会出事，他终于无法忍受，拔腿向教堂跑去。来到教堂前面，他发现人们都早已离开了，但却找不到杜尼娅的人影——她并没有在教堂做祷告，也没有在教堂门口。他急忙奔进教堂，看见神父刚从祭坛后面走出来，教堂执事正打算吹灭蜡烛，两个老夫人还在角落里祷告——可杜尼娅却不在教堂里。她那可怜的老父亲好不容易下了决心走上前向教堂司事打听，杜尼娅是否过来做过祷告。教堂司事告诉他说没有看见她来过。站长心情沮丧地迈着沉重的步子回到家里，心里还抱着最后的希望：可能因为杜尼娅年轻，做事轻率，或许她乘车到下一站，去看望她教母了。

他痛苦而又焦急地盼望着他让她坐上去的那一辆三套马车回来，不过车夫却也迟迟没有回来。傍晚时分，车夫终于独自一个人回来了，喝得酩酊大醉，他还带来一个恐怖的消息：“杜尼娅跟骠骑兵一同从那一站又往下一站去了。”这简直是当头棒喝，老人承受不了这样的打击，当时就病倒了，躺在前一晚那个狡猾的骗子睡过的床上。

驿站长回想所发生的一切，心中顿时明白了——骠骑兵是在装病。可怜的老人不幸得了严重的热病，被送到S城去看医生，他的职务暂时由别人代理。给他治疗的医生恰巧就是那个给骠骑兵看病的医生。他明确地告诉驿站长，那年轻人完全就没有生病，他早就想到他那阴险的用心，只是因为害怕挨鞭子，所以才没有说实话。无论这德国人此刻讲的是真话还是自夸自己有先见之明，这些话对身患重病的老人都没有半点作用。身体稍微恢复健康，驿站长就向S城驿务局长请了两个月的假，他没有告诉任何人自己的计划，便徒步出门去找自己的女儿了。他从驿马使用证上了解到，骑兵上尉明斯基是从斯摩棱斯克起身前往圣彼得堡的。替明斯基赶车的车夫说，尽管杜尼娅一路上都在哭，不过看起来她是甘心情愿和明斯基一起走的。

驿站长心里想："或许我能把我那迷途的羔羊带回家。"怀着这样地想法，他走到了圣彼得堡，借住在他的老战友——一个退伍军士家中，马上开始寻找自己的女儿的计划。他很快得到消息，骑兵上尉明斯基就在圣彼得堡，现在正住在德穆特旅馆。于是站长决定立即动身前去找他。驿站长一大清早就赶到了明斯基的前厅，请求门卫帮他通报，说一个老兵想要拜见他。一个正在擦皮靴的勤务兵说，主人现在还在睡觉，十一点前不会接见任何人的。于是，站长不得已离开了，到了规定的时间他又回来了。身着睡衣、头戴红色小帽的明斯基出来见他。"老兄，有什么事吗？"他问道。

老人的心怦怦地跳着，老泪纵横，他只能用颤抖地嗓音说："大人！……请您行行好吧！……"

明斯基飞快地扫了他一眼，脸刷的一下涨得绯红，一把抓了他的手，把他带进自己的书房，随手关上门。

"大人，"站长继续说，"过去的事就不提了，不过，您就可怜可怜我吧，让可怜的杜尼娅回到我身旁吧！您该享受的也享受了，求您不要毁了她的一生啊！"

"过去的事是没法挽回的，"年轻人神色极为尴尬地说，"我很对不住你，求您原谅我。可是，请您相信我，你不要认为我会抛弃她，我向您保证她将会过得很幸福。不过你为什么要她回到你身边？她爱我，她已经不习惯从前的那种穷苦的生活了。不论是你还是她——我们都不能忘记那些曾经发生过的事情。"然后，他将一件东西迅速地塞到了老人的袖口里，便打开了门。站长自己也不明白自己是怎样来到街上的。

他纹丝不动地在街上站了好长时间，后来从衣袖里发现有一卷纸。他抽出来展开一看，原来是几张揉得皱皱的五十卢布的钞票。他再一次泪眼模糊，不过这是愤怒的眼泪！他使劲地把钞票揉成一团，扔在地上，又用脚恶狠狠踩了几下，然后愤愤然的就走开了。走了几步后，他又停下，仔细地想了想，然后又转了回来，但发现钞票早已经不见了。

一个衣着考究的年轻人看到他回过头，就加快脚步朝一辆出租马车跑去，慌忙跳上马车，对车夫大声叫道："快走!"不过驿站长并没有打算去追他，他决定立刻回家，回到那属于自己的驿站去，但是在动身之前，他唯一的愿望就是希望能同可怜的杜尼娅见上一面。为了实现这个愿望，两天后他又去了明斯基那里。不过勤务兵这次严厉地告诉他，大人不想见任何人，说完，就把他推出了前厅，照着他的脸就把门"砰"的一声关上了。老人在外面站了一会儿，最后无可奈何地走开了。

就在那天晚上，他在所有苦难人的福音教堂做完祷告后，就沿着铸造厂大街毫无目的地走着。忽然，一辆华丽的四轮马车从他身边疾驰而过，驿站长认出车上坐的是明斯基。但是马车在不远处一座三层楼的门前停住了，骠骑兵急忙跑上了台阶，进了那栋楼。一个侥幸的念头从老人头脑里闪过。他转过身，来到车夫跟前，问道："老弟，请问这是谁的马车，是明斯基的吗?"

"是的。"车夫回答，"你找他有什么事吗?"

"是这样，你家老爷让我把这张字条送给杜尼娅，不过我忘记他的杜尼娅住在哪里了。"

"就住在这里，二层楼上。但是，老兄，你的字条已经没有必要了，现在，他本人已经在她那儿了。"

"没关系，"站长回答道，心里涌起一阵无法言说的激动，"谢谢你的指点，只是，我还是必须要把字条送给她。"他边说着，边向楼梯走去。门锁着，他按响了门铃。他怀着忐忑不安的心情等了几秒钟，响起了钥匙开锁的声音，接着门开了。

"请问阿夫多季娅·萨姆松诺夫娜住这里吗?"

"就是这里，"年轻的女仆回答道，"你有什么事吗?"

驿站长没有答话，直接走进了大厅。

"没有允许你不可以见她!"女仆在他后头大声说道，"她现在有客人。"

可站长没有理她，继续向前走。头两间屋子没有灯，一片漆黑，一直走到到了第三间房子才露出微弱的灯光。他来到虚掩着的门边，停住了。看见装饰华丽的房间里，明斯基正坐在那儿思索什么。身着华丽服装的杜尼娅，坐在他的安乐椅扶手上，那神态俨然是一个坐在英国式马鞍上的女骑士。她满目柔情地注视着明斯基，用自己光滑洁白的手指去撩拨他那乌黑的鬈发。可怜的驿站长啊！他竟然从未发现他的女儿如此漂亮，不由满心欢喜地欣赏起来。

“是谁?”她问道，但并没有抬头。他并没有回答。杜尼娅没有听到回答，于是便抬起头，忽然只听见她惊叫一声，就马上晕倒在了地毯上。明斯基吓了一跳，赶紧跑上去扶她。他也抬头一看，看见她的父亲正站在门口，就放下杜尼娅，向老人走去，气得浑身发抖。“你到底想要干什么?”他咬牙切齿地对老站长喊道，“你这强盗！为什么总是纠缠着我不放呢?你是想要杀死我吗？快给我滚出去！”说着，一把拉住老人的衣领，狠狠地把他推到了楼梯口，然后“呯”的一声将门关上了。老人失魂落魄地返回到自己的住处，朋友们听了他的故事劝他去起诉这个骠骑兵，但是考虑再三，他还是决定就此罢休。两天以后，他回到自己的驿站，又重新开始履行起自己的职责。

最后，驿站长心情沉重地告诉我：“我失去杜尼娅开始一个人生活，这已经是第三个年头了，直到现在，她还是音讯全无。谁也不知道她到底是死是活，过得怎么样！任何事都有可能发生。我们经常听说那些被过路的风流鬼诱骗的姑娘，杜尼娅不是第一个，也不是最后一个，不过等到她们被那些老爷们玩弄够了，就把她们抛弃。这样的傻丫头，在圣彼得堡数不胜数。今天，你看她们遍身绫罗绸缎，享受着幸福的生活，但是明天呢，你瞧，她们有可能就跟穷酒鬼们一起去扫大街了。有时候，每当我想到杜尼娅会沦落到这种境地，就不由得产生了罪恶的念头，我甚至情愿她死了……”

这就是我的朋友，一个老驿站长给我讲述的关于他经历的故事。在讲这个悲惨的故事的时候，他不止一次潸然泪下。他不时地用衣襟擦眼泪，就仿佛德米特里耶夫绝妙的歌谣中那个热心的捷连季奇一样，场面十分感人。虽然他的眼泪大多数是因为喝入肚中的五杯潘趣酒引起的，不过，无论如何，都深深地勾起了对他的同情。跟老站长分离以后，我久久不能平静，心里始终惦念着那可怜的杜尼娅……她还好吗？一个如此善良而又美丽的姑娘如何会遭此命运，踏上迷途呢？命运对她太不公平了，本来应该和她孤苦无依的父亲相依为命的，她们原来的生活是多么充实而快乐啊！上天啊，你怎么能这样对待一个孤苦、善良的人呢？

不久前，当我再次路过村的时候，又想起了我的老朋友。我听说那个由他主管的驿站已经被撤销了。当我向别人打听起："老站长还在世吗？"没有人能够给我一个满意回答。于是我决定自己去瞧瞧我熟悉的老地方，再去探望我的老朋友，于是就租了几匹马，朝N村赶去。

那时正值深秋季节，路上落叶纷纷，天空彤云密布，寒风阵阵从收割过的田野吹来，树上片片黄叶跟红叶随风纷纷飘散，使人觉察到浓厚的秋的气息。日落时分，我终于赶到了村里，在驿站小屋旁停下。这时，从门厅里（美丽的杜尼娅曾在那边吻过我）走出一个肥胖的妇人，她告诉我说："老站长去世快一年了，他以前住过的屋子里如今住着一个酿酒的，我就是那个酿酒人的妻子。"我心中懊恼白跑了一趟，还白白花掉了七个卢布。

"他是怎么死的？"我向酿酒人的妻子继续打听道。

"喝酒喝得太多了，先生。"她回答道。

"那他葬在什么地方啊？"

"就在村子外边，在他死去的老伴儿的墓旁。"

"能不能带我去他坟上看看？"

"当然行！喂，万卡！你也玩够猫了吧！快带这位老爷到老站长的墓地去，给他指指老站长的坟。"

话音刚落，一个衣衫破烂、满头红发的独眼小男孩来到我跟前，立刻带我向坟地走去。

"你见过已故的老站长吗？"路上我问他。

"怎么没见过？他还教过我吹笛子呢。从前，他只要一从酒店走出来，我们就会跟在他身后喊，'老爷爷，老爷爷，给我们点儿胡桃吧！'他就很大方地把胡桃分给我们。而且，他经常和我们一起做游戏。"

"那么，那些过路的旅客有人去看过他吗？"

"现在这儿旅客已经寥寥无几了。只有陪审官有时候还过来，不过可他不会记得已经去世的人。今年夏天，倒是有个富有的太太来到这儿，她问起了老站长，还去了他的坟地呢。"

“是个什么样的太太呢?”我好奇地寻问道。“一个很漂亮的太太。”小男孩告诉我，“她当时是坐着一辆豪华的六匹马拉的车来的，而且还带着三个年幼小少爷、一个奶妈和一条黑色名贵的宠物狗。当听到老站长已经死了，她就大声痛哭了起来，然后对她的孩子们说，‘你们老实地待在这儿，我到坟上去一下。’我主动说给她带路，不过她说，‘我自己记得路。’她还赏给了我一个五戈比的银币呢！她真是个漂亮而又好心的太太呀!”

一路上聊着天，这样我们很快到达了坟地。周围光秃秃的一片，没有任何树林，周围只是竖着许多木制的十字架，没有栅栏，甚至连一棵遮阴的小树都没有，在我的记忆中从没见过如此凄凉的坟地。

“这就是老站长的墓。”小男孩告诉我说，他跳上一个沙墩，沙墩上面竖着一个镶着铜圣像的黑十字架。

“那位太太也来过这里吗?”我问。

“来过，”小男孩答道，“我在远处注视她了很长时间。她趴在这儿，一直过了好久。后来她回到村里，请来神父，给了他一些钱，交代了些什么事情就坐车走了。临走时她又给了我一个五戈比的银币呢！真是个好心的太太呀!”

我也给了他一个五戈比的银币，并且已经不再为这次旅行和所花费的七个卢布感到惋惜了。

戈琉辛诺村源流考

上帝如果赐我以读者，那么，他们极可能出于好奇心想要知道，我是怎样下定决心来写这部关于戈琉辛诺村源流考的。为达到此目的，我必须事先描述某些细节。

1801年4月1日，我出生于戈琉辛诺村，父母都是作风正派，思想高尚的人。在我那个村庄教堂执事那里我接受了人生的启蒙教育。那位受人尊敬的先生使我获益匪浅，使我对读书产生了兴趣，总而言之对文墨工夫的志趣都多亏有他引导。我的进步虽然缓慢，但却扎实，因而在我十岁的时候我已经通晓了至今仍留在我头脑里的一切知识。我的头脑生来反应就不灵敏，并且由于同样虚弱的身子骨的原因，我不能过多地增加头脑的负荷。

文学家的美名对我来说是最羡慕的东西。我的双亲虽是最值得敬佩的人，却为人朴实，所受的教育是老式教育，从来不读书，全家除了给我买来的《识字课本》、皇历以及《最新尺牍大全》之外，其他的书籍一律没有，这就限制了我阅读的范围。阅读《尺牍大全》，长期以来是我乐以忘忧之事，我几乎是倒背如流，虽说每天都是如此，每天我还能在其中发现层出不穷的美不胜收之境。除了我父亲曾在其麾下任副官的普列米亚尼可夫将军之外，我觉得没有人比库尔刚诺夫更伟大了。关于他，我请教过所有的人，很可惜，没有人能够满足我这个好奇心，没有人知道他的为人，而对我的一堆问题只有一个回答：库尔冈诺夫撰写了《最新尺牍大全》。而这一点我是早已确信无疑的了。他就像一个谜一样的人物，他像是上古的半个神仙，有时我甚至怀疑是否实有其人。有关他的名字我觉得是虚构出来的，而关于他的传说似乎是子虚乌有的神话，有待于再出一个尼布尔去考证。话说回来，我还是不断地想象着这个人的形象，我费尽心机地想赋予他神秘的面貌以某种明确的形象，于是最终我给他定义了一种形象，他应当酷似地方自治会的书记克留奇金，那是一个小老头，长着红鼻子，两眼矍铄有神。

1812 年我被送往莫斯科，进了卡尔·伊凡诺维奇·梅勒寄宿学堂。在那儿我住了不到三个月，因为在敌人拿破仑进攻以前我们不得不放假离开学校。我又回到了乡下。赶走侵略我们国家的敌军以后，他们又想把我再次送到莫斯科去。卡尔·伊凡诺维奇回到了昔日学堂，学堂现已变成了瓦砾场。或许，在其他情况下，就打算把我送进另外一个学校。但我恳求母亲让我留下来，因为我的健康状况极为恶劣，我的身体不允许我早上七点钟起床，而所有寄宿学校的作息制度通常都是如此规定的。因此，我长到 16 岁，却依然停留在启蒙阶段的教育，跟我那帮小伙伴玩棍棍球乃是我唯一的学科，此项学问还在寄宿学堂时我已获得相当丰富的经验。

这时我参加了 XX 步兵团担任士官。在该团我一直待到去年即 18XX 年。在团里服役的这几年，给我留下的愉快印象没有什么可以回忆的，只除了两件事，一是晋升军官：二是当裤兜里总共只有 1 卢布 60 戈比的时候突然赢了 245 卢布。至亲至爱的双亲相继去世，我只得退伍，回到儿时的乡下。

因为这个阶段的生活对我来说极其重要，因此我打算多唠叨几句。我得事先请求好心的读者原谅，如果我把他的俯就之意用得不当的话。

那是个深秋阴霾的日子。到达驿站之后，我得从那里转路回戈琉辛诺村了，我雇了一辆马车，沿着小路朝家里赶。虽然我生性安静，但重新回顾度过我美好年华的那些地方，那种急不可耐的心情如此强烈地控制着我，以至我时不时地催促车夫加快马车的速度，一会儿答应赏他酒钱，一会儿又威胁要狠狠揍他，我顺手在他背脊上捶两三下，很灵验，那效果比给赏钱还来得有效。这个，我得承认，对车夫的不礼貌行为，在我生平是第一次，因为对于车夫这类人，我也不知道为什么，总觉得特别亲切。车夫赶着三套马车，但我觉得，他是在按车夫的习惯驾车，挥舞鞭子，却拉紧缰绳，不让马儿跑得快。终于，戈琉辛诺村的灌木林出现在我的视野里了。过了十分钟，马车驶进阔别已久的庭院。我的心跳得厉害，心情有种难以摹状的激动，环顾四周，再想想离开戈琉辛诺已经八年啦！一株株白桦，我亲眼看见将它们栽在篱笆旁，如今已经挺拔而上，枝叶茂盛，直指蓝天。庭院里，旧时曾砌了三个方方正正的花坛作为装点，其间是一条铺沙的甬道，而今也已变成一片杂草丛生的荒草地，上面一头黑色的母牛在吃草。我的车子在台阶前停下。侍仆跑去开门，发现门闩已经上锁。百叶窗却被打开着，房子里好像还有人居住，这时一个女人从厢房里走出来，问我找谁。当她得知老爷本人回来了，便再跑了回房里去通报。接着，一群群仆役将我团团围住。看着一张张熟稔的和陌生的面孔，我被深深地感动了，我上前跟他们一一友好地亲吻。少年时的淘气鬼如今已成了独立自主的当家人，坐在地板上以供差遣的小丫头而今已成了生儿育女的主妇。男子汉都哭了。对女人们说话时，我毫不客气："你可老了呀！"她们也深情的回答："而您呢，老爷？您可变丑了呀！"他们把我带到后庭，刚上台阶，我的奶妈迎面跑来，一把抱住我，又哭又笑，好似我成了历尽艰辛的奥德修斯了。有人赶紧跑到澡堂生火。厨子，由于长久无所事事，也已长了一大把胡子，自告奋勇给我准备午饭，或者晚餐——因为天色已黑，已经到了吃晚饭的时间了。他们当即给我清扫房间，那是我的奶妈跟我已故母亲的仆人先前住的那间房子。我发觉自己已经栖身于舒舒坦坦的祖传安乐窝里了，二十三年前在这间房子里呱呱落地，二十三后我成了这里的主人，掌握这里的一切。

将近有三个礼拜，我都在忙忙碌碌中，拜访各界的陪审员、贵族首席代表以及省里各色官员等人。最终我继承了遗产并接管祖传的这个田庄。在安顿下来后，很快一种无所事事的烦愁开始折磨我。那时我还没有结识善良的、可敬的邻居。管理田庄的事务我都很在行。我的奶妈被我指定为掌管钥匙的全家总管，她所讲述的故事，总是离不开那十五个家庭的奇闻趣事，对于我本应是妙趣横生的，但一经她的转述，就永远单调乏味了。因此，对我来说，她本人就成了另一部《最新尺牍大全》，而且，我知道在哪页哪行。那本名副其实的《尺牍大全》被我在仓库的一堆破烂当中找到了，它那样子显得很狼狈。我把它拿出来重见天日并且着手开始钻研它，但库尔冈诺夫对我已经丧失了昔日的魅力，我再重读了一遍，便打算从此不再翻阅。

在这极端狭隘的世界里，我产生了一个新奇的念头，何不自己动手也来试试写点什么呢？偏爱我的读者已经获悉，我是靠一点金钱才有了受教育的机会，而现在我再也没有机会去获得那瞬间即逝的东西，长到十六岁还跟奴仆的孩子一起玩耍，随后，又到处迁移，从一家住宅搬进另一家住宅，空闲时间跟犹太人和店小二消遣时光，在破损不堪的台子上打弹子球，在泥泞的道上跑步锻炼，人生最美好的时间都被在浪费在这些无聊的事情上。

除此之外，当个作家，我觉得是十分困难的，对我这样的人来说是如此不可期望，以至提起笔来心里就害怕。既然我连跟一名作家会见的强烈的愿望也无法实现，我能成为作家简直是一种奢望。但是，这使我回忆起一件事，我要把它讲述出来，用以证实我对祖国文学自始至终的爱恋之情。

1820 年，当时我还是个士官，一次因公出差来到圣彼得堡，在那里待了一个星期。虽然我在那里没有任何朋友，但圣彼得堡繁华的生活使时间消磨得倒也快了。每天我不声不响地到戏院光顾，坐进第四层包厢开始欣赏戏剧。我记住了所有演员的名字，狂热地爱上了主角，她在星期日的剧目《仇恨人类与忏悔》中成功地扮演了阿玛丽亚。早晨，从司令部回来，和平常一样我就来到一家低矮的小吃店，叫了一杯巧克力，然后坐下来阅读文学杂志。一次我正坐着专心阅读《善良》杂志上的一篇批评文章，一个穿青绿色大衣的人向我走过来，从我的小书本下边轻轻地抽取了一张《汉堡日报》。当时我正在专心地阅读，连眼睛也没眨一下。这位客人叫了一份牛排在我对面坐下。我仍旧在阅读，没有注意到他。他吃完早餐后，只喝了半瓶葡萄酒骂小堂倌懒惰招待不周，就愤愤地离开了。还有两个年轻人也在这里用早餐。

“你知道他是谁吗？”一个年轻人问另一个，“他就是 B，一位作家。”

“作家？”我不由自主地大叫一声。于是我扔下没有读完的杂志和还有半杯的巧克力，跑去结账，没等找回零钱就跑到了街上去追赶刚刚离开的作家。我环顾四周，远远地望见那件青绿色的大衣，我便放开腿沿着涅瓦大街去追他。刚迈了几步，突然感到，有人拦住了我，我一看，一个近卫军军官提醒我，说我不该把他撞出了人行道，应当立正，向他敬礼和道歉。挨了这顿训斥，我不得不更加小心谨慎。很不幸，我总是碰到军官，得时时停住脚步向他们敬礼，而那位作家总是在离我很远的地方。有生以来，我感觉这件士兵的衣服从来没有如此之沉重，有生以来，军官的肩章从没有如此令我羡慕。终于，到了安尼奇金桥时，我才赶上了那个穿青绿色大衣的人。

“请问，”我边举手行军礼边说，“阁下就是 B 先生吗？您出色的文章鄙人有幸在《教育竞赛者》杂志上拜读过了。”

“您可能误会了！先生！”他回答，“我不是作家，我是诉讼代理人。不过，B 先生和我倒是很好的朋友。一刻钟以前在警官桥我们刚碰过面。”

就这样，我对俄罗斯文学一片倾慕之心的代价就是我损失的那三十个戈比的找头，此外，还有因失职而遭到训斥，还险些被拘禁——而这所有一切都是一场空！

尽管我的理智提出抗议，但是那个想当作家的大胆的念头总是时时入侵我的头脑。终于，无法遏制天性使我打定主意开始自己的写作生涯，我给自己订了一个厚厚的笔记本，下定决心，无论写什么玩意儿非得把它填满不可。诗歌的各类体裁，我都一一分析评点过了，于是决定立即着手做关于历史题材的史诗，不久我就找到了我的文章的主人公角色。我选定了留利克。我便着手开始工作。

论做诗，我掌握了一些诀窍，那是我把《危险的邻居》《评莫斯科林荫道》《普列斯宁池塘》等等抄录在笔记本之后所学到手的。纵然如此，我的长诗还是进展得很缓慢。

诗写到第三行就无法进行下去了，我就把它扔在一边。我想，史诗的体裁不是我自己选的体裁，我便改变计划开始写悲剧《留利克》。悲剧也随着热情的消失而消失。我便想试着把这悲剧改成叙事诗，但是，叙事诗写起来也是十分不顺手。终于，灵感降临到我身上了，我又提起笔来，到底得心应手地完成了在留利克画像下面的几行题词。

且不说作为年轻诗人的初试锋芒之作，我的题词并不是不值得不屑一顾，可是我自知并不是一个有禀赋的诗人，然而对于这个开始，就自认为是成功的作品，我还是感到满足的。从此我的创作经验将我捆绑在文学事业之上，我再也不能够跟文稿和墨水瓶分离了。我想退而求其次写点散文。机会终于来了，因为我懒得做创作前的材料钻研，懒得拟定提纲，安排情节等等，打算信手拈来零星的思想火花，不管它前因后果，前后顺序是否一致，大笔一挥，就记下那思想刚冒出来的不成熟的想法。就这样，整整两天，我搜肠刮肚，只想出了一句话：

“若有不服从理智之法而任情欲摆布者，彼当迷途难返，否则终将悔之晚矣!”

这思想固然正确，但一点儿也不新颖。逐渐对思想也丧失了兴趣，就又把思想这玩意儿暂且扔到一边，我又开始我小说的构思。但是，由于不善于谋划虚构的故事，我只能选择一些从形形色色的人嘴里听来的趣闻轶事，尽力渲染，绘声绘色，有时竟企图用自己异想天开的奇葩异卉来装饰真理。慢慢地在写小说的时候，我渐渐地形成了自己的文学风格，学会了表达正确、顺畅和自由。但是，很快头脑中积存的材料枯竭了，我只得再次找寻文学活动的素材了。

应该放弃琐屑的和令人可疑的奇闻趣事而从事真实伟大事件的描述，这个想法早就在我的想象中蠢蠢欲动。我觉得，做一个时代和人民的公正的评判者、观察者和预言家，才是作家能够达到的最高境界。但是，以我这低得可怜的教育程度，我能够写历史吗？那些忠良博学之士，人才济济，水平绝对是不逊色于我的？有哪一种历史题材不被他们囊括罄尽？即使叫我动手写世界通史——修道院长米罗特的不朽巨著难道就没有了吗？叫我转而研究本国通史来吗？那么，在塔吉雪夫·鲍尔静和戈里可夫之后，我还有什么话可说呢？当我连斯拉夫文的数字还不熟悉的时候，我怎么能埋在编年史的故纸堆中去发现古文献的隐秘含义呢？我打算搞搞小范围的历史，例如我省省会志，但这事也有无法逾越的障碍，我简直没意志克服。这需要进城去拜会省长和主教，请求允许我进入档案库和寺院典藏室，等等。而编写本县县志对我倒方便很多，但这种县志对于哲学家或实用主义者都索然无味，也不会有太多的时间，对于文章也不能有什么帮助。XX 改名为 XX 县城始于 17XX 年，其唯一显赫的事件记载于史册，便是十年前的一场火灾，烧掉了集市和县府衙门。

一次偶然的机会解决了我的困惑。我的仆人在阁楼上晾晒衣服时，发现了一只陈放了很久的篮子，里头塞满了一团破烂、刨花和书本。全家都晓得我酷爱读书。正当我面对着稿本，正咬着笔头苦思冥想，寻思总结乡下人说长论短的情景。管家婆洋洋自得地进来，把一只篮子拖进我房间，高兴地大叫：“有书啦！有书啦!”

“有书了?”我附和着，狂喜地奔到篮子旁边。确实，我见到一堆书，绿的和蓝的封面精装——这是一批陈年皇历。这个发现使我的热情立刻冷却下来，但我还是为这个意外之物的获得感到高兴，因为那终归是书籍啊！我慷慨解囊，用半个卢布奖赏那个仆人。

当我独自一个人的时候，我信手便翻阅这些皇历，但很快我便被书中的内容强烈地吸引住了。这些皇历，从1744—1799年，五十五年没有间断。通常附加在历书上以备记录之用的蓝色纸页，全是用老体字写的。无意中瞥了一眼这些文字，我惊异地发现，它们不但记载了五十五年风雨晦明的变化以及陈年的经济流水账目，也有关于戈琉辛诺村的历史的简短叙述。我立即着手分析这批珍贵的笔记而且惊喜发现，这些笔记保持着严格的编年顺序，几乎构成了关于我所继承的祖传田产的一部完整的历史。此外，还包括经济、统计、气象以及其他科学观测的取之不尽、用之不竭的材料。从此以后，研究这些笔记完全成为我感兴趣的事情，占用了我大量的时间，因为我从中看到了有可能整理出结构严谨的、令人心旷神怡和富于教育意义的文章。钻研这批无价之宝的文献的时候，我就开始寻找关于戈琉辛诺村村史新的根源。这些资料的丰富程度，使我吃惊。我花了整整六个月来做资料研究和分析，然后，终于开始了早已期待的著述工作，多亏上帝开恩，我终于在1827年11月3日完成了该项著作。

此刻，我像那个大名我已忘却的某个史学家一样，完成了甘苦自知的巨著之后，放下笔来，黯自伤神，步入花园，心情久久无法平静：我完成了何等的功业啊！我觉得，写完戈琉辛诺村源流考以后，这个大千世界便再也不需要我了，我的使命已经完成了，我该寿终正寝了！

在这里我提供一份我编写戈琉辛诺村的原始材料的清单：

一、陈年皇历总汇。共五十四部。其开头二十部写满了古老的翰墨及官衔。其最初的年献记载是我曾祖父安德列·斯杰潘诺维奇·别尔金所写。它的特点是记述的简明扼要。例如，5月4日，雪。特里希卡因病挨打。6日，栗色母牛死。先尼卡因酗酒挨打。11日，天气晴朗。小雪。猎兔三只。如此等等。其间并没有什么重要的事情发生……其余三十五部，显然出自许多人联合写成的，大都由所谓掌柜执笔所写，有的附头衔，有的无头衔，大体上文字语无伦次，并且毫不遵守拼写法的规则，有时候也会发现女性的笔调。这部分有我祖父伊凡·安德列耶维奇·别尔金及祖母也就是祖父的夫人叶甫普拉克西娅·安德列耶夫娜的笔记，除此之外，还有总管戈尔波维茨基的记录。

二、戈琉辛诺村教堂执事写的编年史。这份绝妙的手稿我是在神父家发现的，他曾娶编年史作者的女儿为妻。开头的几页被撕掉了，因为神甫的几个儿子拿了去糊风筝。一只风筝正好飘落我的庭院中。我捡起来打算还给小孩时，忽然间发现，那上头密密麻麻地写满了文字。看几行就了解到，这风筝就是编年史的前几页所做成的，多亏我仍然来得及将剩余部分救了下来。这份编年史，我以两斗半燕麦购下的，其立意之精深，文辞之凝练，着实令人称绝！

三、口口相传的志怪。我从不轻易相信任何传闻。但这次尤其应该感谢阿格拉菲娜·特里封诺夫娜。她是村长阿夫杰伊的母亲，据说曾经当过总管戈尔波维茨基的姘头。

四、户口花名册。附有历届村长的说明，这部分跟村民道德风俗及经济状态有很大的关系。

这块国土，按其首都名称来取名，叫作戈琉辛诺，在地球上占地二百四十俄亩有余，居民共有六十三口人。它北面毗连卢霍沃村和别尔库霍沃村，这两村的居民都贫穷、瘦弱、矮小，而高傲的财主们却热衷于武艺，就是说，经常会去打野兔。它的南面以西夫卡河为界，河对面是卡拉切耶沃自由农民的土地。这些自由农民是一群不安分守己之人，因生性豪勇凶残而人人皆知。其西陲伸展着绿草如茵的田野，叫查哈林诺，在聪慧开明的地主治理下，庄稼收成都还很好。东边紧紧连接一片不毛之地和不能通行的沼泽，那儿只生长一种酸莓，和单调的蛙声，迷信传说那儿是一个鬼魂居住的地方。

附记

那沼泽名叫鬼窟。据说，好像有一个疯疯癫癫的牧猪姑娘在离那个荒无人烟之地不远处牧猪。但是她却怀孕了，她却无论如何也不能解释她为什么怀孕。老百姓一致认为是沼泽中魔鬼造的孽。但这个传说并不能引起史学家的注意，而在尼布尔之后要再相信这类无稽之谈，那就无法原谅了。

自古以来，戈琉辛诺村便以物产丰富及气候宜人著称。裸麦、燕麦、大麦和荞麦在其肥沃的土地上生长繁茂。白桦树林与松树林提供给居民构筑房屋的栋梁之材和取暖用的枯倒枝干。核桃、草莓、覆盆子和越橘从来都不是稀缺之物。蘑菇更是多得无法数清，把它们腌在酸奶油里，是非常美味的搭配，虽然对健康并无裨益。池塘里肥胖的鲫鱼时而跃出水面，而在西夫卡河里则有梭子鱼和鳕鱼。

戈琉辛诺村的居民大部分都是中等身材，体格健壮有力，眼睛灰色，头发淡褐或者火红色。妇女们的鼻子微微有点上翘，高颧骨，而且身子丰腴。

男子汉性格老实、爱劳动，英勇尚武。他们中有很多人都敢独立和熊对决，并以拳击斗士在周围一带著称。他们大都喜爱纵酒。妇女除了收拾家务之外，还分担男人的大部分劳动，敢作敢为，一点儿也不比男人逊色，她们中极少有人惧怕村长。她们组成了一支强有力的护卫队，彻夜不眠在主人院子里巡逻和警戒，被称为“执戈娘子军”。执戈娘子军的重要职责是用石头打击铁板，以警告歹徒预谋犯罪的行为。她们像对待自己的容貌一样对待自己的贞操。对于非礼的举动，她们必报以严肃与决断的回答。

戈琉辛诺村的居民很久以来就以桦树皮、松树皮编制的篮子和鞋子来做贸易。西夫卡河对他们做买卖提供极大方便。春天遇到涨河，他们坐独木舟渡河，好似古代斯堪的那维亚人一样。其余季节，他们就把裤脚卷到膝盖上蹚水过河。

戈琉辛诺村的语言无疑是斯拉夫的一支，但很像俄语，但跟斯拉夫语有些差异。它有许多省略词与断尾词，有些字母完全消失或用其他的字母代替。不过，大多数俄罗斯人跟戈琉辛诺人在交谈时很容易互相理解。

男人一般在 14 岁时跟 20 岁的女人结婚。妻子可以在四五年之内管制自己的丈夫，这以后，丈夫就可以管制自己的妻子。这样的话，男女双方都各有其行使权力的期限，两个人保持着均势。

葬礼仪式按如下程序举行。亡人升天的当日就把他抬到墓地，这是为了不让死人在小茅屋里无端占据多余的一席之地。有时不免可能会发生如下情况，有时在棺材里被抬进墓地之时，死人却在那里头打个喷嚏或打哈欠，这倒让亲人们高兴不已。寡妇哀号她的丈夫，边号啕大哭边诉说：“我的光明！我的英勇的当家人！你怎么可以把我抛弃呢？我用什么来悼念你呢?”从墓地回来以后，丧事晚宴开始，以悼念亡人在8天之灵，亲朋好友喝得烂醉如泥两三天都不能清醒，更甚者整整一个礼拜，这可得依对亡人奠祭的虔诚与热心的程度而定。这些传统的农村葬礼仪式到今天还被保留着。

戈琉辛诺村人的装束，是把上衣罩在裤子外面，这便是古老的斯拉夫人的特征。冬季他们穿羊皮袄子，但更多地是为了美观，并不全是为了防寒。因为羊皮袄通常只挂在一旁肩膀上，而且在需要活动筋骨和轻微劳动的时候，他们便干脆脱下皮袄。

科学、艺术和诗歌在戈琉辛诺自古以来处于兴旺繁荣的状态。且不说神甫和教堂神职人员，居民大都读过书。编年史记载有个叫金连琪的地方自治会书记，生活于1767年前后，他不但右手会写字，连左手也能写出漂亮的字体来。这位非凡的人物以替别人书写各类信札、呈文以及私人文件而闻名遐迩。他因为自己的艺术、爱管闲事以及插手各项重要事务而不止一次吃过苦头。他去世时已是古稀之年了，当时他正练习用右脚写字，因为用两只手写字已经为人们所熟知了。他对戈琉辛诺村的历史发挥过非同小可的作用，这点读者往下看自然明白。

音乐永远是受过教育的戈琉辛诺村人最喜爱的艺术和闲暇之时的消遣。三弦琴与风笛愉悦人敏感的心灵，直到如今还在各家各户，尤其在装饰有松树与双头鹰雕刻的古风尚存的公会堂内时时演奏。

诗歌在古时候也很盛行。阿尔希普·雷索伊的诗作，如今年轻一代仍记忆犹新，还能倒背如流。

那些诗作论其温柔敦厚之旨，不次于著名的魏吉尔的田园牧歌，观其描绘万象之笔，实在远远凌驾于苏玛洛可夫先生之上。虽然在词句华美方面，它们比我国诗神的最新作品要逊色一筹，但论笔风工巧与睿智，两者不差上下。

下面引一首讽刺诗为例说明一下：

安东村长很匆忙，
记录册子怀中藏，
赶到主人院庭里，
忙把册子贡献上。

主人拿起瞧一瞧，
弄不清那上头写的啥名堂。
哟呀！安东大村长！
你把贵族老爷都偷光，逼得全村去讨饭，
因此便把老婆也打上。

以上我已向我的读者介绍了戈琉辛诺村的民俗学与统计学方面的状况以及其居民的人情风俗，现在，我就要直接言归正传了。

神话时代特里封村长

戈琉辛诺村的管理政权变动过几次。管理权原来归村社选举的长老掌管，后来由地主指定的总管统揽，最后，地主亲自动手执政。三种执政形式的利弊我将在下面的叙述中一一谈到。

戈琉辛诺村的起源以及其原始居民的宗族已经湮没在一团黑暗之中，无从查证。我们从模糊的传说中了解到，戈琉辛诺某段时期曾经是个富有的大村庄，其居民都丰衣足食，而且一年只收一次代役租，据说给某个不知其名的人送去几车谷物就可以了。那时候，大家都卖得很便宜但是卖出去却可以获得很丰厚的利润。村长也不欺侮百姓。居民平时很少工作，而小日子过得像歌儿般称心如意。牧童穿着皮靴去放牲口。我们不应陶醉于这类迷人的图画。各个时代的各族人民不约而同都梦想黄金时代，这仅仅证明，人们永远不满足于现状，而根据经验，未来也是希望渺茫，因此他们就发挥所能及的想象力，用种种美好的颜色来描绘已经消逝的过去。请看下面令人不得不信服的事实：

戈琉辛诺村自古以来属于别尔金这一名门望族的领地。但是，我的祖先，占有多处世袭田产，因而并不把这一处僻远的产业放在眼里。戈琉辛诺交租的数目是很少的，由村社大会选举产生的长老管理。

但是，随着时光的流逝，别尔金一族家道败落，产业一片萧条。富有的祖先突然变成穷困潦倒的子孙，无法戒掉奢侈的习惯，于是，逼迫村民从缩小了十倍的田产上收取原来同等数量的租贡。苛刻的索租信一封接一封。村长在村社大会上朗读这些信件，长老们议论纷纭，村社的气氛顿时骚动起来。而老爷们，本该获得的双倍租贡，收到的却是誊写在满是油污的纸张上，用铜币封印的狡猾的推托之辞和悲凄的诉苦。

戈琉辛诺上空开始笼罩着不祥的乌云，但没有一个人感觉到异样。在人们选出的最后一届村长特里封管理期间，正当进香节的那一天，全体居民正热热闹闹聚集在快活堂的周围，或在街道上闲逛，互相拥抱庆祝着节日，放开嗓子唱着阿尔希普·雷索伊的歌曲。这个时候，一辆套着两匹筋疲力尽的老马的四轮篷车驶进了村子，车夫座位上坐着一个衣着破烂的犹太人。车窗里伸出一个头戴礼帽的老爷，并且，这个脑袋似乎在好奇地观赏正在娱乐的群众这些看起来很是怪异的活动。群众以大笑、粗野的嘲弄来迎接这辆马车。但他们为紧接着发生的事大为惊讶，车子驶进村子后，车里的人从车上跳下，用命令的口吻要村长特里封马上来接见他。而该大员却在快活堂里被两位长老恭恭敬敬地搀扶过来。那陌生人严厉地上下打量着村长，递给他一封信，命令他立即朗读给村民听。戈琉辛诺村的村长们有一个习惯，即从来不自己读任何东西，并且这届村长也是个文盲。于是派人去找地方自治会书记阿夫杰伊帮忙。他就在离此不远的小巷的篱笆旁边睡大觉，于是立刻将他带来见这个陌生人。或许是因为害怕官员，或许由于突然惊吓，或者感到大事不妙，那信的文字，本来写得清清楚楚，在他看来，却是一片模糊，他几乎没有辨认的能力了。陌生人大骂一通，叫村长特里封和地方自治会书记阿夫杰伊去睡觉，吩咐拖到明天再来读信，接着便步入公事房，犹太人提着箱子尾随其后。

戈琉辛诺村人亲眼看见发生这非同一般的事件，都默然惊疑。不过，马车、犹太人、陌生人都很快被抛之脑后。节日的庆祝并没有因为这个的出现而受到打扰，他们终究还是快快活活、热热闹闹地度过了这一天。戈琉辛诺村便安静地沉睡了，不曾预见到有什么吉凶在等待它……

第二天早上，太阳一升起来，居民都被紧急的敲窗声惊醒，通知他们去开村社大会。公民们陆续来到了公事房的院子里，那里暂时充作召开村社大会的会场。他们睡眼惺忪，眼白发红，面孔浮肿。连连打着哈欠，搔搔头皮，望着那个头戴礼帽、身穿陈旧蓝色礼服的人大摇大摆地站在公事房的台阶上。他们费力地寻思，好像在哪儿见过这个人。村长特里封和地方自治会书记阿夫杰伊毕恭毕敬地站在他左右，脱下帽子，显出了卑躬屈节与可怜无告的神情。

“都到齐了吗?”陌生人问。

“真的都到齐了吗?”村长大声地再问一遍。

“到齐了，没错!”大伙儿回答道。

这时村长宣布，老爷要下发一个文件，现规定由地方自治会书记朗读，全体村民必须认真听取。阿夫杰伊走上前，朗读文件如下:

特里封·伊凡省夫:

兹有持本函之人，系我的代理人，前往世袭田产戈琉辛诺村，由其代替我管理该处。彼到任之日，你们应当立刻召集全体佃户并宣布主人之意旨，即:该代理人的命令就是主人我的指令，全体佃户，必须照此执行，不得违反。凡彼所想要的想求的，你们必须一概供奉，不得怠慢，否则，彼有权施行最严厉的处罚。我是没有办法才出此下策!你们这些佃户天良丧尽、犯上作乱之心不死，而汝特里封·伊凡诺夫则狡诈多端，姑息养奸，是可忍，孰不可忍!是你们逼迫我采取这样的措施。

NN 签署

这时，代理人，交叉着两腿，像个字母“x”，双手撑腰，像个字母“Φ”，傲慢地说出下面几句简短有力的话来:“你们看我应该怎么办?不要擅作聪明!我知道，你们骄纵惯了。让你们看看我的厉害!看我如何把你们从昨日醉醺醺的状态中唤醒过来，比打开你们愚昧的脑筋还要快!”听了这些话，无论谁的脑瓜里都已经没有丝毫醉意了。戈琉辛诺人，好像五雷轰顶，个个垂头丧气，失魂落魄，各自回家去了。

总管的管理

总管当即接管了管理权之后，便开始着手实施自己的权力。那是值得特别研究的。

那政策的主要基础便是遵守如下原理:佃户越富有就越放纵，越贫穷就越驯良。因为这个原因，便尽力要使佃户都变得驯顺听话，把这一项当成自己的主要德政。他要求给农民进行财产登记，把他们分成两类:富人和穷人。第一，欠缴租税分摊给各富裕佃户，追缴时可以不择手段。第二，立即责令穷汉跟好吃懒做的二流子合作耕种。如若他们的劳动成果不够抵销租税，则赐予其他佃户做农奴，可以用自己的劳动抵消自己的租税，陷身为奴者有赎身的权利，只须除欠缴租金之外再缴纳一年两倍的代役租。所有社会义务都落到富足农民肩上。征兵活动竟成了牟取私利的代理人的生财方法。因为富裕农民可以通过钱来获得免征的权利，这样，选举时绝不会选上恶棍和亡命之徒。村社大会已被取消。代役租每次收得的和素描不多，可一年到头三天两次。除此以外，他还会巧立名目进行搜刮。佃户们没有任何反抗的权利，都照付了，这样的状况也不比过去差到哪里，但是，无论如何也不能积攒到富裕的钱。两年工夫，戈琉辛诺村彻底破落了下来。

戈琉辛诺败落了，市场空空荡荡，死气沉沉。阿尔希普·雷索伊的歌曲已不再唱彻天空。年轻人纷纷逃散四方讨生活。留下来的农民一半在耕作，而另一半却沦为农奴。按编年史家的说法，进香节已不再是快活与欢乐的节日，却变成痛楚与悲伤的纪念日了。

暴风雪

马蹄踏着深深的积雪，
在起伏的丘冈上奔跑……
猛抬头，一座上帝的教堂
孤零零地矗立在路边
……
狂风骤起，
转眼间大雪纷飞；
一只乌鸦盘旋在天上，
翅膀划出嗖嗖声响；
不祥的叫声令人悲伤！
马儿向前飞奔，
撩起四蹄慌忙奔走，
前途茫茫，难辨方向……

——选自《斯薇特兰纳》

1881年年底，在那个记忆深刻的年代，善良的珈夫利拉·珈夫利落维奇还住在自己的捏拿拉多奥庄园里。他的友善好客邻里皆晓，邻居们经常来他家吃饭或喝酒，或者和他妻子玩玩五戈或是比一盘波士顿牌，还有些人抱着其他目的，是来看他女儿玛莉亚·加夫里洛夫娜的。她当时年方十七，出落得优雅动人，亭亭玉立。只要父亲一过世，她便成了庄园的继承人，所以许多人认为她是自己或儿子的绝佳配偶。

玛莉亚·加夫里洛夫娜是深受法国小说的影响，总是怀着一种浪漫的情怀。由此不难推断，她坠入浪漫的情网也在情理之中。她恋爱的对象是一个正在家乡休假的贫穷的陆军上尉。毋庸置疑，小伙子也同样燃烧着热烈的熊熊爱火。姑娘的父母发觉了两人卿卿我我的情形之后，便坚决不准女儿再同他交往，对他冷眼相待，待他还不如对待一个退休的陪审官。

然而这对情人不仅瞒着父母鱼雁传书，而且还每天在松树林或路边的老教堂偷偷约会。在那儿他们私定终身，立下了海誓山盟，抱怨命运多舛，也做了很多离经叛道的打算。他们就情书和谈话中，相互交流自己的感情和想法，自然而然地想到了这一点：既然我们不能离开彼此，父母又残忍地斩断我们的幸福道路，为什么我们就不能摆脱他们的束缚遵从自己的意愿呢？当然，这个绝妙的主意由小伙子先想出来，喜欢浪漫遐想的玛莉亚听了以后也是深表认同。

冬天的到来使他们的约会不可能继续进行了，但他们之间的书信却往来得更为频繁。每一封情书中，弗拉基米尔·尼库拉耶维奇都祈求玛莉亚秘密嫁给他。他们先出去躲上一段时间，然后双双跪在她父母面前祈求二老，他们最终一定会被他们的坚贞不渝和 艰难遭遇所打动，一定会对他们说："孩子们，回到我们怀抱吧。"

玛莉亚·加夫里洛夫娜则踌躇不定，一大堆的私奔计划最后都是因为她的反悔而泡汤。最后她终于同意和他一起私奔。在约定好的那天不吃晚饭，借口头痛先回闺房。她的侍女也参与了这项密谋计划，她们从后门溜进花园，到时候对面会有一辆雪橇等着她们，走上四英里就能到扎得林村，弗拉基米尔会在那里的教堂等她们。

在准备出发的那一天前夜，玛莉亚彻夜难眠。她收拾好行装，装了几件衣裙，还写了一封长信给她的女友——一位多愁善感的小姐，然后又给父母写了一封言辞深切的信。她用情深意切的言语与他们告别，一再强调爱情的伟大与不可抗拒，结尾还特地说明她生命中最幸福的时刻就是能跪倒在至亲的父母面前祈求他们的原谅。她用封条将两封信都封好，封条上印着两颗热烈燃烧的心和文绉绉的题词和签名。

直到天快亮时，她才上床迷迷糊糊地眯了一会儿，还不时地被噩梦惊醒—— 一会儿梦见自己刚刚坐上雪橇去教堂，就被父亲发现拦住了，迅速地把她拖过雪地，扔进漆黑无底的深渊，她头朝下像箭一般急速下坠，心狂跳不已；一会儿她又梦见弗拉基米尔微弱无力地躺在草地上，面色惨白，浑身上下都是血，他奄奄一息，声音凄厉地恳求她快嫁给他……其他一些幻象，在她头里闪电般掠过，荒诞无绪却又令人毛骨悚然。

她起床后，她脸色苍白，头还真的痛了起来。她的父母觉察她不舒服，便连声问她："玛莉亚，怎么了?""不舒服吗?玛莉亚?"他们的关心体贴让她更加心痛如刀绞。她很想极力去安慰他们，很想强颜欢笑，却实在无法装出来。最后一次与家人团聚的想法压抑着她，使她几乎窒息。她在心里与身边的每个人，每样东西一一道别。

晚餐摆上桌了，她的心再次狂跳起来。她颤抖着声音说头疼不想吃饭，就向父母道了声晚安，就回房休息了。他们像平常一样吻了她，并向她道了晚安，她强忍着泪水没让眼泪流下来。回到房间后，她瘫倒在扶手椅上，泪流满面，忍受着痛苦的离别之情。她的侍女劝她镇静下来，打起精神。所有一切都准备就绪，再过半小时，玛莉亚就要永远离开自己的家门，离开她的闺房，离开她那宁静的甜美少女时代了……

外面暴风雪正在肆虐地狂舞，狂风怒吼，百叶窗摇晃不定，噼啪作响——所有在她看来都是不祥之兆，都在阻止她的出行。最后家里终于安静了，家人也都熄灯休息了。玛莉亚披上披肩，穿上暖和的外衣，带着她的首饰盒，从后门溜出去了。侍女提着两个手提箱，跟在她后面。她们沿阶而下，来到了花园。暴风雪的势力丝毫未减弱，一阵寒风袭来，施展着自己的威力，似乎要劝诫姑娘们别做出格的事。她们顶着风雪艰难地来到了花园的尽头，路上果真有一辆雪橇在等着她们，连马也感到了寒气凛冽，眼看就要坚持不住了。弗拉基米尔的车夫正在车轴前来回走动，一边取暖一边安抚着因为寒冷而受了惊吓的马儿。他把年轻小姐和她的侍女扶上雪橇，安顿好包袱和首饰盒，提起缰绳，马儿就开始飞奔起来。我们暂且把这位年轻小姐交给命运，让车夫捷列什卡的架车技术去照顾她们安全的到达教堂，现在回头来看看那位年轻的情人吧。

弗拉基米尔一整天都在为他的爱情计划奔波忙碌。早晨他去扎得林村见了神父，好不容易才同他把婚礼的事情谈妥。然后他又到附近的地主当中去寻找证婚人。他先找到了40岁的退役骑兵少尉德拉文。德拉文利索的一口答应，说这次冒险活动让他回忆起了过去的美好时光以及当年轻骑兵的恶作剧。他要弗拉基米尔留下来吃饭，并向弗拉基米尔保证说找其他两个证婚人包在他身上，这个很容易。事实也是如此，刚吃过饭，就来了两个人。一个是留着小胡子、靴子上带着马刺的当地土地丈量员施米特，另一个则是警察局长的儿子，不久前刚加入轻骑兵的16岁少年。他们不仅爽快地答应了弗拉基米尔的要求，还发誓诚心为他效劳，万死不辞。弗拉基米尔真诚地一一拥抱了他们，就回家准备其他事情去了。

此时天气已经接近黄昏，弗拉基米尔让他忠诚的车夫捷列什卡驾着三套车去捏拿拉多奥村，事无巨细，把一切都交代得清清楚楚。他自己让人备好一匹马拉的小雪橇，不用车夫，自己一个人驾车去了扎得林村。他熟识那条路，驾车顶多不过二十分钟。而几个小时之后玛莉亚·加夫里洛夫娜就能与他相聚。

但是弗拉基米尔刚离开村子来到旷野，强劲的风就刮起来了。暴风雪异常猛烈，以至于他什么也看不见。道路刹那间就被大雪覆盖了，周围的一切都消失在一片黄色的阴霾中，雪花乱舞，天地一片混沌。

在走了很长时间后，弗拉基米尔发现自己始终是在开阔的原野中打转，无论怎样也回不到大路上去。他的马因为迷了路，而且风又刮得很大把握不好方向到处乱闯，一会儿撞在雪堆上，一会儿掉进雪坑里，雪橇也常常翻倒。弗拉基米尔努力不让自己迷失方向，但是半小时过去了，他还没有到达扎得林村。又过去了十分钟，村庄还是不见踪影。弗拉基米尔只能驾着雪橇穿过一片沟壑纵横的原野，试图找寻去扎得林村的路。暴风雪肆虐依旧，天空也不见晴朗。马儿也跑得气喘吁吁，汗流如雨，而且不时陷进深深的雪地里。

后来他意识到自己可能走错了方向。他停下来回想了一下，回忆自己的踪迹，琢磨了一下自己的位置，最后判定了方向，决定向右拐。他便驾驶着雪橇向右边驶去，可这时马儿却不能走了——可怜的家伙在路上已经走了足足一个钟头了，累得筋疲力尽了。扎得林村一定就在附近，但是他无论怎么走，原野仍是无边无际，除了雪堆沟壑，什么也看不见。因为路上到处都是沟壑，雪橇时常翻倒在地，他不得不时时将它抬起来。时间一分一秒地过去，弗拉基米尔开始焦虑起来。最后，他看见远处有一片黑压压的东西，弗拉基米尔毫不犹豫向那个方向驶去。到了近处，他才发现原来是一片杂树林。“感谢上帝”，他默念道，“现在总算快到了。”他沿着树林走，希望能立刻踏上那条熟悉的道路或绕过林子——因为扎得林村就在它后面。他很快踏上了大道，走进黑暗的树林。冬日里，由于树叶已经凋零，因此狂风在树林里无法像在旷野中一样逞强，看到马儿有了力气，弗拉基米尔也才放宽了心。

但是他走啊走，依然看不见扎得林，树林似乎没有尽头，这时可怜的弗拉基米尔惊恐地发现他在一片生疏的树林里。他万分沮丧，抽打着马儿，可怜的畜生撒腿就跑，很快又慢了下来，十几分钟后就慢慢拖着步子，全然不管懊恼焦急的弗拉基米尔怎样鞭打他。

树木渐渐稀疏了，弗拉基米尔终于走了树林，可扎得林村还是不见踪影。这时已是午夜时分，他绝望地赶着马毫无目的地乱闯。过了很久暴风雪终于停了，头顶上的乌云也散尽了，一片平原倒映在他的眼前，上面像铺了一层波浪似的雪白地毯。夜色格外明净，他惊喜地发现不远处有一个四五户人家的村落。弗拉基米尔急忙向村落快速驶去，在第一家小屋前停下，他满怀希望地跑到窗口敲了起来。过了几分钟，木窗打开了，一个老头儿探出了他那满是白胡子的脸。“怎么了，年轻人？”

“请问，这里离扎得林远吗？”

“你是说去扎得林？”

“是，是啊，远吗？”

“不，不远，大约有八英里。”

听到这里，弗拉基米尔呆住了，像一个被判了死刑的人。“你从哪里来？”老人继续问。

弗拉基米尔已经沮丧得不想说话了。“老人家，你能弄匹马，把我送到扎得林吗？”

“我们没有好马。”老人答道。

“那有带路人吗？我可以出钱，随便多少都可以。”

“等等，”老人说着放下窗板，“我叫我儿子带你去吧！”

弗拉基米尔焦急地等着，没几分钟，他再次敲了敲窗子。窗板打开了，白胡子又探了出来。“什么事？”

“请问，你儿子准备好了吗？”

“他马上就到，在穿靴子呢。外面很冷吧？进来暖和暖和吧。”

“多谢，麻烦叫你儿子快点。”

门开了，一个拿着拐杖的年轻人出来了。他快步地走在雪橇前头，时而在雪堆中指路，时而又寻找着下一步往哪个方向走。

“现在几点了？”弗拉基米尔问道。

“天快亮了。”年轻人回答道。

弗拉基米尔焦急得一句话也说不出来了。

他们赶到扎得林村时，公鸡已经打鸣，天很亮了。教堂的门早就已经上了锁，弗拉基米尔只好给带路人付了钱便自己驱车去了神父家打听消息。院子里没有他派车夫驾的三套车，他不知道等待着他的是什么消息啊！

不过，现在让我们回到捏拿拉多奥村，看看这一家人怎么了。奇怪的是，什么事都没有发生。

老夫妇俩睡醒以后就走进了客厅。珈夫利拉·珈夫利落维奇头戴睡帽身披温暖的外衣，夫人普拉斯科委雅·彼得洛夫娜身穿棉质晨衣。早茶递上来了，珈夫利拉·珈夫利落维奇派一个侍女去问问玛莉亚感觉怎么样了，昨晚睡得好不好，身体是不是还不舒服呢。姑娘回来说小姐昨晚睡得很糟糕，不过现在好多了，收拾打扮好马上就会到客厅来。果然，门开了，玛莉亚进屋了，向父母请安。

“头好点了吗？玛莉亚？”珈夫利拉·珈夫利落维奇亲切地问女儿。

“好极了，父亲。”玛莉亚回答说。

“玛莉亚，我想你昨晚可能是煤气中毒了。”普拉斯科委雅·彼得洛夫娜说。

“可能吧，妈妈。”玛莉亚回答。这一天跟平常一样没什么区别，可到了晚上，玛莉亚就病倒了。家中赶紧派人到镇上去请医生，傍晚的时候，医生到了。他发现病人神志不清，还在发高烧。就这样几乎整整两个星期，姑娘都挣扎在死亡的边缘。她是生命力如此顽强地与死神斗争，死神好不容易将她拉到自己的身边，可她顽强的意志又把她拉回了人间。她想她还不能离开，“我还没有搞清楚弗拉基米尔——我的爱人为何没来呢？你到底发生什么事情了呢？”心中的牵挂激发了她的内在潜力和生命力，她不断依靠自己的意志与死神展开拉锯战，最终她成了这场战争的胜利者。

家里没有人知道这一次私奔未遂。玛莉亚烧掉了那天她给朋友和家人写的信。因为怕主人发怒，她的侍女也绝口不提那天的计划。神父、退役的骑兵少尉、蓄了小胡子的土地丈量员，还有小轻骑兵都很谨慎小心，当然也不会透漏一点儿关于这件事的消息。甚至车夫捷列什卡在喝醉的时候也从来不敢胡言乱语……这样一来，秘密就被这些同谋者小心地保护在心底里。

但是在昏迷时接连不断的胡话中，玛莉亚·加夫里洛夫娜自己泄露了大家精心保护的秘密。虽然她的话颠三倒四，但寸步不离的母亲，从女儿话里听出一丝端倪——女儿不顾一切地与弗拉基米尔·尼库拉耶维奇相爱了，大概这就是她重病的根本原因吧。她与丈夫及几个邻居商量了一番，最后一同认为这一切都是命中注定，天定的姻缘拆不散，贫穷不是弗拉基米尔·尼库拉耶维奇的罪恶，毕竟女儿是和这个人一起生活，而不是和他的金钱，等一系列安慰人的话。在我们很难为自己找到辩解的话时，道德格言便有它的用武之地了。

此时，小姐的病情终于有了好转。弗拉基米尔已好久没到珈夫利拉·珈夫利落维奇家来拜访了，他被以前的冷遇吓得再也不敢来了。于是家里决定派人去寻找他，并向他宣布一个天大的喜讯——他们赞同了这桩婚事。然而他们得到的答复却是一封半似清醒、半似疯巅的信，这让玛莉亚的父母大吃一惊。他说他永远不会再踏进这个家门一步，并请他们忘掉这个只求一死的不幸人。几天后，他们听说弗拉基米尔加入了军队，那是1812 年。许多天以后，家人才敢把这个消息告诉逐渐康复的玛莉亚，奇怪的是她也对弗拉基米尔绝口不提。

几个月后，玛莉亚在鲍罗金诺战役中立战功和受重伤者的名单中，发现了他的名字。她几乎晕厥过去，不过，谢天谢地，这次晕厥并没有造成太大的伤害。

令人悲伤的是，珈夫利拉·珈夫利落维奇去世了，女儿继承了他的全部财产。但是财富并不能宽慰她悲伤的心灵，她诚心诚意地分担着普拉斯科委雅·彼得洛夫娜的哀伤，发誓一辈子与母亲形影不离，陪母亲一直到终老。她们离开了捏拿拉多奥庄园——这个伤心之地，在另一个省的某处庄园里居住了下来。

这位既有钱又迷人的姑娘一来，就被众多的追求者围得团团转，可是谁也没有得到她的青睐。甚至有时候，她的母亲也规劝她重新挑选一个自己喜欢的人。

玛莉亚·加夫里洛夫娜总是拒绝所有人的请求，而后陷入沉思中。弗拉基米尔早已不在人世，他在法军进军莫斯科前夕，就已经牺牲在那里。

所有关于他的记忆哪怕是一点一滴对玛莉亚来说都是神圣和珍贵的，她十分珍惜一切能令她想起他的东西——他的画，他以前读过的书，他替她抄的那些乐章和诗歌。邻居们得知此事后，都对她的坚贞不渝感到异常的惊异，也满怀好奇地等着看哪位英雄能最终能俘获这位女神贞洁的心。

这时我们赢得了战争，队伍从国外凯旋而归。全国人民都举行各种各样的活动热烈欢迎他们，军乐队奏起胜利的歌曲——《万岁，亨利四世》和《若亢特》中吉罗莱斯舞曲和咏叹调。战士们出征时都还是乳臭未干的毛小子，经过战火的洗礼和磨难，回来时都是胸佩勋章的堂堂男子汉了。士兵们相互交谈着，对回到祖国感到激动万分，不时插进几句法语和德语。多么令人难忘的时刻！多么光荣欢欣的时刻！一提到"祖国"这个词，俄罗斯人的心儿是多么的激动不已啊！团圆的眼泪是多么甜蜜啊！我们把民族的骄傲和对沙皇的爱戴合为一体，不得不说那是沙皇陛下最荣耀的时刻。

我们的妇女，我们俄罗斯的妇女那时的积极表现真是无与伦比。她们平日里的那种冷漠消失殆尽，取而代之的是令人疯狂的似火热情。在迎接凯旋的勇士时，她们纵声高呼"万岁"。

"不顾一切地把帽子抛向空中。"

当年的军官有谁胆敢不承认他们得到的最好的、最珍贵的奖赏其实是来自俄罗斯的妇女呢？

在举国狂欢的日子里，玛莉亚·加夫里洛夫娜和她的母亲居住在外省，她们没有看到两个首都的人们迎接军队凯旋的热烈非凡的场面。而且在县城和村庄，那种全民庆祝的热情更为浓烈。只要军官一露面，就会受到人们热烈的欢迎，只要与他稍加比较，就算是一个风度翩翩的情人也会乖乖地甘拜下风。

我们早已说过，虽然玛莉亚·加夫里洛夫娜冷若冰霜，但追求者依然源源不绝。不过，当曾经负过伤的骠骑兵少校布朗名出现在她家时，全部追求者都有自知之明的退缩了。布朗名 26 岁左右，佩戴着一枚乔治十字勋章，就像当地姑娘描述的那样，他面色白净却很迷人。他休假回到自己的田庄，和玛莉亚·加夫里洛夫娜的村庄正好是邻居。玛莉亚·加夫里洛夫娜也不得不对他另眼相看，在他面前，她平常那种郁郁寡欢的样子也平添了些许生气。我们不能说她卖弄风情，不过如果一个诗人注意到了她的样子，肯定会这样说——

“假如这不是爱情，又是什么呢？”

事实上布朗名确实是一个很有魅力的青年。他具有赢得女人欢心的一切品质：温文尔雅，不失为谦谦君子，还不乏诙谐幽默。在同玛莉亚·加夫里洛夫娜的交往过程中，他显得朴实大方，潇洒自然。无论玛莉亚说什么，做什么，他的眼神和心都跟随着她。这样看起来他是个性情谦逊、安静的人，可传言却说他以前是个恶棍。可这些传闻并没有贬低玛莉亚对他的好印象，像所有年轻女士一样，她对他勇敢无畏的不羁行为显得特别的宽宏大量。然而，不是别的东西（不是他似水般的柔情，不是他那令人欢心的话语，不是他迷人的苍白脸色，也不是他那缠着绷带的胳膊），而是年轻骠骑兵的沉默激起了她的好奇心和想象力。她不得不承认她真的很喜欢他，而聪明老练的他，应该也看出了她对他情有独钟吧。可是为什么他还不拜倒在她的石榴裙下，向她表白心意呢？是什么困扰了他？难道是因为爱情表现出的羞怯？或者是高傲？还是情场老手玩欲擒故纵的手法呢？想来想去，她自己宁愿认为羞怯是唯一的原因，于是便决定更加关怀体贴他，必要的时候，给他一点儿柔情。她想尽一切办法要得到最出人意料之外的结局，并焦急地等待着他向她表白的浪漫时刻。神秘，不管是什么，总能让女人的心此起彼伏。

她的策略终于达到了预期的效果——至少，布朗名变得若有所思，总是用自己热情的黑眼睛柔情地盯着玛莉亚·加夫里洛夫娜，胜利在望了。乡亲们开始讨论着婚事，仿佛一切早已成定局，好心的普拉斯科委雅·彼得洛夫娜也喜上心头——女儿终于如愿找到了她的如意郎君。

一天，老太太一个人坐在客厅摆纸牌占卜，布朗名进来了，开口便问玛莉亚·加夫里洛夫娜在哪里。“她在花园里，”老太太回答，“你去找她吧，我在这儿等你们。”布朗名急忙出去了，她在胸前画了个十字，心想：“上帝保佑，但愿今天就成为他们的好日子吧。”

在池塘边的柳树下布朗名找到了玛莉亚·加夫里洛夫娜，她穿着一身白色的连衣裙，手里拿着一本书——正如浪漫小说中的女主角一样。几句简单寒暄后，玛莉亚·加夫里洛夫娜故意中断了谈话，这样一来，两人更加拘谨不安，这时候只有突如其来的决定性的表白才能打破这样的僵局。终于，布朗名打破了这种尴尬，说他早就想找个机会向她表白情意，现在请求她耐心倾听。

玛莉亚·加奉里洛夫娜合上书本，闭上眼睛，在心底高兴地默许了。“我爱你，”布朗名说，“我热烈地爱着你。”玛莉亚羞地脸通红，头垂得更低了。“我已经不能控制自己，只能放任自己天天来看你，倾听你说话的声音，这一切我都感到心满意足了。”玛莉亚·加夫里洛夫娜依稀记得这是圣·普鲁克斯给她写的第一封情书中的话。他接着说：“现在我已经无法反抗命运，对你的思念以及你那无与伦比的甜美形象将是我此生欢乐与痛苦的源泉。然而，我不得不履行一个痛苦的义务，告诉你一个令人可怕的秘密，那是横亘在我们中间的一道不可逾越的障碍，我今天想把它清除掉……”

“阻碍一直都有，”玛莉亚·加夫里洛夫娜慌忙打断他的谈话说，“我不可能成为你的妻子……”

“我明白，”他温柔地回答道，“我知道你曾经刻骨铭心地爱过一次。但是他已经过世了，你已经怀念了他整整三年……善良的玛莉亚，这就足够了！千万请您不要剥夺我最后一丝安慰，我本以为你会答应我的请求。如果……别说了，看在上帝的份儿上，什么也别说。我的心都碎了。是的，我知道，我以为你会答应成为我的妻子，可是——我是个不幸的人，我已经结过婚了。”

玛莉亚·加夫里洛夫娜一动不动看着他，目瞪口呆。“我结过婚了，”布朗名接着说，“结婚已经四年了。但我不知道我的妻子是什么样的人，她住在哪儿，我不知道可不可以再见到她。”

“你想说什么呀？”玛莉亚·加夫里洛夫娜觉得一头雾水，“多奇怪的事！说下去，等会儿，我也跟你讲我的事……但是现在请你说下去吧。”

“那是在 1812 年的年初，”布朗名说，“我赶去维尔纳，我们团驻扎在那儿。有一天我经过一个小站，那时天已完全黑了，我嘱咐驿站赶紧套马准备赶路。忽然下起了猛烈的暴风雪，驿站长和车夫都劝我等一等再走。我听从了他们的意见，可是总感到有一种难以名状的烦躁，冥冥中仿佛有什么人在催我上路。可这时，暴风雪仍然丝毫未减，我实在是忍不住了，又嘱咐套马，冒着暴风雪上路了。车夫想沿着河面走，因为那样可以抄近路节省时间。积雪盖满了河岸，车夫迷了路，错过了拐上大路的地点，结果发现我们走到了一个完全陌生的地方。风雪依旧很猛烈，还好我看到远处有一丝灯光，就叫车夫向着灯光的方向驶去。这样我们来到了一个小村庄，看见了一座用木头建成的教堂，教堂里还有灯光。教堂的门开着，几辆雪橇停靠在篱笆外，有人在走廊里着急的走来走去”。

“到这边来！到这边来！”有几个声音在喊。

我吩咐车夫直接赶去教堂。

“怎么搞的，你怎么现在才来？有人对我说，‘新娘晕倒了，神父不知道该如何才好，我们正打算回家呢。快来，赶紧！’”

“我没有说话跳下雪橇走进教堂，教堂里两三支蜡烛发出微弱的光在闪动。在教堂黑暗的一角，一个姑娘在长凳上坐着，还有一个在帮她揉着太阳穴。…感谢上天！你总算来了，’她说，‘你几乎要了我们小姐的命。’”

“老神父走过来问我，‘可以开始了吗？’‘可以了，神父，开始吧。’”我漫不经心地答道。

“他们从凳子上扶姑娘起来，她真是个美人儿。”

“真是神差鬼使、不能饶恕的荒唐事……我和她并排站在诵经台边，神父匆匆忙忙，有三个男士和那个侍女扶着新娘，让她按照神父的指示做。就这样我们结婚了”。

“神父说，‘互相亲吻吧。’我的妻子转过她那苍白的脸，正在我要吻她的时候，她惊叫了起来，‘不是他！不是他！’然后就晕倒在地上了。证婚人惊慌地看着我。我转过身，走出教堂，谁也没有顾得上阻拦我。我跳上雪橇，招呼车夫，‘走吧！’”

“天哪！”玛莉亚·加夫里洛夫娜惊讶地叫起来，“你不知道你那不幸的妻子以后怎么样了吗？”

“我不知道，”布朗名回答道，“我不知道我举行婚礼的那个村庄叫什么名字，也不知道我是从哪个驿站出来的。那时候我压根就没把自己做的恶作剧放在心上，一离开教堂，我就在雪橇上睡着了，等到第二天清晨才醒。我的随从在战役中都牺牲了，我根本没办法再找到她。我对她开了一个残忍的玩笑，而如今她又在残忍地报复我。”

“天哪！”玛莉亚·加夫里洛夫娜一把拉住他的手，“原来那个人就是你呀！难道你没有认出我吗？”布朗名面色惨白，跪倒在她脚下……

基尔查里

基尔查里是布尔加人。基尔查里四个字在土耳其语里的意思是勇士、好汉。但是我不知道他真正的名字叫什么。

基尔查里干的是打家劫舍的勾当，闹得整个摩尔达维亚人心惶惶。为了使您对他有所了解，我就来讲一件他做过的好事。有一天夜里他和阿尔纳乌特人米哈伊拉基两人一起去袭击一个布尔加村庄。他们在村子两头放起火，然后开始一间一间地搜索农舍里的财物。基尔查里在前砍杀吓跑人们，米哈伊拉基则在后面收取战利品。两个人齐声喊着："基尔查里！基尔查里！"整个村子的人害怕得四下奔逃。

当亚历山大·伊普西兰蒂宣布起义并开始招兵买马的时候，基尔查里带几个老同伙去投奔他。那个秘密组织的真正目的他们不太了解，也不想去了解，然而战争能提供机会去从土耳其人，或许还有摩尔达维亚人身上掠夺，发财致富，对此他们似乎是一清二楚的，似乎也是这样的目的。

亚历山大·伊普西兰蒂骁勇无畏，然而他过分急躁、过分粗心大意，还缺乏作为一个领导者应有的素质。除此之外，他不善于与人和平相处，而这些人他却不得不去领导。他们对他既不敬仰，也不信赖。在那场使希腊青年的精英惨遭牺牲的不幸战斗以后，约尔达季·奥林比奥蒂劝说他离开部队，自己则接替了他的位置。伊普西兰蒂骑马去到奥地利边境，从那里托人带来一封信，信里是对那些人的诅咒，说他们不服从命令，是胆小鬼、恶棍。抵御势力强过自己十倍的敌人是没有丝毫胜利的希望的，这些胆小鬼和恶棍大部分在谢库修道院护墙内或普鲁特河畔阵亡。

基尔查里加入了乔治·康塔库津的队伍，关于后者，可以重复关于伊普西兰蒂的话来加以形容。在斯库良奈城下之战的前夕，康塔库津请求俄罗斯的主管官员允许他进入我们的检疫所。这样部队失去了指挥战争的领导者。但是基尔查里，萨费扬诺斯，康塔戈尼以及其他的战士认为指挥官毫无必要。

斯库良奈城下之战感人至深的全部真相，恐怕还没有任何人描写过。请设想一下七百名阿尔纳乌特人、阿尔巴尼亚人、希腊人、保加利亚人以及形形色色的乌合之众组成的部队，毫无军事素养和战斗技术，在看见一万五千名土耳其骑兵时就完全放弃了抵抗，节节后退，狼狈逃跑。这支队伍不得已地退到了普鲁特河岸边，架了两门从雅西的一位大公的宫殿里找到的小炮，通常这些炮只是在隆重的节日宴会时放礼炮用的。土耳其人想使用霰弹炮来攻击，但是没有俄罗斯当局长官的准许他们不敢用，因为霰弹必然会飞越到我们一边的河岸，给我们带来损失。检疫所的长官（如今已经作古）服役已有四十年，从来没有听到过子弹的呼啸，可是现在上帝让他听见了。有几颗子弹在他耳边呼啸而过。老头大发雷霆，为此将隶属于检疫所的鄂霍茨克步兵团的一位少校大骂一通。少校不知所措，便向河边跑去，河对岸那些胆大妄为之徒正骑着马横冲直撞。他向他们做手势发出警告。那些胆大妄为之徒一见到这个，便不得不停止发射炮弹，转过身飞驰而去，他们后面还跟有整整一队土耳其人。伸出手指发警告的那个少校叫霍尔契夫斯基。他后来怎么样不得而知。

但是第二天土耳其人又向会党分子发起了进攻。他们既不敢用霰弹，也不敢用炮弹，而是一反常态开展短兵相接的战斗。和会党分子之间的战斗厮杀得相当惨烈。他们使用的是一种叫阿塔于的刀相互砍杀。而土耳其人中有一部分人用的是长矛，在此以前在他们那里的人是从来没有见过这种武器的。这些长矛是俄罗斯人制造的，因为有涅克拉斯分子在他们的队伍里参加了厮杀。会党分子征得我们沙皇的许可，于是越过普鲁特河，在我们的检疫所里暂时藏身。他们开始渡河。康塔戈尼和萨费扬诺斯在最后关键时刻却留在土耳其一边的岸上了。基尔查里昨天不小心负了伤，所以已经躺在了检疫所里。而萨费扬诺斯阵亡了。康塔戈尼人长得比较胖，腹部被矛刺伤。最后他一手举起军刀，另一手抓住敌人的长矛往自己身子更深地捅去，这样他用军刀就够得着杀他的那个人，和他一起同归于尽。

一切都结束了。土耳其人获胜。摩尔达维亚被洗劫一空。大约六百个阿尔纳乌特人流落在比萨拉比亚。尽管他们不知道以后的生活该怎么办，靠什么来养活自己，却仍然感谢俄罗斯给他们的庇护。他们过着游手好闲，但是并不放荡的生活。在半土耳其化的比萨拉比亚的咖啡馆里总能见到他们悠闲地叼着长长的烟袋，端着杯子，一小口一小口地品尝着浓香的咖啡。他们带花纹的短上衣和尖头的红鞋子已经略显破旧，但是凤头样的小圆帽还歪戴在头上，宽阔的腰带下面则依然露出佩剑和手枪。难以想象这些老实巴交的贫民曾经是摩尔达维亚勇敢的希腊解放战士，可怕的基尔查里的同伙，而且他本人也变成了这个样子。

统治雅西的巴夏知道基尔查里的下落之后，便根据和约与俄罗斯方面的长官谈判，要求俄国帮助引渡这个强盗。

基尔查里被监禁起来。他并不打算隐瞒自己的身份，而且承认自己就是基尔查里。“不过，”他补充说，“自从我渡过普鲁特河以来，我就再也没有干过打家劫舍的勾当，也没有欺侮过任何一个穷苦的茨冈人。对土耳其人、摩尔达维亚人和瓦拉几亚人来说，我当然是土匪，然而对俄罗斯人来说我却是客人。当萨费扬诺斯打完了所有的霰弹，到检疫所来向我们要武器时，他们从伤员身上夺取纽扣、钉子、项链和刀柄上的镶头用来做霰弹，我给了他二十个贝什雷克，所以身无分文了。上帝作证，我基尔查里现在是靠别人周济过日子，没有干过任何伤害别人的事情！为什么俄罗斯人要把我出卖给我的敌人呢?”说完这些话基尔查里便不再说话，开始静静地等待自己命运的结果。

他没有等多久。上司没有理由从土匪们浪漫的一面去对待他们的行为，而且认为土耳其人的要求是正当的，便吩咐将他押解到雅西去。

一个当时名不见经传，而今已身居要职的有头脑、心肠好的人向我生动地描述了他离开时的情景。

1812 年 9 月的最后几天中的一天，一辆叫作卡鲁察的车停在有小尖顶的城堡门口。大大咧咧、啪嗒啪嗒地拖着鞋子的犹太女人，穿着破旧而色彩鲜艳服装的阿尔纳乌特人，手上抱着黑眼睛婴孩、身材苗条的摩尔达维亚女人，围住了卡鲁察。男人们保持缄默，妇女们叽叽喳喳地讨论着，热切地期待着将要发生的事情。

城门开了，几个警官走了出来，来到了街上；两个士兵跟在他们后面押着已经上了镣铐的基里查里。

他看上去大约30岁。他黝黑的脸部容貌端正而严峻。魁梧的身材，宽阔的肩膀，整个体形表现出非同寻常的体力。花花绿绿的缠头布歪斜着罩在他的头顶，宽阔的腰带束在他的腰上。厚蓝呢的土耳其长衫，拖到膝盖上方的衬衫的宽折裥，以及一双漂亮的便鞋便构成了他其余的装束。他的神情高傲而镇定。

一位官员，是一个穿着褪色制服的红脸老头，他制服上的三颗纽扣已经松动，一副锡制的眼镜架在那像一个红肉球的鼻子上；他打开一份文书，弓着身子，开始用摩尔达维亚语宣读。他不时傲慢地望一眼已经戴上镣铐的基尔查里，显然文书的内容是关于对他的判决的。基尔查里则专注地听他宣读对他的判决。官员念完了文书，将它折叠起来，严厉地向民众发出一声吆喝，命令他们散开，然后吩咐车夫把马车赶过来。这时基尔查里面向他，用摩尔达维亚语对他说了几句话；他的声音是颤抖的，脸色也变得苍白；他哭了起来，跪倒在警官的面前，镣铐也丁零当啷响了起来。警官吃了一惊，身子本能地向后退去；士兵想扶基尔查里起来，但是他自己站了起来。他收拾起锁链，一步跨进了卡鲁察，喊道："走!"一个宪兵靠着他坐着，赶车的摩尔达维亚人打起一声响鞭，卡鲁察便滚动起来。

"基尔查里对您说了些什么?"年轻的官员问警官。

"您看见啦，先生，他请求我，"警官笑着回答，"照应他的妻子和小孩，他们住在离基里亚不远的一个保加利亚村子里，他担心他们因他的牵连而受苦。这样的人真是蠢货，先生。"

年轻官员讲的故事使我深受感动。我同情不幸的基尔查里。在这之后，关于基尔查里的消息我一无所知。几年以后我再次遇见了那位年轻官员。我们谈起了过去发生的那些事情。

"您那位伙计基尔查里怎么样了?"我问道，"您知道他最后怎么样了吗?"

"怎么不知道呢。"他回答道，于是向我讲述了下面的情况：

基尔查里被送到雅西，带去见了巴夏。巴夏判他插桩处死。死刑将在某一节日前执行。他被暂时关在牢里。

囚犯由七个土耳其人看守。他们因为他的勇气而尊敬他，怀着所有东方人共有的好奇心理听他讲自己过去神出鬼没的故事。

看守和囚徒之间逐渐混熟了，建立了一种亲密的关系。有一次基尔查里对他们说："哥们儿！我的死期快到了。谁也不能拯救我，使我逃脱命运的惩罚。我不久就要离开你们了。我想为你们留下一点可纪念的东西。"

土耳其人竖起了耳朵。

"哥们儿！"基尔查里接着说道，"三年前，当我和已故的米哈伊拉基一起打劫的时候，我们在离雅西不远的草原上埋了一口装满加尔宾的锅子。看来无论我还是他，都没有机会占有这份宝藏了。这样吧，你们去找到它，友好地分了吧。"

土耳其人简直高兴得要疯了。他们开始议论：怎么才能找到那个藏宝的地方？他们左思右想，决定让基尔查里自己领他们去。

到了晚上，土耳其人给他们的囚徒卸了镣铐，用绳子绑了他的双手，就带他一起出城向草原走去。

基尔查里辨别了方向之后，带他们走过一个土岗，又翻过另一个小山丘。他们走了很久。终于基尔查里在一块大岩石边停住了脚步，向南量了二十步，跺了跺脚说："就在这儿。"

土耳其人安排了一下，决定四个人用剑挖土。三个人留下来看守基尔查里。基尔查里坐在岩石上，开始看他们干活。

"怎么样啦？快了吗？"他问，"挖到了吗？"

"还没有。"

土耳其人答道，他们已经干得汗流浃背了。

基尔查里显得不耐烦起来。

"看这些人，"他说，"连挖土都干不好，还能做什么呢。要是我啊，两分钟就干完了。孩子们！松开我的手，我来给你们干。"

土耳其人思索起来，开始商议要不要给他松绑。

"有什么不可以呢？咱们给他松绑，让他干活。他怎么可能逃跑呢？他只一个人，咱们有七个。"于是土耳其人给他松了绑，给了他剑。

基尔查里终于自由了，而且有了武器。他有某种兴奋的感觉！……他开始利索地挖起来，看守们一起帮着他干……突然他迅速地用剑捅进了其中一个的身子，然后把剑把留在了那个人的胸口，又迅速地从他的腰带下面抽出了两支手枪。

另外六个人看见基尔查里已经武装了两支手枪，便四下逃跑了。

基尔查里如今在雅西附近重操就业。不久前他给大公写了一封信，要他缴出五千列弗，威胁说，否则就放火烧掉雅西城，而且要给他一点儿颜色看看。五千列弗很快便送到了他的手里。

彼得大帝的黑奴

彼得铁的意志改造了俄罗斯。

——尼雅齐可夫

一

我到巴黎才开始生活，而不仅仅是活着。

——摘自《旅行杂记》

彼得大帝派遣了一批年轻人去国外学习能够快速使国家富有所必需的知识，彼得大帝的教子——黑人伊卜拉金姆就是其中一个。伊卜拉金姆在巴黎军事学院上学，毕业时获得了炮兵上尉军衔。在西班牙战争中，他崭露头角，但在战争中受重伤之后就回巴黎了。

彼得大帝虽然日理万机，但却从来没有忘记关注他最心爱的教子的学习生活状况，但是总是听到赞扬他进步和表现优秀的献媚的消息。彼得大帝对伊卜拉金姆很满意，经常要求他回俄国。但是，伊卜拉金姆并不愿意回去。为此，他用各种各样的理由来搪塞：一会儿是需要疗伤，一会儿是他想继续深造的渴望，一会儿是他的费用不足……彼得大帝总是迁就他，答应他的各种要求，而且叮嘱让伊卜拉金姆照顾好自己，对他学习的热情表示敬意。虽然彼得大帝自己生活节俭，但他从不限制伊卜拉金姆的开销，在给他寄去可观的金币的同时，也带去了父亲般的教导和建议。

根据一切历史回忆录的考证，没有哪个国家能够同当时法国人的愚蠢思想、轻浮举止和奢侈糜烂的生活相比。路易十四执政后期，宫廷生活还是以对上帝忠诚、庄严肃穆以及端庄得体为特征，但是到了今天，这种特征无论如何都已经完全销声匿迹了。

奥尔良亲王是一个把各种各样的优秀品质和恶劣行径集于一身的人。不幸的是，他对自己的恶劣行径根本不加以约束和掩盖，皇宫中纸醉金迷的狂欢在巴黎根本就是普遍现象。这种行径是具有影响性的——大概那个时候，约翰·劳出现了，他不仅对钱财贪婪无比，而且总是寻欢作乐，过着放荡的生活。

毫无疑问，家产几乎被消耗殆尽，道德标准也开始腐化堕落。法国人思考着，大笑着，然而国家就在讽刺喜剧的嘻嘻哈哈的陪伴中土崩瓦解了。

与此同时，巴黎的社交生活呈现着一片生气勃勃的气氛。求知和娱乐的强烈欲望使得社会各阶层的人士聚集一堂。名誉、魅力、财富、才能或者是稀奇古怪的各种嗜好，所有这些东西都能成为好奇心滋长的温床或满足人们所需要的欢乐——这一切被人们一视同仁地接受了。作家、科学家和哲学家也开始放弃他们默默无声的追求，在上流社会寻求寄托，追求时尚潮流，来操控时尚发展的趋势。女性统治了生活的一切，但是她们不需要再受到男人的爱慕或崇拜，彬彬有礼的外表取代了她们内心曾持有的深深尊重和敬意。

产生时间不长的智慧和艺术之神，黎赛留大公——现代雅典的阿尔基维德的愚蠢行为对人们来说已成为历史，它给人们呈现了那个时代伦理道德的一些状况。

那幸福的时代象征着自由放纵，那时候狂妄像匹野马，咆哮着、响着铃铛，步子轻快地跑遍整个法兰西的国土，享受着这自由的空气，那时候，没有一个凡人情愿虔诚超度，那时候，什么事都可以做，除了反省和自守。

伊卜拉金姆的出现，他的外貌、他的修养以及天资聪明在巴黎社交界受到了广泛的关注，所有的女士都希望能够有机会在自己的家里接待这位“沙皇的黑人教子”。为邀请他，她们互相进行激烈地明争暗斗，连尊贵的摄政王也不止一次地邀请他参加在自己家中举办的愉快的晚会。他还常常参加各样的社交晚会，年轻气盛的阿鲁埃特和稳重老成的绍利叶的出现以及孟德斯鸠和方特内尔的风趣言谈都使得这些晚宴更加富有活力和趣味。

他从不愿意放过任何一次单身舞会，单身游乐会或者演出。他用自己这种性情和那个年龄段所具有的全部热情放纵自己投身于时尚的旋涡中。

但是，伊卜拉金姆不想离开巴黎，他害怕失去这种放荡奢侈的生活，不想让彼得堡枯燥乏味规矩的宫廷生活代替这些丰富多彩的欢乐生活。另外一些更强烈的羁绊让他不愿意离开巴黎——那就是这位年轻的非洲人坠入了情网。

伯爵夫人虽然已经不是散发着青春活力的年轻姑娘，但风韵犹存。她17岁离开修道院，嫁给了一个她根本不爱的人，那个人在婚后也没有努力赢取她的芳心。传闻她有很多情人，可是，按照社交场中宽容的法典，她拥有一个令人尊敬的好名声，没人责怪她的任何可笑或丢脸的冒失行为。她的房子是巴黎社交界最时髦的，巴黎上层的社会人士经常在那里聚会举行晚宴或者其他的舞会什么的，梅尔维尔把伊卜拉金姆介绍给了伯爵夫人。大家都认为梅尔维尔将会是伯爵夫人最新一任的情人，而梅尔维尔本人也努力使自己在各个方面迎合大家的那看法。

伯爵夫人很有礼貌地接待了伊卜拉金姆，但是没有给他特别关注，这点使他感到很轻松。因为人们通常把这个年轻的黑人当作一个稀有之物，一窝蜂地围在他周围，用各种各样奇怪的问题和问候来围裹他。虽然他们的好奇心是带着友好的态度，并无恶意，但却极为严重地伤害了他那骄傲的自尊心。女士们特别的关注根本不能赢得他的兴趣，虽然这几乎是他全部努力的唯一目的，但这些关注却使他感到愤怒和痛苦，几乎快要窒息。他觉得，对他们来说，他只是一种奇异之物，是一个外国人，某种有着奇怪外表的生物，有意无意地被带进他们的世界里，和他们完全没有共同点。事实上，他甚至羡慕那些异常平凡的普通人，认为他们的不受关注反倒是一种幸福。

造物主造就他，不是为了谈情说爱的快乐，这个思想把他从自大和自命不凡的虚荣中拯救出来，并使他在和女性交往的时候极具有一种独特的魅力。他的言谈既简约又严肃，这点让伯爵夫人感到很满意，因为她对法国人机智的浮夸滑稽以及巴结逢迎已感到了厌烦。伊卜拉金姆经常来拜访她。久而久之，她习惯了这个年轻黑人的面孔，而且事实上，她能在客厅里，在众多粉亮假发中的黑鬈发脑袋上，发现这个年轻黑人某些魅力之处（伊卜拉金姆的头部曾经受过伤，他的头上捆着绷带而不是戴着假发）。他

27岁，身材魁梧，容貌俊秀，很多社交场合的美女都以热切眼神看着他——那目光与其说是好奇，不如说是倾心。但是，心中带有偏见的伊卜拉金姆或是什么也不去注意，或是已经把它们当作简单的卖弄风情。然而，当他的目光和伯爵夫人的目光相碰时，他的偏见消失了。她所流露出的神情具有如此强大的吸引力和高贵品质，她对待他的方式是这样单纯和自然，使得伊卜拉金姆根本不可能怀疑她身上有哪怕是一丁点儿蓄意嘲讽、卖弄风情和做作的影子。

他没有想过和伯爵夫人的爱情，但是每天去看望伯爵夫人已成为他生活中必不可少的一种习惯。他总是找寻机会和她见面，对他而言，每次见面都是上天赐给他的一份意外的礼物。但是伯爵夫人比他更早意识到他对她的感情。不管怎么说，不抱希望、不求回报的爱情常常比那些工于心计的引诱更能获取一个女人的芳心。只要伊卜拉金姆在场，伯爵夫人就目不转睛地关注着他的举动，牢记他所说的每一句话。如果伊卜拉金姆不在场，她就芳思飘散，陷入她那常有的心不在焉、心神恍惚的沉思中。

梅尔维尔是第一个注意到他们之间微妙的相互爱慕关系的人，他鼓励伊卜拉金姆要勇敢地寻求自己的爱情。没有什么比一个旁观者的鼓励更能让爱情之火燃烧起来。爱情是盲目的，它对自己没自信，但是会急切而迅速地抓住每一个支持和鼓励。梅尔维尔的话唤醒了伊卜拉金姆心中久已渴望的行动。

得到他所喜爱的女人的念头从未存在于伊卜拉金姆的思想中，可是现在，希望之光把他的灵魂照亮了——他深深地陷入了恋爱狂潮中。伯爵夫人对他狂热的追求感到吃惊，想利用朋友的劝言和善意的忠告来阻止那狂热的爱情。但是，这一切都是徒劳。她自己的反对立场也变得越来越无力，鲁莽的鼓励一个接着一个，激起的热情使她激动不已，失去了理智，再也无法抗拒这种强大的力量——伯爵夫人最终接受了她那狂热的情人的追求。

什么事都逃不过世人敏锐的观察力，不久之后，伯爵夫人新的恋情就众人皆知了。有些太太对她的选择感到不理解，但更多的人却把它当作一件极为自然的事情。一些人讽刺她，另一些人则认为这是她所做的是一件永远不能获得原谅的蠢事。

刚开始，伊卜拉金姆和伯爵夫人无所顾忌地享受着相爱的激情，对其他的流言蜚语都毫不在乎。但是不久，男人们嘲讽的讥笑和女人们恶毒的中伤无法避免了，开始传到他们的耳朵里。伊卜拉金姆冷静的态度一直都让他对这种流言蜚语的攻击无所顾忌，而他现在却只能无奈地忍受着这些攻击，不知道如何躲避它们并进行反击。但是，习惯得到上流社会尊敬的伯爵夫人却无法忍受自己成为流言和嘲讽的对象。她有时候痛哭流涕地抱怨伊卜拉金姆，有时候严厉地责备他，有时候却乞求他不要试图为她诡辩，这样才不至于导致一场大风波，彻底毁掉她的形象。

然而另一件措手不及的事情让他们的处境变得更加困难，他们草率相爱的结晶不期而至。伯爵夫人绝望地把这件事告诉了伊卜拉金姆。安慰，劝告，建议，他们竭尽全力地想尽一切办法来挽回，来制止，但都于事无补。伯爵夫人看到了她所面对的无法避免的身败名裂，她痛彻心扉地等待着这一切。

当人们都知道伯爵夫人怀孕的消息后，流言蜚语又如潮水般铺天盖地。多愁善感的太太们惊讶地喊叫，男人们则在打赌伯爵夫人生出来的小孩是白人还是黑人。矛头针对伯爵夫人丈夫名誉的打油诗顿时也如泉涌般涌现了出来，而他却是全巴黎唯一一个完全不知道、不怀疑的人。

命定的时刻一天天迫近了，伯爵夫人的心情也越来越烦躁。伊卜拉金姆每天都来看望她，却只能眼睁睁地看着她精神上和肉体上的力量逐渐衰弱，她总是产生新的恐惧和眼泪。终于，她第一次感到了痛楚。他们急忙采取措施，想方设法地把伯爵支出去，迅速地请来了医生。

两天前，他们已经成功说服了一个贫困的妇女放弃刚出生的婴儿，并安排了一个可靠的心腹把小孩带来伯爵家。伊卜拉金姆什么忙也帮不上，只能待在书房里，不幸的伯爵夫人就在隔壁。他屏住呼吸，仔细听着她压低的痛苦的呻吟声、女仆的细声细语和医生的嘱咐，同时也为她加了一把劲。她的痛苦延续了好几个小时，发出的每一声呻吟都撕扯着伊卜拉金姆的心，而且每一间隔的沉静都使他内心充满了恐惧……忽然，他听到一声婴儿细微的啼哭声，实在无法抑制自己内心的喜悦，立马就冲进了伯爵夫人的卧室。在她脚边，一个皮肤黑色的婴儿躺在床上哇哇大哭着。伊卜拉金姆走近婴儿，心强烈地跳动着，他颤抖着双手给儿子祝福。伯爵夫人冲他微微地笑了一下，并向他伸出一只无力的手……但是，医生担心情绪太激动会刺激病人，就把伊卜拉金姆从她的床边拽走了。刚生下来的婴儿被放在一个有盖子的篮子里，从一条秘密的楼梯被送了出去。同时另一个婴儿被抱进屋来，放在伯爵夫人屋子里的婴儿床上。

伊卜拉金姆离开伯爵家之后，心里稍微有点安慰，他期待着伯爵马上回家。不过伯爵很晚才回来，知道妻子已顺利生下孩子，他很高兴。这样，那些预期要看笑话的人们相当失望，他们只能用恶意中伤的流言蜚语来聊以安慰——一切恢复正常。

可是，伊卜拉金姆却觉得他的命运可能将要发生变化，他和伯爵夫人之间的事情迟早会传到她丈夫那里去。在那种情况下，无论怎样挽回，伯爵夫人的身败名裂都将是无法避免的。伊卜拉金姆十分狂热地爱恋着伯爵夫人，也一样热烈地被伯爵夫人爱着。但是，伯爵夫人是轻浮而又喜怒无常的——这不可能是她第一次爱上一个人。

厌恶和仇恨可能会很快取代她内心最温柔的感情，伊卜拉金姆已经预见她对他冷淡了。到现在为止，他从来没有嫉妒过别人，但是他对这种不幸的事已经有了令人惊恐的预感。他想，别离的痛苦对人的折磨可能会比这致命的灾难轻一些，他准备立刻中断这段注定没有结果的恋情，离开巴黎，回到俄国。在那儿，彼得大帝和一种模糊的责任感始终在召唤着他。

二

美丽花蕾并未盛开，
欢乐并非令人神往，
智慧并非随意狂妄，
我自己也并非一向平安……
向往荣誉，我却受尽磨难，
我聆听，一片喧哗，光荣在向我召唤。

——杰尔查文

一天天，一月月，时间飞逝。伊卜拉金姆依然坠入情网无法自拔，无法下狠心离开他曾经热烈爱过的女人。伯爵夫人对他的信赖和爱恋也与日俱增，而他们爱情的结晶正在一个遥远的地方被人抚养成长。流言蜚语开始逐渐消失了，这对恋人又可以享受安定的宁静生活，只是默默地在心里回想着过去的那场恐怖的暴风雨，并尽量不费心去计划他们的未来。

一天，伊卜拉金姆正在奥尔良亲王的大门口。正好碰见了奥尔良亲王，亲王停下来，递给他一封信，告诉他有时间时读一下——这封信是彼得一世发来的。可能猜到他的教子不想回俄国的真正原因，沙皇写信给亲王说，他不想给伊卜拉金姆增加哪怕是一丁点儿的压力，而是让他自己决定是否要回俄国。但是，不管怎样，他永远也不会抛弃他抚养长大的教子。这封信深深地触动了伊卜拉金姆心灵深处的那根弦，从那时起，他的命运就已成定局。

第二天，他告知摄政王他的决定，打算立刻返回俄国。“好好考虑一下吧，你正在做什么，”亲王对他说，“那里不是你的祖国，我认为你也没有机会再去看你那炎热的祖国了。你在法国逗留了这么多年，你已经完全不适应半开化的俄国气候和风俗习惯了。你并不是命中注定要向彼得大帝臣服的。接受我的建议吧：既然彼得大帝慷慨地允许你选择你的自由，那么就利用他的宽容，留在法国，这里会有你更辉煌的未来。你曾为法国奉献过，请相信，你在这里一样能利用你的才能和专长为法国效劳，并会得到应有的奖励的。”

伊卜拉金姆衷心的感谢了亲王，但是，他依然坚持自己的决定，坚决要回俄国去。

“很遗憾，”摄政王告诉他，“但是我承认你的选择是对的。”他答应他退伍，并写信把一切都告诉俄国沙皇。伊卜拉金姆处理好了退伍事宜后，准备立即出发回俄国。离开的那个晚上，和往常一样，他在伯爵夫人家里度过。伯爵夫人并不知道真相，因为伊卜拉金姆无法鼓起勇气告知她已经决定好的一切。

那天晚上，伯爵夫人心情平静又开心，她频繁地把他叫到旁边，并以他心事重重的样子打趣。吃过晚饭后，所有的客人都离开之后，客厅里只剩下伯爵夫人、她的丈夫和伊卜拉金姆三人。这个不幸的男人此刻愿意放弃所有东西，只要能给他和她单独相处的机会。可是，伯爵似乎很舒适地坐在火炉旁，并没有要离开的意思，引诱他离开这个房间似乎完全是没有可能的。三个人都沉默无言。

“祝您晚安。”最后，伯爵夫人开说道。

伊卜拉金姆的心突然疼痛起来，感觉到了离别的恐惧。他像木头一样站在那儿动也不动。

“先生们，祝你们晚安。”伯爵夫人又说了一遍。

他还是静止不动，眼前一片黑暗，头晕目眩，几乎都无法走出那个房间。一回到家，他就意乱情迷地写了这封信……

我要走了，亲爱的列昂诺拉，我将要永远离你而去了。我之所以写信给你，是因为我没有勇气亲口告诉你有关这一切。我的幸福结束了，因为我是违反命运和天意的安排来享受这幸福的。你一定会停止爱我，爱的魔力总有一天会消失的。这种想法一直萦绕在我的脑海里，即便是我跪在你脚边，忘记了世界，尽情享受你全部的热情和无限缠绵的柔情……轻浮的上流社会会毫不留情地残害它在理论上所承认的东西，它那冷漠无情的嘲笑迟早会让你屈服，进而征服你那激情如火的心。你会因为你强烈的爱恋而感到羞愧。到那时候，我该怎么办呢？不，我宁愿死，宁愿在那可怕的时候到来之前离你而去……

对我而言，维持你平静安逸的生活比任何东西都更加宝贵。当上流社会把他们的鄙夷的目光都聚在我们身上的时候，你将无法享受这种平静的破坏和这美好的爱情。仔细回想一下你所忍受的一切痛苦吧——自尊心受到的羞辱，担惊受怕带来的折磨。还有我们儿子出生的时候那可怕的场景吧！不知道我是否应该继续让你承受同样的焦虑和危险？为什么非要把像你这样既温柔又漂亮的人的命运和一个人们几乎不愿意看作为人的黑人的不幸命运捆绑在一起呢？

再见了，列昂诺拉！再见了，我的宝贝，我仅有的朋友！没有你，我就失去了人生中第一份也是最后一份的快乐。我没有祖国，也没有亲人。我将回到俄国，在那里，孤独对我来说反而是一种安慰。从今以后，我将全心全意地投入到既苛刻又枯燥的工作中去。无论如何，这些工作即使不能让我忘却我的罪恶，至少也能减少我对那段幸福而快乐的时光的痛苦回忆。

再见了，列昂诺拉！我迫使自己寄出这封信，如同迫使自己离开你的怀抱一样。

再见了，祝你幸福！偶尔想想你那让人怜悯的黑人，想想对你绝对忠诚的伊卜拉金姆吧!

当晚，他就出发返回了俄国。对他来说，旅途似乎没有想象中的那么可怕——他的想象征服了现实。离巴黎越远，被永远遗弃的东西就越清楚、越生动地呈现在他的脑海里，越发难以忘怀。他几乎不知道自己是怎样到达俄国边境的。

已是初秋时节，尽管道路有些糟糕，车夫却载着他风驰电掣地赶路。经过十七天的奔波劳累，在第十八天的早晨，他终于到达了克拉斯诺耶村。在那个年代，通往彼得堡的驿道正好从那个村庄经过。还有十九英里就到彼得堡了。在车夫给马儿套挽具的时候，伊卜拉金姆独自走进了驿站。在驿站的某个角落里，一个高个子男人披着绿色大衣坐在桌旁，嘴里还叼着一个陶制烟斗，双肘撑在桌上，正认真地读着《汉堡日报》。听到有人进来，他抬起了头。

“嗨，伊卜拉金姆!”男人轻便地从长凳上站起来大喊，“你好啊，我的教子!”

伊卜拉金姆认出是彼得大帝后，非常高兴地跑过去。但是跑到他面前时，却毕恭毕敬地停住了。沙皇走到前面，拥抱着他亲吻了他的额头。

“有人告诉我，你快要到了，”彼得大帝说，“我就马上来这儿接你了。昨天我就已经在这儿等你了。”

伊卜拉金姆激动得难以表达他内心的感激之情。

“告诉他们，”沙皇继而说，“吩咐你的马车跟在我们后面。你和我坐一辆车回家。”

沙皇的马车被牵了过来。他和伊卜拉金姆一起并排坐上去，然后，就如疾风般地向彼得堡驶去。大约一个半小时后，他们就抵达了彼得堡。伊卜拉金姆好奇地看着这座按照沙皇的旨意建造在沼泽地上的全新的首都。高低起伏的大坝，没有堤岸拦挡的运河，木头建起的桥梁，到处都见证着人类意志征服自然的胜利。但是房屋看上去似乎是仓促盖起来的，除了涅瓦河，整个城里几乎没有什么雄伟壮观的建筑。涅瓦河虽然没有砌上花岗岩的堤岸，可是，河里却早已停满了军舰和商船。没多久之后，沙皇的马车停在了皇宫的御花园门口。

一位约35岁，身着巴黎最新时装的漂亮女人站在台阶上迎接彼得大帝。彼得大帝亲吻了她，然后拉着伊卜拉金姆的手对她说：

“卡卿卡，你是否还认得我的教子吗？请你像以前一样，好好照顾他，爱护他吧。”

叶卡捷林娜的闪着智慧光芒的黑眼睛好像不知情似的盯着伊卜拉金姆看，然后，友好的把手伸向他。站在她身后的是两个清纯漂亮的姑娘，身材高挑而苗条，胜似玫瑰般娇嫩欲滴。她们毕恭毕敬地来到彼得大帝的身边。

“利莎！”他对其中一个姑娘说，“你还记得那个在奥兰宁包姆经常为了你从我的果园里偷苹果的那个小黑人吗？那就是他，我来给你介绍认识一下。”大公主不好意思地笑了，脸霎时红了起来。

他们一起走进餐厅，餐桌已经布置好，正恭候彼得大帝的到来。彼得大帝和全家人一起坐下来共享午餐，并邀请了伊卜拉金姆。用餐期间，沙皇和他聊各种各样的话题，向他询问他关于西班牙战争、法国国内形势和摄政王的情况。彼得大帝尽管在很多方面不赞同摄政王的看法和做法，但还是很欣赏和尊敬他。伊卜拉金姆思路清晰并且观察敏锐，所以彼得大帝对他的回答极其满意。他回忆起了伊卜拉金姆小时候的几件有趣的事情，给大家讲这些事情的时候是那么兴致勃勃，满腔慈爱。几乎没有人可以从这位仁慈好客的主人身上认出他就是波尔塔瓦大战的英雄，俄国雄才伟略、令人生畏的改造者。

吃过午饭后，依据俄国的习惯，沙皇需要稍微休息一下。伊卜拉金姆留下来跟皇后及公主待在一起聊天。他给她们讲述巴黎的奢华的生活方式、那里的各种各样的喜庆节日以及瞬息万变的时尚潮流，尽力满足她们的好奇心。在这期间，沙皇的许多皇亲国戚进宫来觐见沙皇，伊卜拉金姆认出了英姿飒爽的缅希科夫。缅希科夫看见一个黑人在和叶卡捷林娜说话，就傲慢地斜看了他一眼。一起进宫来的还有彼得大帝敢于直谏的谋士雅科夫·多尔戈鲁基公爵、在民间被誉为俄国浮士德，号称才高八斗的布留斯，伊卜拉金姆从前的朋友、年轻的拉古津基斯和其他来向沙皇汇报或接受旨意的大臣。

两个小时后，沙皇出来接见客人们。“让我们来看看你是否已经忘了以前的职责，”他对伊卜拉金姆说，“拿上一块石板，跟我来。”

彼得大帝来到书房，开始处理国家事务。他分别同布留斯、多尔戈鲁基公爵、警察局长杰维耶尔将军轮流讨论和解决各种问题，并口授给伊卜拉金姆几道命令和决议，让他记录下来。

彼得大帝明晰而果断的决策，灵活的思路，专注的能力，精明的才干，这一切都使伊卜拉金姆敬佩不已。当彼得大帝处理完所有工作后，他拿出一个随身携带的笔记本，核对是否完成了当天计划完成的所有事情。当他离开书房时，对伊卜拉金姆说："已经很晚了。我想，你应该累了。像过去一样就在这里休息吧，明天我会来叫醒你的。"

当伊卜拉金姆独自一个人的时候，他才勉强清醒过来，意识到他已经在彼得堡了，而且再次见到了那个改变他命运的伟大人物。就在他的身旁，他度过了自己的童年，却从来没有认识到他的价值。

他几乎带着忏悔的心情承认，自从他离开巴黎后，这还是第一次伯爵夫人没有整天占据着他的头脑。他看到，新奇而又接连不断的事务，还有等待着他的未知的新生活，可能会使他那颗因强烈的爱欲、懒散和默默地忧伤而感到疲倦的心重新爆发活力，成为一个伟人的得力助手，并和他一起改变一这个伟大民族命运的崇高理想在他心里第一次被唤醒了。怀着这样的雄心壮志，他在特地为他准备的行军床上躺下。这时候，已经做过上千次这样的美梦又把他带到了遥远的巴黎，带到了魅力无限的伯爵夫人的怀抱中。在她温柔的怀抱中，她娇嗔嗔地抱怨说："我最可爱的人，您离开我怎么也不向我道一声别呢？你知道我是多么绝望吗？我形容枯槁，吞下去的山珍海味味同嚼蜡。我脑子里成天回想的就是你的影子，回忆的都是我们一起的幸福日子。我最爱的人啊，你什么时候可以回来看望我啊？"伊卜拉金姆一晚上都沉浸在幸福的梦中，不知不觉天就大亮了。

三

我们的思想，仿佛是天上的浮云，
时刻变幻着轻飘飘的身姿，
今天显得非常可爱，明天变得异常荒唐。

——邱赫尔贝格

第二天早上，彼得大帝如约准时前来叫伊卜拉金姆起床，并且还带来了好消息，准备授予他普列奥布拉任斯科耶团中炮兵连大尉的头衔。而彼得大帝本人就是这个团的上尉。廷臣们都蜂拥般围在伊卜拉金姆身旁，每个人都按照自己的方式向这位新的宠臣阿谀奉承。就连高傲的多尔戈鲁基公爵也弯下腰，很友好地和伊卜拉金姆握手表示祝贺，谢列米杰夫趁机向他打听他那些巴黎朋友最近的情况，而戈洛文则邀请他吃饭。其他人大都只能仿效戈洛文，邀请伊卜拉金姆到自己家中吃饭，以至于伊卜拉金姆收到的邀请起码可以排满一个月。

尽管伊卜拉金姆的新生活并没有发生什么惊天动地的大事，但却忙碌而充实，所以他并没有觉得厌倦，相反，在巴黎所遭遇的痛苦慢慢淡化。他对沙皇的敬仰一天比一天深，因此也就能更深刻地理解他那崇高的思想，追随一个伟人的思想是学习过程中最吸引人的地方。伊卜拉金姆见识到了彼得大帝在枢密院里和布图尔林及多尔戈鲁基激烈的争辩，处理关于立法的问题；他见识过彼得大帝在海军上投入的巨大精力，奠定了把俄国建成一个海军强国的基础；见识过彼得大帝利用本该属于休息时间跟大主教费奥凡、加夫里尔·布任斯基和科皮耶维奇一起阅读外国著名作家作品的译本，学习其中的智慧，还有一有时间就去参观访问工厂、作坊、博学之士的书房。

对伊卜拉金姆来说，俄国就像一个规模宏大的作坊，只有一台台机器在不停地运转，每个工人都在忙碌地完成固定计划中分配给他们的工作。对于委派给他的任务他更是把它奉为自己的神圣职责，并尽自己最大的努力地使自己投入到工作中，不为远离巴黎欢乐的生活而感到后悔。

他发现还有一件更为困难的事情，就是消除另一个甜美的回忆是不太可能的——他经常回忆起和伯爵夫人在一起的快乐时光，想象着她理所当然的恼怒，她的眼泪，她的忧郁，她的欢笑……但有的时候，一个可怕的想法却使他的心苦恼不已——上流社会的娱乐消遣，新的结交，另一个幸福的情人……他的心就开始疼痛，开始战栗了。嫉妒使他那非洲人的血液沸腾了起来，灼热的眼泪随时都有可能从他黝黑的脸颊上淌下来。

有一天早上，他坐在书房里，正在处理已经堆成山似的公文，忽然听到一声清亮柔和的用法语表达的问候。伊卜拉金姆迅速回过身去，早已被他遗忘在巴黎上流社会旋涡中的年轻的科尔萨克夫快乐地喊叫并拥抱了他。

“我刚到，”科尔萨克夫说，“就马上跑来拜访你了。我们在巴黎的所有的朋友都要求我代他们向你问候，为你不能和他们在一起度过巴黎那欢乐的生活而感到万分遗憾。伯爵夫人说，你一定要不惜一切代价回去。这儿有一封她写给你的信。”

伊卜拉金姆惊讶地一把接过信，看着信封上熟悉的字迹，简直不敢相信自己的眼睛。

“在这个野蛮落后的彼得堡，你竟然没有因为厌倦无聊而闷死，我实在是太高兴啊！”科尔萨克夫继续说，“他们在这儿都干些什么呢？他们是怎么去打发无聊的时间的？谁专门为你设计衣服？至少你们应该有一间歌剧院吧？”伊卜拉金姆心不在焉地回答说，“沙皇现在很可能在海军部的码头上指挥工作。”科尔萨克夫放声大笑。“我看你现在完全没心思和我说话，”他说，“我们就另外找时间尽情聊吧。我现在必须得去觐见沙皇了。”说完这些话，他就一个急转身，风也似的跑出了房间。

房间里只剩下他一个人了，伊卜拉金姆急忙打开信。伯爵夫人在信中含情脉脉地责备了他，责怪他的欺骗和怀疑。“你说，”她写道，“我安宁幸福的生活对你来说比世界上其他一切东西都更珍贵，伊卜拉金姆！如果这是真心话，你怎么可以突然离开我，让我陷入这种痛楚的境地呢？你害怕我会阻止你离开我吗。你至少应该相信我，尽管我爱你，不过为了你的幸福，为了你所认为的高尚的职责，我知道怎样牺牲我的爱情。”伯爵夫人在信的结尾处深情款款地发誓，她对他的爱情忠贞不渝，还恳切地要求：要是他们将来没有机会再见面，也要时常写封信给她。

伊卜拉金姆把这封信反复读了二十遍，狂热地亲吻着那珍贵的字字句句。他迫不及待地想了解有关伯爵夫人的一些近况。他心急如焚的准备赶去海军部，希望在那里还能找到科尔萨克夫，这时，突然门开了，科尔萨克夫又风风火火地出现在门口。他已经觐见过沙皇，和往常一样夸耀沙皇对自己的表现非常满意。

“这只能在我们俩人之间说说，”他对伊卜拉金姆说，“沙皇是个非常奇怪的人。刚才我去见他时，他穿着一件简陋的用某种粗麻布做的工作服，站在一艘新船的桅杆上。我不得不带着我所有的文件爬到那里去向他汇报。我只能站在一个绳梯上，显然那儿没有足够的空间让我鞠躬向他表达我的敬意。这让我完全不知所措，这种事以前从来没有遭遇过。但是，看完文件后，沙皇笑眯眯地打量我，很可能是因为我穿着的如此讲究、整齐、有品位而感到舒心。不管怎样，他很高兴地邀请我参加今天晚上的舞会。不过，在圣彼得堡，我已经完全是个外国人。在离开这儿的六年时间里，我已经彻底把这个地方的所有的风俗习惯给遗忘了。今天就请你做我的老师，好好教教我，一会儿过来叫我一起去参加舞会，把我介绍给大家。”

伊卜拉金姆同意了，便急忙把话题转到他更感兴趣的话题上去。

“喂，伯爵夫人如今怎么样了？”

“伯爵夫人？一开始，她当然为你的默默离开而感到极度悲伤。后来，你离开是必然的，她的心情逐渐回归平静，并找到了一个新的情人。你知道他是谁吗？就是那个又高又瘦，长得很丑陋的侯爵。你为什么用那样的眼神盯着我看？也许你会觉得这一切很奇怪，很难让人理解吧！你难道不知道，长时间沉浸在悲伤中并不符合人的天性，尤其是女人的天性！赶快清醒清醒吧，长途跋涉之后我得去休息一下。再提醒你一下，别忘了来叫我一起去参加舞会。”

伊卜拉金姆心里到底充溢着什么样的情感——嫉妒？愤怒？绝望？不，都不是，而是一股深刻得、强烈得令人窒息的郁闷和沮丧。他反复地劝自己说：“我早就预料到这种事情了，它必定会发生的。”接着，他打开伯爵夫人的信，又重新回味了一遍，垂头丧气，只剩下悲伤地哭泣。他在痛哭一场后，心情就轻松多了。他看看表，发现已经到了该去参加舞会的时间了。伊卜拉金姆本来是很想待在家里安静一会儿的，不过，参加一场舞会简直已经成为一种例行公务，而且沙皇严格要求他的廷臣们都必须出席。于是他换上衣服，去叫科尔萨克夫。

科尔萨克夫正穿着睡袍，坐在那儿读一本法语书籍。“这么早就出发吗？”他看见伊卜拉金姆时说道。

“不早了，现在已经五点半了，”伊卜拉金姆回说，“我们很可能会迟到的。赶紧换衣服，我们立刻出发！”

科尔萨克夫马上像个疯子一样拼命摇铃。仆人们急忙冲进来，他开始手忙脚乱地换衣服。他的法国籍贴身男仆给他拿来了一双有红色后跟的皮鞋，一条蓝色的天鹅绒长裤和一件绣满了闪光装饰片的粉红色上衣，客厅里的仆人们正慌乱地给一顶假发扑上粉。假发被收拾好之后，科尔萨克夫使劲向他那头发剪得很短的脑袋用力塞进去，还叫人拿来他的佩剑和手套。他在镜子前面显摆了很长时间，最终，对伊卜拉金姆宣布——他收拾妥当，能出发了。贴身侍卫拿来了熊皮大衣，于是他们便驾车朝冬宫驶去。

科尔萨克夫向伊卜拉金姆连珠炮似的提出一大堆的问题：谁是圣彼得堡最漂亮的女人？谁的舞跳得最棒？现在流行什么样的舞蹈？伊卜拉金姆极不情愿地回答了他所有的问题，满足了他的好奇心。不需要很长时间，他们就抵达冬宫。

排了很长队的雪橇，旧式带车厢的马车和镀金的四轮大马车停在宫殿前面空旷的场地上。台阶上集中着一群留着小胡子、身着金银边制服的车夫，帽子上插着几根羽毛、衣服上金丝银丝闪闪发亮、手中拿着锤形杖的信使，轻骑兵，少年侍卫以及笨手笨脚地背着主人的皮大衣和防寒用的手炉的贴身侍卫——那时为了彰显身份的贵族认为侍从是必不可少的。

伊卜拉金姆一出现，人群中立即掀起一阵窃窃私语："黑人，黑人，是沙皇的黑人!"伊卜拉金姆领着科尔萨克夫急忙穿过形形色色的人群。宫殿的侍者殷勤地为他们用力把门打开，科尔萨克夫惊讶极了——金碧辉煌的大厅里点着动物油脂做的蜡烛，蜡烛在香烟的缭绕中黯淡地燃烧着，发出亮丽的光芒。肩上戴着蓝色绶带的达官贵人、外交大使、海外商人，穿着绿色制服的近卫军军官和穿着短上衣和条纹裤子的造船工人，正伴着响个不停地吹奏乐的节奏移动着舞步。

女士们则都靠墙坐着欣赏着舞池中的人们，年轻的女士们穿得既时髦又华丽。她们筒式连衣裙上的金银饰物发出耀眼的光芒，巨大的环裙紧紧裹住犹如花茎般柔嫩的纤腰。钻石在她们的耳朵、长长的卷发以及脖子上闪闪发光。她们快乐地左顾右盼，等候哪位绅士过来邀请她们跳舞。上了年纪的女士们则是费尽心机地把已经过时的衣服改造成流行的款式。她们的束发帽很像娜塔利亚·吉利洛夫娜①皇后（彼得大帝的母亲）的貂皮帽，她们的筒式连衣裙和女式短斗篷使人想起俄国人在传统节日时所穿的萨拉凡以及紧身上衣。对这种外来的新型娱乐活动，她们感到更多的是惊奇而

① 玛莎的原名。

不是开心。她们斜眼瞟着荷兰船长的妻子和女儿，她们穿着棉布短裙和红色的女式短上衣，坐在那里悠闲的织着袜子，和自己的朋友谈笑风生，俨然就像是在自己家里一样。

注意到有新的客人进来，一个侍者端着装有啤酒和酒杯的托盘来到他们面前，这使科尔萨克夫惊讶得无法理解。“这是什么东西？”他小声问伊卜拉金姆。

伊卜拉金姆忍不住笑了。皇后和两位公主，艳丽非凡，全身珠光宝气，在客人中走来走去，亲切地和他们交谈着，而沙皇在旁边的房间和大臣们商量着一些事情。想尽办法要把自己展现在沙皇面前的科尔萨克夫艰难地挤过层层人群才来到那里。

房间里到处都是人，其中大部分是外国人，他们坐在那儿，神情严肃地叼着陶制烟斗，用陶制的圆筒形大脚杯拼命地喝酒。桌子上摆满了葡萄酒和啤酒，一只只装着烟斗丝的烟袋荷包，以及斟满了潘趣酒的高脚杯和一副副象棋盘。在其中一张桌子上，彼得大帝正在和一位宽肩膀的英国船长心无旁骛的对弈象棋。他们兴致勃勃地相互喷吐着烟圈，沙皇被对手出其不意的招数弄得惊慌失措，正绞尽脑汁地想着对策，因此尽管科尔萨克夫努力在沙皇身旁转来转去想引起沙皇的注意，也是徒劳的。就在这时候，一位胸前戴着大花球、身材矮胖的绅士匆忙跑了进来，大声宣布舞会开始了。宣布完之后，他便立即跑了出去，许多客人，包括科尔萨克夫都出去参加舞会了。

对所看到的出乎意料的场景他感到极为震惊——女士们和先生们面对面分别站成两排，从舞厅的一头一直延伸到另一头。在一曲缓缓流淌的悲伤凄凉的旋律中，男士们低低地鞠躬致意，女士们则深深地行屈膝礼。开始是面对面行礼，接着是相互向右转身，然后是向左转身，再又是面对面，接着又是向右转，接着又是向左转，就这样周而复始一圈一圈地跳着舞步。咬着自己嘴唇的科尔萨克夫目瞪口呆地，很是诧异地盯着这种很奇怪的消磨时间的方式。鞠躬致意和行屈膝礼一共持续了大概半个小时，他们才停了下来。身材矮胖、戴着大花球的绅士宣布礼仪性的舞蹈结束，接着吩咐乐师放米诺爱舞曲。

科尔萨克夫兴高采烈，打算炫耀一下自己精湛的舞技。在一群年轻漂亮的女宾客中，有一位女士特别引起了他的注意力。她大概只有 16 岁，穿着很华丽，而且又很有品位。她坐在一位年迈但神情倨傲而又威严的男士身旁一动不动。科尔萨克夫飞快冲到她面前，请求让他有幸能和她共舞一曲。这位年轻的美人迷惑地看着他，好像还不知道该如何回应。坐在她旁边的男人，眉头却皱得更紧了。

科尔萨克夫正等着她的决定，此时，戴着大花球的绅士走了过来，将他带到舞厅中央，严肃地说：

“亲爱的先生，你违反规则了。首先，在你邀请这位年轻女士的时候，你没有用正确的方式对她向她行礼，就是鞠三个躬。其次，是你自己主动邀请她跳舞，但在米诺爱舞中，这个邀请的权力是属于女士而不是男士的。基于这两点，你必须得接受严厉的惩罚。那就是，你必须用大鹰高脚酒杯喝一杯酒。”

科尔萨克夫越来越觉得不可思议了。其他宾客一下子把他团团围住，嚷着要求马上执行这个惩罚。听到大声嚷嚷的声音，彼得大帝来到了这个房间，因为他本人很是喜欢参与这样的惩罚，人群主动给他让出了一条路，他走进了宾客圈子中。圈子中央站着被惩罚者和端着装得满满的马里瓦西亚葡萄酒的大高脚杯的舞会总管，他正竭尽全力地劝罪犯自愿认罚。

“啊哈！”当彼得大帝看见科尔萨克夫时说，“是你啊，兄弟。你必须把酒喝下去。不许皱眉头。”

没办法，可怜的花花公子连一口气也没喘，接过大杯一饮而尽后，然后把酒杯还给舞会总管。

“我说，科尔萨克夫，”彼得大帝对他说，“你穿着天鹅绒裤子，这种裤子连我都没穿过，虽然我比你富有得多——这叫败家子作风。你要小心点，别惹我生气。”

受到这样的训斥，科尔萨克夫觉得颜面尽失，竭力想从舞会圈里逃出去。但是，由于喝了一大杯酒，身体不由自主地摇摇晃晃，差点摔倒在地上，逗得沙皇和那些跳舞的人们高兴不已 。那个小插曲一点儿也没有影响或破坏娱乐活动的氛围，反倒使气氛更加热烈了——男士们纷纷一脚擦地往后退，鞠躬致意，女士们就行屈膝礼，用比往常更多的热情跺着她们的脚后跟，完全顾不上踩音乐的节拍。科尔萨克夫已经像个外人被抛弃到众人的快乐之外了。他所看中的女士，在她父亲珈夫利拉·阿法纳西耶维奇的吩咐下，来到伊卜拉金姆跟前，垂下美丽的蓝色的眼睛，羞怯地伸出手邀请他。伊卜拉金姆和她跳了米诺爱舞，然后把她送回原座上。接着，他找到科尔萨克夫，把他带出舞厅，扶上马车，亲自送他回家。

在回去的路上，科尔萨克夫嘴里刚开始借着酒意嘟哝着：“那场该死的舞会！……那个该死的高脚杯！……”不过很快，他就睡得昏沉过去了，连怎样回到家，怎样被脱掉衣服送上床都不知道。第二天他醒过来，只觉得头痛欲裂，依稀想起鞠躬致意，行屈膝礼，戴着大花球的绅士和那个“大鹰高脚杯”。

四

我们的祖先吃饭慢慢悠悠，
银杯闪亮，觥筹交错，
长柄勺在幸福的人群周围慢慢递送，
啤酒和泡沫在银杯里翻滚。

——《鲁斯兰和留德米拉》

现在，我想我有必要向我好心的读者详细地介绍一下珈夫利拉·阿法纳西耶维奇·勒热夫斯基。他出生在一个有着悠久历史的贵族家庭，拥有庞大的产业，是个慷慨好客的人，喜欢驯鹰术，雇用成群的奴仆。总之，他是个地地道道的俄国贵族。按他的说法，他是无法忍受德国人的作风的，所以在他的家庭生活中，他一直努力去保持他所喜爱的古老风俗习惯。

他的女儿已经17岁了，在幼年时就失去了母亲。她是在这种传统古老的教育方式下抚养长大的，成天被一群保姆、女伴和女仆包围着。她会金丝刺绣，但是，她却没有接受过任何教育。尽管她父亲对所有外国的东西都感到十分反感、厌恶，但他却不能阻止女儿想跟住在他们家的被俘虏的瑞典军官学外国舞蹈的愿望。这位当之无愧的舞蹈教师50岁上下，右腿曾在纳尔瓦战役中受伤过，所以在跳米诺爱舞和萨拉班德舞时不是很方便。不过，他的左腿却能用高超的技巧、轻盈的步伐跳出最难跳一般人也无法跳完美的舞步。而他的学生总算没有枉费他一番努力，娜塔利亚·加夫里洛夫娜被公认为是舞会上最杰出的跳舞者，这也是导致科尔萨克夫犯规的原因之一。

舞会的第二天，他去向珈夫利拉·阿法纳西耶维奇道歉。但是，那个傲慢无比的老头子对这个年轻花花公子的时髦打扮和谈吐举止很不欣赏，把科尔萨克夫戏称为“法国猴”。

在一个假日，珈夫利拉·阿法纳西耶维奇正在家里等着几位朋友和亲戚的拜访。在典型的古典风格的客厅里，仆人们正在摆放一张很长的餐桌。客人们带着妻子和女儿陆续赶到贵族家。

根据沙皇的旨意和他自己率先所做的榜样，女眷们最终从家庭生活的束缚中被解放了出来。娜塔利亚·加夫里洛夫娜端着一个放着金制酒杯的银盘来到每一位客人面前来给客人们敬酒。每位客人都要畅饮一杯，但是他们却为在过去这种场合可以亲吻姑娘的礼节不复存在而感到遗憾。接着，他们坐下来共同进餐，男主人旁边的上首座位上坐着他的泰山大人——鲍利斯·奥列科谢耶维奇·雷科夫亲王—— 一个70岁的老头。其他客人则按照家族地位的高低依次入座，这不禁使人想起所有事物都必须遵照地位高低来排序的幸福时光。男士们坐在餐桌的一边，女士们相应地坐在另一边。坐在餐桌下首位置上的是戴着老式头巾、穿一件旧式短上衣的贵族府邸中的女侏儒，待板拘谨、满脸皱纹、年已三十却只有小孩身高的侏儒，还有穿着破旧蓝色制服、被俘虏的舞蹈教师。仆人们围着堆满盘碟的餐桌忙碌，在他们中间，那位男管家尤其惹人注意，是这一场宴会的领导者。他神情严峻，挺着自己的将军肚，威风凛凛，纹丝不动地站在那里监视着一切。宴席的最开始的时刻，每个人都专心致志地品尝着具有俄国特色的美味佳肴，盘子和勺子叮叮当当的碰击声是打破沉默的唯一声响。最后，珈夫利拉·阿法纳西耶维奇认为该到了让客人自由交谈的时候了，于是他转过头，向仆人问道：

“叶基莫芙娜在哪里？把她叫过来！”

几个仆人应声马上分头去找。就在这时候，一个老妇人打扮得花枝招展，边唱边跳地走进了房间。她脸上涂着厚厚的胭脂，头发上还抹着油光的粉，身着一条绣着金花、袒胸露臂的锦缎筒式连衣裙。她的出场吊起了大家的兴致。

“你好啊，叶基莫芙娜！”雷科夫亲王说，“你最近过得还好吗？”

“谢天谢地，万事如意，老哥，唱歌跳舞，等着绅士们来追求。”

“你刚才去哪儿了？傻丫头？”珈夫利拉·阿法纳西耶维奇问。“我梳妆打扮去了，老哥。为了我们尊贵的客人，为了上帝的节日，按照沙皇的旨意，听从波雅尔（沙俄一贵族阶层的成员，仅次于王公）的吩咐，换上德国人的服饰，来为大家添点儿笑料！”

听到这番话，所有人都哄堂大笑起来，傻丫头就坐到主人椅子后面她常坐的位置上。

“这个傻丫头满口胡言乱语，但有的时候，只有她说的是实话。”阿法纳西耶维奇的姐姐塔吉雅娜·阿法纳西耶夫娜说，她是阿法纳西耶维奇真心诚意敬爱的人，“不过，现在的穿着打扮确实是能让大家笑掉大牙的。

亲爱的先生们，如果你们自己剃掉胡须，穿上露骨的上装，那么，你们自然就不会对女人俗丽的服装品头论足了。但是，古色古香的萨拉凡，姑娘家的发带以及女人们的头巾的那个时代一去不复返了，这真是个遗憾！为什么呢？单单看现在的女士们吧！你不得为她们感到又好笑又惋惜。头发松松蓬蓬的，像一团乱草，抹上油，又洒上了法国面粉。她们的腰被束得紧绷绷的，仿佛要把腰带分成两半；她们的衬裙用箍撑开，坐马车的时候得侧着坐，进门的时候还必须弯腰。她们站也站不稳，坐也坐不正，连气也出得不顺畅。真是造孽啊，可怜的美人儿！”

“嗯，我亲爱的塔吉雅娜·阿法纳西耶夫娜！”吉利拉·彼得洛维奇说。

他以前在梁赞省当过总督，并在那儿不择手段地得到了三千个农奴和一位年轻的妻子。“我不介意我妻子的穿戴，她完全可以打扮得像个乡下女子，也可以把自己打扮成花枝招展的中国女郎。所有的这些我都不在意，只要她不每个月都定做新衣服，把几乎从没穿过的衣服扔掉就行。以前，孙女往往会穿祖母遗留下的萨拉凡，可是再看看现在，今天还穿在女主人身上的圆筒裙说不定明天就跑到女仆身上去了。文明对这种人能怎么办呢？俄国的贵族注定是要在这种奢侈中垮掉的！可怕哟！”

说这些话时，他叹了口气，瞟了一眼他的妻子玛丽亚·伊利尼奇娜，可后者似乎对他们不管是褒扬古老风俗、还是贬低新潮时尚的说法都漠不关心。其他几位太太也和她一样，不过，谁也没有反驳。因为在那个时代，谦虚被认为是一个年轻女子必须具备的美德。

“那么，这到底是谁的过错呢?”珈夫利拉·阿法纳西耶维奇端起自己那圆筒形有柄大杯斟满冒泡沫的啤酒说，“这其实是我们自己的过错。年轻的太太们老是爱出风头，而我们却只是纵容姑息她们。”

“但是，如果在那件事上我们都没有自由权和决定权，那么我们还能做什么呢?”吉利拉·彼得洛维奇反驳道，“做丈夫的都愿意让自己的妻子待在家里，但是，当士兵们敲锣打鼓地跑过来，邀请她们去参加舞会。丈夫便只顾着阻拦妻子出门，妻子却只顾着梳妆打扮。啊，这些该死的舞会！肯定是上帝用它们来惩罚我们的罪孽的!”

玛丽亚·伊利尼奇娜如坐针毡，她的嗓子跟着发痒，很想反驳几句。终于，她再也控制不住了。她转过头，带着酸溜溜的微笑看着自己的丈夫问：“依你之见，舞会到底有什么不好的地方呢?

“呃，缺点多了，”吉利拉·彼得洛维奇显然很生气地回答，“自从有了舞会，丈夫们就完全不能操纵他们的妻子，妻子也忘了圣人保罗的训诫——‘妻子，你要敬畏你的丈夫。’她们头脑中想的不再是如何操持家务和为家人服务，而是苦思冥想地张罗漂亮华丽的衣服，尽力讨那些不是她们的丈夫而服饰华丽的年轻军官。而且，夫人，您仔细想想看，一个俄国女贵族居然和一群抽着烟的德国佬以及他们的仆人待在同一个房间里，这成何体统?要是这些年轻男子是你的亲戚，那倒情有可原，不过，他们偏偏是完完全全的‘陌生人’!”

“话才说出口，狼已经进了家门。”珈夫利拉·阿法纳西耶维奇皱着眉头说，“我不得不承认，我很讨厌那些舞会。不管任何时候，你都有可能撞上某个喝醉酒的人，抑或是你自己被人灌得烂醉如泥，当众出丑。你必须得严加监视和提高警惕，只有这样，那些不可救药的无赖才不会找你女儿寻开心。现在的年轻人都被社会的这种风俗宠坏了，我都无从表达。比如，在上次的舞会上，年轻的科尔萨克夫对我的娜塔利亚那么无理，弄得我面红耳赤，丢尽面子，真想找个地缝钻进去。第二天，我看见有人驾车停到我家前门口，我感到很奇怪，这会是谁呢?或许是缅希科夫亲王吧?不，错了，完全错了，竟然是年轻的科尔萨克夫！他竟然把马车停在门口，自己步行穿过院子。哦，不！他冲进了房间，两脚一并行了个礼，然后就滔滔不绝地打开了话匣子。上帝帮帮我们，救救我们吧！叶基莫夫娜能惟妙惟肖地模仿他的样子。你正好可以为我们表演一下，模仿那只“法国猴子”。

叶基莫夫娜顺手拿起一个扣在菜盆上的盖子，挟在自己腋下当作帽子，便开始挤眉弄眼做出一系列的怪相，脚后跟碰得嗒嗒响，还向四面八方鞠躬，嘴里用蹩脚的法语打着招呼：“先生……小姐……舞会……原谅。”

所有客人都哄堂大笑，笑声一直此起彼伏，显然大家都对这个表演很满意。真是“惟妙惟肖，科尔萨克夫就是这个鬼样子。”当笑声逐渐平静下来之后，年迈的雷科夫亲王一边擦着笑出来的眼泪，一边说，“但是我们必须承认，他不是第一个也绝对不是最后一个从外面嘈杂的世界返回神圣的俄国，并变成小丑的人。我们的孩子在那里都学了些什么呢？学会了碰着脚后跟行礼，用没有人能听懂的话嚼舌根，和别人的妻子眉目传情，还不尊重他们的长辈。所有在国外受教育的年轻人中，还算沙皇的黑人教子（上帝原谅我！）最像个人样。”

“我的天哪，亲王！”塔吉雅娜・阿法纳西耶夫娜说，“我见过他，近距离见过他……他是那样的成熟、稳重，我完全被他折服了！”

“确实如此，”珈夫利拉・阿法纳西耶维奇说，“他是个沉着稳重受人尊敬的人，绝对不会像那个恬不知耻的无赖……这次又是谁把车直接从大门口开了进来？我想，该不会又是那只法国猴子吧？你们这些蠢货，怎么还不行动呢？”

他转向仆人继续说；“赶紧转告他，我无论如何也不会接待他的。还有，如果他再来的话……”

“你在说胡话吗，大胡子爷爷？”叶基莫夫娜打断他说，“你没有看见吗？那是沙皇的雪橇，是沙皇来了。”

珈夫利拉，阿法纳西耶维奇立即从餐桌边站起来。所有人都冲到窗户旁边，他们的确看见沙皇扶着勤务兵的臂膀走上台阶。

顿时，整个房间里一片手忙脚乱，勒热夫斯基马上出门迎接彼得大帝。仆人们像发疯似的到处乱窜来找自己合适的位置，甚至客人们也惊恐万分，有的甚至想立刻溜回家。突然，彼得大帝洪亮的声音在门后响起，顿时所有人都待在原地，一声不吭一动不动。沙皇走了进来，陪在他身旁的是阿法纳西耶维奇，他已经受宠若惊。

“好啊，女士们，先生们！”彼得大帝欢快地说。所有人都深深地鞠躬致敬。沙皇用他那尖锐的目光迅速扫了一下人群，发现勒热夫斯基的女儿也在其中，便叫她过来他的身边。娜塔利亚·加夫里洛夫娜鼓起勇气走到沙皇面前，但是，她的脸立刻就红了，不仅红到耳根，恐怕连肩膀也蒙上了羞色。

“真是女大十八变啊。”

按照俄国人的方式，沙皇吻了她的额头，转向客人说，“怎么，我打搅到你们了？你们这是正在用餐吗？那就请坐下来接着享用吧。珈夫利拉·阿法纳西耶维奇，请给我一杯茴香伏特加。”

勒热夫斯基用风一般的速度冲到威风凛凛的男管家面前，敏捷地从他手中一把抓过托盘，在一只金制酒杯里斟上茴香伏特加，然后弯着腰恭恭敬敬地用双手捧给彼得大帝。彼得大帝品尝了伏特加，又品尝了一个面包卷，再次恳请客人们继续用餐，不要因为自己的到来而拘谨。这时所有人才喘了一口气，回到他们之前坐的位置上，除了侏儒和女逗乐小丑，因为她们不敢继续坐在沙皇的餐桌边。彼得大帝在主人旁边坐下，要了一些卷心菜汤。他的勤务兵赶忙递给他一把镶着象牙的木制汤勺，一套绿色骨质长柄的刀叉，彼得大帝总是习惯随身带着并使用自己的餐具。一分钟前还谈笑风生、欢乐自由的晚宴，现在却在沉默和压抑中进行着，空气中弥漫着一种僵硬的气氛。

出于尊敬，当然也是出于高兴，主人没有怎么动筷子。客人们也很拘谨，毕恭毕敬地听沙皇用德语和那个瑞典军官讨论 1701 年的那场战争。不止一次被沙皇提起的傻子叶基莫夫娜，用一种有点胆怯生硬的语调回答沙皇的问题。顺便说一下，这绝不能说明她是一个笨蛋。最后，晚宴总算要结束了，沙皇站了起来，其他客人很快也跟着站了起来。

“珈夫利拉·阿法纳西耶维奇，”他对勒热夫斯基说，“我想和你单独谈谈。”说完，他就抓住勒热夫斯基的胳膊来到客厅，随手把门关上了。被留在餐厅里的客人们窃窃私语地猜测着沙皇这次出人意料的拜访的目的，唯恐自己表现得不够谨慎。不多久，他们就接连着回家了，甚至忘记了对主人热情的招待表达一下谢意。

勒热夫斯基的岳丈、女儿和姐姐悄悄地把他们送到门外，然后迅速返回餐厅，恭候沙皇。

五

我给你寻个妻子，

不然我就不是磨坊主。

——摘自歌剧《磨坊主》

半个小时后，彼得大帝打开门走了出来。他神情严肃地点了下头，算是对雷科夫亲王、塔吉雅娜·阿法纳西耶夫娜和娜塔利亚三人鞠躬行礼的回答，然后径直向门厅走去。勒热夫斯基帮他穿上红色的羊皮大衣，护送他上雪橇，并在台阶上再次对沙皇的御驾亲临给他所带来的荣幸，表示无比的感谢。

彼得大帝坐上车走了。

当珈夫利拉·阿法纳西耶维奇返回餐厅时，一副心事重重的样子。他看到大厅里依然是杯盘狼藉，生气地吆喝仆人赶紧整理干净餐桌上的残羹冷炙，并打发娜塔利亚回她自己的房间去。然后，他对姐姐和岳丈说，想和他们谈一谈。他来到平日里吃完饭后稍作休息的卧室，年迈的亲王躺在椽木床架上，塔吉雅娜·阿法纳西耶夫娜则坐进一张老式的软绵绵的锦缎扶手椅中，把脚放在一张脚凳上。在确定所有门窗关好后，珈夫利拉·阿法纳西耶维奇坐到雷科夫亲王的脚边，用尽可能低的声音开始了下面的谈话：

"沙皇御驾亲临来拜访我一定是有什么事情的。你们猜猜看，他和我谈了什么？"

"我们怎么可能知道，亲爱的弟弟？"塔吉雅娜说。

"沙皇是不是想委派你去做某个省的都督？"他的岳丈问，"他早就应该想到了，还是他想安排你去大使馆任职？是的，现在被派到外国去的不仅有政府职员，还有一些出身高贵的人。"

"不，不是的，"勒热夫斯基依然皱着眉头回答说，"我是个传统的人物，现在已经不需要我们这些有点老套的思想了。尽管说一个正统的俄国绅士也许比那些异教徒和以前还卖馅饼现在却是贵族人更合适一些，可那是另一码事。”

“那么，他和你谈了这么长时间究竟是为了什么事情呢？”塔吉雅娜·阿法纳西耶夫娜着急地问，“难道是你惹上什么麻烦了？上帝，救救我们吧！”

“每一件事情上都听从他的安排。”

此刻，门外突然传来一阵声响。珈夫利拉·阿法纳西耶维奇急忙走过去开门，不过，他感觉有东西堵在了门口。他使劲一推，门开了，发现娜塔利亚一动不动地躺在染着血迹的地板上。

当沙皇提出要单独和父亲在客厅里时，娜塔利亚的心就一阵紧缩，她预感到事情和她有关。当珈夫利拉·阿法纳西耶维奇把她支到自己房间的时候，说他要和她的姑妈和外祖父谈事情，她按捺不住内心的好奇，蹑手蹑脚地穿过内房，来到父亲的卧室门外，所以她一字不漏地听到刚才那场可怕谈话的全部内容。

当她听到父亲说的最后一句话时，可怜的姑娘已经支撑不住了，晕倒在地上，脑袋正好撞在门口包着铁皮的箱子上，箱子里装的是为她准备的嫁妆。仆人们闻声很快就冲了进来，他们急忙把娜塔利亚抬起来送她回房间，安顿她休息好。

渐渐地，她恢复了知觉，睁开了眼睛，但是，她居然认不出她的父亲和姑妈了。她发着高烧，迷迷糊糊，嘴里胡言乱语地说着沙皇的黑人教子以及婚礼。突然，她以一种极其令人同情的歇斯底里的嗓音哭叫着：

“瓦里列昂，亲爱的瓦里列昂，你是我的生命！快来救我啊，他们到这儿来了，他们到这儿来了……”

塔吉雅娜·阿法纳西耶夫娜心神不宁地看了她弟弟一眼，发现他的脸色早已发白，紧咬着自己的嘴唇，什么也没说就走出了房间。他回到老亲王那儿，老亲王因为体力的缘故而留在了楼下。

“娜塔利亚好些没有？”他问。

“很糟糕，”她父亲忧心地回答，“比我想象的还要糟糕。她现在神志失常，胡言乱语地大声叫着瓦里列昂。”

“瓦里列昂是谁？”老头惊奇地问，“该不会是那个在你家里长大的孤儿吧？”

“就是那个人，事情变得越发难以收拾了！”珈夫利拉·阿法纳西耶维奇回答道，“他的父亲在斯特勒特瑟是我的救命恩人，我就稀里糊涂地收养了那只该死的狼崽子。两年前，按他自己的意愿，他被应征入伍了。在和他道别的时候，娜塔利亚哭得像个泪人儿似的，可他倒好像是一块石头，站在那儿一点儿也不动心。当时我就有点怀疑他们之间的关系，并和我姐姐提起过这件事。但是，从那以后一直到现在，娜塔利亚从来没有提起过他，也没有听到关于他的别的消息。我想，她或许已经把他忘了，但现在看来，她并没有忘记他。事到如今，命运之神这么安排了——她必须嫁给黑人。”

雷科夫亲王没有驳斥他的理由，因为反驳也无济于事。他只好回家去了。

塔吉雅娜·阿法纳西耶夫继续留在娜塔利亚的床边照顾她。请过医生之后，珈夫利拉·阿法纳西耶维奇就把自己关在房间里，整栋房子突然间变得悄无声息，死气沉沉的，每个角落里都充满着忧伤。

伊卜拉金姆对这个始料未及的提亲也感到很吃惊，其惊讶的程度至少也不亚于珈夫利拉·阿法纳西耶维奇。这就是整个提亲事件的经过——彼得大帝在同伊卜拉金姆一起工作的时候对他说：

“老兄，我发现你最近总是没精打采的，坦白地给我说，发生了什么事啊？”伊卜拉金姆回答说，他对自己的命运安排很满意，也没有什么别的期盼，叫沙皇放心。

“好吧！”沙皇说，“如果你没有什么理由却还觉得意志消沉的话，那我知道该怎么做能让你高兴。”

在他们结束工作之后，彼得大帝问伊卜拉金姆：“你喜欢那个在上次舞会上和你跳米诺爱舞的女孩吗？”

“她非常吸引人，陛下。看上去是一个既善良又正派的姑娘。”

“那么，我就帮你更好地认识她。你愿意和她结婚吗？”

“我？陛下……”

“听着，伊卜拉金姆。你在这儿孤身一人，举目无亲。除了我，对这里的每个人来说，你都是个陌生人。如果有一天我不在了，会发生什么事情呢，可怜的非洲人？你必须趁还有时间的时候，赶紧成家立业，和俄国贵族联姻，在新建立的关系中找到靠山。”

“陛下，承蒙您的宠爱和赏赐，我觉得自己生活得很幸福。祈求上帝不要让我活得比我的沙皇和恩人更长，此外，我一无所求。就算我确实想要结婚，那个姑娘和她的亲人们会答应吗？我的相貌……”

“你的相貌？你在胡说些什么！你身上没有任何毛病。一个年轻姑娘只能听从她父母的安排。我将亲自去为你提亲，要老珈夫利拉·勒热夫斯基把他女儿嫁给你，我们再看看他会说什么。”

说完，沙皇就命令把他的雪橇拉过来，留下伊卜拉金姆一人。

“结婚！”非洲人心中想着，“为什么不呢？仅仅由于我是个黑皮肤的人，就注定要一辈子生活在孤单中，放弃一个男人最大的快乐和最神圣的职责吗？我可以不奢望得到爱情，因为那是一种孩子气的不切实际的想法！但是我可以相信爱情吗？一个女人轻浮的心里会装有爱情吗？我早已永远放弃了那些迷人的妄想，选择了那些更切实际的诱惑。沙皇说得对——我必须捍卫我的将来，为我的将来负责，只要和勒热夫斯基的女儿结婚，我就能和高傲的俄国贵族结合在一起。这样，在我新的祖国里，我将不再是个外人。我不奢望从妻子那里得到爱情，只要她对我忠诚，我就心满意足了。我会用忠实的柔情、信任和宠爱来赢得她的心。”

伊卜拉金姆竭力和往常一样继续努力工作，但是他心里总是为这件事忐忑不安。他于是放下文件，沿着涅瓦河的堤岸去散步整理一下思绪。突然，他听到彼得大帝的声音。他转过身去，看见刚从雪橇上下来的沙皇正神采飞扬地走向他。

“一切都安排好了，兄弟！”彼得大帝挽着他的手臂说，“你的婚事已经搞定了，明天就去拜见你未来的岳丈大人。但是，我必须要提醒你，你必须尽力迎合他家族的高傲感和优越感，把你的雪橇停在大门口，然后步行穿过庭院走到前门，对他的功绩以及高贵的血统表示钦佩。那样，他就会喜欢你了。现在——”他挥舞着他的手杖接着说，“把我送到达尼雷奇那个泼皮家去，他最近搞了一些小诡计，我必须找他算账去。”

伊卜拉金姆满心欢喜地感谢过彼得大帝父亲般的关心和帮助之后，就护送他去缅希科夫亲王豪华的府邸，接着就回家去了。

六

一盏神灯在玻璃神龛前燃烧着发出柔和的亮光，神龛里古老家族圣像的金银饰品闪闪发光。神灯摇摆不停的火焰隐隐照着一张放着帷帐的床和角落里那堆满药瓶的小桌子。一个仆人坐在火炉旁纺纱，纺锤微弱的嗡嗡声是这片寂静中的唯一声响。

“是谁?”一个虚弱的嗓音问。女仆立即站起来，轻轻走近床边，掀开帷帐。

“是不是要天亮了?”娜塔利亚问。

“已经中午了。”女仆回答。

“我的天哪！为什么房间会这么黑啊?”

“没有拉开窗帘，小姐。”

“赶紧帮我穿衣服。”

“医生说了，不能让你起床，你必须得休息一段时间，小姐。”

“我生病了？很长时间了吗?”

“到现在为止已经两个礼拜了。”

“真的？我怎么觉得只是昨天休息的……”

娜塔利亚沉默了下来，开始竭力集中那分散的思绪，回想究竟发生了什么事情，她知道肯定发生了什么重要的事，然而，究竟是什么事，却一点都记不起来了。女仆站在她面前，等候着她的差遣。就在这时候，下面传来一串沉闷的声音。

“那是什么响音?”病人问。“老爷们用完饭了，”女仆回答，“他们离开饭桌时发出的声音。塔吉雅娜·阿法纳西耶夫娜一会儿会直接过来看你的。”

娜塔利亚似乎有点提起精神了。她有气无力地挥了挥手，让女仆退下，又重新躺回到床上。女仆拉上帷帐，再次坐到她的手纺车前，继续纺纱。几分钟后，一个戴着系有深色缎带、白色宽边帽的脑袋出现在门口，来人用低沉的嗓音问：

“娜塔利亚现在怎么样了?”

“上午好,姑妈。”病人柔弱地说,塔吉雅娜·阿法纳西耶夫娜一阵惊喜,急忙走到她的身边。

“小姐已经醒过来了。”女仆一边说,一边高兴地搬过来一把扶手椅。塔吉雅娜·阿法纳西耶夫娜则激动地流着泪、吻着她侄女那张苍白无力的脸,然后坐在娜塔利亚身旁。一位穿着黑外套、戴着假发的德国医生紧接着也进来了。他为娜塔利亚把了把脉搏,先用拉丁语然后又用俄语宣布目前已经暂无危险。他要了纸和笔,开了一张新药方然后就走了。老太太站了起来,又吻了一下娜塔利亚,接着,就下楼去把这个好消息告诉珈夫利拉·阿法纳西耶维奇。

沙皇的黑人教子身着整齐的制服,腰佩宝剑,手托帽子,坐在客厅里,正毕恭毕敬地和珈夫利拉·阿法纳西耶维奇谈论着。科尔萨克夫则慵懒地躺在一张软沙发上,心不在焉地听他们的谈话内容,一边还逗着一条老猎狗。当他对他们的谈话感到彻底厌烦时,就走到镜子前面,像平常一样,靠照镜子打发无聊的时间。这时,他从镜子里看见塔吉雅娜,正站在门口,徒劳地做出稀奇古怪的举动,想吸引她弟弟的注意力。

“有人在叫您呢,珈夫利拉·阿法纳西耶维奇。”科尔萨克夫向他说道,打断了伊卜拉金姆的话。珈夫利拉·阿法纳西耶维奇马上走向他姐姐,并随手将身后的门关上。

“我对你的耐心深感佩服!”科尔萨克夫对伊卜拉金姆说,“整整这一个小时,你都在专心听他谈论所有那些关于雷科夫和勒热夫斯基家族悠久历史却都是无关痛痒的废话,并且还要对此给出一番有道德教益的评论来迎合他的高傲感!如果我是你的话,就不会理会这个老骗子和他全部的家人,包括娜塔利亚·加夫里洛夫娜。她既摆着一副臭架子,又装病,好像非常虚弱似的!坦白告诉我,你是不是真的爱上了这个卖弄风骚的小娘们?”

“不是,”伊卜拉金姆答道,“我和她结婚绝对不是出于爱情,而是由于要获得某些有实用价值的东西,只要她没有对我明确表示厌恶。我是不会放弃的。”

“你听我说,伊卜拉金姆,”科尔萨克夫说,“你就听一次我的真心实意的忠告吧。我向你保证，我还是个非常理智的人。放弃这个可怕的念头吧，不要结婚！在我眼里，你的未婚妻对你一点儿感觉都没有。你明白，在这个世界上，什么样的事情都是有可能发生的。现在就以我为例吧，我绝对不是一个道德败坏的人，不过，我却欺骗过几个有夫之妇。我向你保证，他们在各个方面都比我优秀。就说你自己吧……你一定还记得我们在巴黎的朋友，伯爵夫人吧？谁又能保证一个女人的忠诚呢？那些不为这种事情担忧的人是幸福的。不过你……你有着热烈、深沉而又善猜疑的性格，有着塌鼻子、厚嘴唇以及绒线般的头发，难道还要陷入婚姻这个充满危险的不可知的深渊中吗？”

“谢谢你善意的忠告。”伊卜拉金姆冷冷地打断道，“不过，你该听过有这么一句谚语：狗咬耗子，多管闲事。”

“当心哦，伊卜拉金姆，”科尔萨克夫大笑着对他说道，“希望你自己以后别用事实来证明那句谚语的字面意义。”

然而，隔壁房间里的谈话却变得越来越激烈紧张了。

“你会要了她的命的，”老太太说，“如果亲眼看到他，她会受不了打击的。”

“但是你仔细想想，”她固执己见的弟弟驳斥道，“他以她未婚夫的身份来这儿探望已经有两个星期了，他到现在都没有见过他的未婚妻。最后，他肯定会认为她的病是假装的，而我们只是想拖延婚礼，从而达到拒绝婚姻的目的。沙皇会怎么看呢？他已经三次派人来探望娜塔利亚的病情了。无论你怎么说，我可不想和沙皇顶嘴。”

“天哪，这可怜的姑娘到底会发生什么事啊！”塔吉雅娜·阿法纳西耶夫娜说，“不管怎样，我先去告诉她一声，好让她有个心理准备，以随时接待他的来访。”珈夫利拉·阿法纳西耶维奇答应了，然后他就返回了客厅。

“谢天谢地，危险期总算过去了，”他告诉伊卜拉金姆，“娜塔利亚身体现在好多了。要不是因为把我们尊贵的客人独自留在这儿会让我觉得不礼貌，我一定带你上楼去看看你的未婚妻。”科尔萨克夫恭喜珈夫利拉·阿法纳西耶维奇，告诉他不用顾及自己，并请他放心，因为他还有别的事要办。说完，他就离开了房间，让主人都来不及送送他。

与此同时，塔吉雅娜·阿法纳西耶夫娜急忙上楼，帮病人稍微打扮了一下，以接待那可怕却又尊贵的客人。她进入房间，气喘吁吁地坐在姑娘身边。她拉着娜塔利亚的手，但是，还没来得及开口说话，房门就打开了。娜塔利亚吃惊地问："是谁啊?"老太太惊恐得呆坐在那儿。珈夫利拉·阿法纳西耶维奇已经拉开帷帐，冷冰冰地看着病人，询问她现在感觉怎么样了。娜塔利亚竭力想对他微笑，但她笑不出来。她被父亲严厉的表情吓坏了，一股莫名的不安漫上了她的心头，觉得仿佛有人站在她床尾正盯着她。她吃力地抬起头来，立马认出了那人就是沙皇的黑人教子。她忽然回忆起了所有的事情，也仿佛预见了那恐怖的未来。但是她太意外了，都没有反应过来，感觉到心里剧烈的震撼。她重新躺到枕头上，接着合上了眼睛……但是，她的心跳得非常厉害。塔吉雅娜·阿法纳西耶夫娜向她的弟弟示意——病人要休息了。除了女仆，所有人都轻轻地离开了房间，她又重新回到手纺车前。

可怜的姑娘睁开了眼睛，发现没人在她身旁，就吩咐女仆去把侏儒找来。年老的、胖胖的侏儒心灵感应似的，像个皮球一样滚到她床边。原来燕子（那是侏儒的名字）以她那两条又短又小的腿所能产生的最快速度跟在珈夫利拉·阿法纳西耶维奇和伊卜拉金姆身后上了楼。出于女性特有的好奇心，她藏在门后偷听了所有的谈话。看到娜塔利亚将女仆遣走，侏儒就在她床边的一条长凳上落座。

从来都没有一个如此小的身躯能蕴含如此多的精神力量。她无所不知，无所不晓，整天奔忙一些无所谓的事情。她的狡猾和逢迎的机智使主人们偏爱她，因而也激起了整个宅子里奴仆们的仇恨。珈夫利拉·阿法纳西耶维奇相信她，愿意倾听她的怨言和一些小小的请求，塔吉雅娜·阿法纳西耶夫娜常常向她请教，听从她的建议。

娜塔利亚对她有无尽的依赖，愿意把她年轻心里一切地想法和感情都向她吐露。

"你知道吗，燕子，"她说，"父亲要让我嫁给那个黑人。"侏儒没有回答，却发出一声长长的叹息，那布满皱纹的脸比往常皱得更厉害了。

"没有希望了吗?"娜塔利亚接着说，"难道父亲一点儿也不同情我吗，为什么不为我考虑考虑呢?"侏儒无奈地摇了摇头。

“难道我外祖父或者姑妈就没有为我求情吗?”

“不，小姐。在你生病那段时间里，那个黑人已经把所有人都说服了。你父亲现在对他很欣赏，亲王如今开口闭口都是他，塔吉雅娜·阿法纳西耶夫娜则说：‘虽然他是个黑人，不过，如果我们渴望一个更好的追求者，那就是造孽了。’”

“哦，天哪，天哪!”不幸的娜塔利亚呻吟着。“不要伤心了，我的美人。”侏儒亲吻着她软弱无力的手说，“就算你和一个黑人结了婚，你还是自由的。现在不像过去那样，丈夫不能把妻子关在家里。再说那个黑人很富有，你将会有一个可爱的家，日子过得既舒适又富裕。”

“可怜的瓦里列昂!”娜塔利亚用低沉的嗓音说，甚至侏儒都没有听清楚，只是猜测她讲了这么一句话。

“那就是原因了，小姐。”她神秘兮兮地压低嗓音说，“如果你不是想念那个小伙子，你不在发高烧时说胡话提起他，你父亲也就不会因此生气了。”

“什么?”娜塔利亚惶恐地说，“我在说胡话时提到了瓦里列昂吗?难道父亲听到了?他生气了吗?”

“那就是关键所在啊!”侏儒回答道，“假如你现在要求他不要把你嫁给黑人，他一定认为那是由于瓦里列昂你才拒绝嫁给伊卜拉金姆。现在无可奈何，你只有顺从你父亲的意愿，听从他的安排了。”

娜塔利亚没有作声，她心灵深处的秘密被她父亲知晓严重打乱了她的思绪。她心里现在只有一个想法——在那场可恨的婚礼之前离开人世。这个想法安慰了她，内心软弱而又悲伤的她决定听天由命。

七

在珈夫利拉·阿法纳西耶维奇的房屋里，门厅的右边有一间只有一扇窗户比较狭小的屋子。屋里摆放着一张铺着毛毯的普通床，床的前方是一张杉木桌，桌子上燃着一支动物油脂蜡烛，发出柔和的光芒，还有一本翻了大概几页的音乐书。一件破旧的蓝色制服和一个老式三角军帽挂在墙上，它们的上方是一幅用三个钉子钉住、画上查理十二世骑在马背上的情景画。悠扬的笛声从这个简陋的房间里传了出来。这里唯一的居住者，也就是被俘虏的舞蹈教师，头戴一顶睡帽，穿着一件棉布睡袍，正在演奏古老的瑞典进行曲，以此排遣冬夜的无聊和乏味。演奏了两个小时之后，瑞典人终于停止了吹笛，把长笛收了起来，放入盒子，开始休息了。